印度神話學家帶你讀懂經典史詩

摩訶婆羅多的故事

完整圖文故事版

JAYA

An Illustrated Retelling of The Mahabharata

Devdutt Pattanaik

德杜特・帕塔納克——著・繪　余淑慧————譯

謹將這本書，

獻給所有古代和現代的學者、作家、文史工作者、劇作家、電影製作人和說故事的人，

他們致力於透過各種歌曲、舞蹈、故事、戲劇、小說、表演、電影和電視劇，

讓這部宏偉而古老的史詩能夠延續下去。

目錄

卷十七　國家重組——367

卷十八　避居森林——387

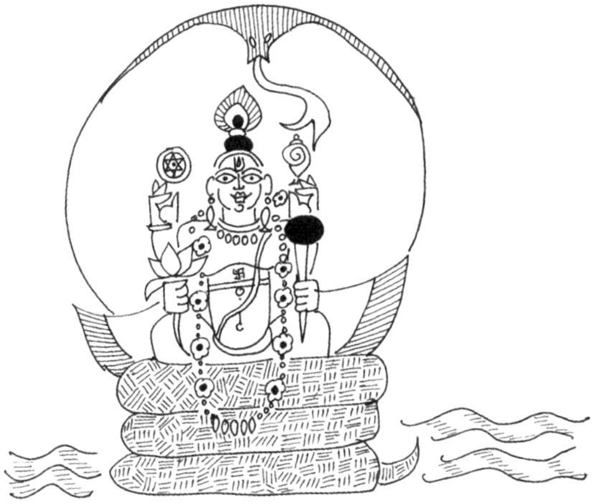

別為那些情節分心。
在這故事的迷宮之中，
流淌著智慧之河，
那才是你真正要繼承的遺產。

作者序

象頭神葛內舍記錄的故事

人們口耳相傳的這些頌歌，可能是神明的低語，也可能是智者的洞見；這些頌歌為世界帶來意義，給生命帶來目的，並且緩解人們受蘊（或焦躁靈魂）的渴望。因為這樣，這些頌歌後來被統稱為吠陀（Veda）。到了後世，首次聽聞吠陀頌歌的那群人被稱為仙人（Rishi）。

根據吠陀經書的指示，仙人創造了一個社會；在這個社會裡，萬事萬物各得其所，每樣事物都依循一個有節奏的規律，不斷地轉變。在這個社會裡，婆羅門（Brahman）是教化者，剎帝利（Kshatriya）是保衛者，吠舍（Vaishya）負責供養，首陀羅（Shudra）負責提供服務。

因為吠陀的緣故，這個社會裡的每個人都有如下的瞭解：自己的今生今世只是許多世的其中一世而已，這一世雖然生為首陀羅，在其他世——不論是過去世還是現在世——有可能生為吠舍；這一世雖然生為剎帝利，其他世有可能生為婆羅門，或者也可能生為石頭、植物或動物，甚至可能生為神祇或惡魔。由於這個因素，世間的萬事萬物都相互關聯，不斷循環。在這個動態的、變化不斷的世界裡，人存在於世間的重點是為了自省，而不是為了追求或取得什麼事物。

後來發生了一場可怕的、長達十四年的旱災。那時，薩拉斯瓦蒂河（Saraswati）的河水乾涸，社會分崩離析，人們徹底忘記了吠陀。當雨水終於降落大地，有個漁婦之子挺身而出，到處去收集散落四方的頌歌。這位漁婦之子是個私生子，名叫島生黑（Krishna Dwaipayana），意思是出生於河中沙洲、膚色黝黑的小孩。他的父親是破滅仙人波羅奢羅（Parasara），祖父是偉大的婆斯吒（Vasishtha），亦即那七位首次聽聞吠陀的仙人之一。後來，島生黑以吠陀毗耶娑（Veda Vyasa），意即「智慧之書的編輯者」聞名於世。

毗耶娑把他收集的詩歌分門別類，編成集子，分爲梨俱（Rig）、夜柔（Yajur）、娑摩（Sama）和阿闥婆（Atharva）四部吠陀。在編輯這項龐大任務的過程中，毗耶娑心中產生一股無可解釋的衝動：他想用最具體的形式寫一個故事，描述吠陀眞理最抽象的部分，使之傳揚到世上最遙遠的角落，傳送到那些最純樸的人們的心裡。天上諸神很賞識他這個想法，於是派了象頭神葛內舍（Ganesha）擔任他的抄寫者，負責把他說的故事記錄下來。

象頭神葛內舍說：「你必須一口氣把故事講完，不能在中途停下。」因爲唯有如此，才能確保毗耶娑所說的故事不會受到人類偏見的汙染。

「我會的，」毗耶娑說道：「除非你聽懂了，否則你一個字都別記下來。」因爲唯有如此，才能確保象頭神寫下來的一切，諸神看了會心生歡喜。

毗耶娑講說的故事裡，那些角色都是他認識的人——那些被看作壞人的俱盧族（the Kauravas），其實都是他自己的兒孫。

毗耶娑把他的故事命名爲「闍耶」（Jaya），意思是「勝利的故事」。這些故事總共有六十部，但是只有一部透過毗耶娑的弟子護民仙人（Vaisampayana）傳入人間。因此，當初毗耶娑口述、象頭神記錄的故事全貌，其實並無人眞正知曉。

有一次，護民仙人被般度族人（Pandava）阿周那（Arjuna）的曾孫鎮群王（Janamejaya）召喚到某個祭祀會場，爲鎮群王講述毗耶娑的故事。當時有個名叫盧摩哈沙納（Romaharshana）的詩人無意中聽到了，就把這個故事傳給了他的兒子烏葛斯拉瓦（Ugrashrava），而這位兒子又把故事說給索納克（Shonak）和其他住在納米夏森林（Naimisha）裡的聖哲們聽。

毗耶娑也把故事傳給兒子，亦即生有鸚鵡頭的蘇迦（Suka），蘇迦接著把故事

說給鎮群王的父親繼絕王（Parikshit）聽——當時繼絕王正躺在病榻上等死，蘇迦於是爲他講述故事，撫慰他的心情。

毗耶娑的另一個弟子賈伊米尼（Jaimini）也聽過這個故事，但是他聽後覺得很困惑。由於毗耶娑已經不在，無法爲他解惑，所以他決定去找摩根德耶（Markandeya）求教——摩根德耶是個仙人，由於天賜長壽，因此曾經親眼目睹那些激發毗耶娑講述故事的事件。然而不幸的是，待賈伊米尼找到摩根德耶的時候，摩根德耶已經決定禁語，不再說話——那是他棄絕世間的其中一個決定。摩根德耶的弟子於是指引賈伊米尼去詢問曾經目睹俱盧之野（Kurukshetra）戰事的四隻鳥。原來當初戰爭開打的時候，四鳥的母親正好飛過戰場；當時有一支箭劃破了四鳥媽媽的子宮，於是四顆蛋掉了出來，落在地上。當時戰場上血流一片，土地變得又濕又軟，所以四顆蛋並未破裂。有一頭戰象恰好掉了鈴鐺，蓋住了蛋，因此在整段戰爭期間，四顆蛋在鈴鐺的保護之下維持完好，並且順利孵化。戰爭結束後，人們發現了四鳥。仙人們認爲，四鳥在戰爭期間聽到許多故事，知道的事遠比大部分人類都多，牠們的觀點和洞見必定十分獨特，因此賜給牠們一份禮物：人類的語言。四鳥獲得這樣的恩賜，可以講說人語，因此可以釐清賈伊米尼的困惑。除了解惑之外，牠們還告訴賈伊米尼許多無人知曉的故事。

就這樣，毗耶娑的故事從一個說書人傳給了另一個說故書人。在這過程中，有許多新的故事增添進來，包括祖先與後裔、導師和徒弟、朋友和敵人之間發生的故事等等；因爲這個因素，這個故事逐漸擴大，從一株小幼苗慢慢長成一棵枝繁葉茂的大樹。起初，這個故事僅闡述一個概念。慢慢的，這個概念產生了轉變，並且以「毗闍耶」（Vijaya），意即「勝利之歌」的標題爲人所知。不久之後，這個故事不再與任何概念有關，轉而變成一則關於人的故事。故事的標題也改稱爲《婆羅多》（*Bharata*），敘述的是婆羅多族的故事，以及他們統治的土地。

這個故事持續擴增，陸陸續續加入許多關於系譜、歷史、地理、天文、政治、經濟、哲學和形上學的詳細討論。到了後來，《婆羅多》發展成十八章，變成超過十萬頌的洋洋鉅著。就連講述奎師那（Krishna，又稱黑天）早期

故事的《訶利世系》（*Harivamsa*）最後也被納進來作爲附錄。最後，《婆羅多》終於慢慢演變成《摩訶婆羅多》（*Mahabharata*），成爲印度人「偉大的」史詩。

數世紀以來，人們在廟宇的廣場上和村莊的集會裡，重複以各種語言，採用不同的形式把《摩訶婆羅多》分別講了數千次。這群重述者的身分十分繁雜，其中有舞者、歌者、畫家、吟遊詩人和見聞廣博的學者。往北，這部史詩傳入尼泊爾，往南則傳入印度尼西亞。在這段流傳的過程中，許多舊的情節隨之產生改變，許多新的角色因之增添進來，例如在坦米爾納杜邦（Tamil Nadu）流傳的版本裡，阿周那有個兒子名叫伊拉萬（Iravan，又名伊拉瓦特〔Iravat〕或阿拉萬〔Aravan〕），並且受到當地跨性別者阿里（Ali，或又稱阿拉瓦尼斯〔Aravanis〕）的崇敬；在拉賈斯坦邦（Rajasthan）的卡圖沙央吉村（Khatu Shyamji）裡，人們興建廟宇，敬拜怖軍（Bhima）的兒子波跋利迦（Barbareek）；孟加拉地區的《摩訶婆羅多》出現了一則關於黑公主德羅波蒂（Draupadi）的故事：激昂（Abhimanyu）死後，德羅波蒂帶著一支娘子軍擊敗了俱盧族；在喀拉拉邦（Kerala），帖雅姆儀式表演者（Theyyam performer）的演唱提到俱盧族曾命令巫師施展秘術來對抗般度族，但是這位巫師的秘術後來卻被他的妻子給化解了。

到了二十世紀，許多現代人亦爲《摩訶婆羅多》感到著迷。有人寫了長篇論文，嘗試把史詩裡面那些模糊的道德觀念予以合理化。許多小說家、劇作家和電影製作人認爲這部史詩的情節是有效的媒介，嘗試用來批判許多政治與社會的議題，包括女性主義、種姓制度、戰爭等等。長久以來，詩裡蘊含的智慧通常被娛樂價值所遮蔽，詩的複雜性也常被好心的敘述者予以過度簡化，導致這部史詩與傳統的論述產生許多斷裂。

有人看到《摩訶婆羅多》有那麼多重述版本，集結如此廣大的人氣，於是主張這部史詩所訴說的，正是印度這個民族的偉大事蹟，而不僅僅只是印度的一部偉大史詩而已。他們所持的理由是：這部史詩包含所有界定今日印度人之所以是印度人的特質，亦即一個寬容的、重視內在智慧遠甚於外在成就的民族。

我這本書也是《摩訶婆羅多》的另一個重述本。我參考的資料包括古典的梵語本和許多其他來自各地的民間版本；我極力保留傳統往世書的世界觀，並未嘗試把故事情節予以合理化。史詩裡的某些故事明顯與性愛有關，孩子們在念誦時，必須要有父母在場教導。描述流放生活的〈森林篇〉（Vana Parva）、後世稱爲《薄伽梵歌》（*Bhagavad Gita*）的「奎師那之歌」、毗濕摩（Bhishma）的兩次論說（即〈和平篇〉〔Shanti Parva〕和〈教誡篇〉〔Anushasan Parva〕）——這幾篇必須以刪節概括的方式呈現，因此只有內容精神與原文相符。〈馬祭篇〉（Ashwamedha Parva）取材自賈伊米尼的重述本，因此重點是放在宗教教義的陳說，而非軍事活動的描述。

出於我個人的種種偏見，加上現代讀者的各種要求，我重編了這部史詩的結構，力求敘事連貫，行文簡約。在重述這部史詩的過程中，我始終牢記在心的一個信念是：

無量神話含藏著永恆真理，

有誰曾經看見了全部？
伐樓納（Varuna）看到了，但他有一千隻眼；
因陀羅（Indra）看到了，但他有一百隻眼；
而我呢，卻只有兩隻眼。

＊多數人相信這部史詩的靈感來自一場真實的戰爭，抗戰的對象是一支游牧民族。這支游牧民族的生活方式大抵依循吠陀經書的教導，而他們放牧牛群的地點大約是在現代德里（Delhi）的北部地區，可能就在今日哈里亞納邦（Haryana）的古魯格舍德拉城（Kuru-kshetra）附近。

＊普拉凱二世（Pulakesin II）是著名的沙魯克雅國王（Chalukya king）；根據他的艾霍萊銘文（Aihole inscription）所述，當時距離《摩訶婆羅多》筆下所描繪的戰爭已經過了三千七百三十五年；他這段銘文刻於西元六三五年，這表示，對古代的印度人來說，那場戰爭是發生在西元前三一〇二年。

＊從史詩裡找到的天文資料顯示：戰爭前後曾發生一次日蝕和一次月蝕，而這兩個天文事件間隔十三天。有人根據這項資料，把《摩訶婆羅多》的戰事訂定在西元前三〇〇〇年左右，有人則把戰事訂在西元前一五〇〇年。就這一事件而論，學者們的意見並不一致。

＊那場長達十四年的旱災、薩拉斯瓦蒂河的乾涸、人們遺忘吠陀經典——這是這部經典一再陳述的主題。猶如某些地理研究所顯示的，也許在西元前一五〇〇年曾發生某些事件，導致印度河流域文明的崩潰。又或許這只是一起哲學事件，顯示當時的吠陀思想已經失去了核心，剩下的僅只是種種習俗與缺乏智慧的儀式而已。

＊《摩訶婆羅多》的發展即將接近尾聲，全書即將形成定本的時候，巴薩（Bhasa）以梵文寫了許多改編自

《摩訶婆羅多》的劇本，但他筆下的大部分情節與原作相去甚遠。

＊十六世紀蒙兀兒皇帝阿克巴（AKbar）曾下令朝臣把《摩訶婆羅多》譯成波斯文，並命令宮廷畫家為譯文繪製插圖。這部譯作被命名為《戰爭之書》（*The Book of War*）。

＊梵文版的《摩訶婆羅多》並未提到黃道帶，即占星學的十二星宿，僅僅提到吠陀占星術納沙特拉（Nakshatra），即二十七星宿。對於這一現象，學者的結論是：納沙特拉是印度本土的占星術，而黃道十二宮則是從西方——可能是從巴比倫——傳入的系統。黃道十二宮是在西元三〇〇年之後，才成為印度占星術的一部分。這個事實確定了梵文版的文本經過數百年的口傳傳統，最晚直到西元三〇〇年才寫成定本。

誰是這部史詩的敘述者？	**誰是這部史詩的聽聞者？**
毗耶娑	葛內舍、賈伊米尼、護民仙人、蘇迦
護民仙人	鎮群王、盧摩哈沙納
盧摩哈沙納	烏葛斯拉瓦（詩人）
烏葛斯拉瓦（詩人）	索納克
蘇迦	繼絕王
四鳥	賈伊米尼

毗耶娑的家族系譜

梵天（Brahma）

↓

婆斯吒（Vasishtha）

↓

夏克底利（Shaktri）

↓

波羅奢羅（Parasara）

↓

毗耶娑（Vyasa）

↓

持國王（Dhritarashtra）

↓

難敵（Duryodhana）

↓

羅什曼（Lakshman）

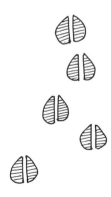

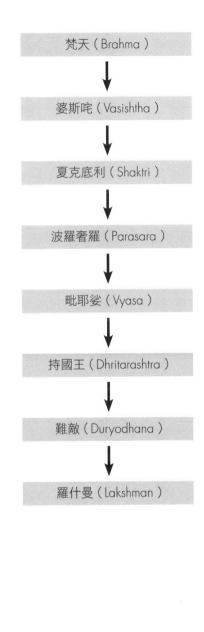

毗耶娑的史詩結構

卷次	原標題	頌數	標題的意義	內容
1	初始篇（Adi）	9,984	始源	介紹般度王國（Pandava kingdom）在成立天帝城（Indra-prastha）之前的角色及其相關故事
2	大會篇（Sabha）	4,311	集會	賭局之設立，般度五子在這場賽局中輸掉所有財產
3	森林篇（Vana）	13,664	森林	般度五子進入森林，流放十二年
4	毗羅吒篇（Virata）	3500	摩差國（Matsya）的國王	般度五子躲在摩差國，度過流放生活的最後一年
5	斡旋篇（Udyoga）	6998	奮鬥	為和平展開多次談判
6	毗濕摩篇（Bhishma）	5884	俱盧族的第一位指揮官	頭十天的戰爭故事，其中有一段是《薄伽梵歌》的內容
7	德羅納篇（Drona）	10,919	俱盧族的第二位指揮官	接下來五天的戰事
8	迦爾納篇（Karna）	4900	俱盧族的第三位指揮官	再接下來兩天的戰事

9	沙利耶篇（Shalya）	3220	俱盧族的第四位指揮官	第十八天的戰事
10	夜襲篇（Sauptika）	2870	沉睡	第十八天戰事結束的夜裡，俱盧族夜襲般度族軍營
11	婦女篇（Stree）	1775	婦女	寡婦們的哭泣
12	和平篇（Shanti）	14,525	和平	關於和平的論說
13	教誡篇（Anushasan）	12,000	紀律	關於管理組織國家的論說
14	馬祭篇（Ashwamedha）	4420	征服	般度五子建立他們的統治權
15	林居篇（Ashrama）	1106	隱退山林	年長者的棄絕俗世，退隱森林
16	杵戰篇（Mausala）	300	大杵	奎師那族人的滅亡
17	遠行篇（Mahapras-thanika）	120	宣布棄絕世務	般度五子棄世退隱，開始遠行
18	升天篇（Swarga-rohanika）	200	登上天界	堅戰（Yudhishtira）抵達因陀羅的天界，不料面臨意外的挑戰
附錄	訶利世系（Harivamsa）	16,423	訶利（Hari）的家世	訶利是奎師那的另一個名字，此附錄是他早期的生活史

＊根據《毗濕奴往世書》（*Vishnu Purana*）的記載，《摩訶婆羅多》其實是大地化為母牛，對牧人戈文達（Govinda）——大地守護者毗濕奴（Vishnu）的化身——提出抗議所造成的結果。由此看來，《摩訶婆羅多》其實是另一則更大的敘事的一部分，不能視為獨立的文本。

＊《摩訶婆羅多》現存的版本共分為十八篇。第一篇介紹故事背景，描述般度族和俱盧族發生衝突的脈絡。接下來的第二、三、四篇描寫兩族的對立究竟如何慢慢發展成戰爭。接下來的六篇（五、六、七、八、九、十）分別刻畫戰爭的細節。再接下來的最後八篇則轉筆描寫戰爭所帶來的種種後果，包括情感、物質和精神上的變化。

＊希伯來文的「生命」一詞含有「十八」這個數目的意涵，所以猶太人有一個傳統：如果送人金錢作為禮物，其數目通常是十八的倍數，以此祝福對方長命白歲。在中國的傳統中，「十八」的聲音和另一個意思是「發達」（prosperity）的字音相近，因此建築物的第十八層通常都會比較昂貴，因為這數字本身已經包含財源廣進的祝福。

＊這部史詩很長，共計十萬頌；《伊里亞德》（*Iliad*）和《奧德賽》（*Odyssey*）兩部希臘史詩加起來都不及這部史詩長。

＊這部史詩用了三分之一的篇幅描寫戰爭。發生戰爭之前，詩人描寫愛情、性愛、生育孩子和其他世俗的故事。發生戰爭之後，詩人轉而探討這一切事件所隱含的意義，描寫的筆調偏向精神方面的探討。

＊在印度的文化傳統中，人的存在可分成四個面向：法（dharma）、利（artha）、欲（kama）和解脫（moksha），亦即社會行為、經濟活動、追求享樂和宗教活動。透過《摩訶婆羅多》的許多故事，詩人毗耶娑平均地描述人類存在的這四個面向，使這部作品成為一部完整的史詩。

序幕

蛇祭始源

繼絕王——俱盧王的後裔——是象城（Hastina-puri）的國王。一日，他把自己關進王國中央的一座高塔裡面，不理妻妾、孩子和臣民。他嚇壞了，日日夜夜在高塔裡徘徊，既吃不下飯，也睡不成覺。大臣找來吟遊詩人，進入塔裡爲國王講說故事，撫慰他的靈魂，但是他的恐懼卻始終沒有得到緩解。

街上的人們不免交頭接耳，議論紛紛：「國王的曾祖父是偉大的阿周那耶！在俱盧之野的戰役當中，阿周那曾經獨力擊敗族人的對手。國王的父親激昂還曾經獨力破解世上最複雜的戰陣，也就是輪陣（Chakra-vyuha）。他的父祖輩的戰功如此彪炳，照理說他應該什麼都不怕才是。但他現在竟然畏畏縮縮地躲在高塔裡，這到底是爲了什麼？」

「我受到詛咒，七天之後會被蛇咬死。」最後，國王終於說出了眞相。他吩咐警衛道：「把蛇族擋在外面，別讓牠們爬過來靠近我，我不想死。」於是警衛們嚴密守著每一道門，看著每一扇窗戶，隨時準備打死任何膽敢爬進高塔或企圖靠近國王的蛇。所有進入高塔的東西都必須經過檢查，因爲任何東西都可能藏著蛇族。

就這樣過了六晚。到了第七天，餓壞了的國王拿起一顆水果，咬了一口：那顆水果裡面躲著一條小蟲，小蟲立刻化成一條可怕的大蛇——那是蛇王多刹迦（Naga Takshaka）。

多刹迦立刻衝上前，把致命的毒牙深深刺入繼絕王的身體裡。毒液很快就在國王體內散開，國王痛苦地大聲呼救。但是來不及了。等警衛趕到時，國王已經氣絕身亡。蛇王多刹迦也早已悄悄爬走了。

國王的兒子鎮群王非常生氣，他說道：「我一定要替我無辜的父親報仇。

他把國內所有的婆羅門全都找來，聚在王城裡辦一場賽特羅蛇祭（Sarpa Sattra）——那是一種法力高強，足以消滅世間所有蛇族的火祭儀式。

象城的市中心很快就生起一壇祭火，火中冒出滾滾黑煙，一陣陣往天上飄去。祭壇四周坐著好幾百位祭司，只見他們不斷把酥油一匙又一匙地往火裡倒，助長火勢。他們口中誦念著奇異的咒語，召喚不可見的力量，把蛇族從地底的家園中拖出來，投向熊熊的烈火。象城的天空布滿一條條拚命扭動、被法力拖向祭火的蛇群。空氣中充滿了蛇族的尖叫——那是活生生的蛇被丟入火中燒炙時發出的尖叫，讓人聽了很心酸。有些人很同情蛇族，他們叫道：「這是無情的屠殺啊，眞是愚蠢！」有些人則覺得很憤怒，同樣理直氣壯地喊道：「活該！誰叫牠們殺死我們的國王！」

就在這時，地平線那一頭有個年輕人大聲喊道：「國王，住手！你這麼做有違正法。」

「你膽敢指控我違反正法，」鎮群王咆哮道：「你到底是誰？」

「我是阿斯諦迦（Astika），那迦（Nagas）王婆蘇吉（Vasuki）的侄兒。」

「難怪你要救那迦族。你根本就是牠們一掛的！」鎮群王語帶譴責地說道。

「我爸爸是闍羅迦盧仙人（Rishi Jaratkaru），跟你一樣，是個人類。我媽媽是那迦族。我是你，也是你的敵人；我既是人類，也是那迦族。我不選邊站。你且先聽我說，否則你的後代將會飽嘗禍患，永無寧日。」

「你說吧！」國王說道。

「七天前，」阿斯諦迦說道：「你父親出外狩獵。他在途中突然覺得

很渴。看到榕樹下有個仙人正在打坐，於是他就走過去向那位仙人要點水喝。但是那位仙人正在打坐入定，無法回應他的要求。你的父親覺得很氣惱，就從地上撿起一條死蛇，繞在那位仙人的脖子上。仙人的弟子在遠處看到這一幕，覺得他的師父不該受到這樣的汙辱，所以就對你父親下咒，詛咒你父親在七日之內死於蛇吻。所以你看，鎮群王，你父親的死是他自找的。」

「那麼，多刹迦呢？爲什麼多刹迦要咬死我父親？」

阿斯諦迦以另一個故事回答這個問題。「很久以前，你的曾祖父阿周那爲了清出空地來建造天帝城，就放火燒了一座名叫甘味林（Khandava-prastha）的森林。那座森林是很多那迦族的家園。森林被燒了之後，多刹迦和許多跟他一樣的蛇族就變成無家可歸的孤兒。多刹迦發誓一定要阿周那或他的後代付出代價。殺你的父親，那是他的復仇。現在你的祭祀廳又在焚燒蛇族了，到時又會產生許多孤兒，產生更多的復仇行動。你現在所做的，跟你祖先所做的並沒什麼兩樣。你也會受苦，就跟他們一樣。當年發生在俱盧之野的事會再次上演，血會再次流淌，寡婦會再次哭泣。鎮群王，這眞的是你要的嗎？」

阿斯諦迦提問的聲音轟隆隆地傳遍了整座祭祀大廳。念誦咒語的聲音停了下來，燃燒的祭火也靜止了，好奇的眼睛全都看著鎮群王，四周一片沉靜。

鎮群王兩肩一聳，口氣堅定地回答道：「我這麼做是爲了正義。」

阿斯諦迦情緒激動地反駁道：「多刹迦殺你父親是爲了正義。你殺這群蛇族也是爲了正義。這場祭祀製造出來的許多孤兒也會想要得到正義。什麼是正義？由誰來決定？在這場尋求正義的過程中，每個人都相信他是對的，對手是錯的，這根本是個無止無盡的報復循環啊。我們該怎麼做才能終止這個循環？」

鎮群王沒說話。他正在思考阿斯諦迦剛剛說的話。過了一會，他有點遲疑地問道：「難道般度族不曾爲了正義，出兵去攻打俱盧族？」

阿斯諦迦回答道：「你錯了，我的國王。那場戰爭是爲了正法而開打的，正法與正義無關，而與慈悲和智慧有關。正法不是爲了打敗其他人，而是爲了戰勝我們自己。在正法裡面，每個人都是勝利者。俱盧之野那場戰爭結束後，即便是俱盧族也都去了天界。」

「你說什麼？」

「是的，俱盧族，你和你的祖先斥之爲壞人的俱盧族登上了天界，到那極樂之鄉與天神同住。」

「那般度族呢？」國王問道。這個消息讓他覺得很困擾。

「他們去了苦難地獄那羅迦（Naraka）。」

「我竟然不知道這件事。」

「我的國王，你不知道的事多著呢。你是繼承了般度族的國家沒錯，但是你並未繼承他們的智慧。你甚至不知道正法的眞正意義——當初你的曾祖父阿周那從天神口中聽到的正法。」

「天神？」

「是的，天神。就是奎師那。」

「請你再多說一點。」

「請你派人去把護民仙人找來，」阿斯諦迦說道：「請他講述他的師父毗耶娑編述、象神葛內舍寫下來的故事。這是你的祖先的故事，也是所有在你祖先之前的國王的故事。」

國王派了多位信使出去尋找護民仙人，意即毗耶娑的故事的守護者。最後，護民仙人終於來了。他一走入王

宮，就看到祭祀大廳生起一盆祭火，在火盆的上方，懸浮著數以萬計的蛇族。祭壇四周則圍坐著好幾千位急著完成祭祀儀式的祭司。他還看到一位好奇的、急著想知道他祖先的故事的國王。

護民仙人被請到上座，讓他坐在一張鹿皮上，接著僕役在他的脖子上圍上花環，並在他前面擺上一瓶水和一籃水果。受到如此熱情的款待，護民仙人感到很高興，於是開始講述般度族、俱盧族和所有曾經統治婆羅多（Bharata）的國王的故事。這就是勝利之歌「闍耶」，亦即後來著名的《摩訶婆羅多》。

「鎮群王，你要仔細聽好，」阿斯諦迦在國王的耳邊輕聲說道：「不要爲那些情節分心。在這個故事的迷宮之中，流淌著智慧之河 —— 這才是你眞正要繼承的遺產。」

＊大約在西元前一〇〇〇年，亦即吠陀盛行的時代，火祭（yagna）是聯繫整個社會最主要的儀式。這種祭祀是由受過特殊訓練的祭司來執行，他們誦念禱文，將祭品投入火中，以此召喚宇宙力量，請求該力量幫忙完成人的種種祈求。賽特羅火祭是一種大型的、為時長達數年，而且必須動用好幾百位祭司共同參與的祭祀活動。

＊儀式可以幫忙人們克服世上許多有形的挑戰，卻無法對生命提出精神上的解釋。要對這些層面提出解釋，人們需要故事。因此，在舉行祭祀的期間，或從一個祭祀到另一個祭祀的過渡期間，人們會請吟遊詩人來講故事，在祭祀的過程中為祭司和祭祀贊助者提供娛樂。到了後來，人們重視的反而不是祭祀，而是故事。事實上，到了西元五〇〇年，人們幾乎遺棄了祭祀。各種關於神明、國王和聖者的神聖故事反而成為印度思想的基礎。

＊《摩訶婆羅多》裡的角色除了人類，還有許多其他不同族類的存在，例如住在天界的天人（Deva）、住在地底的阿修羅（Asura）、住在河流中的天女（Apsara）、會說話的蛇神那迦（Naga）、稱為夜叉

（Yaksha）的林中精靈、稱為乾闥婆（Gandharva）的森林武士兼樂師，還有又野蠻又殘暴的羅剎（Rakshasa）。這些非人的存在當中，有的對人類很不友善，因而被視為妖魔，例如阿修羅和羅剎。有的對人類友善，因而被奉為神靈或半神，例如天人和乾闥婆。蛇族那迦的地位則有點模糊，人們有時候對他們懼而遠之，有時則對之膜拜敬仰。根據理性主義者的推測，前述這些非人的存在，有可能是那些後來慢慢被同化、最後被納入吠陀圈子的其他部族。

＊據傳說，帶領祭司舉行蛇祭的祭司首領烏塔納卡（Uttanaka）本身早已跟那迦族有私人恩怨。原來他的師父要他繳的部分束脩是一對適合王后佩戴的耳環，好讓他送給自己的太太。烏塔納卡費了很大的周折，才取得那樣的耳環。但是後來那對耳環卻被那迦族偷走了。為了報復，烏塔納卡一直就很想辦個蛇祭，只是苦於沒有足夠的錢財。鎮群王為了替父親報仇，召喚祭司來舉辦蛇祭，這剛好給了他機會一了私怨。鎮群王以為報父仇是舉辦祭祀的唯一理由，但是他錯了。除了他之外，還有許多人也想除掉那迦族。

鎮群王的家族系譜

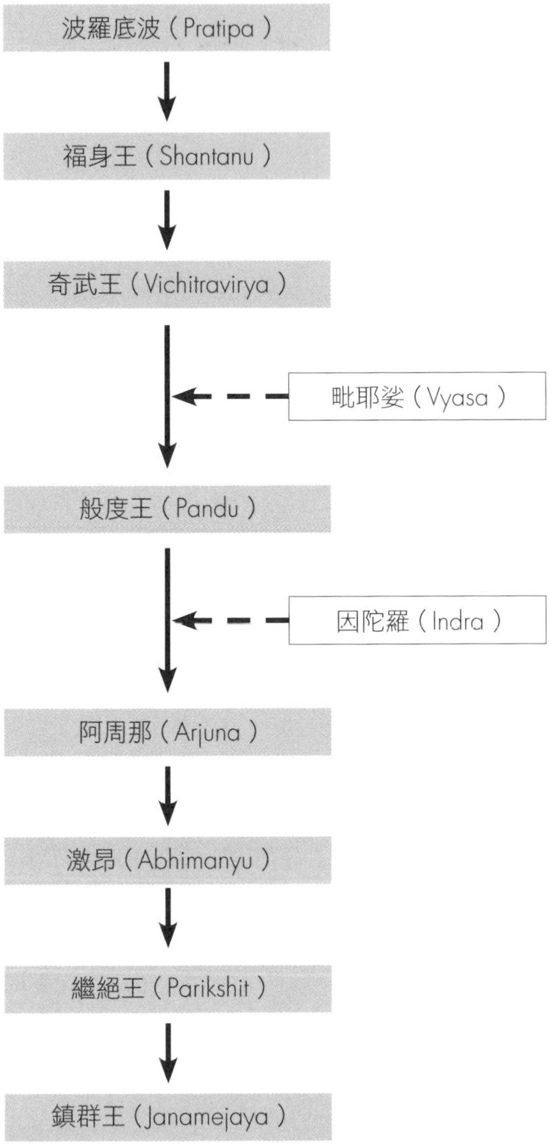
波羅底波（Pratipa）
福身王（Shantanu）
奇武王（Vichitravirya）
毗耶娑（Vyasa）
般度王（Pandu）
因陀羅（Indra）
阿周那（Arjuna）
激昂（Abhimanyu）
繼絕王（Parikshit）
鎮群王（Janamejaya）

• 卷一 •

祖先

鎮群王，
發生在你家族史裡的那些事，
將會一而再、再而三地重演。

一、旃陀羅的兒子

人一生當中，如果累積足夠的福德，死後就可以升天，到雲上的國度與諸神同住。人們把諸神活動的地方稱爲天界（Swarga），天界的居民稱爲天人，而天人把他們的居所稱爲天城（Amravati）。在天城，你不會遭遇苦難；你所有的夢想都會完成，所有的願望都會實現。

爲了維持這個美好的境界，每隔一段時間，天人就必須打敗他們永恆的敵人，亦即住在地底的阿修羅。要打敗阿修羅，天人必須仰賴火祭的力量。負責爲天人舉行火祭的是木星之神祭主仙人（Brihaspati）。不過，祭祀儀式要功成圓滿，祭主仙人必須仰賴妻子的幫助，亦即舉行祭祀的時候，星星女神塔拉（Tara）必須坐在他身邊。

有一天，塔拉竟離開了祭主仙人，跟月神旃陀羅（Chandra）私奔去了。塔拉對她那位理性的丈夫感到很厭倦，她覺得丈夫比較關心儀式，而不是自己，因此愛上了熱情洋溢又愛慕自己的月神旃陀羅。

「如果你們想完成火祭，就把我的妻子找回來。」祭主仙人對天人的領袖因陀羅說道。

天人們的意見分歧：他們該強迫塔拉，要她回到僅僅把她視爲儀式工具的丈夫身邊嗎？還是允許她留在讓她感到自己是活著的情人身邊？經過許多討論，務實的考量占了上風。天人的火祭比塔拉個人的幸福重要，因爲沒有火祭的力量，天人就無法降下雨水，也無法賜予大地光亮。沒有了火祭的力量，世界就會陷入黑暗，大地就會乾涸。不行，塔拉得回到祭主仙人的

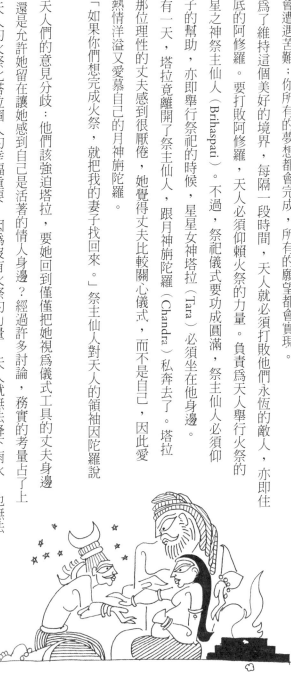

身邊——這是因陀羅最後的決定。

塔拉不情不願地回來了。當她抵達天界，大家清楚看到她已經懷有身孕。旃陀羅和祭主仙人都說塔拉肚子裡的孩子是他們的。塔拉則保持沉默，一直不肯說出孩子的父親到底是誰。最後讓大家感到驚異的是，塔拉肚裡那位尚未出世的孩子說話了；他大聲叫道：「媽媽，告訴我，我到底是誰播的種？我應該要知道的。」

所有在場的天人都感到很讚嘆：那位尚未出生的孩子竟然對眞相有如此強烈的好奇。他們宣布這位孩子將會是「菩提王」——「菩提」的意思是「智力」，亦即使人分辨眞實虛假，使人得以做出抉擇的能力。他們決定給那位孩子取名爲菩德（Budh）。

因應孩子的要求，塔拉垂下雙眼，不得不說出眞相：「你是旃陀羅播的種。」

聽到塔拉這麼說，祭主仙人失去了理智；他平日的沉著冷靜全都不見了，只聽他憤怒地大叫道：「但願我不忠的妻子生下的孽種沒有性別，既不是男人，也不是女人！」

衆天人聽他說出如此殘酷的詛咒，全都嚇壞了。因陀羅以天人首領的身分出面干預道：「在世人的眼中，這個被你下了如此惡咒的小孩將會是你的小孩，而不是旃陀羅的子嗣。是誰在田裡播種並不重要，重要的是田地的主人是誰。你是塔拉合法的丈夫，你就是主人，所以你就是她所有小孩的父親，不管小孩是她婚前生的還是婚後生的，也不管是你下的種還是別人下的種，她生的小孩全都要稱你爲父。」

所以事情就這麼發生了。塔拉生下了水星之神菩德——一個會變化形象，既非男性亦非女性的存在。就生理而言，他是熱情的旃陀羅的後代，但是基於因陀羅的命令，他從小就生活在祭主仙人的家裡，薰習邏輯，講究理性。

從那天開始，法律就凌駕於自然現象之上，不管在天上還是人間，自然現象皆受制於法律：父子關係是由婚姻來決定。這就是爲什麼鎮群王的曾祖父阿周那被視爲般度王的兒子，即便般度王並沒有生養子嗣的能力。

＊天人居住的天城是個享樂的天堂；但對人類而言，如果他一生都過著積福修德的生活，那麼他死後也可以升上天界，到天城與天人同住。

＊十八世紀的卡納蒂克音樂（Carnatic music）大師狄施塔爾（Muthuswami Dikshitar）在一部題獻給占星學九大行星的作品中，曾提到水星沒有性別。在許多關於九大行星的意象之中，菩德有時是以男性、有時是以女性的形象出現，提醒人們注意他那變幻無常的屬性。

＊天人是指住在天上的神祇，天人的敵人阿修羅則住在地底。雙方的鬥爭永無止休，而他們輪流交替的輸贏確保了季節的規律變化。

＊在藝術作品裡，菩德騎著一隻象頭獅身的神獸亞立（Yali）。這頭坐騎是個暗示，提醒人們騎者具有非男非女的特質。

二、菩德的妻子

菩德長大後，不時懷疑自己能否找到一個跟他共享生命的人，因爲他既不是男人，也不是女人。「你會結婚的，我們會幫你找到伴侶。」塔拉很有信心地說道。

「跟誰結婚？我是要當人家的丈夫？還是妻子？」菩德問。

「就看命運怎麼安排了。別擔心，命運一定會給你一個適當的安排，」塔拉說道：「世間每樣事物的存在都自有其目的。你父親會下此詛咒，必然有個道理。一切會沒事的，你要有信心。」

塔拉說得沒錯。有一天，菩德遇到一個名叫伊羅（Ila）的女人，並且愛上了她。

但是伊羅並不是個女人；她曾經是個男人，一個名叫蘇圖納（Sudyumna）的王子，意即人類第一位國王摩奴（Manu）的兒子。

有一天，蘇圖納王子騎著神獸進入一座森林。他不知道的是，那座森林已經被偉大的隱修神濕婆（Shiva）下了咒：進入該座森林的生物，都會從雄性轉變成雌性。森林裡的雄獅已經變成了母獅，公孔雀已經變成了母孔雀。濕婆神這麼做，主要是爲了討他的伴侶薩蒂（Shakti）的歡心，因爲薩蒂跟他在一起的時候，不想看到任何雄性的生物出現在她眼前——不論那是人類還是動物。蘇圖納王子一進入森林，馬上就發現自己失去了男性器官。他向女神求助，希望可以回復男兒身。「我無法反轉濕婆的咒語，」女神說道：「但是我可以稍微調整一下咒語，讓你在月圓的時候變回男人，在月缺的時候變成女人。」

既非男人亦非女人的菩德覺得既是女人又是男人的伊羅是他的理想伴侶。兩人在一起生了很多個兒子。他們的兒子被稱爲阿伊羅族（the Ailas），意即「伊羅的後代」；他們的後代有時候也會被稱爲旃陀羅的後裔或月神的後裔——雖然祭主仙人和天人不會太喜歡這個名稱。出身這一譜系的國王總是熱情洋溢，缺少邏輯思辨能力，其遠因可能是因爲旃陀羅的緣故。

隨著時間流轉，旃陀羅的後裔漸漸忘記了菩德與伊羅二位祖先的模糊性別。他們看到阿周那的大舅子束髮（Shikhandi）擁有非男非女的特徵，竟也嘲笑起束髮，還力圖阻止束髮進入戰場。這就是各種人爲法則的特質：人既對過去無

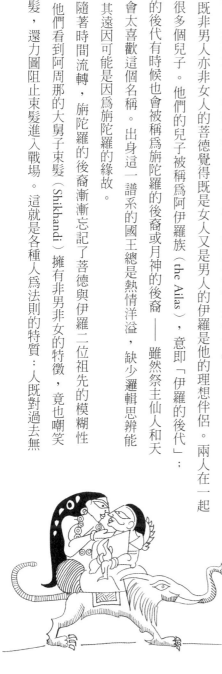

知，也對眼前的現實無感。

＊《摩訶婆羅多》的故事主角是月神旃陀羅的後裔，或者也可以說是水星或菩德的後裔。出身這一譜系的國王，其道德操守是出了名的模糊；他們的個性明顯與太陽神蘇利耶（*Surya*）的後裔不同，後者的個性正直不阿，黑白分明。他們的故事見於《羅摩衍那》（*Ramayana*）。

＊恩賜和詛咒是印度神話不可或缺的一部分，兩者的根源來自業報（*karma*）這個概念。根據業報，所有的行動必然會產生相應的結果，這個結果即便今生來不及經歷，來生或他世也必須經歷。產生正面效果的行動稱為善行（*punya*），在敘事故事裡則被稱為恩賜。產生負面效果的行動稱為惡行（*paap*），在敘事故事裡則被稱之為詛咒。善行是精神上的功德，會給人帶來好運；惡行是精神上的「非功德」，其所產生的結果是厄運。提出善行和惡行這對概念，其用意是為了解釋發生在這世上的好事和壞事。

＊兼具男女性別的伊羅，其故事見於《摩訶婆羅多》和其他《往世書》。在某些重述的故事裡，伊羅是摩奴的女兒——據說摩奴在舉行求子祭祀時念錯了咒語，所以求子不成，只得了個女兒。

＊摩奴是太陽神蘇利耶的兒子。除了伊羅，摩奴還有一個兒子名叫甘蔗王（Ikshavaku），後者的子孫後來被稱為蘇利耶族，或太陽王朝諸王。這個系譜包括阿逾陀（Ayodhya）王子羅摩（Ram）；羅摩的故事見《羅摩衍那》。

＊星星女神與月神的幽會——這個故事被吠陀占星學挪用，藉以解釋月亮王朝諸王的行為。月亮與情感有關，太陽與理性有關，水星和清晰、溝通和狡黠有關。根據這個故事，月神族裔的天性就比較情緒化，有待邏輯來加以約束。

三、洪呼王的癡情

有一天，月神旃陀羅的後裔洪呼王（Pururava）看到廣延天女（Urvashi）在河裡洗澡。廣延天女是阿普莎羅（Apsara），平日和眾天人住在一起，偶爾才會到人間來。她生得極爲美麗：據說她行走時，所有動物都會停下來看她——每一棵樹、每一叢灌木、每一株小草都會朝她的方向移動，希望能碰觸到她。洪呼王對她一見鍾情。「跟我結婚吧，」他對廣延天女說道：「來當我的王后，跟我住在王宮裡。」

基於一種好玩的心情，廣延天女回答道：「只要你保證顧好我的寵物羊，還有保證除了我之外，沒有人能看到你的裸體，那麼我就跟你結婚。」出乎廣延天女的意料之外，人間凡夫洪呼王竟然同意她提出的條件。廣延天女這下別無選擇，只得答應嫁給洪呼王爲妻。

對廣延天女而言，婚姻生活是個新奇的經驗；她很喜歡這樣的經驗，所以她跟她的人間丈夫生了很多兒子。

據說人間天上的時間有別，因陀羅只一眨眼，就是人間一世。但是因陀羅無法忍受跟廣延天女這一段眨眼般的短暫分離，他命令天界樂師乾闥婆趕緊設法把廣延天女給找回來。

乾闥婆趁洪呼王忙著跟廣延天女翻雲覆雨的時候，把寵物羊從他們的床下偷走。廣延天女從眼角餘光看到她的羊被偷了，急得尖聲慘叫道：「我的羊！有人偷了我的羊！老公，信守你的承諾！快去把我的羊找回來！」

洪呼王立刻從床上跳下，跑出去追偷羊人，完全忘了要給自己披件衣服。等他一

跑出王宮，因陀羅就把手一揮，在天空中釋放一道閃電。在電光一閃的瞬間，城裡所有人都看到了洪呼王的裸體。這樣一來，讓廣延天女遠離天人、留在世間的條件就破解了。廣延天女該回到天界了。

失去了廣延天女，傷心欲絕的洪呼王發瘋了，完全無法治國——激情的力量就是如此可怕。不得已，仙人們只好在他的衆位兒子當中，挑選一個比較守規矩、比較適合統治國家的人接任。

有人說洪呼王到現在還在森林中哭泣，還在河岸上四處尋找廣延天女。有人則說廣延天女把他變成乾闥婆，讓他從此一直跟著她，成爲她的樂師，在她跳舞時爲她伴奏。

對廣延天女的執迷讓洪呼王丟掉了王位——這樣的事件經過幾個世代，再度發生在福身王（Shantanu）身上，而且還不只一次，而是兩次。第一次福身王愛上了恆河女神（Ganga），第二次則愛上貞信（Satyavati），兩次的結局一樣，都以災難收場。人類的記憶力短暫，歷史因此就一而再再而三地重複上演。

---

* 「阿普莎」（Apsa）的意思是水，所以「阿普莎羅」（Apsara）的意思是「水中仙子」或天女。水以下雨的方式從天界落下，在人間短暫停留一陣就回返天上。水維繫著地上的生命。因此在象徵的層面上，這則故事託寓人（洪呼王）之渴望水（廣延天女），但水最終還是會回到天上（因陀羅）。

* 在接受任何男人成為她的丈夫之前，廣延天女開出幾個條件，只有條件符合，她才會同意下嫁。這個情節暗示在前父權時代的社會裡，女人是自己情欲的主人。在吠陀社會裡，人們十分珍惜女人，因為只有透過女人，男人才能生養後代，償還他虧欠祖先的債務，保持重生的循環得以運轉。

* 洪呼王愛上神祕且難以捉摸的廣延天女——這段戀愛韻事曾以對話的形式出現在《梨俱吠陀》裡。《梨俱吠陀》是最早的吠陀文本，寫成的年代起碼可以追溯到西元前一五〇〇年。兩千年後（大約寫於西元五〇〇年），伽力陀薩（Kalidasa）在《洪呼王的熱戀》（*Vikramorvasiyam*）這部劇作中改寫了這段故事；

在這部劇本裡，洪呼王性格瀟灑，他並未追求女神，而是女神倒過來追求他。眾天人允許女神跟洪呼王在一起，條件是永遠不許洪呼王看到兩人生育的小孩。於是廣延天女就利用洪呼王出門去參加火祭的時候偷偷生下小孩，並且託給一個名叫行落仙人（*Chyavana*）的聖者撫養。許多年後，注定要發生的事還是發生了：做父親的洪呼王看到了兒子，所以女神只好回返天界。過了一段很長的時間後，因陀羅允許廣延天女回到洪呼王身邊，因為他需要洪呼王幫忙他打敗阿修羅。

＊根據《劫經》（*Kalpasutra*），洪呼王和廣延天女的第一個兒子名叫長壽（*Ayu*），第二個兒子名叫阿摩婆蘇（*Amavasu*）；他們的長子在東方建立了俱盧-般遮羅國（*Kuru-panchala*），次子在西方建立了犍陀羅（*Gandhara*）國。這些國家為後來俱盧之野那場偉大的戰役設下了背景舞台。

四、純眞的沙恭達羅

有個國王名叫憍什迦（Kaushika），出身太陽神蘇利耶族裔的譜系。他想要成爲仙人，所以放棄了所有財產，立下單身誓言，開始修練一種稱爲「塔巴希亞」（tapasya）的苦行工夫。如果他修練成功，那麼他的能力就無人能比，甚至天人也不是他的對手。

因陀羅擔心憍什迦有意取代他，把他拉下台，於是派了一個名叫美娜珈（Menaka）的天女去引誘憍什迦。住在天城的所有天女當中，美娜珈可謂豔冠群芳。憍什迦一看到在自己面前翩翩起舞的美娜珈，頓時失去了所有理智。他放棄苦行的修練，忘記發下的獨身誓，向自己的激情投降。這位隱修者和天女結婚之後，生下了一個女兒。

這個女兒一生下來就被父母丟棄在林中空地上；父親拋棄她的理由是孩子代表他巨大的失敗，母親拋棄她的理由很簡單：那個孩子什麼也不是，只不過是她成功誘惑憍什迦的一個證明而已。

甘婆仙人（Kanva）在林中發現了那位被遺棄的女嬰，而且當時有一群沙恭鳥（Shakun）張開翅膀，團團圍繞在她身邊。見此景象，他就給那女嬰取名爲沙恭達羅（Shakuntala），意即「沙恭鳥庇護著的女孩」。甘婆仙人把那女嬰帶回森林的隱居小屋，把她當親生女兒撫養。慢慢地，沙恭達羅長成一個非常美麗而且知書達禮的女子。

有一天，有個名叫豆扇陀（Dushyanta）的國王來到甘婆仙人的隱居處。豆扇陀是洪呼王的後代，他剛好來到森林打獵，同時也想向甘婆仙人致意，或許順便在林中住個幾天。很不巧的是，甘婆仙人出門朝聖去了，出來迎接他的是沙恭達羅。一看到沙恭達羅，豆扇陀馬上墜入情網，愛上了沙恭達羅。

「嫁給我吧！」他求婚道，無法克制想擁有沙恭達羅的欲望。

「你去問我父親吧。」沙恭達羅害羞地回道。

「如果妳不介意，我們可以像天界樂師乾闥婆那樣，請樹木來爲我們見證。這樣的結婚方式是傳統所允許的。」豆扇陀說道。純眞的沙恭達羅被英俊的國王迷倒了，因此同意了豆扇陀的求婚。

所以兩人就在樹木的見證之下結了婚。一連好幾日，兩人就留在隱居小屋翻雲覆雨。最後，豆扇陀該回家的時間到了。甘婆仙人雖然還沒回來，不過豆扇陀已經無法再等下去了。「甘婆仙人不在家，我若此時把妳帶走，這是不對的，」豆扇陀說道：「我會再回來，到時他應該已經到家了。」

過了好幾個星期，甘婆仙人回來了。他一進門，馬上就發現女兒正在戀愛，而且還懷了情人的孩子。他感到非常高興，父女倆爲此慶賀了一番，並一起等候豆扇陀回來。日復一日、週復一週、月復一月地過去了，豆扇陀始終不見人影。

最後，沙恭達羅生下一個男孩，取名爲婆羅多（Bharata）。在甘婆仙人和沙恭達羅的照顧下，婆羅多漸漸長大了。父女倆早已忘記豆扇陀的承諾，但是有一天婆羅多突然問道：「我的父親是誰？」

「他得要知道。」甘婆仙人說。

甘婆仙人的看法是，與其苦等豆扇陀送來邀請函，不如讓沙恭達羅自己去找豆扇陀，並讓小孩見見父親。沙恭達羅同意了，所以她就帶著兒子，生平第一次走出森林。她離開的時候，樹木們爲她送上衣服、花朵和香水，好讓她可以漂漂亮亮地跟情人再次相見。

但是等到沙恭達羅站在豆扇陀面前，向豆扇陀介紹自己和她的兒子時，豆扇陀卻露出一副完全不認得她的樣子。「妳說我們結過婚，請問有任何證人嗎？」他語帶譏諷地問道。

「森林裡的樹木。」她答道。

在場的每個人都笑了——包括豆扇陀。沙恭達羅是個住在森林裡的單純女子，一點也不懂得國王和王國的政治。聽到大家笑了，她覺得很生氣：「我來這裡，不是爲了找一個丈夫，而是讓我的兒子見見他的父親。這點我已經做到了。我已經把他撫養長大，就像一個母親該做的那樣；現在我要求你教導他，就像一個父親該做的那樣。」說完，沙恭達羅就轉過身，朝森林的方向走去。

突然間，天空傳來一陣轟隆隆的聲音；這聲音譴責豆扇陀之懷疑沙恭達羅，並指出沙恭達羅眞的就是他的妻子，婆羅多眞的就是他的兒子。豆扇陀爲自己的行爲向沙恭達羅道歉，並把這一切歸咎於他對社會觀感的恐懼。接著他就宣布沙恭達羅爲王后，婆羅

多爲他的繼承人。

婆羅多是一位獨特的國王——他從母親沙恭達羅那裡繼承了太陽譜系的王家血統，從他父親豆扇陀那裡繼承了月神譜系的血脈。由於他的後代統治整個閻浮提（Jambudvipa），即印度大陸，於是那塊大陸就被稱爲「婆羅多王國」（Bharata-varsha），或直接以他的名字婆羅多爲名。

＊「塔巴」（tapa）是指透過一種稱為「tapasya」（塔巴希亞）的苦行修練而產生的靈性之火。攪火苦行者（tapasvin）與「阿普莎羅」或水神之間的衝突，是一再出現於經典中的主題。這是精神與感官之間的衝突。精神上的修行會累積福報，讓人取得世上所有的福德，但是耽溺在感官方面的享樂會導致福德的失去。因此之故，苦行者與水神才會不斷發生衝突。

＊沙恭達羅的故事有很多不同的版本：《摩訶婆羅多》裡的故事和劇作家伽力陀薩那部大約寫於西元五〇〇年、十分流行的梵文劇本迥然不同。在伽力陀薩的劇本裡，沙恭達羅的養父一發現她懷孕了，馬上就把她送到豆扇陀的王宮裡，而豆扇陀沒能認出沙恭達羅是因為他被仙人下了咒。在毗耶娑的史詩裡，沙恭達羅是在很多年後，因為孩子想知道父親是誰，她這才到王宮裡找豆扇陀，而豆扇陀是為了維護自己的名譽，所以假裝不認識她。伽力陀薩的沙恭達羅尋找的是丈夫，毗耶娑的沙恭達羅尋找的是她兒子的父親。伽力陀薩的沙恭達羅很重視社會觀感，毗耶娑的沙恭達羅則完全不管社會觀感。這兩個版本的差異，或許反映了社會價值觀在時間的流程當中所產生的改變。

五、婆羅多的後裔

婆羅多長大後，成為一個偉大的君王。他娶了三個妻子，每一次他的妻子把兒子抱來給他看的時候，他若不是說「他看起來不像我」，就說「他的表現看起來不像我」。這些話或有可能暗示妻子對他不忠，也有可能表示他認為那幾個孩子不夠優秀。聽到他這麼說，婆羅多的妻子們都很害怕，趕緊把孩子丟掉。

終於有一天，婆羅多發現自己年事已高，而膝下卻無人繼承王位，所以他辦了一場求子祭祀。祭祀活動結束時，天人賜給婆羅多一個兒子，這個兒子名叫維塔陀（Viratha）。

維塔陀的身世很曲折。原來祭主仙人有一次突然性欲勃發，強暴了他弟弟烏塔提亞（Utathya）的妻子瑪瑪塔（Mamata）——這對理性的祭主仙人而言，真是一件極不尋常的事。

祭主仙人和瑪瑪塔都不要那個孩子。祭主仙人不要那個孩子，理由是那孩子會提醒他，讓他想起那個無法自持的時刻；瑪瑪塔不要那個孩子，理由是她遭受強暴才懷了身孕。就像沙恭達羅，維塔陀也是個被父母拋棄的孩子。後來天人們收容了他，把他轉送給婆羅多。

維塔陀長大後，成為一個能力很強的治理者。儘管他是養子，婆羅多還是把王位傳給了他。之所以會如此，那是因為對婆羅多來說，成為王者最重要的條件是能力，不是血統。婆羅多的這個決定，使他成為人民眼中最高貴的君王。也許這就是為什麼閻浮提這塊大陸後來以「婆羅多王國」聞名於世，或簡稱為「婆羅多之地」（Bharat），意即曾被像婆羅多這麼偉大的國王統治過的土地。

後代的國王並未效法婆羅多。持國王喜歡自己的兒子難敵，更甚於喜歡侄兒堅戰（Yudhishtira），即使堅戰比難敵更有能力治國。

＊這部史詩提到祭主仙人向瑪瑪塔求歡被拒，而瑪瑪塔拒絕他的理由是因為自己懷有身孕，不是因為已經嫁給他弟弟。這個情節或許顯示古代有兄弟共享妻子的風俗。

＊瑪瑪塔肚裡的孩子因為被下了咒，所以一出生就雙目失明。這位盲眼小孩長大後成為一位聖哲，名字叫作狄卡陀瑪（Dirghatamas）。狄卡陀瑪有個太太叫普德葳思（Pradweshi），這位太太後來厭倦了照顧盲眼丈夫，所以命令兒子們把狄卡陀瑪丟入河裡。落水後，狄卡陀瑪緊緊抓住一根樹幹，沒有溺死。後來有個瓦里王（Vali）發現了他。這位國王沒有子嗣，所以他要狄卡陀瑪跟王后蘇德絲娜（Sudheshna）上床，使王后懷孕。狄卡陀瑪與王后生下的孩子後來都成為國王，分別統治東方幾個王國，即盎迦（Anga）、范迦（Vanga）與羯陵伽（Kalinga）。

＊維塔陀的故事只在經典占據一小段詩行，但是卻引起毗耶娑的注意，藉此點出一個讓毗耶娑感到困擾的問題：誰該當國王呢？國王的兒子嗎？還是任何能力足以勝任之人？這部史詩接下來會一再提出這個主題。

六、迅行王的命令

多福公主（Sarmishtha）是阿修羅王牛節（Vishaparva）的女兒；天乘（Devayani）是阿修羅族導師太白仙人（Shukra）的女兒。這兩個女子彼此是對方最好的朋友。但是有一天，兩人竟吵了起來。

兩人本來在池塘裡游泳，但是上岸後，天乘因爲急著穿上衣服，不小心錯拿了多福公主的袍子。多福公主非常生氣，她不僅罵天乘是小偷，還說天乘的爸爸是個乞丐。接著她趁天乘不注意，竟把天乘推下水井，然後就趾氣高揚地走了。

那天傍晚，天乘很晚才回到家。一到家，她就跟太白仙人報告事情的經過，並且哭個不休，淚流不停，口口聲聲一定要父親爲她出一口氣。禁不起女兒的苦苦哀求，太白仙人終於答應給阿修羅公主一個教訓。他說：「除非阿修羅王爲他女兒的行爲道歉，否則我絕不再爲他們舉行祭祀。」

阿修羅王請求太白仙人回心轉意，再次爲他們舉行祭祀——沒有祭祀的力量，他無法打敗永恆的敵人，亦即住在天界的天人。「我可以再次爲你舉行祭祀，」太白仙人說道：「但是你必須懲罰你那位毒舌女兒：你叫多福公主到我女兒那裡，當我女兒的僕人，我就回去你的祭祀大殿。」

牛節沒辦法，只得同意了。多福公主因此就到太白仙人家裡服侍天乘，充當天乘的侍女。不過，兩人不知道的是，多福公主承受的這份恥辱後來卻變成了祝福。

原來多福公主把天乘推下井後，把天乘救上來的是月神旃陀羅的後裔迅行王（Yayati）。在把天乘救上來的過程中，他曾拉過她的手。天乘徵引經典，對迅行王說道：「既然你已經拉過我的手，我還是個處女，所以你必須娶我爲妻。」

「就這麼辦吧。」迅行王說道。跟天乘一樣，他也非常熟悉經典的規定。他到太白仙人的居處，並在太白仙人的祝福之下，把天乘帶回王宮，宣布天乘爲他合法的妻子。

「我想帶個女侍入宮陪我。」天乘請求道。她其實是想把多福公主帶在身邊，持續羞辱多福公主。

「就依妳的意思辦吧，我的王后，」迅行王答道。多福公主沒辦法，只得以女侍的身分，跟著天乘回到迅行王的王宮。

有一天，多福公主引起了迅行王的注意——那是一見鍾情的愛。原來多福公主與天乘有一不同之處：天乘是祭司之女，天生帶有一種嚴肅的性情，但是多福公主生長於王家，自有一種王家的氣質與精神。這種王家氣質和精神讓迅行王十分傾心，所以兩人一拍即合，不僅偷偷結了婚，還生了幾個小孩。

天乘完全不知道兩人的事；多福公主想辦法說服天乘，讓天乘相信她的情人是王宮裡的守衛。但是有一天，天乘聽到多福公主的小孩稱呼迅行王爲父親，這才意識到自己被丈夫和女侍騙了。天乘極爲生氣，氣呼呼地離開了王宮，跑回家找父親。再一次，在她的眼淚與哭聲當中，太白仙人答應爲她出一口氣，還有給她的丈夫一個教訓。

太白仙人詛咒迅行王；他說道：「你會變得又老又無能。」太白仙人的詛咒立馬生效。不過天乘很快就發現，自己也被這個詛咒傷害了，而且可能是受害最深的人，畢竟一個又老又弱的丈夫對任何人都沒有好處！然而，太白仙人也沒辦法，他不能反轉自己的詛咒。他所能做的，就只是稍稍修改他的詛咒：「迅行王，你可以重得青春和性能力，只要你某個兒子願意爲你承受這個詛咒。」

迅行王馬上召見兒子們。他的長子是天乘生的，名叫雅度（Yadu）。雅度拒絕爲他承受詛咒；他提出疑問：「反轉時間的秩序——叫兒子放棄世間的樂趣，好讓父親得以享受生命，這麼做是不是違反了正法？」

迅行王於是轉而問最小的兒子，亦即多福公主生的布盧（Puru）。布盧同意爲他承受詛咒。於是布盧馬上變老，承受著老年所帶來的種種苦痛，他的父親則繼續享受他的青春。布盧咳嗽、跌跤、彎著腰，借助拐杖行走，但是他的父親則擁抱妻妾、外出打獵或帶兵去打仗。

就這樣過了許多年，迅行王意識到青春和男歡女愛並未帶給他眞正的滿足，於是決定解除詛咒帶給布盧的影響。

到了宣布繼承人的時候，迅行王指定布盧繼承王位，即使布盧是他最小的兒子。「因爲他曾經爲我承受痛苦。」迅行王解釋道。雅度身爲長子，但是他不只沒得到王位，還受到父親的詛咒：「因爲你拒絕爲父親受苦，你和你的後代將永遠不能成爲國王。」

憤怒的雅度離開了迅行王，離開他的國家，前往南方旅行。最後他來到那迦族的國度馬圖拉（Mathura）。在那裡，他的俊美和風度翩翩的儀態引起一個那迦族人的注意。這位名叫杜羅瓦納（Dhumravarna）的那迦族人對他說：「跟我的女兒們結婚吧！成爲我的女婿，把馬圖拉當作你的家。」雅度同意了。那迦族並沒有國王——他們是由一群年長者組成委員會，透過彼此的共識來治理國家。這一點很適合他。

他受到詛咒，不能當國王，但是他在馬圖拉，還是可以成爲統治者。雅度娶了杜羅瓦納的幾個女兒，她們給他生了許多兒子；這群兒子的後代分別建立了好幾個部族，例如安陀迦族（Andhakas）、波迦卡族（Bhojakas）、毗娑尼族（Vrishnis）。整體而言，雅度的後代所創立的部族後來全部統稱爲雅度族（Yadavas）。

奎師那將會誕生在雅度族的部族裡。就像其他雅度族人，他永遠不會成爲國王，只能擁立他人爲王。

布盧後來成爲著名的俱盧族始祖。從他這一系，將會再分出兩個部族：俱盧族和般度族。

迅行王的詛咒播下了戰爭的種子——這場戰爭很久之後將會在俱盧之野開打。之所以會如此，那是因爲他的詛咒顯然點出一項事實：兒子的順從凌駕於世代之間的自然競爭。受到這一事件的啓示，毗濕摩將會放棄自己的婚姻生活，好讓老父得以再婚。

＊多福公主和天乘兩人互相輪替的命運提醒我們注意業報的本質——看似面臨厄運（天乘被推入井中和多福公主被貶為女侍），但是最後的結局卻是好的（天乘找到丈夫，多福公主找到情人）。太白仙人的詛咒並未達到他想要的效果（懲罰女婿），因為被這個詛咒懲罰最多的人是他的女兒，不是女婿。由此可知，世上沒有人可以預言行動的結果，不管那人多麼有智慧。

＊心理分析學家佛洛伊德（Freud）根據希臘神話，提出伊底帕斯情結（Oedipus complex）的理論，據此解釋兒子為何必須跟父親競爭，以便取得母親的關愛。在此理論架構下，兒子總會打敗父親，但是最後兒子總會被自己的罪惡感吞噬。印度心理分析學家認為這個理論並不適用於印度的社會脈絡，因為印度的一般情況是：兒子必須順從父親，而且兒子會因為順從父親而得到人們的尊重。印度心理學家因此參考迅行王的故事（父親要求兒子為他犧牲和為他受苦），提出「迅行王情結」（Yayati complex）這個說法。希臘人的世界觀主要由伊底帕斯情結主導，因此接手社會的是下一代；印度人的世界觀主要是由迅行王情

結主導，因此老一輩會占據著社會的高層——這就是為什麼在印度的社會裡，傳統總是凌駕於現代之上的緣故。

* 旃陀羅族裔的祖先雖然來自天人，然而迅行王娶的兩個妻子都與阿修羅族有關，她們一個是阿修羅王的女兒，一個是阿修羅祭司之女。雅度離家之後，他所娶的也是那迦女子。這些例子都顯示出種族和部落的融合。鎮群王想舉行火祭消滅蛇族或那迦族，他要殺的，其實是跟他祖先有通婚關係的民族。

* 在吠陀時代，男人可以跟同屬一個社會階層的女子結婚，也可以跟社會階級比他低的女子結婚。迅行王娶天乘是一種背離，因為天乘是祭司的女兒，社會階級比他高。根據經典，這是一種不當的婚配；不過，他與身兼侍女的多福公主的結合則是一樁得當的婚配。如果他與社會階層更低的女子結婚，那就是一樁更得當的婚姻。因為這個原因，相較於天乘的兒子雅度，多福公主的兒子布盧因此被視為更適合登上王位的繼承人。

* 許多歷史學家相信，利用議會的形式來治理馬圖拉的那迦族，是一個實行早期民主政治的部族。他們也許是亞歷山大大帝（Alexander）入侵印度之後，定居在印度的印裔希臘人的後代，或者是跟印裔希臘人有親緣關係的部族。

* 雅度和那迦女子結婚之後留下的後代，他們的故事來自一部稱為《卡羅毗》（*Karavir Mahatmya*）的宗教經典，這些故事敘述的是現代馬哈拉什特拉邦（Maharashtra）廟宇城鎮科拉浦（Kolhapur）的地方傳奇。故事的敘述者是一位名叫維卡阿杜（Vikadru）的雅度族長者，聽故事的人則是奎師那。

七、瑪達薇的寬恕

迅行王有個女兒名叫瑪達薇（Madhavi）；根據神諭，瑪達薇會生下四個注定成爲國王的兒子。有一天，有個名叫葛羅瓦（Galava）的聖者來見迅行王，要求迅行王給他八百匹生有一隻黑耳朵的白馬，因爲他需要這份禮物來送給他的導師衆友仙人（Vishwamitra）。

迅行王沒有這樣的白馬，但又不想讓聖者空手而回，所以提議把女兒瑪達薇獻給聖者。他對聖者說道：「你把瑪達薇送給四個想生下國王兒子的男人，條件是請他們各拿兩百匹白馬來跟你交換。」

於是，葛羅瓦就帶著瑪達薇到處去拜訪國王。三個國王接受了他的建議，而且都跟瑪達薇生下了兒子——這讓葛羅瓦獲得了六百匹白馬。最後，他帶著瑪達薇和六百匹白馬去見他的導師，並對導師說道：「這是你要的白馬六百匹，而這是迅行王的女兒瑪達薇，她會給你生下兒子，代價是那剩下的兩百匹白馬。」衆友仙人接受了那六百匹白馬和瑪達薇，並與瑪達薇生下一個兒子。至此，葛羅瓦欠他導師的學費就這樣付清了。

生了四個兒子之後，瑪達薇回到父親身邊。迅行王希望爲她找個丈夫，但是瑪達薇選擇去當苦行者。

把王位傳給布盧之後，迅行王離棄人世，升上了天界，住在天城享福。但是他在天城享福的日子並不長，不久，就被天人趕出天城。他要求天人給他一個解釋，天人們答道：「因爲你迅行王的福報已經享盡用光了。」

迅行王被逐出天城，掉落在女兒瑪達薇修練苦行的森林裡。瑪達薇爲父親感到難過，於是找來四個兒子（他們現在已經是著名的國王），請他們各自撥出四分之一份福報給他們的外公。起初兒子們都不肯這麼做，他們問道：「妳怎麼可以要我們把福德分給那個男人？他以前把妳當貨物似的，送給一個又一個國王，好讓自己從中獲利。」

瑪達薇回答道：「首先，因爲他是我的父親，而你們是我的兒子，不管他過去做了什麼，這個聯繫是不會改變的。另外，就是因爲我了解生氣無濟於事，我了解寬恕的力量。」受到母親的話所啓發，瑪達薇的四個兒子答應了她的要求，各自分了一部分福報給外公。

就這樣，迅行王再次成爲有福報的人。他謝過女兒瑪達薇，再次回到天人的樂園。

一年一年過去，瑪達薇的智慧漸漸被她的後人忘記了。不論是般度族還是俱盧族，他們都沒能學會寬恕的價值。因爲這樣，俱盧家族付出了巨大的代價。

＊迅行王的故事演示的是業報的概念。福德和惡業可以在世代之間相傳。父親的善行會傳給兒子，此所以迅行王雖然被下了咒，但是布盧和他的後代可以代為承受詛咒。同樣的，父親可以從孩子的善行當中獲益。由於這樣，瑪達薇的兒子們可以讓他們的外公重得福報，返回天界。

＊迅行王其實是在剝削他的兒子和女兒。布盧為他承受詛咒的痛苦，瑪達薇事實上是被葛羅瓦帶出去賣淫。布盧因為代為受苦而得到好處——他得到了王位。瑪達薇回到森林，並且在時間流逝的過程中，化解了她的憤怒。她甚至原諒了父親，並且幫助父親重返天界。透過苦行來化解個人的憤怒——這是《摩訶婆羅多》不斷闡述的主題。

卷二

父母

鎮群王，
在你的家族裡，
兒子會因爲他父親的緣故而受苦。

一、摩訶毗沙轉世爲福身王

有一位名叫摩訶毗沙（Mahabhisha）的國王，因爲一生福德圓滿，因此得以升天，進入天城享福。在天城裡，他終日欣賞天女跳舞、享受天人樂師乾闥婆的音樂，還有衆位天人的陪伴。他獲准飲用一種使人心情愉悅的飲料蘇辣汁（Sura），甚至還得到天人的允許，可以接近劫波樹（Kalpataru）、滿願牛（Kamadhenu），而且得以觸摸那顆名叫欽塔摩尼寶（Chintamani）的奇石——這幾樣天界寶物全都具有神奇的力量，可以助人完成心願，滿足所有欲望。

有一天，恆河女神到天界參加因陀羅的聚會。那時，一陣微風吹來，吹落了她的上衣，使她露出了乳房。在場的天人全都垂下雙眼，以示尊重，唯獨摩訶毗沙被恆河女神的美震懾住了，目不轉睛地盯著女神一直看。他如此直接地表現他的熱情，讓因陀羅覺得很生氣，所以他詛咒摩訶毗沙，把摩訶毗沙打回人間。

得到摩訶毗沙熱情注目的恆河女神也因此遭殃——因陀羅命她離開天界，要她到人間去，直到傷透了摩訶毗沙的心，才能再重返天界。

摩訶毗沙轉世爲人，降生在象城，成爲波羅底波的兒子福身王。

波羅底波是布盧王的後代。波羅底波統治象城多年，一旦覺得孩子已經長大成人，可以取代他的位置，統治國家，他就宣布退休，棄世修行。王位本來應該傳給長子天友（Devapi），不過因爲天友罹患皮膚病，而且法律明文規

定生理有缺陷的人不得擔任國王，所以他就把王位傳給幼子福身王。天友選擇離開王宮，當個托缽僧雲遊四方，不願生活在福身王的陰影之下。

有一天，波羅底波在岸邊打坐，恆河女神來到他身邊，在他的右膝坐了下來。波羅底波問道：「美麗的女子，妳來坐在我的右膝上。假如妳坐在我的左膝，那就意味著妳想當我的妻子。現在妳坐在我的右膝，這表示妳想當我的女兒。妳究竟是想怎樣呢？」

「我要跟你的兒子福身王結婚。」女神說道。

「沒問題，就這麼辦吧。」波羅底波說道。

過了幾天，福身王到河邊探望父親，波羅底波對他說道：「有個名叫恆河的漂亮女子有一天會來找你，她希望嫁給你。你要實現她的願望，這是我對你的期望。」

過不了多久，福身王看到恆河女神坐在一頭海豚上，緩緩朝他飄移過來。他立刻愛上那女子，並向那女子求婚道：「請嫁給我吧！」

「我可以嫁給你，」恆河女神說道：「條件是你絕對不能過問我的行動。」受到情欲的驅策，加上對父親的承諾，福身王同意了恆河女神的條件。於是恆河女神就跟他回王宮了。

不久，恆河女神爲福身王生下第一個兒子。但這件事卻沒什麼好慶賀的，因爲孩子一滑出子宮，恆河女神就抱著新生兒到河邊，親手把新生兒淹死。福身王雖然被恆河女神的行爲嚇壞了，但是什麼也沒說——他不想失去美麗的妻子。

一年後，恆河女神生下第二個兒子，同樣也把那個新生兒淹死了。這一次，福身王也沒有出聲抗議。就這樣，恆河女神生了七個小孩，七個孩子統統被她淹死了。每一次福身王都沒說話。

不過，就在恆河女神正要淹死第八個新生兒的時候，福身王大叫了起來：「住手！妳這冷血的女人！讓他活下來吧！」

恆河女神停下來，微笑說道：「你已經違反了你的誓言，所以我該離開你了，就像廣延天女離開洪呼王一樣。我淹死的那幾個孩子，他們的前世是八個稱爲婆蘇（Vasu）的天人，因爲偷了極裕仙人（Vasishtha）的牛，所以被懲罰轉世爲人。因應他們的要求，我成爲他們的母親，盡可能幫忙縮短他們在世間的時間，免除生活在這世間的痛苦。只是可惜，我幫不了最後的這一個。福身王，你救了這第八個婆蘇的命。他會活下來，但他這一生將命運多舛；雖然生而爲人，但他既不會結婚，也不會繼承你的王位；他不會擁有自己的家庭，但是卻得肩負著家長的責任；最後他也不會光榮地死去；事實上，他會死在一個女人手裡，雖然那個女人表面上看起來是個男人。」

「不會這樣的，我不會讓這種事情發生。」福身王十分激動地反駁道。

「我會帶走你的兒子，把他訓練成完美的武士。他會在武術高手持斧羅摩（Parashurama）的門下受訓，等到當他應該結婚和繼承王位的時候，我會送他回來。到時我們再看看吧！」恆河女神說完，就帶著兒子天誓（Devavrata）消失了，留下福身王一個人。

＊《摩訶婆羅多》花費很多篇幅來強調業報法則的重要性。根據業報的法則，世上沒有任何一件事是憑空發生的；每一件事都是過往事件的果報。福身王之所以會愛上恆河女神並為之感到心碎，是因為前世種下的因。那幾個被恆河女神淹死的孩子之所以會死，也是因為他們在過去世所做的壞事。如果人們試圖

干預業報的「行程」——猶如福身王之干預恆河女神淹死第八個孩子，那麼人們所造成的傷害會遠大於益處。這部史詩常常提醒我們：表面上看來像善行，其實不一定是善行，因為人類生命的每一刻都受制於各種我們無法理解的因素之作用。

＊那八個婆蘇是古吠陀時代與自然界元素相關的神明。由於他們偷了極裕仙人的牛，犯下了惡行，所以必須轉世為人。他們的首領名叫帕波薩斯（Prabhas），他偷牛是為了妻子，但由於他是帶頭者，所以他比其他前面七人承受更多的苦，在世上也活得比較久——是以天誓的身分度過悲慘的一生，也就是活下來的第八個兒子。

＊寫到福身王接受恆河女神的條件時，毗耶娑特別著墨於欲望和盲目服從父親的危險。人類所有的悲劇，其根源都是人的愚蠢。

＊象城這個國家名字來自罕斯丁（Hastin）這個人名——他是般度家族少為人知的祖先之一。不過有人說罕斯丁是布盧的另一個名字。學者根據象城這個名字，推測在《摩訶婆羅多》時代，象群曾自由地生活在那個地區，亦即現在的旁遮普省（Punjab）和哈里亞納邦附近。

＊在耆那教的史書裡，象城是個古老的城市，其創建者是諸神本身。耆那教的二十四位底里坦迦羅（Tirthankara）當中，就有三位出生於此：他們是商底那羅（Shanti-nath）、貢突那羅（Kuntha-nath）和阿摩那羅（Ara-nath）。

二、毗濕摩的犧牲

天誓長大後，成為一位英俊的王子和技藝嫻熟的武士。當恆河女神把他送回王宮，讓他與父親團聚時，象城的人民都很喜歡他，並且期望有朝一日他會登基成為國王。但是這一天永遠不會到來。

福身王再次陷入愛河。這一次他愛戀的對象是貞信——在恆河划船運載客人往來兩岸的漁家女。福身王很想娶貞信為妻。但是貞信就像恆河女神那樣，在嫁給福身王之前，也對福身王開出了一個條件：她必須確定她的兒子可以繼承王位，才願意跟福身王結婚。福身王不知道如何滿足她這個要求，因為他早已經宣布讓天誓成為繼承人了。

天誓知道父親面對的難題之後，他去拜訪貞信，並對貞信說：「為了讓父親可以跟妳結婚，我宣布放棄我的繼承權。」

貞信的爸爸是漁人的首領；雖然他對天誓的決定感到讚嘆，但是卻不滿意。他說道：「可是你的孩子必定會跟我女兒的孩子搶奪王位。你怎麼保證這樣的事不會發生？」

天誓微微一笑，毅然決然地做了一個將會改變家族歷史的決定；他毫無悔恨地說道：「我將永不結婚，永不近女色，我永遠不會成為任何人的父親。」

這個誓言震動了天界宇內所有的生靈。眾天人感到十分讚嘆，以至於他們從天上降到人間，為他撒下花朵。他

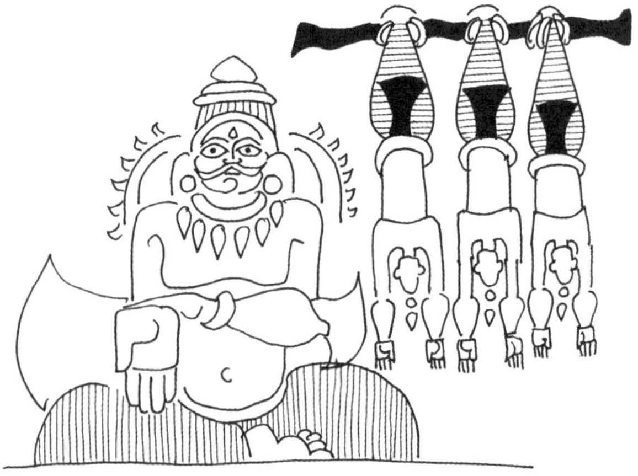

們賜給他一個新名字：毗濕摩，意思是「發下可怕誓言的人」。說眞的，那眞的是一個可怕的誓言。天誓不會有小孩，這表示在他死後，世上就沒有人會祭祀他，幫助他完成轉世重生的過程。他注定永遠留在吠坦剌尼河（Vaitarni）的對岸，留在亡者的世界，永遠無法超生。衆天人爲他感到難過，因此他們決定賜給毗濕摩一項超能力：毗濕摩可以選擇自己的死亡時間。

既然天誓已發下永保獨身的誓言，福身王就沒有任何阻礙，可以跟貞信結婚了。

＊毗濕摩的誓言是「迅行王情結」的另一個例子，亦即讚美一個為了父親而犧牲自己幸福的兒子。

＊《摩訶婆羅多》的這一段情節，在耆那經典的重述版暗示了天誓是自我去勢，並以此向貞信保證他不會娶妻生子。

＊「阿什羅摩正法」（ashrama-dharma）指導人如何在人生階段中保持行止得當，進退得宜；如果依據這一正法，那麼福身王理應退位，讓天誓成為一家之主，就像他的父親波羅底波棄世退位，讓他繼承王位那樣。基本上，《摩訶婆羅多》是在天誓發下誓言之後，才真正開展其故事，描述年長的一代為了享樂，犧牲下一代的幸福，將會發生什麼後果。

三、魚之女

貞信並不是一個普通漁家女；她的父親其實是個國王，名叫空行（Uparichara）。有一天，這位國王出外狩獵。在行獵的過程中躺在一棵樹下休息。因爲他想到了妻子，所以在愉悅之中射出了精液。他不想浪費那些精液，所以就用一片葉子包起來，吩咐鸚鵡把包著精液的葉子送去給妻子，好讓妻子可以用來替他生下小孩。

那隻鸚鵡在半途中遭到老鷹襲擊，口中銜著的那包精液掉落河中，被一條魚吞下肚。這條魚的前世是一位天女，名叫吉瑞卡（Girika）；她遭受梵天的詛咒，因而轉世爲魚，直到生下人類的孩子才能銷咒。

幾天後，一群漁人捕到了這條魚；他們在魚肚裡發現了兩個嬰兒，一個男的，一個女的。他們把這對嬰兒上呈給國王，國王收養了男嬰，把女嬰留給漁民。漁民的首領把女嬰帶回家扶養，視如己出，並爲她取名貞信。不過其他人都喜歡開貞信的玩笑——他們叫她「眞腥」（Matsya-gandha），因爲她身上有一股很重的魚腥味。

「眞腥」平日的工作是划船載送旅客渡過恆河。一天，她發現自己的乘客是一位名叫波羅奢羅的聖者。到了河中央，接近一座河中島的時候，這位聖者表示想跟「眞腥」做愛，而且還要跟她生下一個兒子。「眞腥」說道：「如果你這麼做，我就永遠嫁不出去了。」

「這個妳不用擔心，」那位聖者一面施法讓船的四周裹上一層薄霧簾幕，一面說道：「以我的法力，我保證妳會立刻生下孩子。生下孩子之後，妳馬上就會恢復處子之身。在這之後，妳的身體再也不會發出魚腥味，而會散發一種讓男人無法抗拒的香氣。」

在渡船抵達對岸之前，「眞腥」已經從情人變成母親，再從母親變回處女，最後變成一位周身散發香氣的女子。她生下的孩子由波羅奢羅帶回去扶養；這位孩子被取名爲島生黑，意思是在河中小島生的黝黑小孩。這位小孩長大之後，將會以毗耶娑的名字知名於世，成爲許多經典的編撰者。

「眞腥」散發香氣的身體則使她得到福身王的青睞，也讓她最後成爲象城的王后。

＊空行國王在「森林中愉悅地射出精液」，這坨精液接著被河魚吞下肚的故事，有可能是個精心的設計，用來掩蓋國王與漁婦之間那些不檢點的行為。

＊貞信堅持她的孩子一定要繼承王位的故事，讓人忍不住懷疑這裡頭反映的是一種怨恨——對她那位國王父親的怨恨，因為當年她的父親只選了她的哥哥，卻把她留給漁人，讓她在漁人家庭長大。隨著故事的進展，毗耶娑提醒我們注意貞信有時為了改變命運，甚至採取了一些絕望且無情的手段。

＊波羅奢羅和「真腥」的故事有三解。一是年輕女孩遭受有權有勢的長者性剝削；二是吠陀時代常見的風俗故事——在吠陀時代，當父親或當丈夫的男人為了表示好客，常常會以自己的女兒和妻子來招待客人、聖者和國王；三是貞信藉由提供性服務，達到操控聖者，完成其目的的故事。

四、三位公主的故事

貞信後來爲福身王生了兩個兒子：花釧（Chitrangada）和奇武（Vichitravirya）。孩子出生後不久，福身王就過世了，留下妻子和兩個幼子給毗濕摩照顧。

貞信希望兒子快快長大並結婚生子，因爲她一心一意想當偉大國王的母親。

很不幸的是，花釧還沒結婚就死了。原來他生性高傲，惹來一個名字亦叫「乾闥婆」的乾闥婆找他挑戰：兩人苦戰了許久，最後花釧被該乾闥婆殺死了。

奇武的個性懦弱，沒能力給自己找個妻子。在此情況下，毗濕摩只好出面幫他找妻子。

當時迦什國（Kashi）的國王正在舉辦選婿比武競賽，讓他的三個女兒在衆多競爭者裡挑選夫婿。這三位公主名叫安芭（Amba）、安必迦（Ambika）和安波利迦（Ambalika）。奇武固然未婚，但是他並未收到邀請函。有人說這是因爲大家都知道，對任何女人而言，奇武都不是理想的新郎。其他人則說這是爲了向毗濕摩報復，因爲毗濕摩在決定發下獨身誓的時候，完全沒顧慮到他那個決定的後果——他忘了他早有婚約，而對象就

是迦什國國王的妹妹。

不過，毗濕摩把沒收到邀請函視爲一種蔑視——對他家族的蔑視。他決定騎馬到迦什國去綁架三位公主。在場的來賓試圖阻止他，但是卻失敗了。毗濕摩劫走了三位公主，並將她們送給弟弟。

安芭公主是迦什王的大女兒。她本就愛著沙魯瓦（Shalva），而且早已決定要在選婿大會上選擇沙魯瓦。「讓我去找我愛的人，」她哀求道：「你已經有兩個妻子了，爲什麼還要第三個？」毗濕摩和奇武都很同情她，所以決定讓她去找她愛的人。

但是沙魯瓦卻拒絕娶安芭爲妻；他說道：「這個女人先是被另一個男人綁架了，然後又被放了回來，我怎能娶這樣的女人當王后？那不就等於接受那個男人的施捨嗎？」

尷尬的安芭只好回頭去找奇武，不過奇武很傲慢地對她說道：「已經送出去的人，我們永不收回。」

於是安芭只好去找毗濕摩，並要求毗濕摩娶她爲妻；她對毗濕摩說道：「這一切都是你造成的。如果你沒有把我劫走，我就不會落得如此地步，你要對我的遭遇負責。而且，是你用你的馬車把我們劫走，所以你是我們姊妹三人的丈夫，不是你弟弟。」

這些話毗濕摩一句都聽不下去。他揮揮手就把她打發了：「我已經發下獨身誓，不能接近任何女人。既然沙魯瓦和奇武都不願意接受妳，那麼妳就自由了，想去哪裡就去哪裡吧。」

「你毀了我的一生，」安芭哭道：「既然你已發下獨身誓，憑什麼將我劫走？現在沒人願意跟我結婚了！」

從此安芭走遍了世界，尋找武士爲她報仇，消除她受到的羞辱。但是所有的剎帝利都畏懼毗濕摩，所以她只好去找毗濕摩的老師持斧羅摩求助。

持斧羅摩是個婆羅門，他不怕剎帝利。事實上，他恨極了剎帝利。剎帝利殺了他的父親，偷走了他的牛群，爲了給他們一個教訓，他拿起斧頭，屠殺了五個剎帝利家族，使五座湖注滿了他們的血。這五座湖被稱爲薩曼達湖

（Samanta Panchaka），地點就位在俱盧之野。每個剎帝利一聽到持斧羅摩的名字，全都嚇得發抖，因爲持斧羅摩曾發誓要殺死所有惹到他的剎帝利。

聽到安芭的遭遇，持斧羅摩大感震驚。他馬上去找毗濕摩挑戰，要毗濕摩出來跟他比武。一場可怕的大戰於焉開始，兩人一打就是好幾天。最後，持斧羅摩放棄了，他說道：「沒人可以打敗毗濕摩。除非他自己想死，也沒人殺得了他。如果再繼續打下去，我們兩個都會祭出毀滅世界的武器，所以現在必須停手。」

在絕望之中，安芭發了一個誓。她決定不吃東西也不睡覺，直到眾天人告訴她殺死毗濕摩的方法。她單腳站在一座山頂上，一連站了好幾天。最後，代表毀滅力量的天神濕婆出現在她面前。濕婆神告訴她：「下一世的妳，將會造成毗濕摩的毀滅。」安芭決意加速毗濕摩的毀滅時程，於是跳入火堆自殺身亡。她將會再度轉世爲束髮，降生在般遮羅國（Panchala）木柱王（Drupada）的家裡，完成她毀滅毗濕摩的宿命。

＊十五世紀作家迦比．桑傑（*Kabi Sanjay*）曾以孟加拉文重寫了《摩訶婆羅多》，在這部重述版裡，花釧死於肺結核，至於奇武——雖然大家都勸他不要在毗濕摩不在的時候前去他家，但是他執意不聽，結果被毗濕摩宮裡的寵物象殺死了。

＊從字源學來看，「Vichitravirya」（奇武）這個名字分別來自「vichitra」（意思是奇怪）和「virya」（意思是男性）的組合。這名字因此可能暗示奇武是個瘦弱、不舉或沒有生育能力的男子，亦有可能暗示他是個無性之人或同性戀者，或暗示他缺乏男性氣概，沒有能力或不願意給自己找個妻子。

＊安芭的故事讓我們注意到吠陀社會裡女性地位的逐漸惡化。不像廣延天女、恆河女神或貞信等人可以在婚前給男人開出條件，安芭和她的妹妹只是私人財產，可以在競賽中當作獎品送人。伊拉瓦第．卡爾孚（Iravati Karve）的散文集《終結》（*Yuganta*）曾詳細描寫反映在史詩裡的時代變化。

五、奇武之子的誕生

奇武還來不及讓妻子們懷孕，人就死了。

貞信想成爲國王母親的夢，隨著奇武的死而破滅了。

於是她去找毗濕摩，要求毗濕摩讓她兩個守寡的媳婦懷孕。她對毗濕摩說道：「根據正法典籍提到的尼由迦法則（niyoga），如果你讓她們懷孕，她們產下的孩子還是屬於她們死去的丈夫。我兒子辦不到的事，我現在要你去辦。」

「母親，即便有此法則，」毗濕摩說道：「我也不願違反我的獨身誓言，即使是爲了妳。當初就是爲了妳，我才立下這樣的誓言。」

絕望的貞信只好去找她的第一個兒子島生黑。島生黑跟他的父親波羅奢羅住在一起，不過那時大家都叫他編撰者毗耶娑，因爲他已經成功地把吠陀經典分成了四部。「你去讓我兒子的兩個妻子懷孕。」貞信說道。

「如果這是妳的意思，那麼我會照辦，」毗耶娑說道：「但是請給我一年的時間準備，因爲我住在森林裡十四年，這些年的苦行生活讓我的頭髮打結，皮膚粗糙。我擔心我這副粗野的外表會嚇壞那兩個女人。」

但是貞信等不及了，她催促道：「現在就去，就以你現在的樣子去。她們會喜歡你的。我無法再等下去了。」

毗耶娑不想讓母親失望，所以就先去找安必迦。安必迦看到他的樣子，心裡感到很

厭惡，毗耶娑只要一碰到她，她就閉上眼睛。所以毗耶娑跟她生的孩子，打從在子宮裡就是瞎眼的。而這個兒子被取名爲持國。

接下來毗耶娑又去找安波利迦。安波利迦一看到毗耶娑，馬上嚇得臉色發白；在此情況下，她所生的孩子既瘦弱又蒼白。這個小孩被取名爲般度。

貞信對兩個媳婦生下的孫子都不滿意；她再次催促毗耶娑：「你再去找安必迦，這一次她不會閉上眼睛。」毗耶娑順應母命再去找安必迦。但是躺在床上的並不是安必迦，而是安必迦的侍女。這位侍女毫不畏懼地跟毗耶娑翻雲覆雨，因此她所生下來的孩子既健康又聰明。這位小孩被取名爲維杜羅（Vidura）。雖然維杜羅很適合成爲國王，不過由於他是侍女之子，所以永遠不能登上王位。

維杜羅不是別人，正是死神閻摩（Yama）轉世爲人的化身；至於閻摩爲何會下世爲人，那是因爲他受到了詛咒。事情是這樣的：

很久以前，曼陀仙人（Mandavya）在他的小屋裡打坐，因爲他深入禪定之中，完全不曉得有一群盜賊正躲在他的小屋裡。當國王的守衛發現那群盜賊的時候，曼陀仙人受到牽連，被按上包庇盜賊的罪名，並且受到刺穿之刑以爲懲罰。他死後去見陰間的統治者閻摩王，要求閻摩王給他一個解釋，因爲他一生慈悲爲懷，從未傷害任何生物，不應受此酷刑。「有的，當你還是個小孩的時候，你最喜歡玩的遊戲就是用稻草把小昆蟲串在一起，」閻摩王答道：「你現在承受的

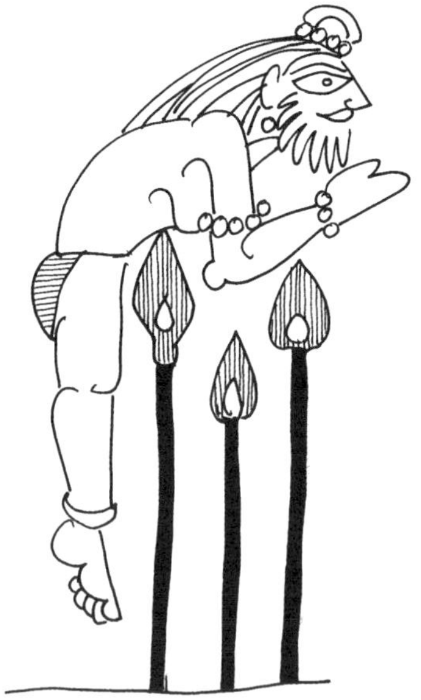

痛苦，是你的業報——你得償還那些昆蟲所承受的痛苦。」曼陀仙人提出抗議，他說孩童天眞無邪，人不該爲孩童時期犯下的錯誤而受苦，因爲這樣並不公平。「這是正法的規定。」閻摩冷冷地答道。曼陀仙人氣壞了，於是他就詛咒閻摩王，讓閻摩王下世爲人，嘗嘗有能力當個完美的國王，卻無法登基的痛苦。就這樣，閻摩王化身爲維杜羅，降生在人間。

持國、般度和維杜羅都由毗濕摩撫養長大，彷彿那是他自己的孩子。大家都看到這個情況裡的諷刺意味：發誓不結婚生子、不組織家庭的毗濕摩，到頭來卻被困在他父親留下的家庭裡，負責照顧一位後母、兩個守寡的弟媳和她們的侍女，還有她們生下的三個侄兒。

＊毗濕摩是俱盧家族這支血脈的最後一人。他的父親福身王跟貞信生的兒子並未留下子嗣，所以這個王室家庭裡的小孩全都不是真正的俱盧子孫——他們是俱盧家族的媳婦跟其他男人生下的小孩。

＊毗耶娑點出人為法則的脆弱：自然已經賦予的情勢，人類倘若想設法改變，此種努力往往只是一場徒然。貞信的兒子奇武沒留下子嗣就死了，但是根據尼由迦法則，奇武還是可以被稱為父親，因此之故，持國和般度成為奇武的「兒子」，雖然讓兩人的母親懷孕的男子其實是毗耶娑，不是奇武。

＊法律規定，只有合法結婚的妻子生下的孩子才是真正的兒子，侍妾生的不算。因為如此，只有般度和持國能繼承王位，維杜羅不能，即使維杜羅是他們三人之中最有能力的人。

＊維杜羅前生的故事是為了嘗試解釋為什麼壞事會發生在好人身上。這則故事亦進一步闡述業報的法則，說明即便是在無知或無意之中犯下的過錯也會產生惡果，而人必須自己承受這些惡果，如果不是在這一生，也會在來生承受自己造下的惡果。

＊閻摩王是死神，也是正法之神。他是個冷靜沉著的神，監管著死亡和命運，並確保業報的法則會分毫不差地執行。

· 卷三 ·

誕生

鎮群王，
在你的家族裡，
不孕男子要求神明臨幸他們的妻子，
讓他們成爲人父。

一、貞信的孫媳婦

在象城的南方，亞穆納河（Yamuna）的兩岸，雅度議會統治著富裕的城市馬圖拉。議會裡有個名叫蘇羅娑（Surasena）的議員，他有個女兒名叫普莉塔（Pritha），普莉塔後來被蘇羅娑的堂兄弟貢蒂博迦（Kuntibhoja）領養，後者給她改個名字叫貢蒂（Kunti）。

到了貢蒂適婚的年齡，她的養父爲她辦了一場招親大會。在所有來賓當中，貢蒂選了般度成爲自己的丈夫。

差不多同一時間，犍陀羅國公主甘陀利（Gandhari）被帶到象城，嫁給持國爲妻。舉行婚禮的時候，她並不知道自己即將嫁的是個盲人。當她知道持國天生目盲之後，便決定把自己的眼睛用布蒙起來，以此分擔丈夫承受的痛苦。

基於某些從未提及的理由（雖然有人猜測般度無法讓貢蒂受孕），象城國爲般度買了第二個妻子。這位二妻名叫瑪德莉（Madri），是摩陀羅國（Madra）沙利耶王（Shalya）的妹妹。一般來說，只有第一任妻子確定無法生育，人們才會去買第二個妻子。但是貢蒂並非不孕：她在婚前曾偷偷生了一個小孩。或許是婚前的韻事讓她聲名受損，使夫家有充分的理由替般度買來第二個妻子。

持國雖然是長子，但是由於天生目盲，所以不能繼承王位。最後取代他的位置，登上王位的是般度——就像當年福身王之取代其長兄天友一樣。不過，這個規定還是讓這位瞎眼的王子感到十分心痛。但他沒出聲抗議，因爲他太了解這些規定的種種古怪之處——有些規定讓他成爲奇武王合法的子嗣，但另有一些法則卻阻擋他繼承王位。到了晚上，這位瞎眼的王子低聲對他妻子說：「甘陀利，讓我們趕緊生個小孩，讓我們趕在般度之前生下兒子。這樣一來，我們的兒子就可以奪回本來屬於我的王位。」

＊男女可以用什麼方式住在同一屋簷下，共同生活？據吠陀文獻記錄的規定，共有八種模式：一、萬物創造者生主（Prajapati）的模式：把女人施捨給需要幫助的男人，甘陀利即是一例；二、如果新娘被接納的理由在於嫁妝，不在於她本身，這是梵天的模式——為自己的創造物所誘的梵天；三、如果父親把女兒送給某人，作為某種服務的酬勞——這是天人的模式；四、如果為了祭祀的緣故，把女兒連同一頭母牛和一頭公牛送給某人，這是仙人的模式；五、如果女人自由選擇丈夫，猶如貢蒂和沙恭達羅那樣，那麼這是天界樂師乾闥婆的模式；六、如果女人是買來的（例如瑪德莉），那麼這是地底聚財者阿修羅的模式；七、如果女人是劫來的（例如安必迦和安波利迦），那麼這是森林野蠻人羅剎的模式；八、如果女人遭受強暴，那麼這是吸血妖皮剎迦（Pisacha）的模式。

＊甘陀利蒙起自己的眼睛，以此分擔丈夫的痛苦——這讓甘陀利獲得「娑提」（sati），亦即完美妻子的地位。在史詩的後面，我們會看到她的這一犧牲使她得到神奇的力量。許多劇作家暗示甘陀利之所以自蒙其眼是出於憤怒，抗議她竟然得嫁給一個盲眼的丈夫——與其遭受剝削，不如先把自己給廢了。

＊古吉拉特邦（Gujarat）有個鄧格理比爾族群（Doongri Bhil），他們的《比爾婆羅多》（*Bhil Bharata*）記載了一則大地母神薩蒂的故事，而這則故事與貢蒂和甘陀利相關。有一回，七位聖者正忙著執行苦行修練

的儀式。因為好奇，濕婆和薩蒂決定化成一對老鷹去看看他們。但是由於風力的緣故，雌鷹被聖者的三叉戟給刺穿了。聖者們看到這一景象，大家都覺得很難過，所以他們決定施法，利用神奇的力量使雌鷹起死回生。結果從死鷹身上生出兩個女人：從鷹的骨架生出甘陀利，從鷹的血肉生出貢蒂。

＊根據律法的規定，唯有生理健全的男子才可以當國王，所以天生盲眼的持國被略過，由他的弟弟般度繼承王位。諷刺的是，般度也有生理缺陷（性無能或沒有生育能力），只是這種缺陷並不像瞎眼那麼明顯可見。

二、貢蒂之子的出生

有一天，般度王外出打獵，那時他跟第二任妻子新婚不久。可能是爲了排解鬱悶吧，因爲他竟無法讓生育力極度旺盛的瑪德莉懷孕。他擔心自己會不會像他父親那樣，留下兩個沒有孩子的寡婦就離開人世！

般度王的箭射中了一隻羚羊。不過等他走近一看，才發現那頭羚羊正在跟雌羚羊交配。更糟的是，那頭公羚羊其實是一個名叫緊陀摩（Kindama）的聖者，而那頭雌羚羊是他的妻子——他們爲了能夠自由自在地在曠野裡做愛，所以便施法把自己變成

動物。

緊陀摩臨死前對般度王下了咒：「你，你竟然用這種暴力強行中斷一對男女的歡愛！我詛咒你，願你永遠不知道性愛的樂趣。如果你膽敢碰任何女人，你馬上就會倒地身亡。」

般度王覺得非常不安。他認爲一個無法生兒育女的男人不適合留在王座上，因此拒絕回去象城。他決定留在千峰林（Satasringa）與衆仙人同住，過著隱修的生活。

般度王決定成爲隱修士的消息一傳到象城，他的兩位妻子連忙趕到森林陪他。她們看到般度王已經脫下王袍，穿上樹皮做的粗布衣；身邊沒有隨從，只有幾個隱修的仙人。

「回去吧，」般度王對貢蒂和瑪德莉說道：「從此以後，我就不再是妳們的丈夫了。」但是兩個女人很堅持，她們決定跟他待在森林裡，因爲根據正法的規定，妻子就是要跟著丈夫，不論生活是甘是苦。

般度王不回來了，毗濕摩沒辦法，只得把象城的王位轉給盲眼的持國。也許這是象城的命運吧？最終還是得接受盲眼國王和蒙眼王后的統治。

過了幾個月，般度聽到持國王的妻子甘陀利懷了孕。這個消息讓他覺得很沮喪。看來命運不僅奪走了他的王位，還讓他落入再也無法當上王父的境地。

貢蒂安慰她的丈夫道：「在過去，女人可以自由選擇喜歡的性伴侶。這現象讓一位名叫史維塔克圖（Shvetaketu）的聖者感到震驚，因爲他看到他父親烏達拉卡（Uddalaka）竟然泰然自若地讓他的母親與其他聖者自由交往，一點都不感到不安。史維塔克圖後來立下婚姻法，規定女人只能跟丈夫在一起，這樣一來，所有男人才會知道自己的父親是誰。女人也只能跟自己的丈夫生孩子。如果丈夫無法給她們孩子，她們才可以去找丈夫所選的男人生小孩。不過，她們生下的孩子還是屬於丈夫的，不論那孩子是不是她們丈夫下的種。這就是爲什麼水星是月神與星星女神的愛情結晶，但是水星卻稱木星（太陽神）爲父。此所以你是奇武王的兒子，即使奇武王從來不曾讓你的母親受孕。」

般度決定使用這條規定。他決定找個聖者跟他的兩個妻子同床。「如果我可以召喚天人來完成這件事，爲什麼要找聖者？」貢蒂問道。般度一臉狐疑地看著她。

貢蒂解釋道：「我年輕的時候，敝衣仙人（Durvasa）曾到我父親家裡拜訪。父親要我照顧仙人，滿足他所有的需求。仙人很滿意我的虔誠和服侍，所以給了我一個神奇的魔咒。我可以用這個魔咒召喚任何天人，並且立刻跟天人生下小孩。也許是他有預知能力，知道我這輩子有用上這種魔咒的一天。如果你不介意，我可以使用魔咒，召喚任何你選擇的天人來幫你生個兒子。」

貢蒂沒告訴丈夫的是，她曾經因爲好奇而召喚過太陽神蘇利耶，並與太陽神生下一個兒子。爲了保護自己的名聲，她趕緊把那個孩子放進籃子，丟棄在河岸上。這件見不得人的事，長久以來，一直沉重地壓在她的心上。

般度很感謝貢蒂解決了他的問題。他說道：「那就召喚閻摩吧，他是正法之王，也是所有國君的典範。」於是貢蒂召喚閻摩到來，並與閻摩生下了人間最誠實的男子——堅戰。

接著般度要貢蒂召喚風神伐由（Vayu）；他解釋道：「因爲他是哈奴曼（Hanuman）的父親；在所有神祇之中，最強壯的就是哈奴曼了。」貢蒂與風神生下的孩子叫怖軍——怖軍將會是世間最強壯的男子。

接著貢蒂召喚天人之王和天界的統治者因陀羅；她與因陀羅生下的孩子叫阿周那。阿周那長大後，將會成爲世間最厲害的弓箭手，而且左右手都能開弓射箭。由於因陀羅是貢蒂自己親自選的天人，不是般度吩咐她選的，因此她特別喜愛因陀羅之子阿周那。只有阿周那會被稱爲「普爾塔」（Partha），意即「普莉塔之子」。

「再召喚一個天人吧。」阿周那出生之後不久，般度對貢蒂說道。

「不行！我已經跟四個男人在一起過了，」貢蒂說道：「如果再召喚一個天人，人們會笑我是妓女。這是正法之書的規定。」般度以爲她所謂的「四個男人」是指他和那三位天人。但是事實上，貢蒂指的是那三個在她婚後給了她小孩的天人，還有那位在她婚前給她一個小孩的天人。當然，後者是個祕密，她從來不曾對任何人提起。

＊般度王在無意中殺死緊陀摩——這個情節似乎是個精心設計的增添，用意是解釋或掩飾般度王的性無能或沒有生兒育女的能力。

＊根據一般的看法，史維塔克圖是父權制的創始者。在他制定婚姻制度之前，女人擁有充分的性自由。事實上，女人可以跟任何人生子，拒絕她的男人都會被視為閹人。女人之所以擁有這樣的自由，那是因為孩子的誕生具有最重要的意義——唯有透過孩子的誕生，祖先才能轉世重回人世。史維塔克圖堅持女人必須忠於丈夫，好讓所有孩子都知道他們父親是誰；只有在男人無法讓妻子懷孕生子，例如性無能、不孕或死亡的情況下，他的妻子才可以跟其他男人生子。即使如此，妻子也必須先徵得丈夫或丈夫家人的同意。

＊如果自己的丈夫不能讓她生兒育女，按規定，女人至多可以跟三個男人生兒育女；這麼算來，包括自己的丈夫，女人一生當中最多只能跟四個男人同床。如果她有第五個男人，那麼她就會被當成妓女。這條規則在史詩的後半部顯得別具意義，尤其在貢蒂允許德羅波蒂同時嫁給她的五個兒子的時候。

＊根據某些吠陀婚姻儀式，女子在結婚儀式之中首先是「嫁」給浪漫的月神旃陀羅，接著是「嫁」給極度性感、名叫毗斯華婆蘇（Vishwavasu）的乾闥婆，再來是「嫁」給負責潔淨和純化所有事物的火神阿耆尼（Agni），最後才嫁給她的人間丈夫。至此，「四個男人」的限額就用盡了。很明顯地，這條社會規則是用來阻止印度婦女再婚。

＊薩羅拉·達斯（Sarala Das）的《奧里亞語版摩訶婆羅多》（*Oriya Mahabharata*）提到怖軍出生時，附近

出現了一隻大聲吼叫的老虎，貢蒂嚇得逃走，丟下新生兒不管。但是怖軍寶寶實在太強壯了，他一腳踢中老虎的頭，把老虎踢開。接著再踢一腳，把山丘給踢得粉碎。為了向山丘道歉，貢蒂後來把每塊碎片都變成地方神明。

三、甘陀利之子的誕生

甘陀利聽說貢蒂已經成為母親，覺得很生氣。她懷有身孕的時間明明比貢蒂早，不曉得為何孕期竟神祕地拉長，拖了兩年孩子還沒出世。她等不及了，所以做了一個可怕的決定：把孩子逼出子宮。

她命令侍女找來一根鐵棍。「現在用鐵棍打我的肚子，」她命令那群侍女道。侍女們猶豫著不敢動手。「快動手，」甘陀利大聲叫道。侍女們猶豫了好久，最後只好勉為其難依照王后的命令，舉起鐵棍擊打王后的肚子。「再一次，再打一次。再打，再打。」甘陀利繼續叫道。侍女只得聽命行事，持續擊打王后的肚子，直到王后的子宮顫抖了一下，生出一團冰冷如鐵的肉球。

「孩子哭了嗎？是男孩？還是女孩？」甘陀利問道。聽到她生下一顆肉球後，甘陀利大聲哭了起

來。命運對她實在太殘酷了。

她派人去把聖者毗耶娑找來。「你說我會是百子之母。現在他們在哪裡？」她問道。看到甘陀利那樣，毗耶娑覺得十分不忍；他吩咐甘陀利的侍女把那團肉球分成一百份，然後放入一百個瓶子裡，用酥油泡一年。他要甘陀利等個一年，到時瓶子裡的肉塊就會孵化成一百個兒子。

「可以給我一個女兒嗎？」甘陀利柔聲問道。毗耶娑微微一笑，吩咐侍女們把肉球分成一百零一塊。

以此方式，甘陀利和持國有了一百個兒子和一個女兒。一般來說，這一百個兒子統稱爲「俱盧族」。

這群兒子當中，最大的名叫難敵。當他破瓶而出的那一天，貢蒂也正好生下怖軍。當時，王宮裡的狗不知爲何竟然叫個不停。「他會給我們帶來災難，」維杜羅勸他的哥哥持國王：「讓我們把他處理掉吧！」

「我不管！」甘陀利緊緊抱著她的新生兒：「誰也別想傷害我兒子。他是我的第一個孩子！我的最愛！」

她的第二個兒子名叫難降（Dusshasana）。

她的女兒名叫杜沙羅（Dusshala）；杜沙羅長大後，嫁給了信度國（Sindhu）的國王勝車（Jayadhrata）。

在甘陀利漫長的懷孕期間，持國跟他的一個侍女同寢。這位侍女給他生了一個兒子名叫樂戰（Yuyutsu）。就像維杜羅，樂戰也是一個極爲能幹、卻沒有資格繼承王位的人。

＊在毗耶娑眼中，甘陀利和貢蒂都是很有野心的女人，她們深知兒子在宮廷之家的價值。毗耶娑這個看法與一般大眾對她們的了解不同。

＊在傳統上，印度人對新娘的祝福一直都是：「願你早生百子！」由於毗耶娑的緣故，甘陀利的這個祝福得到實現，不過她多要了一個女兒。因此之故，俱盧王的家族總共有一百零五個兒子（一百個俱盧族，五個般度族）和一個女兒。女兒杜沙羅是如此受到家族中人的寵愛，以至於她的丈夫勝車雖然荒唐，卻一而再、再而三地獲得家人的原諒。

＊根據學者們的猜測，甘陀利神奇生子這一則故事可能是古代聖者熟知的秘術紀錄：也許古代聖者有辦法藉由酥油的古老秘術，讓流產兒起死回生。當然這或許只是詩人的想像。有人提出後面這一看法，理由是：那位被甘陀利找來，囑咐他創造百子的仙人不是別人，正是史詩的作者毗耶娑。

＊理性主義者認為甘陀利其實只有兩個兒子，也就是難敵和難降，因為在史詩裡，只有他們扮演比較重要的角色。而且他們很有可能是雙胞胎，所謂的懷孕「兩年」，有可能是指懷有雙胞胎。

四、瑪德莉之子的誕生

「既然你不能再找其他男人，」般度對貢蒂說道：「那麼就幫瑪德莉召喚一個天人，讓她也可以當媽媽，也讓我多擁有幾個兒子。」

貢蒂同意了；她問瑪德莉道：「我該幫你召喚誰呢？」

「雙馬神。」瑪德莉說道。很快的，分別掌管早晨和黃昏星的兩位天人就出現在瑪德莉面前，給了她一對雙胞胎：無種（Nakula）和偕天（Sahadeva）；無種是世界上最英俊的男子，偕天是世界上最有學問的男子。

「瑪德莉還可以再找一個男子，」般度對貢蒂說道：「再幫她召喚一個天人。」

但是貢蒂拒絕般度的要求。只召喚一次，瑪德莉就很聰明地叫了雙馬神，一舉成爲兩個兒子的母親。她擔心如果再幫瑪德莉的忙，天曉得瑪德莉會召喚哪一個男性天人組，然後成爲三個、四個、五個、甚至七個兒子的母親。再幫她召喚一次天人，她生的兒子可能就會比貢蒂多。貢蒂不能讓這種事情發生。她不會讓二妻擁有的兒子比她多，她絕不能讓二妻的權力因之而變大，比她更大。

所以般度王有了五個兒子，三個是貢蒂生的，兩個是瑪德莉生的，後來這五個兒子以「般度族」知名於世。合在一起看，這五個兒子分別代表完美國王的五種特質：誠實、力量、技藝、俊美和智慧。

*讓貢蒂和瑪德莉懷孕生子的所謂「諸神」，到底是真的天人，還是祭司扮演的儀式性角色，目的在於掩飾般度王生理上的缺陷？關於這個問題，作家畢剌帕（S. L. Bhyrappa）的康納達語（Kannada）小說《變革的時代》（*Parva*）曾予以探討。有部分學者認為貢蒂婚前與太陽神的韻事也只是一個障眼法，試圖掩

飾真相。事實上，她的父親有可能要求她滿足敝衣仙人的所有要求，以符合以客為尊的原則。《摩訶婆羅多》至少有兩個故事提到包含提供性服務的好客習俗——在此習俗下，客人可以要求跟主人的妻子或女兒同寢，享受床笫之歡。即使貞信與波羅奢羅同舟的故事，有時也被解釋為涉及性服務的好客習俗。這種習俗，在舊日固然曾經受到推崇，但是隨著時間流逝，現在已經成為讓人皺眉的惡習。

＊貢蒂限制瑪德莉召喚天人的次數，是因為她害怕瑪德莉可能比她生下更多孩子，從而獲得比她更大的權力。透過這個小小的情節，毗耶娑讓我們意識到一個事實：並不是只有男人才會渴望權力。在整部史詩裡，瑪德莉之子始終活在貢蒂之子的陰影下。現代有很多人重寫《摩訶婆羅多》的故事，但是很少有人注意到這一點，大多數人都傾向於把貢蒂寫成一個慈祥、無私又無助的寡婦。但是事實上，貢蒂是個很了解宮廷政治的女人；她從來不曾跟任何人提起婚前生子的祕密；她引經據典，想辦法讓她的丈夫留下後代；到了最後，她用盡了方法，讓她的兒子和瑪德莉的兒子團結在一起，即便瑪德莉的哥哥在戰爭中是站在俱盧族那一邊。

＊般度的兩個妻子召喚的天神是閻摩、因陀羅、伐由和雙馬神——這幾位天神是通稱為天人的早期吠陀神明。貢蒂和瑪德莉不曾召喚薄伽梵（Bhagavan）或神的三種化身：濕婆或毗濕奴或梵天。在印度的思想中，單一主神這個概念是相當後期的發展。這很清楚顯示這部史詩是在吠陀時期成形——那段時期盛行的是與自然元素有關的信仰。到了後期，奉愛運動（bhakti）或對獨一無二的神的熱烈敬拜出現之後，印度才出現關於神、濕婆、毗濕奴和奎師那的種種概念，並且將之增添寫入故事裡。

五、般度王之死

般度王在森林裡跟他的兩個妻子、五個兒子和許多聖者一起生活，日子過得十分順遂。但是他畢竟還年輕，很多時候他真的很想念跟兩位妻子的親密接觸。

有一天，他看見陽光穿透瑪德莉裹在身上、薄如蟬翼般的衣料，不禁想起瑪德莉是多麼的美麗。他情不自禁地碰了瑪德莉的身體。只是當他一觸及瑪德莉的身體，緊陀摩仙人的詛咒就立刻生效，而他馬上就倒地死了。

傷心的瑪德莉躍入般度的火葬柴堆，殉情而死，留下兩個兒子給貢蒂照顧。

般度王死後，森林裡的仙人決定把他的遺孀和五個兒子送回象城的王宮，讓他們以王子的身分在俱盧家族中成長，並且接受適合王子的教育。

大家不知道的是，般度王死前似乎早有預感，知道自己時日無多。他曾召喚他的五個兒子，並向他們揭露一個祕密：「在森林獨身生活多年，冥想多年，這讓我了解了許多大道理。這些知識就內嵌在我的身體裡。等我死後，你們要吃掉我的肉，這樣你們就會獲得大量的知識。這是我留給你們的真正遺產。」

般度王死後，家人把他的大體火化。他的兒子們卻無法做出他生前交代他們的事。不過偕天注意到有幾隻螞蟻抬著一小塊他父親的身體，於是他把那一小塊肉放入嘴裡。只一瞬間，他就曉得了世間的一切——過去發生的事，還有未來將會發生的事。

他想跑回去，把他的發現告訴母親和兄長。但是途中有個陌生人攔住了他，那人問他道：「你想跟神做朋友嗎？」

「想。」偕天回答道。

「那麼千萬不要主動告訴別人你所知道的一切。如果有人問你問題，你就用另一個問題來回答他們。」偕天推測那位陌生人不是別人，就是奎師那，亦即天神在人間的化身。偕天沒有選擇，只得保持沉默。他雖然知道一切，卻永遠無法告訴別人，而且也無法做任何事來扭轉即將發生的一切。

不過，他發現到如果人們仔細觀察大自然，即可解讀他所知道的未來。所以他把各種玄妙的科學知識統整在一起，幫助人類預測未來。

至於他本身，他一直在等人們問他正確的問題。可惜的是，人們問他很多問題，卻從來都沒問對。因爲這樣，他總是鬱鬱寡歡，十分孤單。這就是貢蒂五個失怙的兒子當中最年輕的偕天。

---

*《摩訶婆羅多》確實提到「娑提」或寡婦跳入丈夫的火葬堆，以死殉夫的故事。但是在所有的案例中，沒有人是被強迫的；所有殉夫的妻子都是自願履行這項充滿暴力的習俗。根據吠陀的葬儀，人們在葬禮中會要求寡婦躺在死去的丈夫身邊，但是儀式過後，人們會叫她站起來，回到生者的世界。在這之後，寡婦可以再婚，或者至少和夫家其他男性家屬——通常是死者的弟弟——同居。陪伴亞歷山大大帝來到印度的希臘史學家確實曾提到印度北部有「娑提」的習俗。大約在西元五〇〇年左右，「娑提」即成為敬拜儀式的一部分，也成為民間傳說和崇拜的常見書寫主題。

*在南印度，偕天以預測未來的大師知名於世；人們認為他精通占星術、面相學和其他各種算命的方法。即使到了今日，在口語中，人們還是會把那種神祕兮兮、明明對情勢瞭如指掌，但卻什麼都不肯透露的人稱為「偕天」。

· 卷四 ·

教育

鎮群王，
你的祖先以半個國家作為學費，
他們把教師變成商人，
把祭司變成武士。

一、慈憫與慈憐

很久以前，福身王在森林裡發現了一對男女雙胞胎；兩個嬰兒躺在一張虎皮上，身邊放著三叉戟和瓶子——這表示他們是聖者的孩子。事實上，他們是有年仙人（Sharadwana）和天女簡帕蒂（Janpadi）的孩子。福身王爲他們取名爲慈憫（Kripa）和慈憐（Kripi），並在王宮中把他們撫養長大。

慈憫長大後成爲一位老師。毗濕摩委任他教導般度王的五個兒子和持國王的一百個兒子——毗濕摩現在是那群孩子的監護人。

慈憐長大後嫁給德羅納（Drona）。德羅納是聖者跋羅婆闍（Bharadvaja）的兒子；由於跋羅婆闍看到美麗的池中仙女訶達姬（Ghrutachi），情不自禁，射精於缽中，因此德羅納是在一個缽裡出生的。婚後，慈憐爲他生了一個兒子，取名爲馬嘶（Ashwatthama）。

德羅納很窮，非常窮，窮得家裡連一頭牛都沒有。馬嘶從小到大，從來不曾喝過一口牛奶，他甚至連牛奶和洗米水都分不清楚。

慈憐實在受不了如此窮苦的生活。最後她勸德羅納去找他的童年好友，亦即般遮羅國的木柱王討一頭牛。德羅納跟他的妻子誇耀說：「小時候，我們好得不得了，他甚至保證他會跟我分享他所有的財富。」

很不幸的，德羅納未能如願；木柱王一聽到他提起童年時代的承諾，就哈哈大笑起來。「友情僅存在於平等的關係之間。我們當時是好朋友，但是現在我是有錢的國王，你是貧窮的祭司，我們沒辦法做朋友。不要以友誼之名跟我要牛。如果你以請求布施之名而來，我就給你一頭牛。」

聽到了這些話，德羅納覺得又受傷又屈辱。他大踏步走出般遮羅國，暗暗發誓，他有朝一日一定要跟木柱王平起平坐。

---

* 慈憫、慈憐和德羅納都是私生子；他們之所以會出生，都是因為小仙女試圖引誘苦行者，讓苦行者的獨身誓言破功的結果。這個主題會一再出現在《摩訶婆羅多》，主要是因為這首史詩歌頌的是家居生活，不是隱士生活。在史詩時代，有一股張力存在於兩群人之間：一群人相信人生的目的就是享受物質方面的各種樂趣，另一群人則相信人生的目的是捨離物質方面的各種樂趣。

* 在史詩時代，國王有義務照顧仙人；照顧的方式有二：一是施捨或布施，二是支付費用，雇請仙人提供祭祀服務。木柱王視德羅納為仙人之子，因此建議布施給德羅納一頭牛。德羅納會感到生氣，因為他覺得木柱王既沒把他當朋友，也沒平等對待他。由此看來，木柱王是個冷靜的、文明社會行為法規（正法）的追隨者，而德羅納渴求的是人的情感和尊重，但這種渴求超越了社會階層的規定。木柱王和德羅納之間的衝突，因此是理智（頭）與情感（心）的衝突。透過德羅納，毗耶娑提醒讀者注意到欲望的擾亂力量。

* 木柱王對待德羅納的方式有必要跟奎師那對待友人蘇達瑪（Sudama）的方式做一對照。像木柱王和德羅納那樣，他們兩個也是好朋友，一個生於有錢的貴族之家，一個是貧窮的祭司。但是與木柱王不同的是，奎師那跟他的好朋友分享他所有的財富。因為對奎師那來說，如果沒有慷慨的精神，就沒有正法；沒有真正的愛，律法和規則就沒有意義。

二、武術教師德羅納

德羅納去找持斧羅摩，向持斧羅摩這位偉大的武士兼祭司學習精湛的武藝。學成後，持斧羅摩交代德羅納說：「千萬不要跟剎帝利分享我教你的武藝。」德羅納答應老師的要求，保證自己絕對不會這麼做。

不過，才一離開持斧羅摩隱居的小屋，德羅納就把自己答應的事忘得一乾二淨。他風塵僕僕地朝象城走去，一心只想成為俱盧家族那群王子的教師，然後利用他的學生，一報木柱王帶給他的羞辱。

德羅納一抵達象城，就看到幾個俱盧族王子正圍在水井邊，試圖取出井裡的一顆球。德羅納決定出手幫王子們的忙，於是他拔下一根草，暗施巧勁，把那草往井中丟去，讓那草像一根針似地刺入球體。他接著丟出第二根草，使那草刺入前一根草的末端。然後他又再丟出第三根草，使第三根草刺入第二根草的末端。不久，他就創造了一條用草連接起來的繩子，把井裡的球拉上來。

接著德羅納把他的指環往井裡丟，然後拉起弓，把射箭入水中。神奇的是，當箭彈出水面，指環也跟著那箭一起從井裡彈出來。

那群小王子被他們所看到的景象嚇呆了。他們跑回王宮，向毗濕摩報告井邊來了一位奇異的祭司武士。毗濕摩對慈憫說道：「讓我們把他請來教王子們武藝吧！」

慈憫沒有意見，他很樂意聘請妹夫到王宮裡工作。但是德羅納開出一個條件，他說道：「至於學費，我要我的

學生運用我教的武藝，協助我活捉般遮羅國的木杜王。」

「沒問題。」俱盧家族的衆位王子答道。

德羅納自此成爲一百個俱盧王子和五個般度王子的武藝教師。很快的，大家都各自精通了某項兵器，例如堅戰精通長矛，阿周那嫻熟箭術；怖軍、難敵和難降各都學會了用杖，個個技法高超；無種和偕天兩人則學會了劍術。

最後，當俱盧王子和般度王子個個都通達戰術——這也意味著付學費的時間到了。他們騎馬去了般遮羅國，用武力把木杜王的牛群趕走，同時對木杜王宣戰。

當木杜王從城中帶兵趕來搶救他的牛群時，阿周那說道：「我們的老師要我們活捉木杜王，我們不能忘記此行的目的，只顧著跟木杜王的士兵打仗，那會讓我們精疲力竭。」般度王子們覺得阿周那說得很有道理，但是難敵從來就不曾站在般度族這一邊——不管般度族說的話有沒有道理。難敵不理會阿周那的話，逕自下令他的百人兄弟迎向木杜王的軍隊。在他們往前衝的時候，五個般度王子卻留在原地，按兵不動。

在一百個俱盧王子忙著跟般遮羅國的軍隊對打的時候，阿周那爬上一輛戰車，然後跟堅戰說道：「你去找我們的老師，等我們四個捉到木杜王時，我們會在老師那裡跟你碰面。」於是怖軍把杖舞得像瘋狂的大象，走在戰車前面開路，偕天和無種則揮劍護著左右兩側的車輪，讓阿周那駕著戰車，衝入一排排的般遮羅國軍隊，直接衝向木杜王的面前。木杜王正專注於應付俱盧王子們的攻勢，看到阿周那衝到眼前，不禁嚇了一跳。但一切都遲了，他還來不及防衛，阿周那已經猛撲向他，把他制服在地。怖軍隨即拿出一條繩子，把木柱王綑綁起來，再抬上戰車，直接載著木柱王去見德羅納。

「我的徒弟可以放了你，條件是你得把一半的國土分給他們，」德羅納對深感受挫的木柱王說道。木柱王無奈，只得點頭同意。接著，德羅納說道：「現在，恆河以北的般遮羅國土歸我的徒弟所有，你只能統治恆河以南的領土。」

接著，俱盧家族的眾位王子把他們奪得的領土送給老師，作爲學費；德羅納也很高興地收下了。這時，德羅納這位王家武術教師轉向木柱王，向木柱王問道：「我現在是般遮羅國的半個主人，而你是另一半國土的主人。我們平等了，我們現在是朋友嗎？」

「是。」木柱王答道，小心翼翼地壓下心中那股想要復仇的烈火。

＊一般來說，仙人只須專注在靈性的修練，無須參與社會活動。追求靈性的修練使仙人獲得許多神奇的力量。但是隨著時間流逝，有些仙人無法抵抗物質欲望的誘惑，因而成為社會的一員。所以仙人可以分成兩種：一種是棄世的苦修者，他們被稱為苦行者或瑜伽行者；一種是入世的仙人，他們有的成為學者，有的成為祭司或教師，而這樣的仙人被稱為婆羅門。波羅奢羅和跋羅婆闍屬於前者，慈憫和德羅納則屬於後者。

＊某些聖者（例如持斧羅摩）放棄了靈性的修練，拾起了武器，專心習武以對抗武士階級的暴行。相反的，也有武士（例如沙恭達羅的生父憍什迦）想成為仙人，因為他們意識到真正的力量是來自精神上的修練，不在於武器。史詩時代是個階級流動的時代。

＊當時的教育內容不僅包括唱誦吠陀經文、學習各種儀式和哲學，也包括學習其他吠陀典籍，例如戰術

（Dhanur-veda）、保健（Ayur-veda）、戲劇（Gandharva-veda）、時間（Jyotish-shastra）、空間（Vastu-shastra）和政治（Artha-shastra）。

＊教育課程結束後，學生按理必須付完學費才能離開老師的家。這筆學費稱為「上師的供養」（guru-dakshina），亦即解除金——繳費之後，學生對老師的義務就一筆勾銷。就理想上來說，老師只能收取足以支付生活所需的數目而已。不過，德羅納收的卻是一份遠多於生活所需的大禮。

＊吠陀時期的財產形式有三種：一種是包含牛、馬和大象的牲口；一種是包含牧地、田地和果園的土地；最後一種是黃金和寶石。吠陀時期大部分的戰爭都是為了爭奪牲口和土地而開打的。

三、神射手阿周那

德羅納雖然任職於俱盧家族的宮廷，受命傳授王子們武藝，但是有些技藝他並不想傳給這群王室弟子，只想保留給自己的兒子馬嘶。阿周那注意到了這點，因此他就緊跟著德羅納，不管德羅納走到哪裡，他就跟到哪裡。他決意要學會德羅納所有的武藝，絕不讓父子倆有單獨相處的機會。這使得德羅納無法單獨教授馬嘶任何技藝。到了最後，德羅納只好同時教導阿周那和馬嘶兩人，那是其他弟子所不知道的祕密課程。

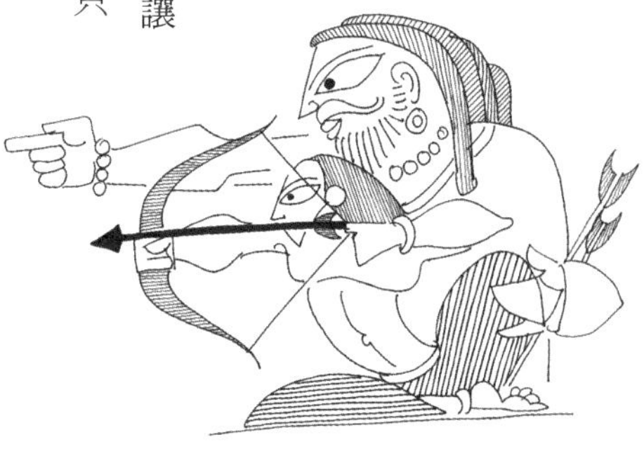

有一天，德羅納在河裡洗澡。他的腳突然被鱷魚咬住了。一如往常，阿周那也跟隨德羅納來到了河邊。一看到老師有難，他馬上拉弓放箭，射中了鱷魚，救了老師一命。在此之前，德羅納本來很討厭阿周那的緊追不捨，此時倒是很欣賞阿周那這一點。他宣稱他會把阿周那教導成世界上最偉大的神射手，但他這麼做不是出於感激之情，藉以報答阿周那的救命之恩，而是因爲阿周那擁有所有好學生都具備的特質：堅持、決心、努力和專注。

一天晚上，一陣風把德羅納家中的燈全都吹滅了。四周一片漆黑，但是阿周那發現他的手指依然可以把食物送入嘴裡。「如果手在黑暗中依然可以把食物送入嘴裡，那麼我的箭一定也能在黑暗中射中箭靶！」阿周那想道。從那時起，他改在晚上練箭，同時還把雙眼蒙起來。讓他的老師大出意料之外的是，他竟練成了不靠視力，即可射中箭靶的技巧。因爲這樣，他得到了「黑夜神射手」（Gudakesha）的稱號，讚頌他戰勝了睡眠。

阿周那也練成了左右兩手皆可開弓射箭的功夫；因此，後來他又得到「左右開弓者」（Sabyasachi）的稱號。

在一場射箭比賽中，德羅納把一個填充玩具鸚鵡掛在高牆上，要他的弟子把箭瞄準鸚鵡的眼睛。「你們看到了什麼？」他問弟子道。

堅戰說：「我看到一隻鸚鵡。」

難敵一心想要超越堅戰，他說道：「我看到一隻填充鸚鵡，放在高高的牆頭上。」

怖軍則一心想要超越難敵，他說道：「我看到一隻填充鸚鵡，放在高高的牆頭上，牆頭上是多雲的天空。」

然而阿周那始終保持心念專注，他說：「我看到一隻眼睛，就只是一隻眼睛。」

「放箭吧！」德羅納對阿周那說。不消多言，阿周那射出去的箭當然射中了目標。

＊師徒生活制發源於印度。根據此一傳統，學生必須住在老師家裡，跟老師一起生活；按理，老師應該平等對待自己的兒子與學生，視學生如己出。時至今日，這個傳統在印度依舊十分普遍，特別是在音樂和

舞蹈的領域。但是誠如許多藝術愛好者發現，老師們並未看見學生真正的才華，並以此為優先考量，只知盲目地偏愛自己的孩子。毗耶娑或許也曾在生命中有過這樣的遭遇。假如阿周那不是那麼堅決，那麼鍥而不捨地想學武藝，而且又那麼有才華，德羅納想必只會把他最精華的祕密招數傳給他的寶貝兒子馬嘶。

＊阿周那被認為是印度史詩裡最偉大的神射手，技藝僅次於《羅摩衍那》的主角羅摩；在毗耶娑筆下，他不僅天賦卓著、武藝高強，也是個勇敢且個性堅毅的人物。

＊弓是沉著與平衡的象徵。五個般度兄弟之中，阿周那排行第三，這代表他的角色是用來平衡他的兄長與弟弟。他的兩個哥哥代表王室的權威（堅戰）和力量（怖軍），他的兩個弟弟則代表王室的華美（無種）和智慧（偕天）。他處於中間，既不像兩個哥哥那麼主動積極，也不像兩個弟弟那般被動消極。

四、伊卡拉雅

伊卡拉雅（Ekalavya）是個尼沙陀（Nishadha）青年，亦即住在森林裡的部族青年。他想要成爲弓箭手，而且也打聽好了，知道德羅納是國內最好的武藝教師。但是當他來到德羅納面前，卻被德羅納趕走了，理由是學生太多了，無暇再多收一個。

「那麼我該如何學習武藝呢？」年輕的部族男子問。

「如果你對我有信心，你可以自己教自己武藝。」德羅納答道，絲毫沒留意自己的話會產生什麼後果。

但是伊卡拉雅非常認眞地看待德羅納說的話。他在距離象城不遠的森林找到一塊空地，然後刻了一座德羅納的雕像，每日在雕像那雙炯炯的目光下自己學習箭術。

幾個星期後的某一天，他被狗的吠聲干擾，因此朝狗吠聲的方向射了幾支箭。那幾支箭射得極爲巧妙，只把狗的嘴巴固定在張開的位置，卻完全沒傷到狗，只是讓牠無法再吠叫而已。

結果那隻狗是般度五子的獵犬。阿周那看到他的狗被如此巧妙的箭術堵住了嘴，不禁覺得訝異。他把狗帶去給德羅納看，並以相當羨慕的口吻對德羅納說道：「你曾說你會把我訓練成世界上最偉大的神射手，但是這個人——這個人的箭術眞是不可思議，不管他是誰，他的箭術肯定比我強。」

德羅納決定出外展開調查。不久，他在森林的一塊空地上，突然看到自己的雕像立在那裡。伊卡拉雅手上拿著弓，站在雕像前面。他一看到德羅納，急忙衝過來，跪在德羅納腳邊，一面說道：「歡迎！」

「這些是誰教你的？」德羅納焦躁地問道。

「是你。不過當然不是你本人，而是因爲你的祝福，我才得到靈感，以這個方式自己學箭。」伊卡拉雅回答道；他的雙眼充滿了熱誠與興奮。

德羅納看向阿周那，想到他曾答應阿周那，要把阿周那訓練成國內最偉大的神射手。「因爲我，你學得了這一切，所以你必須付我一筆學費。」他狡猾地對伊卡拉雅說道。

「不管你要什麼都行。」伊卡拉雅謙虛地彎下了腰。

「你右手的大拇指。給我你的大拇指。」德羅納說道，聲音冰冷而無情。伊卡拉雅一刻也不曾猶豫，只見他抽出一把小刀，削下右手的大拇指，放在老師的腳邊。

回到象城，阿周那不禁爲他老師的殘忍感到震驚。沒有了右手的大拇指，伊卡拉雅這輩子再也無法拉弓射箭。

「爲了社會的安寧，這是必要的——我們不能容許每個人都成爲神射手。好了，在箭術這個領域裡，現在沒有人比你更強的了。」德羅納輕聲說道。阿周那沉默不語。

---

* 毗耶娑筆下的阿周那是個極度缺乏信心、卻又極度好勝的年輕人。伊卡拉雅的斷指，這對他的身分——世上最偉大的神射手——是個諷刺。透過這個故事，毗耶娑點出一個現象：擁有偉大的地位並不代表你比其他人強，有可能只是你把比你優秀的人除掉而已。
* 根據瓦爾納正法（varna-dharma）的規定，兒子必須跟隨父親的腳步，從事跟父親一樣的工作。德羅納本來應該跟隨他父親的腳步，當個祭司或聖者，但他卻選擇了武士這條路，他的兒子馬嘶也是如此。他自己首先破壞了瓦爾納正法，但卻又反對伊卡拉雅學習箭術，認為讓低階的社會人士成為射手會破壞社會階級系統，這個理由不免顯得很虛假。
* 《摩訶婆羅多》提到的社會階級並不是經典的吠陀社會分級，即婆羅門（祭司）、剎帝利（武士）、吠舍（商人）、首陀羅（僕人）這四大階級。相反的，這裡提到的是三層分級的社會：由國王或剎帝利（武士－國土－統治者）組成統治階層，其責任有二：一是供養仙人或婆羅門（祭司－老師－魔法師），二是統治由牧牛人、農人、漁人、車夫、陶工與木匠組成的平民階層。其他不在這個圈子裡的人都被稱為尼沙陀，意即住在森林裡的人，而且也是備受歧視之人。很明顯的，人們對那些不屬於這個社會圈子裡的人，或對於那些處於社會底層的人是充滿偏見的，例如不准這群人學習箭術就是一例。

＊弓箭是吠陀文明最神聖的武器，代表沉著與平衡。弓箭也代表欲望、抱負和野心。國王登基的時候，手裡必須拿著弓箭。箭術比賽的贏家可以獲得女人作為獎賞。所有神明的手裡也都拿著弓箭。

五、結業慶典

德羅納安排了一場武藝競賽，讓象城的人民欣賞他學生的技藝。

最受人矚目的明星當然非阿周那莫屬。他拉一次弓就能射出許多支箭，而且從來不曾錯失準頭，永遠都會射中目標。每個人都為這位王室神射手鼓掌歡呼；聽到阿周那獲得那麼多人的喜愛，貢蒂心裡也充滿歡喜。俱盧族那群兄弟只有羨慕的份，因為阿周那的武藝超群，比他們每個人都強得多，而且人民顯然也很喜歡他。

突然間，有個陌生的射手走進競賽場地。他的胸口戴著一副閃閃發光的胸甲，雙耳戴著明亮的珠寶。他表明身分，說他名叫迦爾納（Karna），接著就大聲宣布道：「阿周那會的招數我全都辦得到，而且我可以做得比他更好。」

德羅納要他拿出證明。果然，迦爾納表演了阿周那表演過的所有箭術，而且樣樣都做得比阿周那更精湛，贏得更多民眾的讚嘆。「他跟阿周那一樣偉大，」民眾說道：「也許比阿周那更偉大。」般度族本來一直都是整場賽事的焦點人物，這時他們全都覺得自己既渺小又不受重視。

突然間，王室馬車隊的隊長升車（Adiratha）衝入競技場，只見他抱住迦爾納，一面開心地笑著說道：「我的兒子，我的兒子啊！你眞讓我感到驕傲啊！」

「什麼？這個人是車夫的兒子！他竟敢來競技場挑戰刹帝利？」怖軍大聲喊道。

迦爾納不知道該說些什麼。怖軍那些殘忍的話像蜜蜂螫咬著他的心。他的箭術難道不夠好嗎？他的出身跟他的武藝有什麼關係？

這時，難敵出來爲迦爾納解圍。「人的技藝當然比他的出身重要，」他說道：「我認爲迦爾納的武藝卓著，足以成爲一個刹帝利，讓我們以刹帝利之禮對待他。」

「不行，」堅戰站起來反對道：「正法有清楚的規定，一個人的父親是什麼階級，他就是什麼階級。迦爾納的父親是個車夫，那麼他就不能成爲刹帝利。」

迦爾納本來想說他只是由車夫撫養長大而已。但是如果他這麼說，人們必然會問他生父究竟是誰。可是他實在不知道他的父親是誰，因爲他是個棄嬰，一生下來就被母親裝入籃子丟進河裡。升車看到他在水上漂浮，才把他帶回家撫養。

迦爾納壓抑住他的自尊心，沉默不語。難敵伸手抱著迦爾納的肩膀，對大家說道：「這個男人是個偉大的神射手，我絕不會讓他受到委屈。我接納他，當他是我的朋友，比我自己的兄弟還親近的朋友。誰要是看不起他，就等於看不起我。」說完，他轉身對他的父親說道：「父王，如果你賜封迦爾納爲軍閥，那樣就沒有人敢再侮辱他了。」持國王從來不曾拒絕兒子的要求，因此同意賜封迦爾納爲軍閥。就這樣，迦爾納被封爲盎迦國的國王。

迦爾納覺得喉頭一陣哽咽。從來不曾有人這麼支持自己。他覺得自己永遠欠難敵一份人情。他發誓，只要活著的一天，他就是俱盧族的朋友。

般度五子引經據典，大力反對持國王的決定。俱盧族諸兄弟也不甘示弱，極力維護持國王的決定，因爲他們意識到：有了迦爾納，他們的勢力即使沒有比般度兄弟更強，也跟他們旗鼓相當。

毗濕摩意識到家族之間的仇恨已經快白熱化了，對峙的雙方一邊是般度五子，一邊是一百個俱盧兄弟和新加入的朋友迦爾納。他覺得很尷尬，自己的侄孫們竟然爲了一個迦爾納而互相攻擊。不過，就在兩組人馬幾乎快打起來的時候，保留給王室女眷的看台那頭突然傳來一聲尖叫。原來貢蒂昏倒了。所有人於是都往她的方向衝過去。看到這一景象，毗濕摩趁機宣布武藝競賽正式結束，並命令諸王子各自回宮。

貞信看到她的曾孫們彼此相互咆哮，宛如街上的野狗，心裡暗自做了一個決定：「眼看這個我含辛茹苦、努力創建的家庭就快要毀滅了。實在看不下去，我想我該住到森林裡去了。」她的兩個媳婦安必迦和安波利迦也決定跟她一起退居森林。貢蒂和甘陀利以及她們兩人的兒子之間的衝突愈演愈烈，變得讓人愈來愈無法忍受，眞的是到了該離開的時候了。

＊有了迦爾納，難敵的勢力變得跟堅戰一樣牢固。之前堅戰有阿周那，但難敵的身邊卻沒有弓箭手。這種缺憾就在他接受迦爾納，並視之為同道的那一刻消失無蹤。不過，毗耶娑下筆含糊，從來不曾清楚點明難敵是真正欣賞迦爾納，還是只是利用迦爾納而已。

＊阿周那是天空和雨水之神因陀羅的兒子。迦爾納是太陽神蘇利耶的兒子。自古以來，因陀羅和蘇利耶就彼此為敵，在吠陀時代的萬神殿裡，兩神從未間斷爭奪霸主的地位。在《羅摩衍那》這部史詩裡，這種競爭以婆黎（Vali）和猴王須羯里婆（Sugriva）發生衝突的形式展現——前者是因陀羅的兒子，後者是蘇利耶的兒子，而神是以羅摩的形式出現，支持的是須羯里婆。但是在《摩訶婆羅多》中，神改變立場，轉而支持因陀羅的兒子阿周那，排斥蘇利耶的兒子迦爾納。經過兩個世代的生命，兩位主要神明的競爭

終於獲得平衡。

＊社會賦予的身分地位並不一定會被所有人接受，迦爾納即是這群人的代表。

六、迦爾納的故事

貢蒂在武藝競技場之所以昏倒，那是因爲她認出那位穿著胸甲、戴著耳環、突然出現在競技場的年輕人是她的第一個兒子。生下那個兒子的時候，她還是個未婚少女，爲了保護自己的聲譽，只好把那孩子給丟了。

原來當年敝衣仙人很滿意她的服侍，所以送給她一道神奇的咒語，藉由這道咒語，她可以召喚任何天人下凡，並且生下該天人的小孩。得到這道咒語的時候，她還是個住在父親家裡的少女。受到好奇心的驅使，加上她也想試試那道咒語的效力，於是就召喚了太陽神蘇利耶，完全沒想到這個行爲所可能帶來的後果。果然，蘇利耶眞的出現在她面前，而且給了她一個兒子。這個兒子一出生，身上就戴著黃金胸甲，耳上掛著一對耳環。貢蒂嚇壞了，連忙把嬰兒放進籃子，丟棄在河岸邊。

這個籃子被俱盧家族的車夫升車撿到了。升車把籃子帶回家，因爲他和妻子羅陀（Radha）一直都沒有小孩，所以就把嬰兒留下來，當作自己的孩子撫養。

迦爾納一年年長大了。隨著年歲增長，他想要成爲弓箭手的欲望就愈來愈強烈。甚至曾去找過德羅納，不過德

羅納拒絕教他武藝；德爾納勸他道：「你還是跟著你爸爸，好好學習怎麼駕車吧。」但是迦爾納的母親鼓勵他追求自己的志向。

迦爾納實在很想學習箭術，所以他後來決定化裝成婆羅門，去找德羅納的老師持斧羅摩，因爲持斧羅摩爲了對抗剎帝利，從來不會拒絕教導婆羅門習武。果然，持斧羅摩收了迦爾納爲弟子，而且也很欣賞迦爾納的好學不倦。很快的，迦爾納就精通各式各樣的武藝，成爲持斧羅摩門下武藝最高強的學生。

有一天，持斧羅摩把頭枕在迦爾納的大腿上，稍稍睡了個午覺。當他醒來，發現迦爾納的大腿血流如注。原來有隻蟲子正咬著迦爾納的大腿。「你一定覺得很痛吧？你爲什麼不出聲，或移動一下身體，把那蟲子拉開？」持斧羅摩問道。

「你在睡覺，我不想打擾你，所以我靜靜忍著痛，沒有移動身體。」迦爾納說道，以爲他這麼做會贏得老師的歡心。

不過，持斧羅摩的反應完全出乎迦爾納的意料之外——持斧羅摩非但沒有讚賞他，反而對他大發脾氣。持斧羅摩意識到自己被騙了；他大睜怒目，對迦爾納說道：「你不可能是個婆羅門，即使你自己是這麼說的。只有剎帝利才會這麼強壯，這麼愚蠢，竟然靜靜坐著忍受這種痛苦。老實告訴我，你究竟是誰？」

知道自己再也瞞騙不了老師，迦爾納跪在持斧羅摩腳邊，一五一十地把眞相告訴持斧羅摩：「我是車夫養大的，但是我不知道自己眞正的出身。」

「你說謊。你不是車夫的兒子。你是剎帝利，這就是爲什麼你能展現如此強大的力量。因爲你騙我教你武藝，所以我要詛咒你：你會在你最需要的時候，忘了我所教你的一切。」說完了這句詛咒，持斧羅摩就把迦爾納給趕出師門。

*有些人懷疑迦爾納其實是太陽王朝某個未婚王子的私生子，所以這則故事才會提到太陽神。講說這個故事還有另一個目的：警告女子在婚前不要向激情投降，否則就會面臨種種危險。

*持斧羅摩對剎帝利的怨恨是一則古老的民間傳説。他被視為毗濕奴的其中一個化身；因為剎帝利濫用武力，霸凌社會，所以他就揮著強大的斧頭，砍殺了許多剎帝利家族。他也教導婆羅門習武，以此中和剎帝利的力量。持斧羅摩的故事大約發生在祭司與國王產生激烈衝突的一段時期。

*根據瓦爾納正法的規定，人必須選擇跟他父親一樣的職業，以此確保社會的穩定。這裡所謂的「父親」，是指那個跟你母親生養孩子的男人。般度五子屬於武士階級，因為那位跟貢蒂結婚的男人是般度，而般度是個剎帝利。既然迦爾納不知道生母是誰，因此就不知道誰是他的父親，當然也不知道他該從事什麼職業。他只知道自己一心想當個武士。

*毗耶娑一再提醒我們注意的一件事是：個人的志向和父親強加在孩子身上的家庭責任會產生衝突，而這種衝突是危險的。受到欲望的驅使，迦爾納不想跟隨養父的腳步，當個車夫；為了復仇，德羅納拒絕追隨生父的腳步去當個祭司。奎師那雖然出身武士家庭，但他較常被看成牧童或車夫。如此說來，重要的並不是職業，而是隱藏其下的心志趣向。

*印尼版的《摩訶婆羅多》中，迦爾納是從貢蒂的耳朵裡出生的；他的名字的意思即是「耳朵」，所以當貢蒂跟般度結婚的時候，她還是個處女。

卷五

逃亡

鎮群王，
你的家人得以存活下來，
那是因爲他們得到羅刹、那迦族
和乾闥婆的幫助。

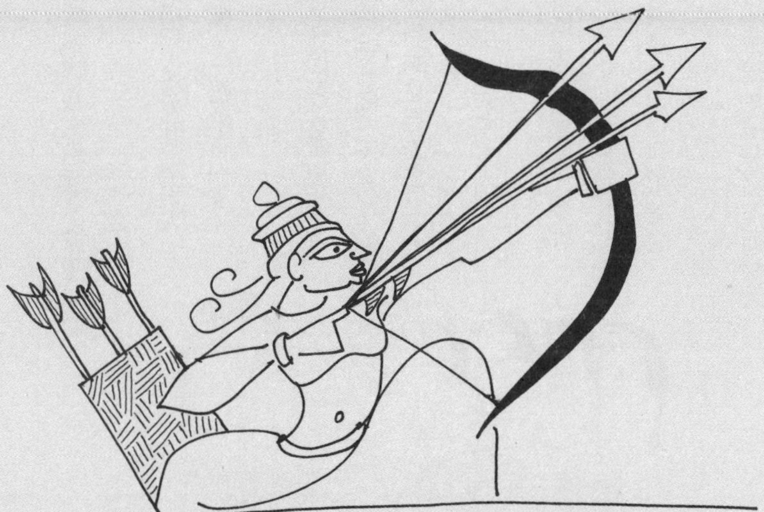

一、怖軍和那迦族人

自從貢蒂和五個兒子回到象城之後，甘陀利的一百個兒子就不時心生恐懼，擔憂他們必須跟五個堂兄弟分享繼承權。

「可是他們並不眞的是般度王的兒子。他們是根據尼由伽法則，透過其他男人的協助才生下來的小孩。說眞的，我們才是這個王室眞正的血脈。」難敵有一天對維杜羅如此抱怨道。

然而維杜羅說道：「你錯了。波羅奢羅和福身王的血脈現在僅存在毗濕摩身上。般度和持國都不屬於原來的王室血脈，他們是毗耶娑和兩位迦什國公主所生的兒子。所以你這個論點完全站不住腳。除此之外，般度也比你們的父親先登上王位。」

「可是我的父親是長子。」難敵抗議道。

「根據你這個邏輯，下一任的國王應該是堅戰，因爲他是奇武王的長孫。」維杜羅說。

難敵不說話了，但這並無法消除他對幾個堂兄弟的怨恨。只是，這種怨恨其實是雙方面的，並不僅存在他這一方。

般度五子也很畏懼俱盧兄弟，因爲他們在宮廷中並無實權。母親是個寡婦，而父親死了，他們也整能仰人鼻息，生活在盲眼國王和蒙眼王后的陰影之下。

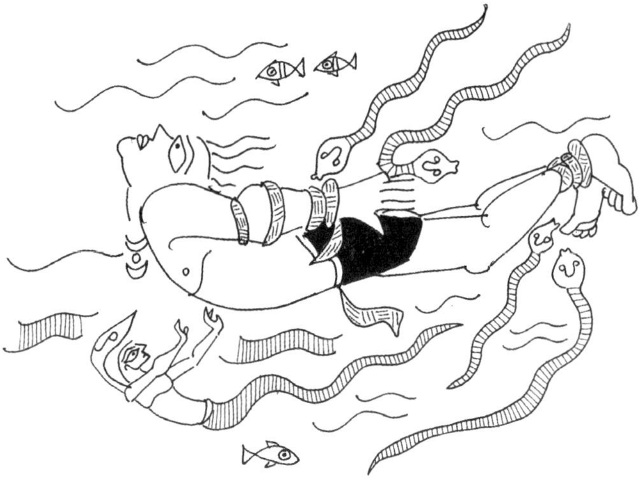

怖軍時常欺負俱盧兄弟，例如他不時把他們抓起來，然後再摔在地上；如果看到他們爬到樹上玩，他就用力搖撼大樹，直到俱盧兄弟像堅果那樣，紛紛掉落下來爲止。

有一天，俱盧兄弟覺得受夠了，他們決定毒死怖軍。他們給怖軍吃下塗了毒藥的糖果。等怖軍昏迷過去，他們把他的四肢綁起來，然後丟入河裡。

他們認爲這下怖軍肯定會淹死。但是河裡住著那迦族，他們的首領阿里雅卡（Aryaka）救了怖軍，並命令其他那迦族人把怖軍身上的毒液吸出來。如此急救處理完畢，阿里雅卡就帶著怖軍到那迦族的都城波迦陀地（Bhogavati），去覲見那迦族的國王婆蘇吉。

婆蘇吉熱烈歡迎怖軍的到訪。他對怖軍說道：「你的母親貢蒂是雅度的後代，而雅度是偉大的那迦族人杜羅瓦納的女婿，因此你的身體裡流著那迦族的血脈，你是我們的一分子。」那迦族人於是爲怖軍起舞高歌，並舉辦宴會歡迎他。他們也特別爲他調製了一份靈藥，讓他喝了之後百毒不侵，從此以後世上再也沒有任何一種毒藥傷得了怖軍。

怖軍待在那迦國靜靜休養，待身體復元之後才回家。他的母親和兄弟看到他都覺得很高興，但是俱盧兄弟看到他卻十分懊惱。

＊誰該成為國王？長子嗎？還是最適合當國王的兒子？擁有原來王室血統的兒子，還是任何具有適當才能的人？這些是毗耶娑在整部史詩一再探討的問題。

＊那迦族或蛇族住在河流裡、地底下或一個稱為波迦陀地的境域裡。這個境域裡的城市，處處都是寶石，而且還有一個名叫婆蘇吉的統治者。那迦族固然身藏劇毒，但是他們也是許願寶石的守護者——這些許願寶石能實現你的所有願望，醫治種種疑難雜症、讓死者重生、修復生殖能力、賜予子嗣以及帶給人們財富。

＊根據人類學家的說法，史詩裡提到的那迦族，其實指的是那些崇拜蛇神，定居某處的務農部群。這些部群認為蛇神是生殖力的守護者。即使到了今日，世上依然有某些民族崇拜蛇神，向蛇神求子或求財。

＊一則來自坦米爾納杜邦的民間故事提到：整個俱盧家族裡的所有人都相信怖軍已經淹死，而且屍體也被河水沖走了，所以他們哀悼他的死亡，甚至在兩周後舉辦一場喪禮宴，標記著哀悼期的結束。在舉辦宴會的那一天，在所有蔬菜都已切好，所有香料都已備好之後，怖軍卻突然從河裡冒了出來。他的母親和兄弟都鬆了一口氣。為了不浪費那些蔬菜和香料，怖軍自告奮勇，親自下廚做了一道特別的菜餚，用來慶祝他的新生。他把所有蔬菜和香料混合在一起烹調，最後加入椰奶，煮成著名的坦米爾佳餚「阿維雅燉菜」（aviyal），亦即混合蔬菜。這種料理法與典型的吠陀料理大異其趣，因為吠陀料理禁止把蔬菜混在一起烹調。

＊這部史詩的其他民間重述版提到怖軍與那迦族一起生活的期間，那迦國王曾賜給他一個妻子，而他與這位妻子生下的兒子，後來也參加了俱盧之野的戰事。他的這個兒子有兩個名字，在奧里薩邦（Orissa）的重述版中，叫毗羅森（Bilalsen）；在拉賈斯坦邦的版本裡，名字則是波跋利迦。

二、紫膠宮

俱盧王的這個大家族很明顯地分裂成兩個敵對的陣營：般度五子和持國百子，而且兩個支族都認爲自己擁有合法的繼承權。

堅戰是死去的般度王的長子，也是奇武王的第一個孫子。就般度五子看來，他們的伯父持國王只不過是個攝政王而已。但是持國王的一百個兒子認爲他們的父親在過去並未獲得正確的對待——父親是奇武王的長子，理當由他繼承王位。

持國的長子難敵雖然擁有九十九個弟弟，但他總覺得自己的勢力不如般度五子。堅戰的身邊有神射手阿周那、大力士怖軍，還有智慧過人的偕天可以諮詢問事。但是他除了難降，還有誰可以輔佐他？不過，在迦爾納成爲他的朋友之後，情勢立即改觀。迦爾納跟阿周那一樣，也是個神射手。至於諮詢問事，他可以仰賴他的舅舅沙恭尼（Shakuni）。

在王宮之中，一丁點芝麻綠豆的小事都會讓這群堂兄弟發生爭吵。貢蒂和甘陀利時常勸她們的兒子要保持冷靜，但是這些話常常被當成耳邊風。有時候，兩位母親也會彼此競爭，相互較勁。

有一天，貢蒂想辦個祭拜大象的祭儀，來幫她的五個兒子消災祈福。她囑託城裡來的陶工，請他們用陶土製作一批大象玩偶。甘陀利得知這個消息之後，也想爲她的一百個兒子辦個一模一樣的祭儀。爲了壓倒貢蒂，她找來城裡的金工，請他們用黃金製作一批大象玩偶。甘陀利這個舉動立刻讓貢蒂覺得自己在宮裡的地位低落：畢竟她是個寄人籬下、前任國王的寡婦。為了讓母親重展笑顏，阿周那說道：「我去找父親因陀羅，請他把天界白象（Airavat）送來參加妳的慶典。」因陀羅答應了阿周那的請求，但是他提醒阿周那：住在天界的白象如何下到凡間？這個簡單，阿周那拿起弓，射出許多支箭，排成一座連接天界與人間的天橋。世人都以驚異的目光看著白象順著天橋下凡，到象城參加貢蒂的慶典。

象城的人民並不確定誰該當他們的國王。起初，他們選擇誠實、善良又高貴的堅戰。堅戰有四個弟弟的支持，這四個弟弟一個強壯、一個武藝高強、一個俊美、一個聰明。試問一個國家還能再提出什麼要求呢？但是他們也覺得難敵很可憐，因為難敵有個瞎眼父親和蒙眼母親，而他唯一的朋友迦爾納又受到般度兄弟的百般刁難——可是迦爾納不僅強壯，而且還很慷慨大方。

有一日，維杜羅對持國王說：「等般度五子各自結婚，來自其他邦國的女子就會加入這個家庭的行列，到時候情況會變得更糟。」他提出一個建議：「時候差不多了，我們應該另外蓋一棟房子給般度兄弟的妻兒居住。」持國王接受這個建議，並且傳下命令，要人在多象城（Varanavata）蓋一棟行宮，預備送給貢蒂和她的五個兒子居住。

行宮蓋好之後，維杜羅去視察一遍，但是他被他所看到的景象嚇壞了，因為那座行宮竟然全由膠蠟和其他各種易燃的材料建成。

維杜羅去找貢蒂，並對貢蒂說道：「我哥哥想要除掉妳和妳的兒子。他會送妳一座行宮，那是一份妳無法拒絕的禮物。妳一搬進去之後，他就打算把行宮給燒了。不過不要怕，妳不會有事的。在行宮的地下，我已經挖了一條通往森林的地道。那座行宮是個禮物，妳要收下，免得引起他的懷疑。但妳一住進去，就得趕緊從地道逃走。等以

後再度回來時，妳會有更多道德籌碼，爲妳兒子爭取他們應得的繼承權。」

不久，持國王就把那座紫膠宮賜給貢蒂和般度五子；果然，他們搬進去的第一晚，紫膠宮就突然起火了。般度五子和他們的母親當然毫髮無傷地逃出火場，但這起事件也讓他們大感震驚：原來家族之間的鬥爭已經明顯浮上檯面了。

火熄了之後，人們找到一具焦黑的女屍和五具年輕男子的焦屍。大家都假設那是貢蒂和她兒子的屍體。持國王爲他們哭泣；甘陀利爲他們哭泣；難敵和難降也爲他們哭泣。毗濕摩和德羅納則傷心欲絕，無法自已。

維杜羅假裝爲他們哀悼，因爲他知道那六具屍體不是貢蒂和般度五子，而是六個被下了藥、特地留在王宮代替貢蒂母子赴死的人。他不斷猜想：在持國王的王宮裡，到底有誰知道這起恐怖的陰謀？誰的眼淚是眞的？誰的眼淚是假的？

＊競相製作大象玩偶的這則故事來自卡納塔克邦（Karnataka）的大象慶典。這則故事顯示競爭和對立並不僅限於兒子們；貢蒂和甘陀利這兩個母親之間的競爭也很激烈，她們也會各自想方設法為自己的兒子增添榮耀。

＊貢蒂和維杜羅的關係引起很多討論。維杜羅是閻摩的其中一個化身，而閻摩也是第一個被般度王召來讓貢蒂懷孕的天人。因此，堅戰是閻摩的兒子，不過堅戰也在維杜羅身上看到父親的形象。在現實中，維杜羅是般度王的弟弟，理性主義者相信維杜羅或許是第一個被般度王找來讓貢蒂懷孕的人。這點可以解釋為何維杜羅對貢蒂和她的兒子特別心軟。

＊紫膠宮的故事使俱盧兄弟和他們的瞎眼父王和蒙眼母親變成史詩裡的壞人。這一可恥的行為使他們失去所

有人的同情。

＊位於印度北方邦密拉特（Meerut）區的巴爾納瓦（Barnawa）很靠近象城，據說這裡就是多象城，亦即紫膠宮的建立地點。

三、羅剎跋迦之死

「王宮裡除了維杜羅，沒人會關心我們的死活。毗濕摩和德羅納努力不選邊站，而維杜羅又不能公開支持我們，所以我們得自己顧好自己，另謀生計。現在我們先到外地避一避，等我們找到有力的同盟再回來。」貢蒂說道。她的五個兒子都表示同意。

所以他們假扮成家道中落的婆羅門，躲在森林裡過活，而且從來不在同一個地點停留太久。他們從一個地點流浪到另一個地點，找到什麼就吃什麼，隨遇而安。難道這就是他們注定要過的生活嗎？無家可棲，無根可著，他們可都是神的孩子啊！般度五子時常看到他們的母親暗自哭泣。他們一直在想：到底要怎樣做，才能讓母親的臉上重新綻

放笑容。

有時候，當大家都走得很累的時候，怖軍就會把家人全部扛在身上：背上背著母親，無種和偕天分別坐在兩肩，堅戰和阿周那如果不是坐在他的手臂上，就是趴在他的髖骨上。路過的人看到這一幕，都覺得很不可思議：竟有如此強壯的人！但是他們也覺得很感動，因爲怖軍眞的很愛他的家人。

在森林裡流浪倦了，他們有時就到村莊裡投宿。但他們從來不會在同一個村莊停留太久，因爲不想引來不必要的注意。被人發現和死亡的恐懼，時時刻刻縈繞在心頭。

在森林裡，他們得花一整天尋找食物；在村莊裡，他們得挨家挨戶去請求別人的布施。到了傍晚，貢蒂就分配收集得來的食物：先分一半給怖軍，再把另外的一半分成四等分，平均地分給另外四個兒子。她自己則吃兒子們留下的剩菜剩飯。

在獨輪城（Ekachakra），有一對年輕的婆羅門夫婦收留了貢蒂母子。一天晚上，他們聽到那位妻子哭喊道：「我知道這次輪到我們去餵那頭怪獸。可是如果你去了，他肯定會吃掉你，到時我就會變成寡婦，我要靠什麼活下去，我要怎麼養大我們的女兒？我沒有了依靠，只能任由命運擺布。」

貢蒂很可憐那對心地善良的夫婦，於是就問他們到底發生了什麼事。原來那座村莊的所有人都生活在恐懼的陰影裡。有個名叫跋迦（Baka）的羅剎就住在村莊附近，當他肚子餓的時候，就會到村裡來搶奪食物，破壞農地和農舍；倘若有人擋住他的去路，就會被他殺死。爲了把傷害減到最低，村民後來就和跋迦達成協議：每兩個星期村民就給他送去一牛車的食物，免得他到村裡隨意搶食，造成更大的破壞。根據協議，跋迦除了吃車裡的食物，也會吃掉送食物的人——不管男人女人，還會吃掉運載食物的牛隻。村子裡的每一戶人家每隔兩周都得輪流爲跋迦送食物。這樣一來，村人所承受的痛苦就平均地分散到每一個家庭裡。現在剛好輪到這對婆羅門夫婦爲跋迦送食物了。

「你們別怕，」貢蒂對那對婆羅門夫妻說道：「你們給了我們一個遮風避雨的地方，至少我們得做點什麼來挽救

這個家庭。我的其中一個兒子會代替你的丈夫去送食物。我有五個兒子，犧牲一個不打緊。」

那對婆羅門夫妻推辭道：「這怎麼行？你們可是我們的客人啊！」不過貢蒂已經打定主意，並命令怖軍負責去送食物。貢蒂的「犧牲」，讓那對婆羅門夫妻覺得很感動。不過，當貢蒂跟怖軍說再見的時候，她的其他兒子全都露出了微笑。他們的母親眞是高招！這樣的安排不僅爲村人除去羅剎之患，同時還讓她的兒子——接連吃了幾天粗茶淡飯而餓壞了的兒子有足夠的食物可以盡情享用。這眞是個一石二鳥的妙計啊！

駕著牛車一抵達森林，怖軍就迫不及待地停下牛車，開始大吃本來要送給羅剎的食物。跋迦聽到有人在吃東西，還發出咕嚕咕嚕和打嗝的聲音，不禁勃然大怒。他衝向牛車，想看看怖軍到底在做什麼。一看到怖軍正在吃他的東西，他氣得往怖軍身上撲過去，但是怖軍一伸手就掐著他的脖子，一手把他壓在牛車上，另一隻手則繼續抓著食物猛吃。待他吃飽了，這才露出滿意的笑容，回頭來處理跋迦。

兩人大打出手，打得就像兩頭野牛似的。兩人都猛力攻擊對方，揮拳宛如雨下，打得大地爲之震動，樹木爲之顫抖。經過一番纏鬥，怖軍終於扭斷了跋迦的脖子。

第二天，村人看到牛車載著跋迦的屍體回到村裡，但是車上並沒有那位寡婦之子的身影。事實上，那位寡婦和她的其他兒子也都不見了。村人們十分感激這幾位神祕的陌生人爲他們除去跋迦，解除了他們的痛苦。他們說道：「他們一定是喬裝成婆羅門的刹帝利吧？武士階級除強助弱，不求名利，這不就是刹帝利所遵循的正法嗎？」

---

*在印度內陸鄉下地區的部落，或在《摩訶婆羅多》扮演重要文化角色的東南亞地區，般度五子當中最受歡迎的角色就是揮著杵杖的怖軍。在村民的心目中，他是個傑出的武士，打敗了許多好鬥的羅刹，讓世界變得安全許多。或許村民還被他純樸直接的個性所吸引。他是個熱情的傻瓜，很容易動怒。他喜歡美食，也喜歡打擊各種妖魔鬼怪。他與阿周那不同；極度缺乏安全感但心志專注的阿周那是上層階級（亦即持箭者）的英雄，而怖軍是平民百姓的英雄。

*在奧里薩邦和中央邦（Madhya Pradesh）許多部落的人民心中，例如在貢德族人（the Konds）的心目中，怖軍是一位英雄，把文明帶入了人間。他們把怖軍當成神明膜拜，把他的神像安置在一棵樹下，而這棵樹據說是部落公主的化身，也是他的妻子。

*跋迦利用蠻力欺壓弱小的村民，代表印度語隱喻裡頭所謂的「大魚吞小魚法則」（matsya nyaya），亦即一般所謂的「叢林法則」。在叢林中，強權就是公理。不過，這樣的法則當然不會被文明社會接受。這就是為什麼在吠陀學者的眼中，跋迦是個野蠻人。對吠陀學者而言，鋤強濟弱者才是真正高貴的人——這也是他們會讚美怖軍德行的原因。

四、希丁波和希丁芭

殺了跋迦之後，怖軍和母親、兄弟回到了森林。他們找到一塊林中空地，打算在那裡停下來休息。然而他們卻遭到一個名叫希丁波（Hidimba）的羅剎的攻擊——原來希丁波是跋迦的弟弟，他認出怖軍就是殺死他哥哥的兇手。

經過一番激烈的纏鬥之後，怖軍終於制伏了希丁波，並把他給殺了。希丁波的妹妹希丁芭（Hidimbi）藏身林中，眼看哥哥被殺，她非但不生氣，反而受到怖軍的力量和能力所吸引。她決定把怖軍變成自己丈夫。於是她利用魔法的力量，把怖軍的母親和兄弟帶到一個神奇的地方，給他們準備豐富的食物、衣物和住宿。如此熱情的招待感動了貢蒂，因此接納了希丁芭，讓希丁芭跟怖軍結婚。

不久，希丁芭爲怖軍生下一個兒子，名叫瓶首（Ghatotkacha）。

貢蒂眼看她的二兒子成日開開心心地陪著妻子和小孩，頗爲擔心。她害怕怖軍如此黏著妻小，會使他與兄弟疏離。所以有一天，她把怖軍叫來，並對他說道：「我們的命運在其他地方等著，不是終日與羅剎爲伍。時候到了，我們該走了。」

怖軍點點頭，表示同意。帶著一顆沉重的心，他跟妻子和兒子道別。就在他們快要離開時，怖軍的兒子雖然還是個嬰兒，卻像個大人一樣地跟怖軍說道：「父親，假如哪一天你需要我的協助，你只要想著我，我就會出現。」怖軍微笑著，最後一次捏了捏兒子的臉頰，最後一次溫柔地看了妻子一眼，然後就轉身跟上母親和兄弟，離開了羅剎的部落。

＊喜馬偕爾邦（Himachal Pradesh）有一座村莊供奉著一位名為希丁芭的村落女神。這代表史詩中的羅剎有可能是指住在森林裡的部族。由於他們並未奉行吠陀的生活方式，因此被人瞧不起，視之為野蠻人。他們被視為野蠻人的另一個原因是：他們靠蠻力維生，而且崇尚武力，不重視智力的培養。希丁芭成為怖軍的妻子後，也許她從此放棄了羅剎的生活方式，才成為人們崇拜的女神。

＊雖然Rakshasa（羅剎）和Asura（阿修羅）這兩個字可以彼此互用，但是這兩個字必須加以區分：羅剎住在森林，阿修羅住在地底。在神話故事裡，阿修羅與天人對抗，但羅剎則騷擾人類。

＊希丁芭接受殺死哥哥的兇手作為丈夫——這顯示羅剎之重視叢林法則，視強權為真理。

＊貢蒂看不慣怖軍和羅剎女的關係。她忍耐著，但是到了某一程度，她就鼓勵兒子向前邁進，因為她認為兒子的未來是在宮廷之中，不在森林裡。她害怕萬一怖軍習慣了跟希丁芭在一起的家居生活，他對他的家族就變得毫無用處。

五、乾闥婆——盎迦羅帕爾納

有一天，般度五子在湖邊汲水，不料卻遭到一個乾闥婆的攻擊。那個乾闥婆名叫盎迦羅帕爾納（Angaraparna），他聲稱那座湖是自己的財產。雙方人馬展開一場激戰。最後，阿周那逼不得已，射出一支含有火神阿耆尼之力的神箭。那支箭使乾闥婆的戰車立即著火。過沒多久，盎迦羅帕爾納就昏死過去，成爲阿周那的階下囚。

乾闥婆的太太名叫昆碧納西（Kumbhinasi）；她哀求阿周那放了丈夫。「讓他走吧。」堅戰說道。於是阿周那就放了那個乾闥婆。

爲了表示感激，盎迦羅帕爾納送給般度五子一百匹馬，同時爲他們講了許多故事。

其中一個故事和夏克底利相關。夏克底利是極裕仙人的兒子。有一天，他走在一道窄橋上，迎面來了一位名叫卡爾瑪斯（Kalmashpada）的國王。這位國王沒給他讓路，夏克底利很生氣，就詛咒國王變成羅剎。他的咒語當下生效，國王馬上就變成了羅剎。不過，在這起事件當中，受傷最大的是夏克底利。原來那位國王變成羅剎之後，突然很想吃人肉，所以他就撲向夏克底利，把夏克底利給吞掉了。

極裕仙人聽到兒子被吃掉的消息，十分傷心，竟一連串試圖自殺多次，包括跳火堆、躍下山崖和跳河，但是火、土、水等元素都不忍心奪走他的性命。「活下去吧，」這些自然元素對他說道：「爲了你兒媳婦肚子裡那位尚未出生的孫子活下去吧。」最後，極裕仙人的兒媳婦果然生下了孫子波羅奢羅，而這個孫子果真成爲極裕仙人活下去的理由。波羅奢羅長大後，決定舉辦一場法力足以殺死所有吃人羅剎的盛大火祭——當然他最大的目的是殺死吃了他父親的那個羅剎。「停手吧，」極裕仙人說道：「你要學會原諒。你父親的憤怒讓他出言詛咒那位國王，結果受到最大傷害的人不是別人，正是你父親。同樣的，你的復仇也不會帶來什麼好結果，只會創造一個冤冤相報的循環。回到你的內心去尋找力量，原諒那位羅剎。放過那位羅剎，也放過你自己。」

波羅奢羅覺得祖父的話很有道理，因此就取消了殺死羅剎的火祭。這位波羅奢羅不是別人，就是毗耶娑的父親，而毗耶娑正是般度王的父親。

般度五子心裡明白盎迦羅帕爾納跟他們講這個故事的用意。原來這位乾闥婆察覺到他們內心中堆滿了仇恨——對他們堂兄弟的仇恨。

「我們就是般度王的兒子，」他們向盎迦羅帕爾納表明身分道：「我們被俱盧族那群人害得很慘。」於是他們就從頭到尾把般度王的死、伯父的背叛等所有事情鉅細靡遺講了一遍。最後他們總結道：「一個人承受如此巨大的痛苦，要他原諒是很困難的。」

「不過還是放下你們的嗔恨吧。與其嗔恨，不如創建自己的機遇，」那位乾闥婆道：「現在你們有我送的馬。接下來你們趕快去找個祭司，還有妻子，再來是找塊土地，然後在那塊土地上建立你們的國度，自立為王。」

＊乾闥婆和羅剎都是住在森林裡的生靈，但是乾闥婆似乎比較先進，因為他們出入是乘坐會飛的戰車，也會使用弓箭。或許在古代，許多非吠陀的部落都會被分成兩類，惹人歡喜的就被歸入神明或半神，惹人討厭的則被視為妖魔。

＊在這部史詩裡，盎迦羅帕爾納說他之所以會攻擊般度五子，主要的原因是般度五子只完成了生命階段的第一段，即學生階段；他們還未進入生命的下一個階段，亦即成為人夫和一家之主。藉由這一點，毗耶娑點出婚姻的重要性。在吠陀時期，正如同正法所說的，一個人的學生時期結束於結婚的那一天，當家作主的時期則結束在兒子生下孫子的那一刻。

＊史詩作者在這個關鍵時刻講說極裕仙人和波羅奢羅的故事，是一種刻意的安排。乾闥婆意識到般度五子的憤怒，但並不贊成他們如此怨憤下去，不管他們有多少理由怨恨俱盧兄弟，因為這樣的怨憤只會產生更多的痛苦和傷害，對他們一點好處也沒有。

＊兩個男人在窄橋上相逢，誰該給誰讓路？這個主題提供了一個場景，解釋了慷慨大方是正法的精髓，固執則是「非正法」的淵藪。

＊馬並不是印度次大陸上的原生物種。乾闥婆贈馬這一情節顯示般度五子避難到了西北邊境，因為只有那裡，才有商人把中亞和阿拉伯的種馬運來印度販賣。

· 卷六 ·

婚姻

鎮群王，
在你的家族裡，
有一位母親要她的五個兒子
共享一個妻子。

一、濕婆神賞賜的孩子

在那位乾闥婆的指引之下，般度兄弟來到了般遮羅國周邊的森林。在那裡，他們遇見了一位智者；這位名叫煙氏仙人（Dhaumya）的智者了解他們的身分之後，很樂意擔任他們的家族導師。

「沒有媳婦，貢蒂的家庭就不完整，」煙氏仙人說道。因此他的第一個建議是：「我們先幫你們找個媳婦吧。我們現在就到木杜王的王宮，那裡正在舉行箭術比賽，獎品是木杜王的女兒德羅波蒂。」

接著煙氏仙人就跟他們講述木杜王變成德羅波蒂的父親的過程。

原來木杜王被德羅納的弟子打敗之後，覺得既羞愧又氣惱，於是他召喚神的毀滅化身濕婆神，尋求一個方法，讓他既可毀滅德羅納，亦可毀滅德羅納的雇主——俱盧王的家族。他向濕婆神呼求道：「請給我一個有能力殺死德羅納的兒子。請給我一個有能力殺死毗濕摩的兒子。請給我一個女兒，讓她嫁入俱盧王的家族，從中瓦解那個家族。」

「就這麼辦吧。」濕婆說道。

就這樣，木杜王的妻子懷胎十月，生下了一個女兒。根據神諭的解釋，這個女兒最後會獲得男人的身體：「她會經歷一次性別轉換，就像當年摩奴的兒子蘇圖納後來變成女身，化爲伊羅那樣。因爲這個緣故，她會成爲毗濕摩的死因。」與此同時，神諭解說者也提到這個大女兒的前世就是安芭公主。

木杜王對這個大女兒並不滿意，所以他去尋求雅伽（Yaja）和烏帕雅伽（Upayaja）兩位仙人的協助，因爲這兩位

仙人懂得一種秘術，可以藉此調製一帖讓女人懷孕生子的靈藥。為此，兩位仙人辦了一場盛大的火祭。但是等到祭祀結束，該把靈藥給木柱王之妻喝下的時候，木柱王的妻子卻忙著沐浴洗澡。兩位仙人無法等王后出浴，於是就把靈藥丟入祭火之中。

在燃燒的祭火之中，誕生了一個名叫猛光（Dhrishtadyumna）的兒子，還有一個名叫德羅波蒂的女兒：猛光命中注定要殺死德羅納，德羅波蒂則注定會嫁入俱盧王的家族，並且從中分化該家族的勢力。

照這樣看來，濕婆神總共賜給木柱王三個孩子。第一個是女兒，但是這個女兒成年後會變成兒子；接著是一對龍鳳胎，兒子是個百分百的男人，女兒則是百分百的女人。第一個孩子注定會殺死毗濕摩，第二個孩子注定會殺死德羅納，而第三個孩子則注定要造成俱盧王的家族不和與分裂。

木柱王原本想把女兒嫁給阿周那，因為阿周那是世上最偉大的弓箭手。但是大家都知道阿周那已經和他的兄弟與母親一起葬身於宮廷大火之中，所以木柱王別無選擇，只得為女兒辦一場箭術比武大會，為女兒找個次好的弓箭手，作為女婿。

＊在吠陀時代，國王的身邊都至少有一位智者陪伴，負責給國王獻計，提供各種包括儀式、宗教、秘術和政治事件相關的建議。這位聖者就是國師（raj-guru）或王室導師。天人首領因陀羅的國師是木星或祭主仙人；阿修羅王缽利（Bali）的國師是金星或蘇克羅（Shukra）。既然般度五子注定將來會成為國王，那麼他們就得找一位智者隨侍在側，作為他們的國師。這種關係可視為國家與宗教聯盟的早期形式。

＊《摩訶婆羅多》是一部擁護毗濕奴精神（Vaishnava）的史詩，關注的重點是毗濕奴的特質，亦即神的入世面向。神的棄世面向是濕婆，而濕婆也會一再出現在史詩裡，回應那些內心充滿怒火的角色的召喚，這些角色包括安芭、木柱王以及後來的阿周那。

＊濕婆被認為是一位雌雄同體神（Ardha-nareshwara），亦即擁有一半女性特質的神明，此所以藉其神力降生的孩子都同時具有男性與女性的特質。木柱王的長女束髮後來轉變性別，變成兒子。木柱王第二次求子的時候，靈藥在火中一分為二，創造了兩個孩子：分別是百分百的兒子與百分百的女兒。這位名叫猛光的兒子是個極度暴力的男人，而他的雙胞胎妹妹德羅波蒂則是一個極度性感的女人。

＊必須注意的是，羅剎女希丁芭並未被貢蒂或煙氏仙人視為家族的一分子——這顯示兩位角色的立場充滿了種族歧視。

二、德羅波蒂的選婿大會

「讓我們喬裝成祭司，到木柱王爲女兒辦的選婿大會走一趟，看看會發生什麼事，」煙氏仙人說道：「如果德羅波蒂生來就注定要嫁給阿周那，那麼世間就沒有任何事物可以阻止這件事發生。」

於是般度兄弟跟著煙氏仙人一起走入木柱王的王庭。因爲他們自稱是婆羅門，所以無法參加比武競賽，而是被請到專爲仙人、苦行者和婆羅門而設的看台就座，觀看剎帝利們的競賽。

參賽者必須拉弓射擊一隻魚眼。這項競賽的困難有二：第一、這隻魚被固定在一個不停轉動的輪子上，而輪子又高掛在王宮大廳的屋梁上；第二、射箭的時候，參賽者不能直視魚眼，只能看著魚眼投落在一桶油上的倒影來瞄準。這是很困難的技藝，在場所有人都認爲只有阿周那辦得到——如果阿周那還在世的話。

婆羅多大陸的許多弓箭手都來了。大家都想試試手氣，但是有些人根本連弓都拉不開，有些人爲了看魚眼的倒影，一不小心就掉入油桶裡。其他人雖然把箭射了出去，但是箭卻到處亂飛，完全沒射中目標。

難敵沒來參加競賽，因爲他已經娶了羯陵伽國的明光公主（Bhanumati）爲妻，而他也跟妻子保證絕不再娶。因此，他請朋友迦爾納前來代替他參加競賽。

迦爾納正想一試身手的時候，德羅波蒂站起來阻止道：「不行，車夫之子不能參加我的選婿競賽。」受到如此公然的屈辱，迦爾納只好默默退出賽局。

當所有剎帝利都試過，而且全數都敗北之後，木柱王只好邀請婆羅門加入競賽。阿周那立刻站起來，拿起弓，看著油桶裡的魚眼倒影，射出了一支箭。當然，他的箭射中了目標。觀眾都爲他歡呼鼓掌。但是人人都嚇呆了：剎帝利辦不到的事，怎麼婆羅門竟辦到了？

在場有幾個武士想上來阻止阿周那帶走獎品（亦即德羅波蒂），但是看到這位會拉弓射箭的祭司身旁有四個強壯的兄弟撐腰，就全都退下去了。

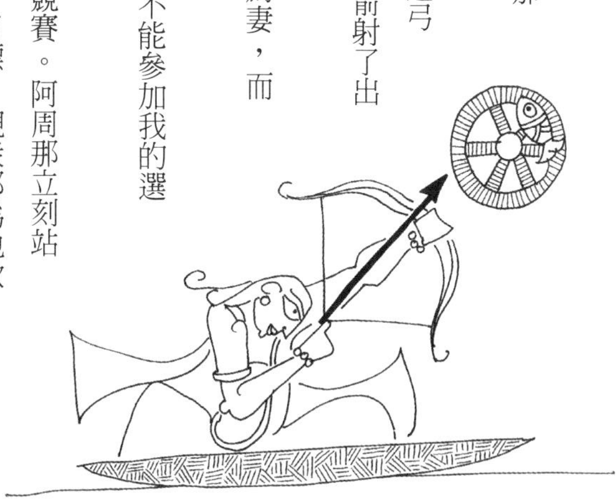

＊在選婿大會上，理想的情況是女人自己從參選者當中挑出她想嫁的對象，但是隨著時間過去，這種權力被取消了。選婿大會變成箭術比賽，新娘成為優勝者的戰利品。不過，身為戰利品的女人有權取消參賽者的資格，就像德羅波蒂取消迦爾納的資格一樣。

＊古吉拉特邦有一則民間傳說提到摩竭陀（Magadha）的國王妖連（Jarasandha）本來也想去參加德羅波蒂

的選婿大會，但是後來沒去，因為他無意間在街上聽到人們是這麼說自己的：「如果他輸了，人人都會取笑他，因為他竟然在大庭廣眾下如此自取其辱。如果他贏了，大家還是會取笑他，因為他竟然給自己找一個那麼年輕的妻子。」如此看來，不管發生什麼事，生命裡總有一些你無論如何都贏不了的局面。

＊德羅波蒂取消迦爾納的參賽資格，理由是他來自比較低的社會階級。但是沒人知道的是：迦爾納其實來自武士階級。當武士階級沒人射中箭靶時，木柱王只好妥協，轉而允許婆羅門參加競賽。德羅波蒂接受父親的妥協，結果嫁了一個喬裝成祭司的武士。以此故事，毗耶娑點出了人的愚蠢，亦即我們總是不注意事實的真相，總是輕易就被似是而非的表象所矇騙。

三、共享妻子

「母親妳看，看我從箭術大會贏得什麼！」阿周那叫道。

貢蒂頭也沒回，逕自說道：「不管是什麼獎品，都要跟你的兄弟公平共享！」

「可是我的獎品是個女人耶！」阿周那說道。

貢蒂這才回過頭來，看到阿周那身邊站著漂亮的德羅波蒂。她同時也注意到她所有兒子都受到德羅波蒂的吸引。因為擔心那位女子會破壞兒子們的團結，她說

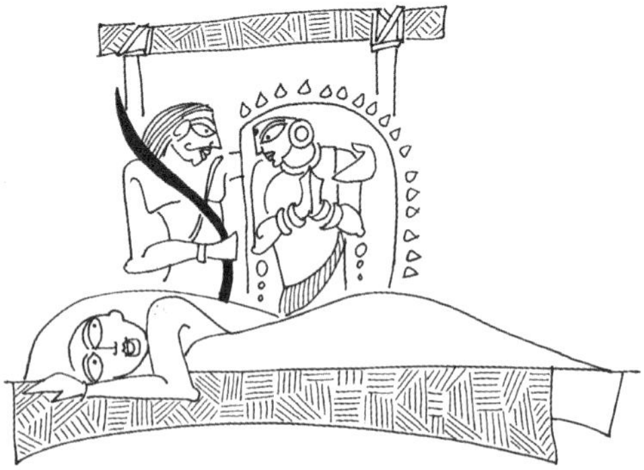

道：「如果你眞的是我的兒子，我剛才說的事，你一定要辦到——假如這件事正法允許的話。」

正法確實允許兄弟共娶一妻。堅戰根據古代史的敘述，講了一則故事：薇杜羅（Vidula）曾嫁給波羅奇塔家（the Prachetas）的十兄弟。有了這個前例，德羅波蒂就無從避免，只能同時嫁給般度五子，成爲他們共同的妻子。

原來在前世，德羅波蒂曾經召喚濕婆神，向濕婆神祈求一位個性誠實、身體強壯、武藝高強、容貌俊美又聰明過人的丈夫。濕婆神對她說道：「你會嫁給五個具有這些特質的男人，因爲沒有人能夠同時擁有這五種特質，除非他是神。」

在另一個前世，德羅波蒂是一位名叫莫德伽耶（Maudgalya）的仙人的妻子，娜羅雅妮（Nalayani）。這位仙人罹患了一種可怕的疾病，成日不停地咳嗽和吐痰，身上還長滿皮屑和疹子。雖然如此，娜羅雅妮還是盡心盡力做好妻子的本分，好好地照顧他。爲了答謝她細心的照顧，仙人決定賜給她一個願望。於是娜羅雅妮要求仙人用他修練得來的神力，完成她所有的性幻想。從此仙人就依照妻子的要求，化身成形形色色的男子——不論聖俗，全都是容顏俊美的男子，並以各種方式跟她同享雲雨之歡。如此耽溺於情欲多年，有一天仙人決定他該棄世離俗，專心修行去了。但是娜羅雅妮不同意；她問道：「你走了之後，誰來跟我共享歡愉？」仙人對娜羅雅妮這種無法滿足的情欲感到噁心，因此詛咒她下輩子會嫁給多位男人。

至於般度兄弟，他們在前世都曾伺候過天人首領因陀羅，而且曾單打獨鬥地捍衛過他們的天后舍脂（Sachi），還有他們的仙家天城。但是在這一世，他們即便五人聯手，也保護不了他們的王后和國家。之所以如此，那是因爲他們所處的世界，此時已經進入第三階段，亦即青銅時代（Dvapara yuga）的尾聲。

＊毗耶娑從來沒清楚說明的一點是：貢蒂發現阿周那獲得的獎品是個女人，而不是物品時，為何不收回成命。貢蒂可能知道她擁有的力量是來自兒子們的團結；她之所以堅持他們跟同一個女子結婚，那是因為她擔心如果德羅波蒂只嫁給阿周那，其他兄弟可能會因為性方面的妒忌而產生分裂。

＊印度有些部落（例如位於南方的托達斯〔Todas〕或位於北阿坎德邦〔Uttaranchal〕的山地部落）實行一妻多夫制，目的是避免財產分化。這些家族永遠只有一個廚房和一個媳婦。兒子們可有幾個選擇，要不共享妻子，要不離家苦行，要不就是去外面找個情婦或妓女（情婦和妓女沒有分享財產的法定權利）。

＊娜羅雅妮的故事在馬拉雅拉姆文獻（Malayalam literature）裡有許多不同的版本，例如十六世紀的「婆羅頓帕度版」（Bharatam Pattu）和十八世紀的「納拉雅尼查利敦版」（Nalayani Charitram）即是。這些不同的版本都是為了解釋德羅波蒂為何以一妻服侍多夫——顯然德羅波蒂嫁給多位丈夫這件事情，實在讓許多人感到忐忑不安。

• 卷七 •

友誼

鎮群王，
神降生人間，化身爲奎師那；
奎師那爲了保護你的家人，
放棄了他最愛的女子和音樂。

一、奎師那出場

德羅波蒂嫁給般度五子之後不久，有個陌生人來到了貢蒂的家。那是一個皮膚黝黑，容貌極度俊美的男子，而且他的雙眼明亮，笑容親切迷人。他身上穿著亮黃色束腰布褲，脖子上圍著的花環是由森林裡的花朵串成，芬芳宜人，頭上的頂髻插著一枝孔雀羽毛。

他跪在貢蒂腳下，對貢蒂說道：「我名叫奎師那（又稱黑天），是妳哥哥富天（Vasudeva）的兒子。妳的生父，即把妳過繼給貢蒂博迦的蘇羅娑，正是我的祖父。我們身上同時流著雅度和那迦族人的血脈。妳的兒子是我的表兄弟。」他的聲音輕柔宛如音樂，極為動人心弦。

貢蒂出生於馬圖拉城。奎師那降生的時候，馬圖拉城正處於動亂之中。原來蘇羅娑把貢蒂送養之後不久，蘇羅娑的侄兒或猛軍（Ugrasena）的年輕兒子剛沙（Kansa）就發動政變，解散了治理馬圖拉城的雅度議會，自立為獨裁者。支持他發動政變的是他的岳父——勢力強大的摩竭陀國王妖連。反對這場政變的人，不是命喪黃泉就是鋃鐺下獄。

剛沙王有個年輕的妹妹名叫提婆姬（Devaki），提婆姬所嫁的人正是貢蒂的親生哥哥富天。在他們結婚當天，神諭提到兩人生下的第八個孩子將會殺死剛沙王。剛沙王嚇壞了，當場就想殺死妹妹。但後來被人勸阻了，不過他提出一個不殺提婆姬的條件：第八個孩子一出生，富天必須把孩子交出來。

提婆姬生下第一胎的時候，剛沙王十分緊張：萬一富天最後交出來的小孩不是第八個孩子該怎麼辦？所以他決定提婆姬生一個，就殺一個，一生下來就殺。所以他大步衝入提婆姬的房間，抓起第一個孩子的腳踝，把那孩子的頭往石子地板上摔去。

提婆姬悲傷不能自已。她決定不要再生下任何小孩了，因爲她知道等在她孩子前面的是什麼樣的命運。富天勸她改變心意，說道：「犧牲七個孩子是必要的，因爲這樣，第八個孩子才能降世，才能把馬圖拉從殘暴的剛沙手中解救出來。」

所以事情就這麼發生了：提婆姬繼續生小孩，但每次一生下小孩，剛沙就衝過來殺死她的孩子。

就這樣，剛沙王總共殺死了富天和提婆姬六個小孩。仙人跟富天和提婆姬解釋道：「你們的孩子會承受一出生就被殺死的痛苦，那是因爲他們在前世太頑皮，惹惱了聖者。你們會承受眼看著他們一出生就被殺死的痛苦，那是因爲你們在過去世曾爲了舉行祭祀而偷了聖者的牛，激怒了聖者。所有這些痛苦都可在業報之中找到根源。但是你們不要怕，你們的第七個和第八個孩子會帶給你們歡樂——第七個孩子是神的信使，第八個孩子則是神自己的轉世再生。」

仙人說得沒錯。提婆姬懷第七胎的時候，事情終於出現了轉機。一個名叫尤伽瑪雅（Yogamaya）的天女施展法術，把胎兒從提婆姬的子宮轉移到富天另一個妻子盧醯妮（Rohini）的子宮。當時盧醯妮跟她的哥哥難陀（Nanda）住在亞穆納河對岸的牧人村戈庫爾村（Gokul）。這位受孕於一個子宮、但卻從另一個子宮出生的孩子名叫大力羅摩（Balarama）。大力羅摩生得像月亮那麼白皙，力量強壯得有如一群大象。至於剛沙王，當他要來殺第七個小孩時，富天跟他說提婆姬因爲過度恐懼而流產了，所以沒有第七個小孩。

大力羅摩的前世是賽舍（Adi-Ananta-Sesha），即生有一千個頭的蛇神，而那位維持宇宙運行的神明毗濕奴就斜躺在蛇神盤捲起來的身軀之上。有人說大力羅摩就是毗濕奴的轉世化生——神從自己的胸口拔了一根白毛，放入提婆姬的子宮，於是大力羅摩就降生世間。

有人說神也從自己的胸口拔了一根黑毛放入提婆姬的子宮，於是奎師那——提婆姬第八個孩子——就誕生在人間。

奎師那在第九個月就從母親的子宮滑了出來。當時是月亮開始虧缺的第八天，屋外一片漆黑，還下著大雨，一陣大風吹來，把馬圖拉所有燈火全都吹熄了。他的膚色黝黑，猶如最深的夜那麼黑。但是他長得十分迷人，猶如太陽之於蓮花那般迷人。

尤伽瑪雅天女施法讓全城的人都進入睡鄉，並勸請富天把小奎師那放入籃子，帶出城外，送到亞穆納河對岸的戈庫爾村。富天不理會提婆姬的苦苦哀求，決定依照天女的吩咐，趁著夜色送走小奎師那。

到了戈庫爾村，他在一間牛棚看到難陀的妻子雅修達（Yashoda）正在裡面睡覺，她的身邊躺著一個剛出生的女嬰。根據天女的指示，富天把小奎師那留下，帶著雅修達的小女嬰回到馬圖拉。

第二天，剛沙王大踏步衝入提婆姬的臥室。看到提婆姬懷裡抱著一個女嬰，他起初感到有點意外，但是接著就一把抓著提婆姬的第八個孩子，想把那孩子丟在地上摔死。不過那個孩子從他的手裡滑開，飛入天空，變

成一個光輝燦爛的女神。這位女神生有八隻手臂，每隻手裡都握著一件壯麗的武器。她告訴剛沙王，那位注定會殺死他的孩子還活著，而且剛沙王一定會死於那位孩子之手，就像預言所說的那樣。

＊奎師那並非尋常的角色。在印度人心中，他就是天神毗濕奴在人間的化身——毗濕奴為了創造正法，因而從天宮毗恭吒（Vaikuntha）降生人間。毗濕奴以奎師那的形式轉世再生之前，過去也曾以持斧羅摩和羅摩的身分降生人間。

＊奎師那出現在《摩訶婆羅多》的時機，剛好落在德羅波蒂的選婿大會上，而這個時機點至關重要。德羅波蒂代表他必須保護的世界。他在德羅波蒂拒絕迦爾納，接受化身成婆羅門的阿周那之後才正式出場，因為他知道德羅波蒂這個決定所帶來的後果：德羅波蒂會嫁給一個冒牌貨，而且會同時嫁給他的四個兄弟，最後她這幾個丈夫還會在賭局中把她輸掉。此所以奎師那這時才出場，進入她的家庭，成為她家庭的一分子，以便遠遠地保護她。

＊首次講述奎師那故事的人，正是毗耶娑的兒子蘇迦。聽到這則故事的人是距離死期只剩七天的繼絕王——這個故事有助於繼絕王接受他的人生。接著講述這個故事的是烏葛斯拉瓦，亦即在納米夏森林為聖者講說《摩訶婆羅多》的詩人。他所講的故事稱為〈訶利世系〉，亦即訶利家族的故事。訶利是毗濕奴或奎師那的另一個名字。

＊剛沙王試圖改變命運為他安排的一切。根據某一敘事傳統，剛沙王的母親是遭受羅剎強暴才成孕的，因此剛沙王不是雅度家族真正的血脈。根據尼由伽法則，般度五兄弟被視為般度的兒子，但是雅度家族並未依此法則接納剛沙。剛沙王被視為不合法的私生子，而且遭受馬圖拉人的排斥。因為這樣，剛沙王非常痛恨馬圖拉人。既然他不被接納成為雅度家族的一員，所以他拒絕遵守古老的雅度議會傳統，亦即不即位為王。他對雅度家族的恨，燃起了他的野心，使他意圖成為馬圖拉的獨裁者。

＊在某些傳統裡，雅修達的女兒（亦即剛沙王試圖殺死的那位女嬰），後來轉世重生為提婆姬最小的女兒妙賢（Subhadra）。在其他傳統裡，這位女嬰重生之後的身分是德羅波蒂。妙賢和德羅波蒂都嫁給了阿周那。阿周那和奎師那據說是兩位古代仙人那羅（Nara）和那羅延（Narayana）的轉世，而兩人也都是毗濕奴的化身。由此說來，妙賢和德羅波蒂因此與神有所關聯。

二、戈庫爾村的牧童

此後，奎師那就在戈庫爾村的牧人和擠奶女工的陪伴下長大成人。沒有人懷疑他的出身，雖然很多人都覺得很奇怪：膚色白皙的難陀和雅修達竟生出一個皮膚這麼黑的小孩！他們覺得這可能跟雅修達的多年不孕有關。

奎師那的到來，徹底改變了戈庫爾村的一切。他的人生，打從一出世就充滿了冒險。

剛沙王派出一個名叫普塔娜（Putana）的奶媽，到馬圖拉附近的村莊給初生兒餵奶。剛沙王的用意很明顯：這位奶媽的奶水有毒，派她出去餵奶即可毒死那個可能會殺他的對手。但是輪到奎師那吸奶時，他吸出的不僅是有毒的奶水，還吸出了那位奶媽的生命。

有個名叫崔納瓦塔（Trinavarta）的妖魔化成一陣風，試圖吹翻奎師那睡覺的搖籃。但是奎師那小手一伸，就捏住那個旋風魔的脖子，而且他捏得非常用力，以至於那陣暴風竟慢慢變成輕柔的微風。奎師那就在那陣微風之中睡著了。

另一個妖魔則化成鬆脫的車輪，試圖輾死奎師那。但是奎師那小腳一踢，就把妖魔踢得粉身碎骨。

奶媽、旋風和車輪這幾起事件把雅修達嚇壞了。她堅持離開戈庫爾村，要全村搬到亞穆納河下游，岸邊一個比較吉祥的地方定居。那裡有一座森林，裡頭長滿一種名叫圖爾希（Tulsi）的植物，不遠處就是牛增山（Govardhan hill）山腳。

這個牧牛人的新村落後來以沃林達文村（Vrindavan）知名於世。在這裡，奎師那慢慢長大成人，並且愛上了奶油。他是一個喜歡惡作劇的頑皮小孩，最愛做的事莫過於破壞牧女製作的各種乳製品，或者偷走

那些吊在屋梁下、已經拌好且存放於瓶子裡的乳製品。氣急敗壞的牧女試圖捉住他並處罰他，但是他總有辦法趁她們不注意時偷偷溜走，順利脫身。

長大後，他的責任是帶牛群到草原上吃草，跟著哥哥和其他牧牛人到牧場上放牛。在牧場上，他吹著長笛娛樂大家，一面保護牛群，使牛群遠離許多威脅，包括森林大火、巨大的蒼鷹、野生的雄象、飢餓的大蛇，甚至還殺死了一條名叫迦梨耶（Kaliya）的五頭蛇——這條蛇在亞穆納河的河灣下了毒，意圖毒死牛群。

奎師那的哥哥大力羅摩負責看顧果園，保護棕櫚樹，不讓猴子前來侵擾。他以一把犁，成功地扭轉了亞穆納河的流向，開出許多條運河，讓河水流入田裡和村落裡。

一年年過去，奎師那開始反對仙人執行的盲目儀式；他比較喜歡慈善的布施和真誠的奉獻。這種堅持終於導致他與剛沙王發生衝突。

原來，剛沙王每一年都會下令祭司舉行大型的儀式，把酥油倒入祭火來取悅雨神因陀羅。奎師那反對這項祭祀活動。他說：「為什麼要敬拜因陀羅？讓我們敬拜牛增山吧，是這座山擋住了雨雲，才為我們帶來雨水。」當村民真的決定不再送酥油給剛沙王舉行火祭，轉而崇拜大山時，因陀羅氣壞了。他降下了足以淹沒全村的傾盆大雨。

這時，奎師那以他的小指拎起了牛增山，高高舉起，使之變成一把巨傘來擋住雨水，不讓村莊被雨水淹沒。看到這個景象，因陀羅終於了解奎師那並不是等閒之輩，而是降生在人間的神。這個消息也讓剛沙王覺得緊張——他知道奎師那並不是普通牧牛人的兒子，而是妹妹當年那個失蹤的兒子——那個注定會殺死自己的人。

＊奎師那在牧牛村裡的生活就記錄在〈訶利世系〉裡，亦即《摩訶婆羅多》的附錄；在後來的《薄伽梵往世書》（*Bhagavata Purana*）和更後來的《梵轉世往世書》（*Brahmavaivarta Purana*）中，這段生活紀錄被人擴大描寫。這三種作品分別成書於西元五、十和十五世紀。

＊牛是印度教最神聖的象徵。就實際層面來說，重視牛這件事可看成吠陀時代留下來的遺產，因為牛是當時人們唯一的生計來源。或者我們也可以從象徵的層面來看：牛即代表大地。在敘述毗濕奴故事的《毗濕奴往世書》裡，大地以牛的形象出現在毗濕奴面前，尋求後者的保護。毗濕奴應允其請求，下凡為牧牛人。為了確保大地和人類文化之間的和諧，毗濕奴制定了文明的法規，亦即正法。每一次文明法規遭受破壞，毗濕奴就以人的形象（亦即「阿凡達」（cvatcr））下凡挽救。根據多部經典，毗濕奴的這些人形化身當中，最偉大的莫過於奎師那。奎師那真心喜愛村裡的牧人和牧女，保護他們，幫助他們度過所有難關。他所創建的世界，就是世界本來該有的樣子，亦即一個充滿了情感、愛和安全感的世界。

＊據說拿著犁的大力羅摩也是時間之神賽舍的轉世化身；賽舍是管理時間的蛇神，同時也是毗濕奴的坐騎。這一點再次證明崇拜蛇的部族與農業有很緊密的關聯。

＊奎師那的進場，清楚標示吠陀思想中的一個轉變，亦即人們從原本崇尚火祭儀式，以此儀式來取悅遙遠的天人，轉而變成舉行節慶儀式來取悅地上的神明。

＊奎師那是牧神，大力羅摩是農神。奎師那拿著一個牛車或馬車的輪子為標記；大力羅摩則拿著一把犁。隨著時間過去，奎師那的車輪變成著名的善見神輪（Sudarshan Chakra）或毗濕奴之輪，而大力羅摩的犁則變成「毗濕奴之棍」，或又稱為金剛杵（Kaumodaki）。

三、回到馬圖拉

每天晚上，在村外的森林裡，奎師那都會站在亞穆納河邊一處開滿香花的草原吹奏長笛。這個草原名叫馬爾萬（Madhuvan）。村中的牧女等家人入睡後，就會溜出家門，來到河邊的草原，繞著奎師那跳舞。這是她們的祕密歡聚。夜晚的漆黑和林中的野獸，一點都不讓她們感到害怕。待在奎師那的身邊，她們覺得安全與被愛。

有一次，奎師那趁她們在河裡沐浴，悄悄偷走了她們的衣服。她們無計可施，只得裸身從水裡上岸。裸身上岸這件事顯然讓她們感到很尷尬，但是一看到奎師那的眼裡毫無情欲，只有愛慕，只有全然的讚美，她們就安心了：奎師那讚美的是她們的自身，她們的心，而不是她們的外表、肉體、飾物、外貌或衣服。奎師那眞心地愛她們，包容她們所有的缺點；這種被徹底接納的感覺，牧女從來不曾體驗過。

在馬爾萬，奎師那跟她們所有人一起跳舞。如果有人想獨占他，並且要求得到特殊的照顧，他就馬上消失無蹤，讓她們覺得既痛苦又失落。最後她們意識到：只有和所有人分享愛，幸福才會到來。

有一天，奎師那與牧女之間這種美好的關係終於宣告結束。原來剛沙王派人

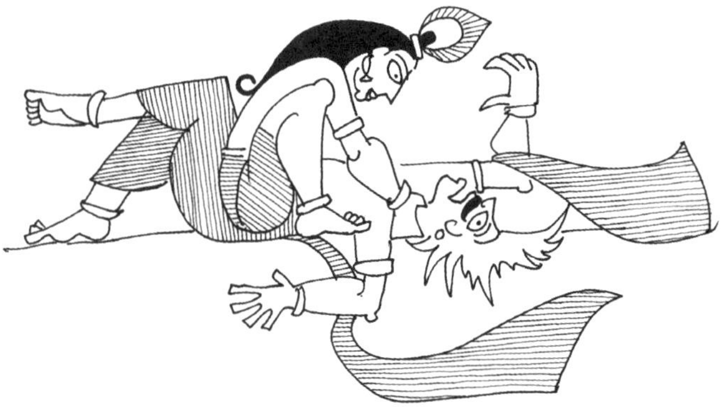

駕著雙輪馬車來到沃林達文，命令奎師那到馬圖拉參加摔角比賽。難陀沒得選擇，只得讓奎師那聽命前往，但是他堅持大力羅摩陪伴奎師那一起出賽。

村裡的牧人和牧女都很傷心。他們搥胸大哭，縱身擋在馬車前面，試圖阻止兩人離開，因爲他們知道：沒有了親愛的奎師那，村子裡的生活再也不會跟從前一樣了。

一到馬圖拉城，奎師那馬上就以他的力量和俊美贏得雅度族人的心。剛沙王的洗衣工人不停咒罵他，奎師那毫不畏懼地把他給殺了。接著他折斷了用來展示的王家寶弓，還馴服了擋著他、不讓他進入競技場的大象。進入競技場後，奎師那和大力羅摩打敗了馬圖拉所有摔角選手，包括好幾位冠軍選手。觀眾紛紛爲這兩位牧牛人歡呼叫好。但是他們愈受歡迎，剛沙王就愈生氣。最後，剛沙王下令格殺奎師那和所有爲他歡呼的觀眾。奎師那的反應是撲向剛沙王，重擊剛沙王，最後就把剛沙王打死了。

＊奎師那的皮膚黝黑，且又反對吠陀祭祀——有人根據這兩點，推測奎師那可能是某些非吠陀游牧部落的神祇。

＊就象徵的層面來說，奎師那的黑皮膚與他熱愛世間的天性相吻合（黑色吸收所有顏色）；大力羅摩的白皮膚與他棄世的天性相吻合（白色反射所有顏色）。處在他們之間的是他們的妹妹妙賢；就像德羅波蒂那樣，出生在奎師那之後的妙賢通常被視為大地女神的化身之一。

＊奎師那偷牧女衣服的故事必須跟接下來的另一個情節相提並論：德羅波蒂在賭局大廳被當眾扯掉衣服。在

這兩個情節裡，女人都被奪去衣服。在第一例中，奎師那雖然作弄牧女，但裡頭卻充滿浪漫與歡樂的氣氛。但是在德羅波蒂的故事裡，奪衣的行為主要是為了羞辱和恐嚇她。究竟而論，行為本身並不構成問題，重要的是行為背後的動機。

＊奧里薩邦的普里（*Puri*）有一則廟宇傳說：雅修達那個為了救奎師那而被犧牲的女兒，後來轉世投生在木柱王的宮廷火祭之中。這麼一來，德羅波蒂就是奎師那的妹妹了；奎師那之離開村莊即是為了救他的妹妹。離開前，他曾向村裡的牧人牧女保證，說他殺了剛沙王就會回去。但是現實難料，他接著得幫忙般度五子打敗俱盧族。直到現在，他還在到處打擊世間不公不義的統治者，無法履行他對村人的承諾。每一年的盛夏季節，普里這個地方的信徒就會舉行馬車比賽。在慶典裡，奎師那、他的哥哥大力羅摩和他們的妹妹妙賢的塑像都會被請出來，上街舉行盛大的遊行。這個慶典旨在提醒神明回到他最愛的牧女拉達（*Radha*）身邊，牧女拉達還在馬爾萬等著他。

＊所有跟奎師那親近的牧牛女當中，有一個名叫拉達的女子特別受到他的喜愛。拉達的名字未見於早期的往世書裡，例如《薄伽梵往世書》。但是在比較後期的往世書，例如《梵轉世往世書》等都可找到她的名字。賈雅德瓦（*Jayadeva*）的《戈文達之歌》（*Gita Govinda*）寫於西元十二世紀；在這部梵語民歌裡，奎師那和拉達的關係是祕密，雖充滿了情色，精神上卻是神聖的。兩人相見的時間都在夜晚，見面的地點都在村外。隨著時間流逝，拉達本身也成為一位女神，代表犧牲、順服和無條件的愛。

四、遷居德瓦拉卡島

殺死剛沙王之後，奎師那被視爲雅度族人的解放英雄。大家也都知道了他的眞實身分——富天和提婆姬的兒子。這樣一來，他放牛的日子便宣告結束。從此以後，他被視爲刹帝利階級，成爲雅度的其中一個後裔。在薩迪班尼（Sandipani）的指導之下，奎師那學會了所有武士之道；學成後，他亦被族人接納，成爲雅度議會的一員——這個議會在剛沙王死後又恢復了運作。

不過，並不是每個人都願意接納奎師那，因爲他們不認爲他擁有純正的雅度血統。有個名叫缽羅悉納吉特（Prasenajit）的雅度族人在行獵的過程中遇害，而且脖子上佩戴的珠寶，即一串名叫雅曼塔卡（Syamantaka）的項鍊也不翼而飛。很多人都責怪奎師那，認爲那是奎師那偷的。難道他不是以偷奶油聞名全村嗎？難道他不是以偷沃林達文牧人牧女的心而知名的嗎？

最後，奎師那想辦法證明缽羅悉納吉特是被獅子咬死的，而拿走那串珠寶的是一頭熊。爲了補償他，缽羅悉納吉特的弟弟蘇陀吉特（Surajit）把他的女兒眞光（Satyabhama）嫁給奎師那。這樁婚事鞏固了奎師那在議會裡的地位。

但是事情並沒有這麼美好。

摩羯陀國的國王妖連就對雅度族人深感不滿，因爲他們非但沒懲罰奎師那那個殺了他女婿的牧牛人，還把女兒嫁給他，接納他，使他成爲他們社會的一分子。盛怒之下，他出兵攻打馬圖拉，命令軍隊把馬圖拉夷爲平地。妖連的軍隊總共攻擊馬圖拉城十七次，每一次奎師那和大力羅摩都很勇敢地捍衛他們的城，並且帶領雅度族人贏得勝利。

但是在第十八次，帶領妖連軍隊的是一個「卡拉雅凡人」（Kalayavan）——那個命中注定會摧毀馬圖拉城的人。

奎師那認爲保持謹慎並不代表示弱，而是勇氣的一部分——較好的一部分，於是他就把馬圖拉人組織起來，趁妖

連的士兵放火燒城的時候，悄悄地帶領大家離開了馬圖拉城。這個撤離的行動給奎師那贏得一個名號：棄城者。

奎師那和雅度族人往西方行進，遠離河流流過的平原，穿過沙漠，越過高山，往大海的方向行進。最後，他們終於抵達一座名叫德瓦拉卡（Dwaraka）的島嶼。

德瓦拉卡島的統治者是雷瓦塔（Revata）。很久以前，他曾到天界請教萬物之父梵天，探問有哪個適合的人可以當他女兒雷瓦蒂（Revati）的丈夫。很不幸的，他沒想到梵天的一日，等於人間的千年。當他與女兒回到人間的時候，所有人類看起來都縮小了。沒有人願意娶他那位巨人般的女兒。

奎師那的哥哥大力羅摩把犁架在雷瓦蒂的肩上，強迫她彎下腰，好讓他可以好好看一下她的臉。然而就在他一放下犁的時候，雷瓦蒂馬上就縮小成正常的大小。雷瓦塔很高興，要求大力羅摩娶他的女兒爲妻。大力羅摩同意了。出於感激之心，雷瓦塔允許雅度族人在他的島上定居。

爲了保衛雅度族人在島上的家園，奎師那跟附近許多國家的公主結婚，其中之一是毗陀婆國（Vidarbha）的豔光公主（Rukmini）。原來豔光公主的哥哥寶光（Rukmi）逼她嫁給她不愛的人，亦即車底國（Chedi）的國王童護（Shishupala），所以她只好向奎師那求救，請奎師那把她從無愛的婚約中解救出來。奎師那應允公主的要求，在童護面前直接把豔光公主擄走。

不巧的是，和剛沙王一樣，童護也是妖連的盟友。他立刻通知妖連，讓妖連知道馬圖拉城儘管已經被夷爲平地，奎師那依舊活得好好的，而且他與他的族人正舒舒服服地住在德瓦拉卡島。妖連知道後，氣得不得了，但是他也無計可施。

奎師那接著繼續跟更多位公主結婚，包括阿凡提國（Avanti）、拘薩羅（Koshala）、摩陀羅國和竭迦夜（Kekaya）等國的公主。奎師那之所以會來到木杜王的宮廷，抱持的正是這種締結政治聯姻的打算。他在那裡第一次遇見般度五子，即他父親的妹妹的兒子——當時大家都以爲他們已經死在多象城那場大火裡。

＊Kalayavan（卡拉雅凡）這個字的意思是「黑皮膚的希臘人」，暗指其人有印度-希臘血統。馬其頓的亞歷山大大帝入侵印度之後，印度-希臘人在北印度的歷史上即扮演一個很重要的角色。這段期間大約是西元前三〇〇年到西元三〇〇年。大約就在這同一段期間裡，《摩訶婆羅多》差不多也接近完成的階段。奎師那的傳說與許多希臘事物密切相關。就像希臘故事裡的英雄，奎師那在兒時逃離死亡的威脅，長大之後回來為家人復仇。馬圖拉的議會政治仇視君主統治——這很清楚是受到希臘政治制度的影響。麥加斯梯尼（Megasthenes）是旃陀羅笈多孔雀王（Chandragupta Maurya）的希臘大使，他即把奎師那比喻為希臘英雄海克力斯（Heracles）。

＊雅度族人的城被燒毀之後，他們從恆河平原上的馬圖拉城遷居到位於阿拉伯海的一座小島——這起事件顯示當時曾發生大動亂。透過多重聯姻，奎師那和大力羅摩強化了其部族在島上的政治地位，回復部族昔日的榮光。

＊德瓦拉卡城有另一個名字叫德瓦拉瓦蒂（Dwaravati）。雅度族人之所以獲得該小島的居住權，那是因為大力羅摩娶了當地國王的公主雷瓦蒂。

奎師那的家族系譜

雅度（Yadu）
↓
阿胡迦（Ahuka）
↓
蘇羅娑（Surasena）
↓
富天（Vasudev）
↓
奎師那（Krishna）
↓
明光（Pradyumna）
↓
阿尼律陀（Aniruddha）
↓
伐闍羅納比（Vajranabhi）

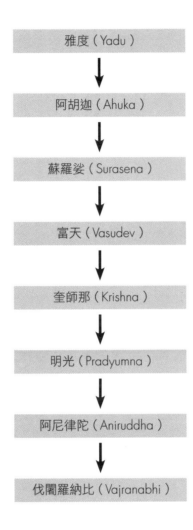

卷八

分家

鎮群王，
你的家人爲了建立自己的城，
摧毀了一座森林，
殺害了無數禽鳥野獸。

一、家族國土之分裂

看到奎師那到訪，般度五子不免產生一點戒心，因爲他們在德羅波蒂的選婿比武大會上見過他。他們問奎師那：「你當時在競技場爲何不參加比武？」奎師那沒回答，僅對他們微微一笑。

貢蒂擁抱著奎師那，忍不住哭了起來。前塵往事，一幕幕湧上心頭：她跟雅度族人共度的童年、貢蒂博迦收她爲養女、她和敝衣仙人和太陽神蘇利耶的幽會、她之嫁給般度王、她之召喚神明並藉其助力生下兒子、般度王死後的守寡生活、與兒子之重回象城以及最近她和兒子差點葬身火窟等等事件。奎師那安慰他的姑姑道：「妳向來都無畏無懼地面對命運，並以適當的決定戰勝了所有難題。」

「是的，是這樣子沒錯。」貢蒂說道。奎師那溫柔的、撫慰人心的聲音，讓貢蒂的臉上再度露出笑容。這是她命中注定要過的日子，這樣的命運也爲她帶來這位奇特的、令人疼愛的侄兒。可是，她爲什麼一定得過著眼前這樣的日子？

奎師那彷彿看穿了她的心思，對她說道：「現在妳可以回象城了，回去告訴他們妳還活著。現在他們不敢再傷害妳了，因爲妳的兒子已是木柱王的女婿——木柱王的勢力強大，他們會想盡辦法跟你們和平相處。」

「他們會把象城的王位還給我兒子嗎？」貢蒂問。

「我覺得不會，」奎師那回答道：「但是有別的辦法可想。」

象城的人民得知般度五子不僅逃過那場可怕的大火，還娶了木柱王的女兒，可說是衣錦還鄉，大家都爲他們感到很高興。

持國王、甘陀利、毗濕摩、德羅納、維杜羅和其他俱盧家族人員都帶著深厚的愛和情感，熱烈歡迎他們歸來。

然而般度五子一直不停地在心中問自己：這群人當中，到底是誰設下了那場意圖置他們於死地的意外？難敵？還是難降？或者，會不會是毗濕摩——犧牲他們幾個人的生命，終結家族之間的不和？他不是一直都很討厭他們兩家人老是發生爭吵嗎？或者是德羅納？還是他的兒子馬嘶——馬嘶不是一直急於取悅難敵嗎？或者有沒有可能是迦爾納？自從上次在競技場被般度五子爲難之後，迦爾納不是一直記恨在心嗎？或者有無可能是持國王？那位盲眼國王不是一直都看不出他兒子根本沒有繼承王位的本事嗎？

持國王該如何平息謠言，並且昭告世人他愛弟弟留下的五個兒子？維杜羅給他的建議是：放棄王位，把王位傳給堅戰。但是持國王不願意接受這個建議：「把王位傳給堅戰，那我兒子該怎麼辦？他們絕對不會留下來服侍般度五子。爲了和平共處，或許我們應該請般度五子退讓，讓難敵當國王。」

奎師那知道般度五子絕對不會接受這個提案，因此他跟維杜羅商量，請持國王把國土分一半給般度五子，這是唯一能夠維護和平的方法了。起初毗濕摩反對這個建議，但後來態度卻和緩下來，因爲他也意識到這是唯一的出路，再也沒有其他辦法了。

於是在一個公開的儀式上，持國王把甘味林那塊土地分給般度五子。族中長老爲般度五子祝福，並對他們說：「好好地建立你們的家園，去吧。」

＊娶了德羅波蒂之後，般度五子就握有能夠改變命運的籌碼，要回屬於他們的東西。但是話說回來，德羅波蒂的加入也是俱盧家族分裂的標記——她的到來為這個家族帶來好運，也為這個家族帶來分裂。

＊藉由聯姻來鞏固政治聯盟——這個作法在吠陀時期十分常見。在娶德羅波蒂之前，般度五子本來沒有任何權力。有了木柱王這位勢力強大的岳父做後盾，他們就握有談判的籌碼。奎師那讓般度五子意識到這一點。

＊由於《摩訶婆羅多》講的是堂兄弟瓜分家產的故事，因此在傳統的印度家庭中，人們從來不曾誦念這部史詩；事實上，人們覺得這是一個不吉祥的故事，他們比較喜歡《羅摩衍那》，因為該部詩集裡的兄弟自動把繼承權讓給對方，展現了無私的精神。

＊毗耶娑從來不曾解釋為何奎師那不參加德羅波蒂的選婿比武競賽。毫無疑問的，就像悉多（Sita），德羅波蒂也代表了天神下凡要保護的那個世界。在過去，天神曾化身為羅摩，下凡保護悉多；天神這次化身為奎師那，但他決定不當德羅波蒂的丈夫，這裡頭必然有個理由。德羅波蒂禁止極有能力的迦爾納出賽，只因為他是車夫撫養的小孩。透過這個情節所展現的階級歧視，德羅波蒂必然也會禁止奎師那參賽，因為奎師那來自社會階級更低的牧牛人家。如此說來，德羅波蒂代表一個充滿歧視的世界。這個世界可能會背離天神，並且因為這種背離而受苦（猶如德羅波蒂之受苦），但是天神永遠不會背離這個世界。

＊在古吉拉特邦，有一則民間傳說提到毗濕摩不願看到俱盧王的家族分裂，因此到象城四處找人談話，詢問他們是否同意兄弟分家。城裡的長者跟他說：「你為父親發下獨身誓的時候，你也從沒問問我們怎麼想。當年你做出那個愚蠢的決定，現在開始產生各種後果了。此時你又何必來問我們？你自己製造的亂象，你自己負責，自己處理。」

二、火燒甘味林

甘味林是一座很大的森林，裡頭住滿了各種鳥類和野獸。那裡也是那迦族和羅剎定居的家園。然而奎師那對般度五子的勸告是：「把森林全燒了吧！」

「沒有其他辦法嗎？」堅戰遲疑道。

「你曾看過有人不燒毀森林，就開闢了田地、果園、花園或建立了城市嗎？」奎師那問。

這時，火神阿耆尼化身成一個肥胖的祭司來找般度五子，對他們說道：「那些倒給我的酥油，讓我覺得渾身不舒服，燒點生鮮的東西給我，我確定那會讓我恢復昔日的光彩。」

阿耆尼及時的到訪，讓般度五子再也沒有藉口不放火燒林。他們通力合作，開始放火燃燒所有東西：樹木、藥草、灌木叢，乃至每一片小小的葉子。禽鳥和野獸大聲鳴叫，試圖逃出火場。奎師那對般度五子說：「全都殺了，一個都不能留。」

「爲什麼？」阿周那問。

「這樣以後就不會有人回來，跟你們討回這片你們現在占爲己有的土地。你們要了解擁有土地的代價，還要承受創造文明的負擔。」

「既然如此，我們該何時停手？」

「你們覺得土地夠用了就該停手，千萬別掉入貪婪的陷阱。知所當止——這是成爲一個好國王的標誌。」奎師那說道。

一場可怕的屠殺開始了。奎師那、阿周那和其他般度兄弟駕著戰車，在燃燒著的森林裡四處奔馳，射殺所有企

圖逃走的生物：鹿、獅子、猴子、蛇、烏龜、鴿子、鸚鵡，甚至一窩蜜蜂和一群列隊逃亡的螞蟻。他們也沒放過所有住在森林裡的那迦族和羅剎族。他們射殺了所有生物，全部的生物。

那迦族哭著向他們的朋友因陀羅求助。因陀羅於是揮出一道閃電，使雲層堆積，開始下雨。奎師那看見下雨了，便指導阿周那把箭射往天空，創造一個巨大的箭傘來阻擋雨水，不讓一滴雨落到地面。就這樣，在箭傘的遮蔽下，森林繼續燃燒。

燒了好幾天之後，阿耆尼終於獲得足夠的森林祭品，恢復了他失去的神采。為了表示感激，他送給阿周那一把甘狄拔神弓（Gandiva），送給奎師那一個善見神輪。他吩咐兩人道：「好好使用這兩項武器來促進人間正法，維持人間正法。」說完就回去他天上的家了。

森林裡的所有生靈都在那場大火中死去，唯獨一個妖魔例外。這個妖魔名叫摩耶（Maya），他從火牆中溜了出去，僥倖保住一條小命。他請求般度五子：「饒了我的命，我就幫你們建造一座偉大的城市。我是魔界的建築師。」般度五子看著奎師那，奎師那點頭表示同意。就這樣，在那塊大火清出來的空地上，摩耶開始著手為般度五子創建一座偉大的城市。城市蓋好後，般度五子將之命名為「天帝城」，意即「因陀羅的城市」，因為他們決意把那座城市打造成人間的天堂。摩耶很感謝阿周那饒他一命，所以送給阿周那一份特別的禮物：一個名叫

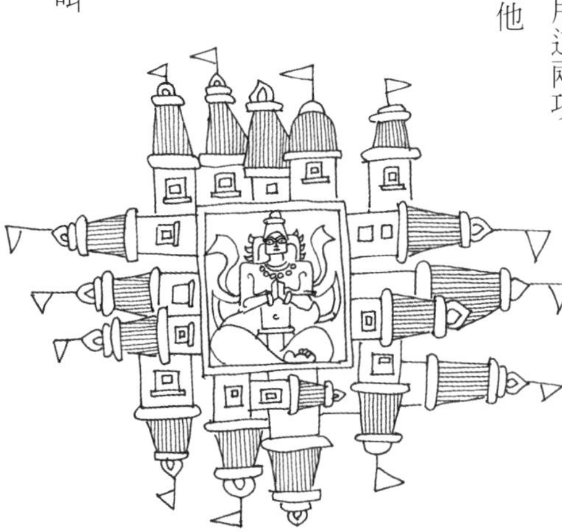

天授（Devdutt）的海螺號角。

沒過多久，天帝城就成爲所有婆羅多人最嚮往的城市。天帝城眞是個富裕的城市啊！這裡有田地、果園、牧場、市場、河港口。各行各業的人士，例如祭司、武士、農夫、放牧人和工匠等等，全都紛紛從各地湧來此地定居。堅戰在兄弟們的協助下，爲這個城市制定正法，維持正法。依照規定，所有男人必須依據自己父親在社會中的職位，履行各種相應的責任；所有男人也必須根據自己人生的階段，履行各個階段該盡的義務。所有女人必須照顧她們的父親、兄弟、丈夫和兒子，協助他們完成屬於他們的責任。

爲般度五子提供各種建議的是煙氏仙人；從他們流落在獨輪森林的赤貧時代起，煙氏仙人就一直陪伴左右，親眼看著般度五子逐漸走上順遂富裕之路。

＊這裡有個有趣的現象：天人因陀羅一般被翻譯為「神明」，但他在這裡竟然跟般度五子作對；摩耶是個阿修羅，一般被解釋為「妖魔」，然而他竟然支持般度五子。因陀羅身為天人首領，也是住在天空的雨神，然而他卻試圖救助家園被摧毀的那迦族；另一個天人火神阿耆尼則暫留人間，吞噬那迦族和他們的棲息地。由此看來，人類、天人、阿修羅和那迦族的關係可說相當複雜。

＊天人和阿修羅各自擁有技術高超的建築師；根據印度傳統建築法，他們的建築師為他們建設廣闊的城堡。天人的建築師名叫毗首傑摩（Vishwakarma），阿修羅的建築師名叫摩耶。般度五子接受摩耶的幫助——這表示阿修羅雖然被人們視為妖魔，必須敬而遠之，但是在適當的情況下，他們也可以成為人類的同盟。「摩耶」這個名字的意思是「魔術師」，表示他建造宮殿所用的技術神乎奇技，極為高明。

＊在吠陀時代，武器是武士的生活中不可或缺的一部分，人們通常會給武器命名，慎重以待。阿周那的弓被取名為甘狄拔，奎師那的飛輪被稱為善見神輪。奎師那的其他武器也都各有名字；他的劍稱為難陀伽

（Nandaka）、他的杖稱為考穆達奇（Kaumodaki）、他的弓稱為薩瑯迦（Saranga）。大力羅摩把他的杵稱為殊難陀（Sunanda）。

＊一般相信天帝城位於距離今日德里不遠的亞穆納河河邊，象城則位於恆河沿岸的北方稍遠處。至於俱盧之野則位於今日哈里亞納邦一大塊荒蕪的空地。

＊火神阿耆尼為了感謝阿周那幫忙他恢復往日的光彩，因此送給阿周那很多武器，除了著名的甘狄拔神弓之外，還有一輛由四匹馬拉著的戰車；這四匹馬都有名字，分別是：賽碧雅（Saibya）、蘇格利瓦（Sugriva）、梅哈普斯帕（Meghapuspa）和巴拉哈卡（Balahaka）。

三、分享德羅波蒂

般度五子都同樣的愛著德羅波蒂。這種情況注定會帶來大災難，因為他們遲早會心生妒忌，並且產生想獨占德羅波蒂的欲望。

奎師那意識到這一點，跟般度五子說了蒂洛塔瑪（Tilotamma）的故事。故事是這樣的：天人派了一個名叫蒂洛塔瑪的天女去誘惑巽達（Sunda）和烏葩巽達（Upasunda）兩兄弟；她的任務是在兩個阿修羅兄弟之間製造分裂，在最後毀了他們。兩兄弟一看到蒂洛塔瑪，果然不約而同愛上了她，且都想娶她為妻。天女微微一笑，狡猾地說道：

「你們兩個誰最強，我就嫁給誰。」兩兄弟決定用決鬥來搶奪天女。由於兩人的武功和力氣都旗鼓相當，所以最後就在決鬥之中把對方殺死了。

「如果你們不想要像巽達和烏葩巽達那樣，搞到最後兄弟相殘，就必須輪流成爲德羅波蒂的丈夫，一次爲期一年；輪到你當丈夫的這一年，你可以獨自擁有德羅波蒂。但是一年後，得把德羅波蒂讓給其他兄弟。四年後，她自然又會再度回到你身邊。還沒輪到的人，如果擅自進入德羅波蒂的臥房，就會被罰流放一年。」奎師那對般度五子說道。

般度五子同意這個安排。他們每個人都可以獨自跟德羅波蒂在一起一年，而德羅波蒂也對他們一視同仁，盡心完成她的責任和義務。據說她在迎接下一位丈夫到來之前，都會先走過火堆，恢復處子之身。

德羅波蒂喜歡堅戰的誠實、怖軍的健壯、阿周那的武藝、無種的俊美和偕天的智慧。她給兄弟五人各生了一個兒子。就這樣，她成爲五個兒子的母親。

除了德羅波蒂之外，般度五子可以另娶妻妾，一解四年沒有德羅波蒂陪伴的寂寞。但是根據德羅波蒂的要求，還有與他們的協定，另娶的妻妾都不能住在天帝城。

有一天，般度家的牛群被偷牛賊趕走了。家裡的牧牛人跑來向阿周那求救。阿周那聞言立即衝回王宮尋找弓箭，只是他到處都找遍了，就是找不到。最後，他決定到德羅波蒂的房間找找看，因爲只有那裡他還沒去過。不過他甫一進門，就看到她和堅戰在床上。

因爲還沒輪到他，他就擅自進入德羅波蒂的房間，所以阿周那必須接受處罰：出外流放一年。阿周那決定走一趟朝聖之旅。

＊德羅波蒂給般度五子各生了一個兒子；這五個兒子的名字分別是：堅戰之子百軍（Prativindhya）、怖軍之子薩娑瑪（Satsoma）、阿周那之子軍望（Shurtakirti）、無種之子百足（Shatanika）、偕天之子聞軍（Shrutasena）。

＊除了德羅波蒂，般度五子各自都另娶妻妾。堅戰娶了賽維耶族（Saiyya）果伐參納王（Govasana）的女兒德葳卡（Devika），並跟她生了一個兒子叫曜迪耶（Yaudheya）。怖軍娶了迦什國王的女兒伐蘭陀羅（Valandhara），兩人生的兒子名叫薩爾瓦迦（Sarvaga）。無種娶了車底國的公主凱倫烏瑪蒂（Karenumati），生的兒子名叫尼羅米陀（Niramitra）。偕天娶了摩陀羅國王狄優提瑪（Dyutimat）的女兒薇迦雅公主（Vijaya），兩人生的兒子叫蘇赫特羅（Suhctra）。

＊旁遮普有一則民間傳說，把德羅波蒂的婚姻安排和狗總是在戶外交配的現象結合在一起。原來般度兄弟進入德羅波蒂的房間前，都會在房門外留下鞋子，讓其他兄弟知道他在房內。不過那天有一隻狗把堅戰的鞋子偷走了，阿周那以為德羅波蒂的房裡無人，因此進去找他的弓箭。沒想到卻撞見了德羅波蒂與堅戰在床上；德羅波蒂覺得自己的隱私被人撞見很難堪，所以她就詛咒天下所有的狗——這就是為何現在狗總是在公眾場合交配，不得遮羞的原因。

＊奧里亞語版的《摩訶婆羅多》提到火神阿耆尼堅持馬上要見堅戰。不巧的是，當時堅戰正在德羅波蒂房裡忙著。阿耆尼威脅般度兄弟，說堅戰如果不馬上出來見他，他就要摧毀天帝城。阿周那迫於無奈，只好進去德羅波蒂的房裡找堅戰。由於還沒輪到他，他就進入德羅波蒂的房間，所以被處以漫長的流放刑罰。

四、優樓比和花釧公主

阿周那在流放的路途中，拜訪了許多聖地；這些聖地有的位於河岸邊，有的位於湖岸，有的則高踞山巔。

有一次，阿周那在一座湖邊突然遭到五隻鱷魚攻擊。他想辦法掙脫，並把鱷魚全都殺了。讓他感到意外的是：五隻鱷魚死後突然變成五位水中仙女。仙女們跟阿周那解釋道：「我們本來是水仙，因爲打擾了某位仙人修行，就被仙人下咒變成鱷魚。他說有一天有個武士會來解救我們。看來，你就是那位武士。謝謝你了。」

還有一次，阿周那突然被拖入河裡。到了河底，他發現自己躺在一位那迦女子的懷裡。這位女子名叫優樓比（Ulupi）。她跟阿周那說道：「我沒有丈夫，你來當我的丈夫吧。我是你的了，快跟我上床。」阿周那拒絕了。優樓比徵引經典，再度勸阿周那道：「拒絕一個自願對你獻身、而且充滿欲望的女子有違正法。」阿周那沒辦法，只得跟那女子共度一夜。接著他就繼續踏上旅途，完全忘了這次奇異的相遇。

不過他與優樓比的春風一度，倒是使他成爲一位年輕武士的父親。這位武士名叫伊拉萬；多年後，伊拉萬會出現在俱盧之野，並在那場偉

大的戰役中扮演一個重要角色。

接著阿周那來到摩尼城（Manipur）。他聽說這個國家有個偉大的女戰士公主，名字叫花釧公主（Chitrangada）。

花釧公主也聽說阿周那許多不凡的故事，即便她從來沒見過阿周那，卻已經愛上了他。她擔心阿周那會被自己太過男性化的儀表嚇到，所以召喚濕婆神，請濕婆神讓她變得女性化一點。濕婆應允了她的祈願，把她變成一個含羞帶怯的少女。當她以這個新形象接近阿周那的時候，阿周那卻不為所動，因為他已經看過太多這樣的女子了。他的雙眼始終在人群中飄移，搜尋那位名叫花釧公主的偉大女戰士。一知道阿周那要尋找的目標後，花釧公主再次請求濕婆神把她變回原來的樣子。阿周那第一眼看到她的本來面目，立刻就愛上了她。

「我可以娶你的女兒為妻嗎？」他問摩尼國的國王。

「可以，」國王答道：「條件是你要把我女兒生的兒子過繼給我。」

「沒問題。」阿周那說道。婚後不久，花釧公主為阿周那生了一個名叫褐乘（Babruvahana）的兒子。多年以後，這位兒子在俱盧之野大戰發生之後，在他父親的生命中扮演一個重要角色。

＊在流放期間，阿周那愛上許多女人，也有許多女人愛上他。這群女人當中，有的嫁給了他，有的沒有。毗耶娑只提到三個女子：優樓比、花釧公主和妙賢。但是在坦米爾的民間故事裡，阿周那還有一些愛情故事涉及天人和阿修羅的女兒。

＊阿周那的眾多妻子當中，有一個是高大強悍的女王，名叫艾莉（Ayli）。他為了一親芳澤，化身成一條蛇，趁女王睡覺時潛入她的被窩。有一則坦米爾神話提到阿周那為了引誘女王，特地找奎師那幫忙，請奎師那化身為弄蛇人，他則化成蛇，藉機接近女王。

＊泰戈爾（Rabindranath Tagore）在十九世紀寫了一部同名的歌舞劇《花釧公主》（*Chitrangada*），但是這部歌舞劇裡的花釧公主跟《摩訶婆羅多》裡的公主完全不同。泰戈爾筆下的花釧公主學養豐富、精明能幹、渴望愛情。她宣稱：「我的欲望之花在果實成熟之前，不會枯萎，也不會跌落塵土。」當這位笨手笨腳的女戰士公主被阿周那拒絕之後，她就大大方方地去找愛神瑪達娜（Madana）幫忙，請求愛神把她變成風情萬種的美女，並且迷倒了阿周那。過了一段時間，阿周那厭倦了她僅僅只有美貌而已。他聽人說起花釧公主的勇敢事蹟，所以想去尋找公主。這時公主就向阿周那現出真身。此時她對阿周那說的那番話，至今仍是女子的愛與煩憂的美麗宣言；這段話是這麼說的：「即便我崇拜花，但我並不完美，並不像花朵那麼美麗，我有許多缺陷和汙點。我是個旅行者，行走在這偉大世界的道路上，我的衣服髒了，我的雙腳被荊棘刺傷而流血。我要到哪裡才能獲得花一般的美貌——生命短暫的無瑕美貌？我帶著驕傲獻給你的，是一顆女子的心，那是我給你的禮物。這顆心集滿了所有痛苦和歡樂——這裡有一個塵土般的女子的希望、恐懼和羞赧。從這裡湧現的是愛，掙扎著追求永恆的生命。這裡面含藏一個高貴壯麗但卻不完美的生命。」

五、與妙賢私奔

阿周那終於抵達雅度族人的重要港口城市德瓦拉瓦蒂（或德瓦拉卡城）；他聽取奎師那的勸告，喬裝成商人進城。

奎師那知道妹妹妙賢偷偷愛慕著阿周那。不過，他們的哥哥大力羅摩卻已經把她許配給難敵。雖然如此，他還是鼓勵阿周那和妙賢私奔。至於妙賢，她完全無需奎師那的鼓勵。一旦得知來到城裡的商人不是別人，正是她所愛的阿周那，她就駕著馬車跟阿周那一起馳出城外。爲了讓世人知道她是自願離開的，她堅持由自己拉著馬車的韁繩。

大力羅摩聽說妙賢跟一個商人私奔了，覺得很生氣；知道那個商人是阿周那假扮的，就更生氣了。

「我要去追他們，把妙賢帶回來。」大力羅摩大叫道。

「何必呢？」奎師那問：「你沒看到妹妹愛的是阿周那嗎？她不是被逼的，你看她笑得多開心。你再看看那輛載著他們出城的馬車，你看看到底是誰在握著韁繩？」

大力羅摩雖然不高興，但最後也不得不承認：妙賢想跟誰度過下半輩子，這件事最後還是得由妙賢自己決定。

阿周那帶著妙賢抵達天帝城的城門口，他突然覺得窘迫起來，因爲德羅波蒂很清楚表明般度五子的其他妻妾不得住在天帝城。既然如此，妙賢要住哪兒？她不可能回去德瓦拉卡城吧？極爲困窘之際，

這對新婚夫婦前去詢問奎師那的意見。

在奎師那的建議之下，妙賢喬裝成牛奶女工，到德羅波蒂的寢宮爲她和丈夫向德羅波蒂求助。「我跟丈夫私奔來到這裡，我很怕他的大太太不肯讓我跟他住在一起。」她小心翼翼地說道，沒洩漏自己的身分。

「別擔心，妳可以跟我住在一起，」德羅波蒂殷切地說道：「妳就像我的姊妹一樣。」

「我確實就像妳的姊妹一樣。我是奎師那的妹妹，我的丈夫是阿周那。」妙賢羞赧地說出身分，同時也覺得很緊張，不知道德羅波蒂聽後會有什麼反應。

德羅波蒂知道自己被耍了。不過，她還是原諒了妙賢，讓妙賢住在天帝城，在她無法陪伴阿周那的那四年中服侍阿周那。最後，阿周那和妙賢生了一個兒子，取名叫激昂。

＊在印尼的故事版本中，據說阿周那除了德羅波蒂之外，還另外娶了七個女子。她們當中最重要的是奎師那的妹妹，即溫柔恭順的妙賢，再來是德羅波蒂的姊姊束髮——一個個性豪邁、武藝高超的女弓箭手；她後來也參加了俱盧之野的戰爭，並且導致毗濕摩之死亡。那位後來嫁給難敵的女子也愛上了阿周那，但是被阿周那拒絕了，因為他認為跟一個已經許配給堂哥的女子結婚並不妥當。這裡的阿周那與梵文版《摩訶婆羅多》裡的阿周那個性截然不同——梵文版裡的阿周那巴不得奪走難敵渴望擁有的一切。

＊奧里亞語版的《摩訶婆羅多》有一則十分特殊的故事：有一日，奎師那看到阿周那在森林裡，決定要嚇嚇阿周那。他化成一頭稱為九音（Nabagunjara）的怪獸，出現在阿周那面前。這頭怪獸由九種動物組合而成：蛇、馬、公牛、老虎、大象、孔雀、公雞、人類。不過阿周那並沒被嚇著，因為他看到那頭怪獸有一隻人類的手，手中拿著一枝蓮花，因而認出那是奎師那假扮的。這個故事帶出一個很重要的印度哲學觀：對於那些人類智慧無法辨認的事物，人類無需害怕，因為追根究柢，那些事物全都來自於神。

＊大力羅摩同時教導難敵和怖軍使用杵杖戰術，但是他卻比較偏袒前者。這裡頭的原因何在？史詩作者始終不曾解釋。是因為兄弟相爭嗎？是因為奎師那一向偏袒般度五子嗎？

＊在坦米爾的傳統裡，德羅波蒂是一位女神，而她身邊有個名叫陀穆坦（Muttal Ravuttan）的守衛兼看門人。這位忠心耿耿的侍衛據說本來是一位國王，他的女兒是堅戰的妻子。大家都知道德羅波蒂不准般度五子的其他妻子住在王宮裡，由於德羅波蒂對他的女兒另眼相待，准許她留在宮裡，所以他自願充當德羅波蒂的傭人，服侍她直到永遠。

六、斬首乾闥婆迦耶

迦耶（Gaya）是個乾闥婆（也有人說他是個阿修羅）。有一天，他飛經德瓦拉卡城上空的時候，往地面吐了一口痰。不巧的是，他那口痰正好落在奎師那的頭上。奎師那氣壞了，沒想到有人膽敢對他如此不敬。他發誓一定要斬了那傢伙的頭。於是他拿起武器，坐上戰車，開始去追迦耶。

迦耶嚇壞了，趕緊跑進天帝城，跪在妙賢腳下發抖；他向妙賢哀求道：「高貴的女士，救救我。外面有個發瘋的武士說要斬我的頭，可是我只是不小心犯了一點小錯而已。」

妙賢很同情迦耶；她安慰迦耶道：「別害怕。我的丈夫阿周那是世上最偉大的武士，他會保護你的。」一聽這話，迦耶笑了。他知道自己安全了。

不久，奎師那氣呼呼地趕到天帝城。他在城門口命令迦耶出來，因爲他看到迦耶進了城。這時，妙賢才知道那位威脅著要砍迦耶頭顱的「發瘋的武士」不是別人，正是她自己的親哥哥。但是她不能收回自己的承諾，她對奎師那說道：「阿周那已經發誓要保護他，你不能傷害他。」

「我已經發誓要殺了他，沒人可以阻擋我。」奎師那說。

不久，奎師那和阿周那就面對面地對峙著，互不相讓。阿周那拿著甘狄拔神弓，奎師那的指尖旋轉著可怕的善見神輪。迦耶躺在妙賢的腳下瑟瑟發抖，情勢十分緊張。兩人誰也不願意收回自己發下的誓言。「信守承諾——那是正法最基本的原則。」兩位武士都這麼說。但是如果阿周那打死奎師那，那麼這個世界就會停止存在；如果奎師那打死阿周那，那麼般度家族就會走上絕路，般度家族走上絕路則代表這世界所有的希望即將幻滅。

在天界觀戰的天人覺得事態愈來愈不妙，於是請求世界的創造者梵天和世界的毀滅者濕婆神出面干預。於是世界的創造者和毀滅者雙雙出現在阿周那和奎師那面前，擋在殺氣騰騰的兩人之間。「住手，」他們說道：「你們的鬥爭已經威脅到整個世界的安全。」

梵天轉向阿周那，對阿周那說道：「讓奎師那砍下迦耶的頭，讓他完成他的誓言。然後我把生命還給迦耶，讓你完成你的誓言。如此一來，你們兩個都能信守你們的承諾。」意識到事態嚴重，阿周那放下他的弓，讓奎師那砍下迦耶的頭。接著梵天再親自把生命還給了迦耶。

迦耶謝過阿周那，並向奎師那道歉，因爲是他造成如此巨大的宇宙危機。

＊迦耶讓阿周那和奎師那產生衝突的故事，可在印度南部卡納塔克邦的民間劇場看到，劇本創作者是十七世紀的劇作家哈列瑪其．羅摩（Halemakki Rama）。但是這段情節並不見於古典的梵文版。

＊這故事顯示人的好意亦有可能破壞友情的聯繫；以及人們可能會利用友誼來達成個人的目的。

七、那羅和那羅延

有一天，阿周那在河邊散步，一面自言自語道：「我聽說阿逾陀的羅摩是個偉大的弓箭手。我曾經用箭搭一座天橋，接引因陀羅的天象下凡。羅摩一定也能搭一座跨海箭橋，到羅剎王羅波那（Ravana）那裡去把悉多救回來。為什麼他不這麼做？難道他的箭術沒有我好？」

猴王哈奴曼是羅摩的僕人和擁護者。他偷聽到阿周那的這些話，很不喜歡阿周那如此自誇。他從樹上跳下來，對阿周那說：「箭橋無法支撐猴子的重量，這就是為什麼他搭的是石橋，不是箭橋。不信你在這條河上搭一座箭橋，看看你的箭橋是否撐得住一隻猴子的重量。」

阿周那不認得哈奴曼，覺得這猴子是在嘲笑他，所以就用箭在河上搭了一

座箭橋。哈奴曼的腳掌一踩上去，那橋馬上就垮了。哈奴曼哈哈大笑，出言譏諷阿周那道：「你確定你眞的搭了一座箭橋把因陀羅的天象接引到人間？」

阿周那覺得羞愧極了，一度想要自殺。這時，有個聖者剛好經過，他對阿周那說道：「你再搭一座橋。但是這一回你每射一支箭，就念一次『羅摩-奎師那-訶利』這個咒語，然後你再看看會有什麼不同。」

阿周那依照聖者所說的做了。猴子踏上他搭的箭橋，但是這次箭橋卻堅固不動。這時哈奴曼露出眞身──他在橋上跳舞，但是那橋還是不動如山；接著他擴增身形，慢慢變得像山那麼高，但是那橋還是堅固不動──即使承受了如此巨大的重量。

那位聖者說道：「那座通向楞伽島（Lanka）的石橋之所以能承受那麼多猴子的重量，沒有倒塌，是因爲那座橋是以羅摩之名蓋的。同樣的，這座橋之所以能承受哈奴曼的重量，是因爲受到奎師那之名的保佑。在這個世界上，光有蠻力是不夠的，我們還需要神的恩典。奎師那就是羅摩，他們兩人都是訶利或毗濕奴──這點你永遠別忘記。沒有奎師那，你什麼也不是。你是那羅，他是那羅延。」

阿周那向那位聖者鞠躬道謝，接著撲倒在哈奴曼腳下，爲自己剛才的傲慢道歉。接著他問哈奴曼：「聖者說我是那羅，奎師那是那羅延──請問那是什麼意思？」

哈奴曼答道：「這是個祕密。但你很快就會知道了。」

過了幾天，有個婆羅門來求阿周那救他的孩子；他解釋道：「他們一出生就不見了。現在我的妻子又懷孕了，而且就快生了。我很怕這一次我們又要失去孩子。」

阿周那向那位祭司保證，說他一定可以保護孩子安全無事，因爲他手上有強大的武器甘狄拔，而且也不介意跟死神閻摩打上一架──如果有必要的話。奎師那自願陪他到祭司家，一起保護那個小孩。阿周那說：「如果我失敗了，我就把自己活活燒死。」

當那位婆羅門祭司的妻子進入分娩階段，阿周那舉起弓，射出許多支箭，形成一個箭網，把祭司的小屋密密麻麻地圍起來。然後他就站在門口守候，他說道：「現在讓我看看，到底誰有本事進來把孩子偷走！」

過了幾分鐘，小孩出生了。阿周那和奎師那都聽到小孩的哭聲，但是沒多久哭聲卻突然停止了。「小孩不見了，」那位婆羅門尖聲叫道：「天啊！阿周那，你失敗了！」

這到底是怎麼回事？根本沒人進入小屋啊！沒有神，沒有妖魔，也沒有人類進入小屋啊！阿周那極其不安，眞想當場一死了之。但是奎師那阻止了他；他對阿周那說道：「在你一死了之前，我帶你去看一樣東西。」

阿周那坐上戰車，奎師那手持韁繩，兩人即往地平線的方向馳去。這是一段漫長的旅程。阿周那後來發現，戰車不知何時已經離開地面，在天空中飛行。高山與河流，一一被他們拋在腦後。很快地，戰車已飛馳在海面上。四周一片模糊，隨著速度增快，天空亦快速地飛馳而過。奎師那的眼睛直視前方，絲毫沒有停下來的意思。慢慢地，天空變得愈來愈黑，黑得連星星都看不見。這時，奎師那把他的善見神輪往前一拋，只見那飛輪就在戰車前方疾飛，散發著光芒，爲他們引路。直到這時，阿周那才看到他們早已飛越了鹽水海，正在飛越一座淡水海——這座海裡充滿了各式各樣的蛇類、大魚、各種奇異的神奇生物。接著他們飛越一座滿滿都是扭動、發光爬蟲類的海洋。再來他們飛過一座火海，只見海裡扭動著無數爬蟲類，全都散發著火光。再接下來他們飛越一座溢滿糖蜜的海，最後抵達一座滿溢著牛奶的海。

在那座牛奶海的中央，阿周那看到一幅宏偉神奇的圖景：一個威嚴的生靈斜躺在一條捲曲的、生有一千個頭的

巨蛇身上。那個生靈有著溫柔的笑容、四隻手臂，每隻手各拿著海螺殼、神輪、神杖和蓮花。他就是毗濕奴。那條大蛇正是賽舍，亦即時間之蛇。毗濕奴的腳邊坐著吉祥天女（Lakshmi）——財富與幸運女神。他的舌上坐著辯才天女（Saraswati），亦即智慧女神。這就是神，使宇宙運行無礙的神。這位神可以摺疊時間和空間，還能做出凡人不可能辦到的事——包括不露形跡地偷走剛出母胎的嬰兒。

看到這神聖的一幕，阿周那整個人跪倒在地，朝拜毗濕奴。當他起身時，他看到毗濕奴懷裡抱著好幾個寶寶。毗濕奴說道：「這幾個寶寶都是那位婆羅門的孩子。我把他們帶來這裡，因爲這樣你才會跟來，你才會了解你存在的眞正目的。」

阿周那不明白毗濕奴的意思。奎師那微微一笑，跟阿周那解釋道：「曾經你是那羅，我是那羅延。我們兩個聯手打敗了許多妖魔，贏得許多戰役。現在我們是阿周那和奎師那。我們被創造的目的，就是恢復人間的正法。」

毗濕奴對阿周那說：「奎師那是智慧，你是行動。你們誰少了誰，誰就英雄無用武之地。只有團結一致，你們的戰役才會所向無敵。」

＊這裡的幾個故事取自《薄伽梵往世書》和其他幾部往世書，而且這幾則故事都把奎師那界定為神明。

＊全知全能的神——這個概念很晚才進入印度教的歷史。對於早期的吠陀經典，最好的描述就是一部充滿了不可知論的文本。這幾部吠陀經典可找到數不清的描述提到自然神靈和宇宙力量，還有人們可以透過儀式來召喚這些神靈和力量，但是並未清楚提到有個唯一神。最多我們可在幾部《奧義書》（*Upanishad*）看到作者把神與人的靈魂（atma）聯繫起來。像佛教這類抱持無神論的修行團體興起以後，輪迴、業報、解脫等類似的概念也漸漸流行起來。為了與之抗衡，唯一神這個概念首次被薄伽梵信仰（Bhagavata cult）大力提倡，接著慢慢被主流社會所接受。人們在唯一神這個概念中找到極大的安慰，因為只要透過虔誠敬拜，這位唯一神的恩典就可助人擺脫業報和輪迴的枷鎖。早期幾部印度經典當中，《摩訶婆羅多》是少數支持這樣一位擬人的、對人的處境有所反應的神的經典。在這部作品裡，奎師那是毗濕奴在人間的化身，而奎師那的存在轉變了《摩訶婆羅多》的性質，使之成為一部神聖的文本。

＊在通俗的信仰中，男人擁有殘餘的乳頭——這代表他們的內在殘存著女性特質。阿周那只有一個乳頭，不是兩個，因為他比所有男人更具男性氣概。奎師那沒有乳頭，因為他是一個純男或全男。

＊那羅和那羅延是一對無法分開的聖者。他們住在喜馬拉雅山脈的一棵莓果樹下。他們的名字一而再、再而三地出現在史詩裡，因為他們被視為阿周那和奎師那的前世。他們的形象是一對武士兼隱修者，因此人們相信他們是最早崇拜毗濕奴的人，但是後來慢慢地，他們就變成毗濕奴的化身。就象徵的層面來說，那羅代表人類，那羅延則是神。阿周那和奎師那的關係等於人與神的關係，兩者不可須臾離。

＊將阿周那和奎師那聯繫到那羅和那羅延——詩人毗耶娑在此把他們塑造成命運的產物，意即他們並非隨機出生於世，他們的出生自有其特定的目的。

・卷九・

登基

鎮群王，
你的祖先舉行登基祭典之前，
在祭典進行的當下，
都有國王遭到殺害，
命喪黃泉。

一、妖連之死

阿周那朝聖回來之後不久，堅戰表示決定登基爲王；他對他的兄弟說：「我想辦個登基火祭大典。」但是要舉辦登基火祭大典，必須邀請婆羅多大陸所有其他國王來參與，亦即象徵性地表示他們承認堅戰的統治權。

奎師那說：「首先你必須證明你有資格戴上王冠。要展現你的力量，最好的方式就是制伏妖連；要是你能制伏妖連，那麼就不會有人反對你的登基。」

「妖連！那個摩竭陀國的國王，消滅馬圖拉城的國王！」堅戰大聲叫道。突然間，他有點不確定自己是否眞要成爲國王了，因爲在整個婆羅多大陸上，大家都非常怕妖連。據說妖連已經囚禁了一百個國王，打算辦個祭人大典。「我的軍隊打不過他。」堅戰說道。

奎師那微笑道：「強壯的體力比不上一個靈活的腦袋。我們喬裝成婆羅門去拜訪他。爲了表現好客之道，他一定會答應我們提出的任何要求。到時我們就要求跟他來一場決鬥，一場至死方休的徒手搏鬥。」

般度五子很欽佩奎師那的計劃。他們知道奎師那和妖連老早就是死對頭了，這個計劃可說是兩全其美，既可替雅度族人報仇，也對般度五子有利。雅度族人得以除去毀滅馬圖拉城的兇手，般度五子除了可以稱王，同時也可報答奎師那向來對他們的幫忙。

果然不出奎師那所料，妖連熱情地歡迎三位來自象城的婆羅門，同時爲了表現好客的精神，他詢問客人有什麼要求，無論什麼要求，「只要開口，我都會答應。」他說道。

「我們想跟你來一場至死方休的徒手搏鬥。」三位婆羅門說道。

妖連馬上知道眼前那三位訪客並不是婆羅門，而是喬裝成婆羅門的武士。他知道自己上當了，但是他太驕傲了，不願收回剛才的承諾。「我猜你們其中有一個一定是奎師那那個膽小鬼，我燒毀馬圖拉城的時候，他嚇死了，竟然直接帶著族人逃到德瓦拉卡島。至於你們兩個，你們一定就是跟他結盟的般度兄弟，」他說道。他看著阿周那說道：「你又瘦又小，不配跟我徒手搏鬥。從你手臂上的疤痕看來，你是個弓箭手——你一定就是阿周那。」接著他轉向怖軍，對怖軍說道：「你長得又大隻又強壯，是個可敬的對手。我猜你就是怖軍。」最後他看著奎師那道：「你皮膚黝黑，一雙眼睛閃爍著狡黠的光芒，你一定就是那個殺了我女婿的傢伙。等我料理完怖軍，再來跟你算帳。」

就在怖軍準備進入決鬥場之前，奎師那撿起一片樹葉，然後沿著葉片中間的葉脈把葉子撕成兩半。接著他跟怖軍解釋：「唯一能夠殺死妖連的方法，就是把他的身體垂直地撕成兩半，就像我剛才撕開樹葉那樣。當初他父親因爲求子心切，把一份生子魔藥均分給兩個妻子喝，結果兩個妻子各生了半個兒子。這兩個半子最後是由一個名叫迦羅（Jara）的女妖把他接合起來。迦羅從此以後就一直保護著妖連，使他所向無敵。世間沒有任何武器傷得了妖連，只有把他分成兩半，他才會死。」

怖軍很快就發現妖連眞是個所向無敵的對手。他強而有力的拳頭不知打死了多少妖魔，例如跋伽（Baka）和希丁波，但是對這位摩竭陀國王似乎一點效果也沒有。兩人就像發瘋的大象一樣，對打了好幾個小時。最後，怖軍把妖連壓倒在地，抓住他的雙腳，用盡所有力氣把

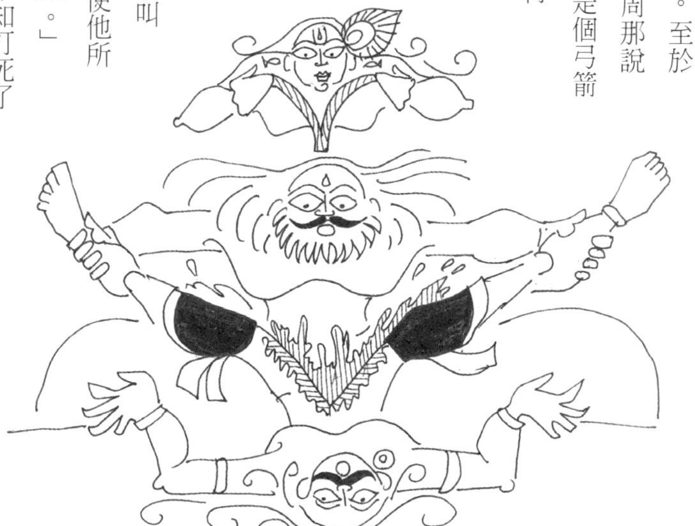

妖連的身體撕成兩半。在場觀戰的人全都歡呼叫好。

過了不久，歡呼聲突然安靜下來，現場一片肅靜。在場的每一個人都十分驚訝，因爲妖連左半側的身體竟神奇地移向右半側的身體，然後自動接合起來，隨即站起身來，毫髮無傷。怖軍看著奎師那，一臉不解。奎師那馬上撿起另一片葉子，沿著葉脈把葉子撕成兩半，但是這次他把左半邊的葉子往右邊丟，再把右半邊的葉子往左邊丟。怖軍看了點點頭，表示了解。

徒手搏鬥又再度上演。這是一場極其激烈的戰鬥，競技場四周的柱子都被震得彷彿在琵琶發抖，天人全都齊聚在地平線上，一起爲怖軍加油。過了好幾個小時，怖軍終於又將妖連壓倒在地。他抓住妖連的一隻腳，像上次那樣，用力把妖連撕成兩半。接著他就把妖連左邊的身體往競技場的右邊丟，再把右邊的身體往競技場的左邊丟。

就這樣，怖軍殺死了妖連，奎師那也終於除掉了燒毀馬圖拉城、燒毀雅度族家園的敵人。從現在開始，婆羅多整塊大陸上的所有國王再也不會挑戰堅戰的軍力，質疑他的王位了。從此，般度五子建立的天帝城成爲一個主權獨立的國家。

＊登基的火祭大典可以確保各個國家的主權。要獲得這樣的地位，該國的國君必須證明他的軍事力量足夠強大，這樣其他國家的國君才會將之視為同道中人。透過舉行登基火祭大典，堅戰正式與他的伯父持國王解除所有約束，並昭告世人他的國家擁有自己的主權。

＊奎師那固然幫忙了般度五子，但也借用了他們的力量，幫自己打敗敵人妖連。妖連的軍隊焚燒馬圖拉的時候，奎師那帶著城民撤退——這件事使奎師那贏得一個相當不雅的名號，即戰爭中的「棄城者」。

＊根據耆那教的傳統，每一輪世界都有六十三位中流砥柱般的英雄會降生世間。這六十三位英雄包含二十四位隱修士（Tirthankaras）、十二位國王（Chakra-vartis）、九組三人戰士組；每一戰士組的三人當

中，一個是正直祥和的巴羅天（Baladeva）、一個是正直但暴躁的婆蘇天（Vasudeva）、一個是不正直的菩羅地蘇天（Prativasudeva）。奎師那和妖連分別被認為是婆蘇天和菩羅地蘇天的轉世，所以兩人在這一世注定是死對頭。奎師那的哥哥大力羅摩個性溫和，因此被認為是喜愛和平、不愛戰爭的巴羅天。根據耆那教的經典，在下一輪的世界裡，大力羅摩會比奎師那更早轉世為隱修士，因為他喜愛耆那教提倡的想法——「非暴力」（non-violence）的理念。

二、難敵跌入池塘

堅戰的登基大典是一場盛會，婆羅多大陸的所有國王都前來觀禮。在所有賓客當中，除了羅刹、天人、阿修羅、夜叉之外，那迦族和乾闥婆也都前來祝賀。當然，難敵和童護也來了。

難敵在這座摩耶打造的偉大城市裡到處遊逛。他看到所有宮殿都蓋得富麗堂皇，所有街道都鋪得井井有條，還有花園和果園也都打理得十分漂亮；他還注意到那座主要宮殿的通風和採光都經過精心設計：每一道走廊都有微風吹送，每一道牆面都反射著陽光。詩

人作詩賦文的時候，全都把這座宮殿比擬爲因陀羅的仙家，把天帝城比擬爲天城，把般度國比擬爲天界。看到般度兄弟有如此成就，難敵心裡眞是羨慕不已。

難敵走在廊道上，一面打量著彩繪的宮殿屋頂。但是他看得太入迷了，不小心腳下一滑，竟跌入了池塘。德羅波蒂剛好經過，看到這一幕，發出一串銀鈴般的笑聲，不加思索地取笑難敵道：「盲眼父母養出的盲眼兒子！」

當然，難敵不覺得這是一件有趣的事。聽到德羅波蒂如此嘲笑他，他發誓有朝一日，他一定要讓德羅波蒂也來嘗嘗被嘲笑的滋味。

＊德羅波蒂批評難敵父母——這種不顧他人感受的行為，許多敘事都將之解釋成日後她遭受羞辱的理由。講說這個故事的目的就是勸人不要取笑身體有缺陷的人。

＊天帝城那座神奇的宮殿讓所有來訪的國王都感到很妒忌，難敵尤其覺得難受。他發現他的幾個堂兄弟已經做到白手起家，從一無所有當中創造了這麼宏偉的成就，而他自己這輩子從來不曾創造過什麼東西。他的妒忌心在堅戰登基的那一刻達到最高點。

＊維毗沙那（Vibhishana）是楞伽島的國王，也是羅剎族的首領。他拒絕向堅戰行禮，他說絕不向任何人行禮，除了阿逾陀的國王羅摩例外，理由是羅摩打敗了他的兄弟羅波那，而且羅摩也是毗濕奴在世間的轉世化身。然而在場的奎師那也是毗濕奴的轉世化身，而他就跪在堅戰腳下，宣稱任何維護人間正法的國王，都像羅摩那樣值得尊敬。看到奎師那如此，維毗沙那終於改變心意，朝堅戰跪下行禮。

三、童護之死

在所有國王面前，婆羅門祭司把水、牛奶和蜂蜜倒在堅戰頭上。通過這個儀式，堅戰即登基爲王。圍繞在他身邊的是他的四個弟弟，坐在他左膝的是他們共同的妻子——天帝城的王后。現場的賓客，例如他們的岳父木柱王、無種和偕天的舅舅沙利耶、表兄弟奎師那和大力羅摩等都爲他們感到高興。但也有某些賓客覺得相當不快，例如難敵、迦爾納、沙魯瓦和童護等等。

在儀式進行的過程中，祭司請般度五子從現場賓客當中選出一位貴賓。般度五子選了奎師那，因爲沒有奎師那，他們不可能獲得目前的成就。於是奎師那被請到貴賓席上坐下，由般度五子和他們的妻子分別上前獻上禮物。

突然間，車底國的國王童護站起來抗議道：「這裡來了一百個國王，你們般度五子竟然選了奎師那作爲你們的貴賓！奎師那只不過是個雅度族，他的祖先雅度還被自己的父親趕出家門，永遠無法成爲國王。奎師那從小在普通牧民的家裡長大，成天只知道屠殺牲畜，跟牛奶女工跳舞。他還殺了母親的哥哥。妖連攻入他們的城市、放火燒城的時候，他竟然不抵抗，而是膽小地帶著城民逃走。怕敵方再次打過來，他使出的策略竟然是拐走人家的公主……」

童護如此長篇大論的謾罵，讓般度五子聽得很不耐煩，紛紛舉起了武器，想阻止童護說下去。在場的國王們見狀，也舉起武器來保護童護，因爲童護所說的句句屬實，沒有一句假話。堅戰的宮廷大殿突然變得十分緊張，似乎馬上就要變成戰場。在這劍拔弩張的時刻，奎師那說道：「這是我和童護之間的事。他想說什麼就讓他說吧。他是我姑姑的兒子，是我的表弟，就像般度五子也是我的表兄弟一樣。」

不過，奎師那沒告訴在場賓客的是：童護一出生，神諭早就預言他會死於奎師那之手。爲了救童護，童護的母親曾要求奎師那原諒童護所有的過錯。奎師那保證會原諒童護，但是他說：「我只會原諒他一百次。就一百次，不多也不少。」

童護繼續口不擇言，不停地罵下去。他不斷辱罵奎師那，奎師那也不斷地原諒他的每一次辱罵。到了第一百次的時候，奎師那站了起來，舉手阻止童護道：「夠了，表弟。你已經罵了我一百次。我向你母親保證我會原諒你一百次。但就只有一百次，沒有一百零一次。如果你再罵我，我就殺了你。」

但是童護不在乎，他恨透了奎師那。奎師那只不過是個普通的放牛人，而他是車底國的國王，但是在婆羅多整個大陸上，奎師那卻比他更受人尊敬，更受人歡迎。奎師那還曾在他的眼前拐走他心愛的豔光公主，甚至娶了她。待他如子的妖連之所以會死，還不是要怪奎師那！現在奎師那竟然被選為般度五子的貴賓！一肚子的憤慨，再加上一肚子的妒忌，童護再一次辱罵了奎師那——第一百零一次的辱罵。

在場所有人連眼睛都來不及眨一下，奎師那已經擲出他的善見神輪，當場割斷了童護的脖子。童護的人頭一落地，在場所有國王一片譁然。他們喊道：「這就是般度五子的待客之道嗎？竟然容許一個牧牛人殺害國王。我們走吧。堅戰儘管當了國王，但卻不值得我們尊敬。」說完，很多國王就大踏步離開了堅戰的王宮大廳。堅戰的登基大典就在一片極不吉祥的氣氛之中落幕。

這群離席的國王當中，有沙魯瓦和丹塔瓦卡（Dantavakra）兩位國王；他們是童護的朋友、妖連的同盟，因此他們決定給奎師那一個教訓。他們集結了一支軍隊，出兵攻打德瓦拉卡島。奎師那不得已，只得離開天帝城，趕去德瓦拉卡島保護他族人的城市。

＊根據《薄伽梵往世書》，童護和丹塔瓦卡兩人的前世是毗濕奴的守門人闍耶和毗闍耶。在前世，他們阻止了四位光明聖者（Sanat Kumar）進入天宮毗恭吒。那四位聖者很不高興，詛咒他們以後將會離開天神，下凡三次。每一次下凡，他們都會在凡間做出可怕的事，逼得毗濕奴不得不親自下凡去了結他們。他們第一次轉世為阿修羅兄弟希陀納亞克薩（Hirancyaksha）和希陀納亞克西布（Hiranyakashipu），毗濕奴化身為野豬和雄獅了結了他們。第二次他們轉世成為一對羅剎——羅波那和康巴哈納（Kumbhakarna），毗濕奴化身為羅摩殺了他們。第三次他們降生為童護和丹塔瓦卡（也有人說是剛沙王和童護），而這次了結他們的是毗濕奴的人間化身奎師那。如此說來，童護之死是早已注定的事。

＊童護的母親為了保護兒子，曾要求奎師那賜給她一個祝福：原諒她的兒子一百次。但是她似乎沒花什麼心思警告她兒子永遠不要犯錯。以此故事，毗耶娑提醒我們：我們總是想透過外在的手段，而不是透過內在的轉化來解決問題。這就是人的特性。

＊根據一則民間傳說，當奎師那對童護擲出善見神輪時，不小心割傷了手。德羅波蒂馬上從自己的上衣撕了一塊布來幫奎師那止血和包紮傷口。因為德羅波蒂給了奎師那一塊布，日後當德羅波蒂需要一塊布時，奎師那也立即提供給她。史詩的後半段中，俱盧族企圖在眾人面前剝光德羅波蒂的衣服，奎師那果然出手幫忙，讓裹在德羅波蒂身上的衣服永遠也脫不完。

＊堅戰舉行登基大典發生了幾起不吉祥的事件。首先是妖連國王之死，接著是另一個國王受到羞辱——難敵掉入池塘，再來是在慶典當中有個國王被殺身亡——童護之死。最後因童護之死，導致所有剎帝利發生了一場暴動。

・卷十・

賭局

鎮群王，
你的祖先把國家和妻子當財產來下注，
並在一場骰子賽局中把兩者全輸光了。

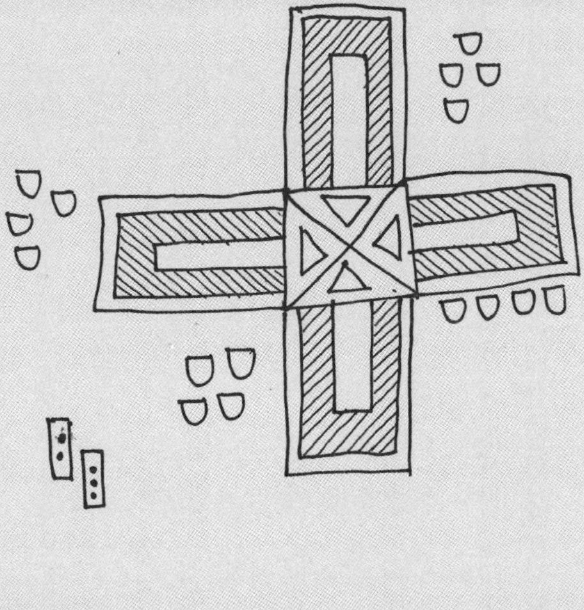

一、沙恭尼的計謀

難敵自天帝城歸來後就變得心灰意冷——他徹底給自己的妒忌心擊垮了。「般度兄弟以前什麼都沒有，現在卻變成國王了。他們的國家比我富有，他們的名聲比我響亮。」再一次，他覺得自己實在比不上他的堂兄弟。

這時，甘陀利的哥哥沙恭尼獻出一計。難敵聽了十分歡喜，終於再次露出笑容。沙恭尼說道：「堅戰可能很偉大，但是他有個缺點：喜歡賭博。我們就邀他來賭博。他的賭技雖然不精，但是他會來，他無法拒絕這個邀請。等他來了之後，我就代你出賽。你知道的，我對骰子自有一套辦法：我可以讓骰子落在任何我選定的位置，所以我一定會贏。每贏一次，我們就拿走般度五子一項財產。等到遊戲結束時，你就會成為天帝城的主人，而般度五子則會失去一切，淪為乞丐。」

聽完沙恭尼這席話，難敵高興得不得了。但是他並不知道他的舅舅正打算耍一點小伎倆，目的是摧毀整個俱盧王的家族。

原來在很多年前，那時般度五子和持國百子年紀尚小，他們就像平常一樣玩在一起，也像平常那樣以打鬧結束遊戲。持國百子咒罵般度五子，並嘲笑他們道：「你們的母親是妓女。」他們說的，其實是一個人盡皆知的事實：般度五子的父親確實不是他們母親的丈夫。

般度五子也反唇相稽道：「你們的母親是寡婦。」

聽到這話，持國百子覺得十分驚訝。他們的母親怎麼會是寡婦？他們哭著跑去找毗濕摩，把剛才聽到的話一五一十說給毗濕摩聽。毗濕摩決定展開調查——他派了幾個間諜到犍陀羅國一探虛實。

根據間諜的回報，原來甘陀利出生時，星象家曾經預言她的第一任丈夫會很短命，但是第二任丈夫會很長壽。

她的父親妙力王（Suvala）決定把女兒「嫁給」一頭羊，然後在「婚禮」結束後，把那頭羊送上祭壇，獻給天神。這麼說來，甘陀利還眞的是一個寡婦！

星象家另外又提到：假如那頭羊當初沒被送上祭壇，現在就會是俱盧族的父親。聽到這個說法，毗濕摩氣壞了，他說道：「妙力竟敢騙我，他竟敢把一個寡婦嫁入我高貴的家門，成爲我們家的媳婦。如果這件事被世人知道了，我豈不是要成爲天下人的笑柄！我要殺了妙力全家，讓這個可怕的祕密陪著他們一起進入墳墓。」

毗濕摩把妙力王和他的幾個兒子關入地窖。他每天都會給他們送飯，但是份量只有拳頭般大小。妙力跟幾個兒子說道：「毗濕摩知道謀殺親人有違正法，所以他想到一個既可以殺我們，但是又不違反正法的方法。他每天都會給我們食物，但是食物的份量卻如此之少，最終我們都會餓死。對於這個境況，我們什麼也不能做，因爲要求他多給一點食物有違正法。在每日都有供應食物的情況下，我們從女兒的家中逃走也有違正法。」

日子一天天過去，情況愈來愈糟。甘陀利的兄弟開始爲爭奪食物而打架。又餓又痛苦的妙力想出一個辦法，他對兒子說道：「讓我們其中一個人吃飽——我們之中最聰明的那個人。讓他活著，讓他記得毗濕摩對我們的傷害。讓他活著替我們復仇。」

他們選了年紀最小的沙恭尼，讓他吃下每日送來的食物。慢慢地，沙恭尼的家人一個接一個相繼在他眼前餓死。

妙力臨死前，用手杖打碎沙恭尼的腳踝，對沙恭尼說道：「現在你每走一步都會拐一下；你每拐一下，都會記得俱盧家族是如何殘害你的家人。永遠不要原諒他們。」

妙力王注意到沙恭尼很喜歡賭博。在臨死前，他用最後一口氣對兒子說道：「等我死

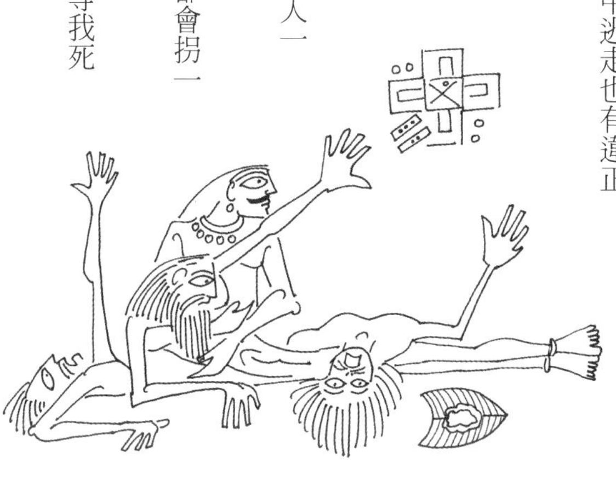

後，把我的指骨雕成骰子，這些骰子將灌滿我的怒氣，你要骰子落在那裡，骰子就落在那裡。這樣一來，不管玩什麼遊戲，你都會贏。」

不久，妙力王和他的兒子全都餓死了，而沙恭尼活了下來。他就住在象城，與俱盧家族的孩子們住在一起，接受毗濕摩的照顧。沙恭尼表面上假裝喜歡俱盧家族的人，但私底下卻一直暗中計畫著摧毀毗濕摩的家族，就像毗濕摩毀了他的家庭一樣。

＊在《摩訶婆羅多》的故事中，難敵對般度五子的妒忌是發生悲劇的根源——並不是因為他擁有的財富比較少，而是堂兄弟擁有的比他多，這一點讓他覺得非常痛苦。

＊沙恭尼一家人的故事出現在很多民間傳統故事裡。在某些版本中，殺死沙恭尼父兄的，並不是毗濕摩，而是難敵。這個故事的重點是要提醒我們：不知道別人的經歷時，不要隨便論斷別人，因為即使是最壞的惡棍，背後也有個故事可以解釋他們的行為，即便這些行為並不值得包容。

＊在這個故事的其他版本中，妙力王父子之所以會身陷囹圄，是因為他拒絕讓甘陀利嫁給瞎子。在這個故事裡，甘陀利是個俘虜，就像安必迦和安波利迦一樣。沙恭尼也是個俘虜。

＊甘陀利「嫁給」了羊——這個故事出自《摩訶婆羅多》的耆那重述版本。

＊在史詩時代，母親的家庭似乎在家庭政治中扮演著重要角色：沙恭尼是持國百子的舅舅，奎師那是般度五子的表兄弟。

＊《摩訶婆羅多》把世間的一切衰敗歸因於貪婪。《毗濕奴往世書》有一則比較詳盡的故事提到毗濕奴曾化身小魚，降生人間。小魚請求第一個人類摩奴救牠，不要讓牠被大魚吃掉。大魚吃小魚這個概念被稱為「大魚吞小魚法則」，亦即叢林法則。為了救小魚，摩奴後來建立了文明的規範或「正法」，讓弱者也有

機會生存。摩奴把小魚放入小瓶子裡。隨著時日過去，小魚愈長愈大，已經無法再住在小瓶子裡，所以摩奴把小魚移入池塘裡。最後，連池塘也住不下了，摩奴便把小魚放入河裡。隨著時日過去，河流也顯得太小，摩奴只得把小魚移入大海。不料那魚卻愈長愈大，連大海都容不下了。最後天空爆開，下起了傾盆大雨，以至於雨水淹沒了整個世界。看到這一景象，那魚宣布這是普拉耶（Pralaya），亦即世界的末日。這則故事的結尾是：那條大魚（毗濕奴）拖著一條載著摩奴及其家人的船，遠離恐怖的洪水，漂向安全的地方。這則故事的後半段跟諾亞方舟的故事很相似，但這裡的救世主是毗濕奴。故事的前半段解釋文明的起與落。文明出現於小魚獲救，無須再擔心被大魚吞食。當小魚不停地長大，大得超過棲身之處的時候，文明就宣告結束。

二、賭局

般度五子收到持國百子的邀約，請他們到象城參加賭局。堅戰接受了邀請；表面上，他說不接受邀請，會顯得自己沒有禮貌，但他沒說出來的是：他喜歡賭博。

奎師那完全不知道持國百子的賭博邀請，也不知道般度五子會決定參加。他當時正在德瓦拉卡城，忙著守衛和保護他的家園——童護的朋友沙魯瓦和丹塔瓦卡因為對他不滿，帶兵包圍了德瓦拉卡城。

般度五子參加賭博的那一天，德羅波蒂剛好月經來了；她遵守傳統的規定，把自己隔離在女眷區最偏僻的房間裡。

般度五子不曾諮詢奎師那的意見，也沒等候德羅波蒂前來坐在他們旁邊，就逕自走進設下賭局的大廳。

堅戰代表般度五子上場，持國百子那邊則由沙恭尼代表出場。這場賭局基本上是以錢幣爲棋子，並以拋骰子來決定棋子走的步數；這是一種半靠運氣，半靠技巧的遊戲。爲了讓遊戲有趣，他們每玩一局都預先談好賭注。

起初雙方下的賭注都很小，大概就是一把傘或一條項鍊之類的。每一次，沙恭尼都會滾動骰子並說道：「看啊，我贏了！」賭輸點燃了堅戰的欲望：再賭一把，贏回所有輸掉的東西。因此每輸一局，他下的賭注就愈大，價值也愈貴重。但是每一次，沙恭尼都會滾動骰子並說道：「看啊，我贏了！」

堅戰賭上他那黃金打造的戰車。沙恭尼滾動著骰子說：「看啊，我贏了！」

堅戰賭上他國庫裡的所有珠寶。沙恭尼滾動著骰子說：「看啊，我贏了！」

堅戰賭上他王宮裡所有的女侍。沙恭尼滾動著骰子說：「看啊，我贏了！」

堅戰賭上他王宮裡所有的男侍。沙恭尼滾動著骰子說：「看啊，我贏了！」

堅戰接連賭上他所有的大象、馬匹、牛群、山羊和綿羊。每一次，沙恭尼都滾動著骰子說：「看啊，我贏了！」

接連輸掉好幾局之後，般度兄弟開始懷疑沙恭尼的骰子有問題，但是卻無法證明這一點。隨著時間過去，他們一天下來竟輸掉了所有財產：黃金和麥子、牲畜和土地，甚至連身上佩戴的珠寶也都輸掉了。「停手吧，」般度兄弟哀求他們的大哥：「退出並不丟臉。即使是奎師那，也試圖拯救了馬圖拉十七次，後來看到沒有勝算，他才退出了戰局。」但是堅戰拒聽弟弟們的勸告。他深信下一局一定可以贏回所有輸掉的東西。持國百子也這麼鼓勵他，這使他更加深信下一次一定會贏。不過這些人私底下卻不斷地暗自偷笑。

毗濕摩、維杜羅、德羅納和慈憫靜靜地觀戰。最後維杜羅說道：「這太瘋狂了！也許我們應該叫他們停手。」盲眼的持國王拒絕了——他的兒子們正在贏的勢頭上，不能叫他們停手。而且由他來叫堅戰停手也不恰當，因爲堅戰現在已經是國王了，有能力自己做決定。

玩了十一局之後，堅戰的財產全部輸光了。接著他做了一件不可思議的事：拿他自己的兄弟下注，一個接一個。首先是英俊的無種，再來是聰明的偕天，接著是強壯的怖軍，最後是弓箭手阿周那。把兄弟全輸掉了之後，接著再賭上自己。當然最後他也把自己輸掉了。不過他還是拒絕停手。

「這一次我拿我們的妻子下注。」他說道。大廳裡的所有人都驚呆了。不過難敵微微一笑，點頭接受了堅戰的賭注。沙恭尼第十七次滾動骰子並說道：「看啊，我贏了！」

＊在吠陀時代，骰子遊戲是一種神聖的儀式。就像沒有任何國王會推掉決鬥或戰爭的挑戰，也沒有國王會拒絕這種遊戲的邀請。賭博可以顯示國王是否得到上天賜予的才智和運氣。奎師那代表才智，德羅波蒂代表運氣，般度五子走入賭場大廳時，這兩個人都不在他們身邊。

＊整部史詩裡，這是般度五子唯一一次自己做了決定；他們身邊既沒有母親，也沒有朋友和妻子。這個決定最後讓他們敗得非常悽慘。

＊在骰子遊戲當中，骰子的丟擲代表命運，棋子在板子上的移動代表自由意志，所以吠陀時期的賭局不只是一場遊戲，也是人生的代表——由命運和自由意志控制的人生。骰子遊戲也是各種生殖儀式的一部分。據說在生命的那場遊戲之中，死神兼命運之神閻摩丟擲骰子，而生命兼欲望之神伽摩（Kama）引導人類，使人類擁有移動棋子的力量。

＊印度是各種賭博的家鄉。在這裡，你可以找到那種純靠運氣的遊戲例如蛇梯棋（snakes and ladders），也可以找到運氣和技術各占一半的遊戲，例如骰子遊戲或飛行棋遊戲（chausar），還可以找到那種純靠技術的遊戲，例如西洋棋。

＊印度人認為人生是一場由人訂定規矩的遊戲。這些人為的規矩創造了勝利者和失敗者。勝利讓我們快樂，失敗讓我們傷心。詩人把一場骰子遊戲當作故事的基石，其用意是提醒我們：說到底，生命中的所有一切都只是一場遊戲而已。

＊我們必須注意的是：堅戰首先拿他的異母弟弟無種和偕天來下注，接著才是自己的親弟弟和他自己。他曾另眼看待他的兩個弟弟嗎？這個問題我們只能自己猜測了。

三、剝除德羅波蒂的衣服

看門人普提卡米（Pratikami）去見德羅波蒂，告知她的丈夫已經在一場骰子遊戲中把她輸掉了，現在她的新主人是持國百子，而他們要她去一趟賭局大廳。德羅波蒂對他說：「你去問問我那個賭徒丈夫，他是先拿自己下注還是我。如果他先拿自己下注，他已經把自己輸掉了，他哪來的權利再拿我下注？」

德羅波蒂的問題激怒了難敵。他覺得回答任何女人的問題有失他的尊嚴，即便那個女人是德羅波蒂。

他再次命令看門人去把德羅波蒂抓來。這次德羅波蒂說：「你去問問王宮裡的長老，他們這樣拿女人，而且是一個嫁入王室的公主來做賭注，然後又在骰子遊戲裡把她輸掉了，這麼做，在道德上是否妥當？」

德羅波蒂的問題再度激怒了難敵。「她太多話了，」他說道，接著轉身對難降說：「你去把她抓來，如果有必要，動用暴力也無妨。」

總是唯命是從的難降於是走進女眷區，看到德羅波蒂坐在那裡，頭髮披散，穿著一襲染血的袍子。德羅波蒂看到有人竟如此大膽闖入女眷區，不禁大吃一驚。但是她還來不及出聲抗議，難降就一把抓住她的頭髮，將她拖出王宮的長廊，再拖進賭局大廳。德羅波蒂一路猛踢，試圖抓住柱子，但是都沒有用。她哪敵得過難降的蠻力！她一路大聲尖叫，但是女眷區的女人嚇壞了，

全都躲入暗影裡，不敢出手相助。

賭局大廳裡的人看到了原本無從想像的畫面——近乎半裸的德羅波蒂披散著頭髮，被推倒在難敵腳下。大廳裡沒有一個男人出來拯救德羅波蒂。年長者保持沉默，態度冰冷，宛如石頭。般度五子全都羞愧地垂下了頭。德羅波蒂大叫道：「住手，你們丟不丟臉啊！我是般遮羅國的公主，你們的堂嫂，持國王的侄媳婦！」但是大廳裡卻沒人爲她說話。

難敵向來就不喜歡傲慢的德羅波蒂，他對德羅波蒂說道：「妳的丈夫都是無用的廢物，沒有能力保護妳。他們已經在賭局中輸掉了國家、軍隊、他們自己，甚至連妳也輸掉了。妳還是到我這裡來吧，來坐在我的腿上，我會好好照顧妳。」說完，他就露出左大腿，色迷迷地看著德羅波蒂。難敵的粗野，讓德羅波蒂感到噁心極了，但她也嚇呆了，因爲現場竟沒有一個剎帝利出聲抗議，全都瞠目結舌地看著這場好戲。

「這樣對待一個女人，」德羅波蒂問道：「符合正法嗎？」

奇耳（Vikarna）是持國百子當中最小的一個；他說道：「堅戰在賭局中先拿自己下注並且賭輸了，所以他沒有權利再拿任何人下注，他不能再拿德羅波蒂來下注。」

聽到這話，迦爾納反唇相稽道：「年輕的王子，你到底忠於誰啊？你到底是站在哪一邊？你的哥哥並未違法。如果一個人在賭局中把自己輸掉了，他的主人自然而然就成爲他所有財產的主人，當然包括他的妻子。德羅波蒂的丈夫變成持國百子的奴隸那一刻，德羅波蒂自然也變成持國百子的奴隸。不過，爲了謹慎的緣故，她被獨立出來下注——其實並沒有必要這麼做。你太年輕了，你讓你的情感遮蔽了理智。」接著他轉向德羅波蒂——在選婿比武大會上取消他資格的德羅波蒂，並對她說道：「古代的律法規定，女人在丈夫的允許之下，可以跟四個男人在一起。妳現在嫁了五個丈夫，這件事讓妳成爲妓女，成爲大家的財產。妳的主人想怎麼對待妳，就怎麼對待妳。」

「沒錯，我們想對妳做什麼都可以，」難敵趾氣高揚地說道：「我要我的奴隸，六個全部，全都脫掉衣服。」般

度五子垂下頭，依命令脫下上衣，然後脫掉下裳。德羅波蒂爲他們的不幸遭遇大聲嚎哭。「她也一樣，」難敵指著德羅波蒂說道：「難降，把她脫光。讓大家看看我們的新奴隸，她可是大家口中所說的大美人！」

聽到難敵的指示，在場的每個人都呆住了。不過沒人出聲講話：般度五子已經沒有講話的資格；長者沒講話，因爲他們覺得難敵的作法並未超出正法的範圍。樂戰是持國跟女侍所生的兒子，他試圖出言抗議，但他很快就被制止了，只能羞愧地垂下自己的眼睛。持國王什麼也沒說，因爲他太愛兒子了，因此不認爲兒子能有什麼過錯。毗濕摩、德羅納和慈憫一直在心裡掙扎，因爲沒人違逆正法，所以他們覺得很難提出什麼抗議。

德羅波蒂發現自己正陷入全然孤獨、全然無助的境地。就在難降抓住她的紗麗開始往下拉扯時，她舉起了雙臂，朝天空大聲哭叫道：「神啊，救救我！除了你，我已經沒人可以求救了！」

她的哭聲傳到了天界。賭局大廳四周的柱子開始哭泣。天空慢慢變黑。太陽覺得羞恥，只得躲入雲層裡。接著發生了一件事——一件眞正不可思議的事！

難降每扯下一襲紗麗，德羅波蒂的身上就出現另一襲紗麗。當他把那件新紗麗也扯下時，他發現德羅波蒂身上還有另一件紗麗。就這樣，他從德羅波蒂身上拉下好幾綑布料，但是不管他怎麼拉，德羅波蒂身上的紗麗始終好好的。她的尊嚴始終保持完整。

這件事實在太不可思議了。毫無疑問的，這是一個奇蹟，全然違反了邏輯、空間與時間的奇蹟——這是神的作爲。神站在德羅波蒂這一邊，挺身爲她抗拒持國百子。在人類遲疑的時刻，神站了出來。

---

*無衣的女神是迦梨（Kali），即嗜血的、野性的女神，宛如未經整治的森林。有衣的女神是高莉（Gauri）——良善溫柔，宛如耕治的果園或田地的女神。德羅波蒂遭受奪衣並不僅是把一個女人的衣服脫下來而已——這個情節代表文明的崩解，代表人們從田地走向森林，從高莉走向迦梨。當正法被人們拋棄，當叢林法則取代正法，此時強者即會欺負弱者。

*男人把自己輸掉了之後，到底還有沒有權利拿妻子下注？這個問題引發了許多瑣碎的討論，而此種討論模糊了一個事實：女人像一個物件那樣被拿來下注，以及人們千方百計尋找法條來支持這個行為。這個事實才是這種情況的悲劇所在。

*根據一則民間傳說，奎師那有一次跟般度五子在河裡洗澡，但是他的褲子被河水捲走。德羅波蒂馬上脫下一件上衣送給他，讓他得以遮羞。奎師那對這個慷慨之舉的回報是：當持國百子要扯掉德羅波蒂的紗麗時，他即送給她無論別人怎麼拉也拉不完的衣料。

四、最後一場賭局

德羅波蒂的雙眼閃動著怒火：「我絕不原諒俱盧族對我做的事。除非我用難降的血來洗頭，否則絕不再綁起我的頭髮。」

怖軍再也無法保持沉默，他怒叫道：「我要殺光每一個俱盧族，我要喝難降的血，我要打斷難敵那條侮辱我妻子的大腿。」他的聲音轟隆隆地傳遍整座大廳，力道之強，連骰子都在顫抖，連遊戲的紙板都冒出火花，並起火燃燒。

大廳外面，群犬開始齊聲狂吠。猴子開始吱吱叫，貓咪也低聲嗚咽。恐懼爬進持國王的心裡。維杜羅勸他的哥哥持國王道：「神對你和你兒子的行爲感到不滿。快快阻止這件荒唐事吧。不要讓他們再鬧下去了，免得更加不可收拾！」

盲眼的國王大聲叫道：「別說了，德羅波蒂！別說出那些停留在妳舌上的詛咒！」接著他一拐一拐地走到德羅波蒂面前，對她說道：「都怪我，是我讓事情演變到這個地步。都怪我，是我准許開設這場愚蠢的賭局。都怪我，我也很享受觀看這場賭博。我老了，眼瞎了，又很愚蠢。看在我的份上，原諒他們。我賜給妳三個願望。請妳接受這三個願望，然後靜靜離開吧。」

德羅波蒂停止哭泣並說道：「首先，放了我的丈夫，還給他們自由。再來，歸還他們的財產，恢復他們本來的樣子。」

「那麼第三個願望呢？妳自己想要些什麼呢？」

「我什麼也不要，」德羅波蒂說道：「貪婪並不適合武士的妻子。」

就在般度五子帶著武器和妻子正準備離開的時候，迦爾納笑了起來，並且大聲叫道：「德羅波蒂是木筏，是她救了快要淹死的般度五子。靠女人來解救他們！難道不覺得羞恥嗎？他們在賭局裡輸掉的東西，竟靠著別人的施捨取回，而不是靠自己贏回去。」

「回來再賭一局吧，堅戰！就一局。再賭一局，把你輸掉的東西全部贏回去。尤其是你的榮譽。」持國百子叫道。

「要是我輸了呢？」堅戰問。他會這麼問，表示他有意留下來再賭一把。聽他這麼一問，他的兄弟和妻子全都灰了心。「流放森林十二年。除了身上穿戴的東西之外，什麼都不能帶。在這十二年裡，你不能回到天帝城。十二年後，你還得隱姓埋名度過一年。這一年內如果被人發現，就得再流放森林十二年。」

堅戰接受了這項規定，走向賭桌。他的兄弟不讓他過去。他的妻子求他別再賭了。但是堅戰拒絕聽勸，他說道：「我確定這次我會贏。」

骰子再次滾動。沙恭尼再次說道：「看啊，我贏了！」

這一次，般度五子不得不離開天帝城，並且搬到森林裡去住十三年，長長的十三年。堅戰一句話都沒說，彎腰向持國王辭別，然後跟他的王室家族成員一一道別，接著就帶著兄弟和妻子往森林的方向走去。他們一行人除了身上的衣服、隨身的武器，什麼也沒帶。

持國王從他的車夫全勝（Sanjay）口中得知，堅戰在離開王宮時，曾以布蒙面，以免他憤怒的眼睛摧毀了象城；怖軍一手握著另一隻強壯的臂膀，免得他無法自持，捏碎每個俱盧族人的骨頭；阿周那以手舀起一把沙子，任沙子在他身後落下，形成一道沙痕——這表示有朝一日，他的箭將如雨般落在那群傷害他家人的人身上；無種以泥巴塗滿他的臉，免得漂亮的女子跟他一起入林；偕天把臉塗成黑色，代表他的羞愧，無臉見人；德羅波蒂則任由她的長髮橫披在臉上。他們最終的命運，讓城裡的婦女全都嚇壞了。

他們正要離開的時候，貢蒂跑來追她的兒子。維杜羅則跟在貢蒂後面追上來。堅戰停下腳步，伸臂擁抱他的母親，並要母親留在城裡。他對貢蒂說道：「不管難敵對我有什麼意見，起碼他不敢對妳不敬。妳留在這裡，跟叔叔嬸嬸還有妳的侄兒們在一起。在這裡等我們，等流放的日子一結束，我們就會回來。」

貢蒂帶著一顆沉重的心，放手讓兒子走了。她流著眼淚，跟媳婦最後一次告別時，特別交代德羅波蒂說：「照顧好我的兒子們，妳要特別注意偕天。他是個敏感的人，可能無法忍受這次災難帶給他的壓力。」

貢蒂和維杜羅眼睜睜地看著六人走出城門，朝南方的地平線走去。城裡有許多人跟著他們一起離去。他們看著六人在恆河裡沐浴，並游到河的對岸。到了對岸，六人向他們揮手告別。過了河岸，遠處就是森林了；他們六人即將在森林裡度過一段很長、很長的時間。

＊為何持國王最後出面干預？是因為他終於想通了，恢復理智了？還是他突然注意到四周都是不祥的徵兆，因而意識到他必須保護兒子，以免他們因為過於自大而嘗到苦果？還是誠如許多民間版本所說的，是因為宮廷裡的婦女（例如甘陀利和持國百子的妻子）出言抗議？毗耶娑並未解釋，任由讀者自己去想像。

＊德羅波蒂在南印度特別受人崇拜，她被視為一位個性強悍、對五個丈夫感到失望的處女神。在長達十八天的慶典中，人們把整部《摩訶婆羅多》的情節表演一遍；在儀式結尾的地方，年輕男子得在火中走過——據信這個儀式是一種集體贖罪，因為他們讓女神失望了。在班加羅爾（Bangalore）的卡拉加慶典（Karaga）中，一位男子會打扮成女人，由一群持劍的男子簇擁著繞城一周。那群男子被稱為威羅庫瑪拉（Veerakumara），而那位男子據信代表堅戰，即般度五子當中的長子，由他來承受儀式上的羞辱，以此

祈求妻子，即女神的原諒，同時請求女神繼續照顧他的子民。

＊據說般度五子流放的期間曾經發生一次日蝕。這起事件記載在史詩的〈大會篇〉，描述者是維杜羅。

＊《摩訶婆羅多》有一個版本稱為《比爾婆羅多》，出自古吉拉特邦北部地區的比爾丹格理（Dungri Bhil）部族——這個部族聲稱他們是印度戰士拉吉普特人（Rajput）的後代。這個版本有個情節提到般度五子必須找到「一個被女人賣掉的男人」，然後才能執行某個特定的祭祀。怖軍自願去找這個男人。但是事與願違，他走遍了全世界，就是找不到這樣的男人。他遇到的女人都說她們的男人是她們的丈夫，而她們的丈夫就像珠寶，讓她們變得美麗，因此不能像賣牛一樣把丈夫賣掉。最後，有人指引怖軍去找交際花。交際花有很多顧客，這些顧客都是她的追求者，但是她並不在乎他們。她很願意將一個男人賣給怖軍，好讓般度五子可以執行祭祀。這則由布曼達斯．帕特爾（Bhagwandas Patel）編輯的故事似乎表達了民間百姓的憤怒：般度五子怎麼可以在賭局中把德羅波蒂賣掉？他們應該要保護德羅波蒂呀，怎麼把她輸掉了！真是可惡，竟然把德羅波蒂當私人財產，而不是妻子。

·卷十一·

流放生活

鎮群王，在森林裡，
你那群錦衣玉食的祖先此刻過著赤貧如洗的生
活，而且他們還一而再、再而三地受到羞辱，
從而慢慢學會了保持謙遜。

一、奎師那拜訪般度兄弟

當象城正在舉行賭博比賽，般度兄弟逐漸一項項輸掉財產的時候，奎師那也正忙著保衛他的家鄉德瓦拉卡，幫助他的族人抵抗童護的兩個國王朋友的攻擊。等到他終於把沙魯瓦和丹塔瓦卡那兩個國王的聯合軍隊擊退之後，這才匆匆趕往象城。不過，當他趕到的時候，賭局已經結束，般度兄弟已經輸掉所有的財產。

於是奎師那轉往象城城外，最後在喜樂林（Kamyaka）的山洞附近找到他的五個表兄弟和王后。他們看來十分沮喪。好幾位仙人圍繞在身邊，顯然正在安慰他們，並且幫助他們了解剛剛發生的一切。幾天前他們還是王室中人，身邊都是美食和黃金、牛群和馬匹，但現在卻什麼都沒了。

德羅波蒂首先看到走向他們的奎師那。她一直忍著沒哭，但是一看到奎師那，她終於忍不住了；她淚如雨下，跑過去抱著奎師那痛哭，也不管還有其他人在場。般度五子跟在她身後，也走過去一一擁抱著奎師那。不知道爲什麼，他們覺得看到奎師那，過去所犯下的全部錯誤都會改正過來。

「我們手上還有武器。讓我們衝去象城，殺了持國王那一百個兒子。」怖軍咬牙切齒地說道。

「你們不是跟人家說好了？如果你們輸了，就去森林流放十三年？」奎師那問。

「是的。」堅戰答道。

「那麼就說話算話，信守承諾。」

「我們被騙了，」阿周那叫道：「沙恭尼用的骰子有鬼。而且，不管我們流放不流放，我看難敵永遠都不會放棄天帝城。」

「他放不放棄天帝城，這件事你們十三年後再來操心吧。」奎師那冷靜地勸導他們，雖然他感覺得到般度兄弟心裡那把正在燃燒的怒火。

「玩骰子遊戲的是堅戰，」怖軍試圖論理道：「不是我們。讓我們幾個去攻打持國百子，把屬於我們的東西搶回來。」

奎師那一臉嚴肅地看著怖軍，「不要把你們目前遇到的狀況全怪到堅戰身上。你們也允許他代表你們出戰。現在淪落到這步田地，他有責任，你們也一樣有責任。沒人強迫你們接受難敵兄弟的邀請，也沒人強迫你們拿妻子下注。你們太愛面子了，不懂得適時停手。你們不斷地玩下去，一局又一局，把理智全丟在腦後。現在你們五個賭輸了，就必須信守承諾，乖乖到森林裡流放去。別再多說了，說話算話才是正法。」

聽到奎師那這麼說，德羅波蒂開始不由自主地哭了起來。她披散的頭髮拖在腳下，就像一面張揚的、尋求復仇的旗幟。「我自然不用對我們目前的處境擔負什麼責任吧。」她說道。

奎師那看著德羅波蒂，眼裡充滿了同情。「德羅波蒂，神並不討厭妳。但是妳也有責任——妳曾以階級爲由，取消了迦爾納參加比武招親的資格。他是一個偉大的戰士，絕不會在骰子遊戲中拿妳來下注。妳當初選了一個祭司，結果這個祭司卻是王子假扮的，他與他的兄弟分享妳，而且他也無法保護妳。這就是妳現在淪落到這裡的緣故；妳所在的處境——妳的無助、受辱、孤獨，這些全都是自己協力創造的。妳還是得承擔，爲自己的處境負起責任。」

奎師那這番話充滿了刺耳的眞相，德羅波蒂聽得心都碎了。奎師那擁她在懷，等她哭了又哭，哭了又哭。接著他安慰德羅波蒂道：「德羅波蒂，那些折磨妳的人，他們其實可以選擇不那麼做。那些在旁觀望的人，其實都可以幫助妳，但是他們卻全都選擇了欺負妳。那群長者本來也可以提出抗議，但是他們卻選擇躲在律法書的背後。他們每一個人——不管是欺負妳的罪犯，還是靜靜看著妳受苦的旁觀者，以後都會付出代價。現在是妳在這裡哭泣，來日輪到他們的寡婦哭泣。這一點是確定的，妳要有信心。」

奎師那察覺到德羅波蒂正在擔心她的孩子，於是安慰她道：「別為他們操心。我會在德瓦拉卡城找個地方安置妳的孩子、妙賢，還有妙賢的兒子。他們會跟我的兒子一起生活，我的妻子會照顧他們，就像照顧我自己的孩子一樣。你不用擔心。」

＊在《摩訶婆羅多》和《羅摩衍那》這兩部偉大的印度史詩裡，森林既是物理的現實空間，也是一個隱喻，指向人心那個未知的、未曾被馴服的領域。最初探索這兩處空間的是仙人，他們留下各種蹤跡，連接了山洞和水源地，為旅行者提供庇護處與休憩地。武士或陪伴或跟隨他們入林，保護他們不受野獸或妖魔的侵襲。以此方式，吠陀的生活之道傳播到世上其他未經探索之地，森林因此受到馴服，成為人類——即便是最脆弱的人——得以安居的地方。在政治的層面上，我們也可以把森林之馴服看成雅利安人的征服故事，亦即吠陀的追隨者如何在印度建立勢力的故事。在形而上學的層次上，我們則可以把森林之馴服看成一則人類漸漸征服其心靈的故事。

＊就像在《羅摩衍那》那樣，《摩訶婆羅多》裡的森林一開始是主角們的受難之地，但是到了最後卻變成學習與成長的場所——般度五子最後在森林裡慢慢習得許多經驗，漸漸變成較好的人，也因而成了較好的國王。

＊般度五子誕生於森林。紫膠宮焚毀之後，他們在森林裡找到庇護。在骰子遊戲中失去一切之後，他們再次走入森林。與他們的遭遇相反，持國百子一生都在宮廷中度過——這顯示持國百子擁有運氣。般度五子卻沒有這種運氣——他們得依賴自己的智慧、力量和團結去創造財富。

二、德羅波蒂的神奇餐盤

般度兄弟的祭司長煙氏仙人也陪伴他們進入森林流放。跟隨煙氏仙人一起入林的，還有數百位來自象城的婆羅門——這群婆羅門因爲對難敵兄弟的行爲感到不齒，因而離開象城，前來依靠般度兄弟。他們跟堅戰說道：「你可能沒有國家，不過你是我們的國王。讓我們跟隨你，讓我們爲你執行各種祭祀，就像平日那樣。讓我們召喚天人來驅除你的不幸。」

德羅波蒂看著那群婆羅門祭司圍坐在她丈夫身邊，心裡感到絕望透了。她哭著說道：「過去在天帝城，當他們來我們家的時候，我們總是把他們餵得飽飽的。可是現在，我拿什麼招待他們啊？眞丟臉啊！」

奎師那發現般度兄弟身邊的那群祭司當中，有許多人其實是奉難敵之命而來的。至於他們之到來，奎師那所能想到的唯一理由就是來給般度兄弟難堪，因爲他們家再也沒有能力提供食物招待訪客；如此一來，這群祭司就會改弦易轍，心向俱盧族。這種一石二鳥的招數確實有效，此時般度兄弟的境況眞的很悽慘。五兄弟每日都在森林裡四處尋找漿果和水果，但是不管他們怎麼努力，總是無法找到足夠的食物讓大家都吃飽。

奎師那問德羅波蒂：「德羅波蒂，我從大老遠的地方來看妳，妳招待的食物一點都拿不出來嗎？妳好客的名聲哪裡去了？」德羅波蒂起初覺得奎師那是在嘲諷她，淚水頓時流了下來。奎師那扶著她的下巴，抬起她的頭，看著她的眼睛，帶著一臉笑容鼓勵她道：「一定還有一點點食物吧？」

德羅波蒂擦掉眼淚。她突然意識到奎師那的話似乎別有深意。她想了想，然後說道：「半顆漿果。我現在只有這個了。我剛剛咬了一口，你接著就來了。」

「半顆漿果就行了，」奎師那說道。德羅波蒂露出微笑，打開衣服上的一個結，從裡頭找出半顆漿果，遞給奎師那。奎師那有滋有味地吃了起來，而且還打了一個滿足的飽嗝。德羅波蒂看得笑了起來。

奎師那一打完飽嗝，不久，所有婆羅門祭司都覺得他們彷彿吃了一頓豐盛的美食。事實上，他們覺得自己實在太飽了，幾乎無法繼續坐著，所以他們全都站了起來，而且不停地打著滿足的飽嗝。他們說道：「我們什麼都還沒吃，可是肚子已經飽了。」經歷這一異象，他們終於了解般度五子是受到神的祝福，即便般度五子無法提供食物招待他們，但是沒有一個婆羅門餓著肚子離開。所有婆羅門祭司都爲般度五子和德羅波蒂祈福。

奎師那接著勸堅戰向太陽神祈禱，請太陽神解救他們目前的窘境。太陽神蘇利耶回應堅戰的禱告，賜給他一個神奇的盤子。太陽神給他的指示是：「把這個盤子交給德羅波蒂。此後盤子裡一直都會擺滿食物，足以讓你的所有訪客吃飽，讓你們吃飽，也讓德羅波蒂吃飽。」

有了神奇盤子，德羅波蒂大大鬆了一口氣。她向蘇利耶鞠躬行禮道謝，並且感謝奎師那提出這個建議。奎師那看到他的表兄弟們衣食無虞，就向他們告別，回到他的家鄉德瓦拉卡島。

＊對剎帝利而言，讓來訪的客人（不管他們是誰）吃飽喝足，保持精力充沛是件重要的事，也是最大的驕傲，這是他們的待客之道。直到今日，印度許多家庭都堅持至少要招待客人或吃或喝一點什麼才會讓客人離開——不管那是一杯水、一杯茶或一樣小點心都好。

＊德羅波蒂的神奇餐盤會永遠擺滿食物——這神奇餐盤有點像吉祥天女的無竭缽（Akshay Patra）或古希臘

神話裡的豐饒角（cornucopia）。在印度大陸，「德羅波蒂的餐盤」（Draupadi's vessel）是一句片語，意思是一個充滿豐富食物的廚房，裡頭永遠有足以餵飽賓客、奴僕和家人的食物。擁有這樣的廚房，即代表該家庭有個能幹的主婦。

＊即使德羅波蒂曾以階級的理由羞辱了太陽神的兒子迦爾納，太陽神還是把神奇餐盤賜給德羅波蒂，幫她解決沒有食物招待客人的窘境。這是史詩裡另一個寬恕他人的例子。

三、俱盧族嘲弄般度五子

雖然般度五子已經流放到森林裡去了，難敵還是覺得不滿意。他說道：「他們現在是住在森林裡沒錯，但是以後還會回來。讓我們去森林打獵吧；讓我們去獵殺般度兄弟，就像獵殺野獸一樣。這樣我才能永保王位。」

難降、沙恭尼和迦爾納都贊同這個意見。不過他們還來不及付諸行動，毗耶娑就氣呼呼地闖入象城的王宮，責罵盲眼的國王和蒙眼的王后道：「快叫你們的兒子住手。他們一再汙損俱盧王的好名聲，難道還汙損得不夠嗎？現在他們正在策畫一個邪惡的計畫，打算到森林去獵殺你們的侄兒！」

「這真的是太丟臉了，」維杜羅認同毗耶娑的說法；他勸持國王道：「你是國王，不能讓這種事發生在你侄兒身上。現在還來得及挽救，快把你兒子都叫回來，叫他們別那麼做，以免鑄下大錯。還有，你兒子竟想得出這麼邪惡

的計畫，你得懲罰他們才是。請你救救這個家族，別讓這個家族沉淪下去。」

「如果你這麼關心般度的兒子，怎麼不去找他們？幹嘛還跟我坐在這裡？」持國王反唇相稽道。他實在受夠了維杜羅老是批評他的不是。

「我這就走。」維杜羅說道。他站起來，馬上離開了象城，直接朝喜樂林的方向走去。他一次都沒回頭看他哥哥一眼。

維杜羅一走，持國王馬上就後悔了。他覺得自己把話說得太重了。「我究竟做了什麼啊？我怎麼對我弟弟那麼無禮？他一直都在爲我的利益著想啊！」他立即派了一個僕人去追維杜羅，並交代那個僕人：「除非他同意回來，不然你就別回來了。」

僕人在般度五子那裡找到了維杜羅——他們叔侄幾個就坐在恆河邊的一棵大榕樹下。「請跟我回宮吧！國王很後悔說了重話。」僕人對維杜羅說道。但是維杜羅拒絕回宮。

堅戰知道持國王和維杜羅兩兄弟的感情很好。「叔叔，請回宮吧，」他勸維杜羅道：「你是宮中唯一講道理的人。現在時局這麼艱困，他需要你在他身旁支持他。你可能不同意他的政務，但是請不要在這種時刻丟下他。你該留在他身旁，他比我們更需要你的支持。」

聽完這席話，維杜羅想到他那又虛弱又瞎眼的哥哥，忍不住哭了起來。接著，他先是給他的侄子們祝福，然後就跟那個僕人回王宮去了。

陪伴維杜羅回宮的，還有慈氏仙人（Maitreya）。當持國王的一百個兒子出來迎接仙人時，仙人這樣勸他們：「盲眼國王的兒子啊，你們可要注意！注意般度五子的能力。你們已經把他們趕出文明之地，但是即使在森林裡，他們也照樣能替自己贏得榮譽——你們只能盼望卻得不到的榮譽！」

接著慈氏仙人跟持國王和他的一百個兒子說了一個故事。原來般度兄弟一走入森林，馬上就被一個羅刹擋住去路。這個羅刹名叫奇爾米拉（Kirmira），之所以擋路，是因爲他覺得森林屬於自己的。般度兄弟儘管災難纏身，還是無畏無懼，勇敢地面對羅刹的刁難。怖軍揮著大杵，把那羅刹打倒，壓制在地——就像牧牛人之壓倒行爲不端的小牛那樣，接著扭斷這名羅刹的脖子。奇爾米拉被打死的消息傳遍了森林，長期被奇爾米拉騷擾的仙人都匆匆趕到般度兄弟居停的山洞，向他們獻上感謝，並賜給他們滿滿的祝福。

「沒人擋得住太陽的光芒。沒人掩蓋得了般度兄弟的榮耀。讓他們安安靜靜度過他們的流放歲月吧。」慈氏仙人道。

聽仙人這麼一說，難敵決定放棄他的狩獵計畫。他決定這麼做的理由是：「維杜羅一定已經把我們的計畫告訴他們了，所以讓他們措手不及的理由已經消失。我們等他們不注意的時候，再來對付他們。」

慈氏仙人走後，迦爾納悄悄走到難敵身邊，跟難敵說道：「現在你是般度五子所有財產的主人，你爲何不來一趟數牛之旅，到廣闊的國土去走一走，清點一下你擁有多少頭牛？在路途中，我們會經過他們居住的森林，到時我們再去看看他們過得如何。我知道你已經發誓不獵殺他們，但是你去看看他們過得好不好，替他們感到難受，這總可以吧！」

「你是說……我們到森林去嘲笑他們？」難敵問。迦爾納笑了。難降、沙恭尼也跟著笑了。難敵露出了笑容。他心想那應該有多快樂啊？到時候他就可以嘲笑德羅波蒂，猶如當初她嘲笑自己那樣。看到怖軍活得像個乞丐——

那該有多快樂啊！一想到這些，難敵馬上就決定出發了。

很快的，一支由許多馬匹、大象和轎子組成的龐大隊伍就成立起來，載著妻子、侍從、樂師、舞者、廚師和奴隸在象城和天帝城兩個國境內出巡，清點如今已經屬於俱盧族的牛隻。這就是所謂的「數牛巡禮」（Ghoshayatra）。

由於這趟出巡暗藏的目的是嘲笑般度五子，這支龐大的隊伍最後就停在般度五子居停的森林附近。停妥後，大家就熱熱鬧鬧地搭起帳篷，廚師開始烹煮食物，樂師開始奏樂，準備讓大家狂歡作樂。總之，大家都極力弄出許多聲響。

堅戰派怖軍出去巡察，看看森林怎麼突然變得那麼吵鬧。怖軍看到那幕熱鬧的情景，覺得非常生氣。他回去跟堅戰報告道：「他們就在我們的上風處搭帳篷、煮著一大鍋一大鍋我喜歡的食物，然後讓我聞得到卻吃不著。大哥，他們用這招來嘲笑我們悲慘的處境，這實在太殘忍了。」

「我覺得他們接下來會去打獵，而我們就是他們的獵物！」阿周那陰鬱地說道。他看到迦爾納正在拉弓試箭。

「你要保持冷靜，別胡思亂想，」堅戰說道：「他們可以向我們挑釁，但是我們可以選擇不回應。他們設下的陷阱，我們過去已經掉下去一次，現在我們絕對不能再誤踩了。」

就在這時，他們聽到帳蓬那頭突然傳來一聲慘叫。所有敲敲打打和唱歌跳舞的聲音全都停止了。相反的，空氣中傳來了上百支箭、上千支箭劃破空際的聲音。堅戰這回派無種和偕天去看看究竟又發生了什麼事。

「有一群乾闥婆去攻擊俱盧族，並把他們全部綁了起來，」兩人回來報告道：「那群乾闥婆我

們以前也遇到過，就是多象城那間宮殿失火之後，我們在森林遇到的那群。他們把難敵兄弟全都綁了起來，蒙住他們的嘴巴。迦爾納、沙恭尼，還有所有僕人也被綁了起來。我覺得那群乾闥婆打算殺了他們。」

「我們得去救他們。」堅戰說道。

德羅波蒂、怖軍和阿周那轉過頭來，不可置信地看著堅戰。「爲什麼？那是他們活該，別管他們了。」

「幫忙無助的人，那是正法的一切精髓。他們現在是無助的人，我們應該去幫助他們。如果我們見死不救，那我們就跟他們沒什麼兩樣了。」堅戰說道。

怖軍非常不甘願地拿起了大杵，阿周那拿起了弓箭，聽候堅戰的命令行事。他們趕到俱盧族設立帳篷的地方，向那群乾闥婆提出挑戰。經過一陣小小的戰鬥，乾闥婆全部逃走了。般度五子於是給難敵兄弟們鬆綁。

般度五子高貴的行爲，讓俱盧族感到十分羞愧。他們撤了帳篷，默默地回到象城。迦爾納感到特別羞愧，因爲他看到阿周那制服了那幾個把他打敗的乾闥婆。難敵決定不再去森林騷擾般度五子了，他說道：「第十三年的流放期間，我們一定會找到他們的藏匿處，那時再去揪他們出來，逼他們再流放十二年。」

在森林裡，那群乾闥婆此刻正熱烈地擁抱般度五子——原來他們是天人首領因陀羅派來的，任務是給俱盧族一個教訓。

＊因為般度五子救了難敵一命，難敵因此欠了般度五子一份人情。奎師那勸難敵用五支金箭來還這份人情。那五支金箭其實是毗濕摩的財產，但難敵想辦法偷了那五支金箭，交給奎師那，一點也不知道那五支金箭具有殺死般度五子的神力。這則民間故事是在解釋奎師那如何保護般度五子，不使他們受到毗濕摩的傷害。

＊喀拉拉邦地區的帖雅姆（Theyyam）舞劇提到難敵兄弟使用黑魔法，企圖殺害流放在森林中的般度五子。

不過，他們每次的攻擊不是被奎師那的恩典化解，就是被德羅波蒂的力量消除。

＊喀拉拉邦的卡薩卡利舞蹈劇（Kathakali）提到羅剎奇爾米拉有個妹妹名叫辛悉迦（Simhika）。辛悉迦得知怖軍殺了奇爾米拉之後，決定殺了德羅波蒂復仇。她化身為女侍，到森林裡接近德羅波蒂。一日，她建議德羅波蒂去拜訪一座神祕的難近母（Durga）神廟，但她其實是打算把德羅波蒂當祭品，獻給難近母。幸好德羅波蒂及時認出她，並高聲向丈夫們呼救。最後，般度五子趕來相助，他們削去辛悉迦的鼻子，把她趕走。

＊有人說幸運女神吉祥天女一直坐在難敵的肩上——這就是為什麼難敵身邊始終圍繞著財富。不過，幸運女神以德羅波蒂的形象走入般度兄弟的生命裡，他們卻拿她來下注，把她輸掉。

＊數牛的慶祝儀式顯示《摩訶婆羅多》所描述的是一個依賴牲口為生的社會，當時的所謂城市，其實多半是建來保護牛群和田地。吠陀時代的城市，也許就像今日南非祖魯（Zulu）部族的克勞爾建築群（Kraal）：供人居住的小屋，全都圍繞著牛棚的外圍搭建起來。在黎明時分，牛群被放出「城」外，到了黃昏，則在牧牛人的帶領和武士的保護之下回到「城」裡。搶劫牛隻是發生戰爭的主要原因。在和平時期，人們就以賭博為戲；他們用來下注的，就是母牛和公牛。

＊般度五子流放森林期間，迦爾納鼓勵難敵舉行一場稱為馬祭（Ashwamedha）的儀式，藉此把所有國王聯合起來，收入麾下。萬一將來跟般度兄弟發生戰爭，這群國王就會站在俱盧族這一邊。

＊印度有一片語叫「邪惡四人組」（chandal chaukdi），而這「四人」即指《摩訶婆羅多》裡的四惡人：難敵、難降、沙恭尼和迦爾納。

四、信度國王勝車

幾天後，般度兄弟一如往常地進入森林採獵。德羅波蒂獨自留在山洞裡——這座山洞現在就是她的家了。讓她覺得很意外的是，她竟然看到勝車出現在洞口。勝車是信度國的國王，他的妻子是俱盧族唯一的妹妹杜沙羅。

德羅波蒂請他進入山洞坐下。在給客人倒水端水果的當兒，她忍不住猜想勝車來森林找他們的目的何在。也許是過來表達他的同情，表示與他們站在同一邊？也許要說他並不欣賞俱盧族的作風，又或許他只是幸災樂禍，來這裡看看他們的窘境？「我的丈夫很快就回來了。」她說道。

「我可不希望他們很快回來，」他色迷迷地看著德羅波蒂，一面說道：「我是來看妳的。」德羅波蒂突然覺得很不自在。勝車把一個盒子放在她面前，裡頭裝著精美的衣料、華麗的珠寶以及化妝品。「這些是給妳的，」勝車說：「如果妳願意跟我去信度國，以後還會有更多。」

德羅波蒂嚇了一大跳，勝車的膽大妄為讓她不禁感到很噁心。「我是天帝城的王后，般度兄弟的妻子，你竟敢跟我說這種話？好大的膽子！」她怒斥道。

勝車大笑道：「妳的國家沒了，妳才不是什麼王后。妳現在是個乞丐。妳現在什麼也不是，只不

過是般度五子的妓女，在大庭廣衆被難敵兄弟脫個精光。我現在提供妳一個比較好的生活，讓妳在我的宮中當個侍妾。」說完，這位信度國的國王就拉著德羅波蒂的手，把她拖向馬車。

「我的丈夫會殺了你。」德羅波蒂尖叫道。勝車不理會她，逕自把德羅波蒂抱起來，綑好，推進馬車車廂，然後就快速地離開了。

住在山洞附近的仙人看到了這一幕，連忙跑去森林告訴怖軍和阿周那事情的經過。兩兄弟循著馬車留下的痕跡，立刻追了上去。很快的，他們就追上那輛載著妻子的馬車。阿周那朝車輪射了幾支箭，把車輪擊碎。怖軍接著撲向勝車，怒氣沖沖地把勝車打成了重傷。

假如堅戰沒及時趕到現場，勝車一定會被怖軍活活打死。「住手！別打死他。他是我們堂妹的丈夫。雖然他是個混蛋，可是我們不能讓我們唯一的堂妹承受守寡之苦。」

般度兄弟和德羅波蒂意識到堅戰說得沒錯。雖然他們很生氣，也渴望復仇，但是還是原諒了勝車，放他回去。

然而就在勝車轉身離開之際，怖軍突然抓住他，硬生生地把他的頭髮全扯下來，只留下五小束。怖軍的用意是提醒勝車：他這條命是般度五子留給他的。

＊毗耶娑並非不知道家庭生活那些不可對人言的黑暗面。德羅波蒂儘管被勝車欺負，她還是不得不原諒他，因為勝車娶了她丈夫們的堂妹。

＊毗耶娑一再追問到底是什麼因素使女人成為妻子。一般說來，是文明社會那些婚姻忠誠的法則使女人成為妻子。森林裡沒有那些法則，既然如此，那麼女人還可以成為妻子嗎？很明顯的，從勝車這個故事看

來，沒有一個社會或森林可以讓女人成為妻子；使女人成為妻子的，是男人的欲望和紀律使然。

＊德羅波蒂對男人的影響是《摩訶婆羅多》一再述說的主題。除了勝車，另外還有許多男人想追求她。在史詩的後段，她躲在摩差國（Matsya）國王毗羅吒（Virata）的王宮裡，沒想到國王的妻舅空竹（Kichaka）卻看上她，讓她費了許多周折抵擋空竹那些不合理的關注。

五、羅摩的故事

般度五子受夠了俱盧族和他們親戚的騷擾，決定搬往森林的更深處居住。一日，他們離開了喜樂林，遷往一處更偏遠、更濃密、人稱雙木林（Dwaita-vana）的森林，並在那裡的幾個山洞住了下來。不過他們也決定以後不要在同一個定點待太久。

隨著時間過去，他們漸漸習慣了流放的生活；慢慢的，他們的生活中除了講話就無事可做了。怖軍一直在苦惱與生氣，對他而言，十三年沒事可做的生活並不太有吸引力。他不時咕噥道：「我還是覺得我們應該去攻打俱盧族，把理應屬於我們的東西搶回來。」德羅波蒂一直在爲她的命運哀嘆，不停地埋怨她的丈夫。不過到目前爲止，堅戰始終保持冷靜的態度，他也要求他的兄弟極力忍耐，保持平靜。

「你不會對俱盧族、對命運、對神感到生氣嗎？你不覺得受到屈辱嗎？你不覺得憤怒嗎？」怖軍問。

「不會。爲什麼要怪那些外在因素呢？我們會落到這個地步，眞正的原因其實是我們的貪愛心，」堅戰說道：「從此以後，我們不要再被我們的貪愛心左右了。我們要做正確的事，讓正法來引導我們的心。」

堅戰雖然有如此理性的思維，但是他也能感覺到自己的兄弟和妻子心中暗藏的怒火和挫折。這些感受讓他覺得又羞愧又罪惡，覺得自己是個失敗的兄長。

有一天，他想到是他自己害得家人淪落到這步田地，覺得十分羞慚，因而大哭道：「在這個世界上，一定沒有其他人像我這樣受苦受難的了！」

聽到堅戰這麼說，摩根德耶仙人回應道：「不對，這不是眞的。這世上還有一個名叫羅摩（Ram）的人，他承受的痛苦比你大多了。你被流放十三年，但他被流放十四年。你所承受的苦難都是自找的，但是他之所以會承受苦難，那是因爲正法的規定——正法規定好兒子必須聽從父親的話。」仙人看了德羅波蒂和怖軍一眼，繼續說道：「你的兄弟得忍受流放的生活，那是因爲他們沒有選擇。但是羅摩的弟弟羅什曼（Lakshman）卻爲了愛，爲了兄弟之情，因而自願跟他到森林中流浪。」

摩根德耶仙人接著爲堅戰講了阿逾陀王子羅摩的故事。

十車王（Dasharatha）是阿逾陀的國王，共有三個妻子和四個兒子，羅摩是他的長子。在羅摩舉行加冕典禮的前一天，第二位王后吉迦伊（Kaikeyi）提醒國王，請國王不要忘記很久以前她在戰場上救了國王一命，並要求國王履行他當時答應過她的事：實現她的兩個願望。她的兩個願望是：「讓羅摩退隱森林十四年；讓我的兒子婆羅多（Bharata）繼位，成爲阿逾陀的國王。」

十車王無法收回自己說過的話，只得叫羅摩離開阿逾陀，把王位讓給婆羅多。羅摩是個孝順的兒子，他沒有二話，馬上就把王袍脫下來，穿上樹皮製的衣服，帶著他的弓箭離開了家。他的妻子悉多和弟弟羅什曼也跟著他走了，因爲他們都曾發誓要跟著羅摩同甘共苦。

在阿逾陀，婆羅多拒絕登上王位——他不要這個靠巧計得來的王位。他決定代行王政，直到羅摩從森林回來，登基為王為止。

在森林裡，羅摩和他的妻子與弟弟過了十三年非常艱苦的流放生活。他們走過荒野之地，打擊各種妖魔鬼怪，在山洞中躲風避雨，有時他們會在山洞裡遇到聖者，聽聖者們講說各種故事，從而獲得鼓勵與智慧。

流放生活的最後一年裡，有個名叫蘇波娜伽（Surpanakha）的羅剎女迷上了俊美的羅摩和羅什曼，一而再再而三地前來引誘他們。看到兄弟倆不為所動，羅剎女以為他們是因為有悉多陪伴的關係，因此試圖殺死悉多。幸好羅摩和羅什曼及時趕來阻止。為了給羅剎女一個永難忘懷的教訓，羅什曼割掉了她的鼻子和乳房，並把她給趕走了。

遭受毀容之後，蘇波娜伽去找她的哥哥羅剎王羅波那，要哥哥為自己復仇，出一口氣。有一天，羅摩兩兄弟出外打獵，追捕一頭金鹿；羅波那趁他們不在家，綁走了悉多。他把悉多帶到他的國家楞伽島，並打算用武力強娶悉多為妻。

羅摩傷心欲絕。他在森林裡集結了一支由猴子、大熊和蒼鷹組成的軍隊，蓋了一座橫跨大海的橋，出兵攻打楞伽島。戰爭打了好幾天，羅摩終於殺了羅波那，救出悉多。

羅摩接著帶著羅什曼和妻子回到自己的國家阿逾陀。在那裡，婆羅多把王位還給羅摩，並為他戴上王冠。悉多坐在他身邊，成為阿逾陀的王后。

＊羅摩的故事本來是《摩訶婆羅多》的一部分，不過詩人蟻蛭（Valmiki）將之改寫成一首獨立的史詩，取名為《羅摩衍那》。這部著名史詩描寫完美的模範國王羅摩及其完美的施政故事。與之相反，《摩訶婆羅多》寫的則是不完美的國王以及他們不完美的施政故事。在《羅摩衍那》裡，毗濕奴擁護律法，猶如羅摩之擁護法則；在《摩訶婆羅多》裡，毗濕奴改變律法，猶如奎師那之改變律法。神的角色在兩部史詩也有所不同：在《羅摩衍那》中，神是國王，但是在《摩訶婆羅多》中，神製造國王。

＊透過羅摩的故事，毗耶娑試圖解釋一個現象：我們總是深信我們遭遇的問題最多，痛苦最深，但其實還有其他人比我們承受更多痛苦。就像其他人都戰勝了困難，努力存活下來，我們也該如此。

＊《羅摩衍那》和《摩訶婆羅多》合在一起，統稱為「過去如是說的史事」（Itihasa），不過，這兩部史詩必須與吠陀經典和往世書區別開來。「過去如是說的史事」描寫人在追尋完美和神聖的過程中，為了維護正法所做的種種掙扎。相反的，吠陀經典羅列了許多生命管理的抽象法則，往世書則以神明來代表這些法則，講述神如何創造世界又毀滅世界的故事。

六、濕婆神訓誡阿周那

阿周那心裡清楚知道，十三年後，他們和俱盧族必定會有一場大戰要打。就像羅摩與羅波那交手，般度五子也免不了要和俱盧族決一死戰。他覺得他們現在流放在森林裡，與其像德羅波蒂這樣每日詛咒命運，或像怖軍每日生悶氣，不如把時間花在備戰更有益處。

「讓我召喚毀滅之神濕婆神，讓我取得各種武器例如獸主寶（Pashupat）——獸主寶擁有所有禽鳥和動物的力量，我可以用來對抗俱盧族。」阿周那說道。接著他與家人告別，朝向北方出發，目的地是北方那幾座高聳入雲、終年覆雪的大山。

那幾座山的山腳下有一座高高的、茂密的松樹林。阿周那在林中找了一塊空地，然後把他從河床找到的一顆光滑橢圓石頭立在軟泥上。「我要把這塊無形無狀的石頭視爲林伽（linga），亦即濕婆那位無形無狀的神的標記。」他說道。接著他給林伽供奉鮮花，並且就在林伽之前打坐；他收攝感官，調節氣息，集中心神觀想濕婆神。

好幾天過去了。往來的人看到阿周那動也不動地坐在林子裡，都很敬佩他的專注。

有一天，一頭野豬突然朝阿周那打坐的地方衝過去，打斷了他的冥想。阿周那睜開雙眼，拿起弓箭，朝那野豬射了一箭。那箭正好射中野豬，野豬立即倒地死了。

不過，等阿周那走到那頭野豬旁邊，卻發現有另一支箭也射中了那頭野豬。他抬起頭，看到野豬旁邊站著一個獵人，獵人旁邊站著他美麗的妻子。「我的丈夫射中了野豬。」那位女子帶著一臉驕傲的神色，笑著對阿周那說道。

「不對，是我射中了野豬。」阿周那說道。

「不對，是我丈夫射中的。」獵人的妻子堅持道。

「我的妻子是對的。是我的箭射中了野豬。你射中的是一頭死豬。」那位獵人說道。

「你知道你在跟誰說話嗎？」阿周那問。他很不習慣遭人如此蔑視。

「一個總是想贏的男孩。」那位獵人一面說，一面對阿周那做了個鬼臉。

阿周那氣壞了。他說道：「我是阿周那，德羅納的弟子，世上武功最高強的弓箭手。」

那獵人微微一笑道：「武功最高強？誰的衡量標準？」

獵人的妻子說道：「這裡是森林，孩子。你那些城裡的規矩在這不適用。在其他地方，你可能是個王子。但是在這裡你只是一個普通人，你必須讓步，就像一隻普通的狗給獅子讓步一樣。」

阿周那氣昏了。他才不會讓這對又粗魯又沒教養的部落夫妻如此羞辱他。「那我們來比試一下吧。贏的人當然就是武藝更高強的武士，當然也就是眞正射死野豬的人。」他說道。那位獵人接受了阿周那的挑戰，不過他眼裡那一絲嘲弄的神色讓阿周那看了十分惱火。

阿周那舉起弓，朝那位獵人射出了許多支箭。那獵人不慌不忙地發了好幾支箭，在半空中就把阿周那的箭全都擋了下來。看到那位獵人擁有如此技藝，阿周那只得勉強承認對方的箭術比自己高強。箭筒裡的箭都用完了之後，他拔出劍，跟那位獵人比劍。劍斷了之後，他就跟對方展開一場徒手肉搏戰。阿周那發現：那位獵人不僅武藝高強，而且身體也非常強壯：獵人毫不費力就制伏了自己。

阿周那又生氣又絕望，信心大受打擊：他回到林伽所在處，給濕婆神的標記奉上鮮花，然後坐下來打坐。等他睜開雙眼，他發現那位獵人就坐在他面前，臉上帶著溫和的微笑，頭上身上都是他剛才供奉給林伽的鮮花。

阿周那這才突然明白，原來眼前這位獵人不是別人，正是濕婆神。

「我想看看你求取武器的決心有多強。你不會放棄的，對吧？」濕婆說道，聲音轟隆隆地傳遍了整座森林。阿周那這才明白那位獵人之妻就是女神薩蒂，而那頭中了兩箭的野豬就

是他們的神獸公牛難丁（Nandi）——不過公牛的死當然是假裝的。

阿周那在濕婆神面前匍匐下跪。「拿去吧，」濕婆神說道：「這支獸主寶給你。記得好好善用這件武器。」

就在此時，阿周那看到了濕婆神的眞身。濕婆神的頭髮纏結，身體塗滿煙灰。他身上披著獅子和老虎的皮，手裡拿著三叉戟、波浪鼓、托缽用的人類頭骨。他的脖子上掛著一串金剛菩提珠和一條千頭蛇。他的坐騎是一頭巨大的白色公牛。他的妻子坐在他身邊，只見女神身上穿戴著十六種保佑愛情與婚姻的吉祥物：紅色紗麗、頭花、嘴裡銜著檳榔葉、手鍊、臂環、腳鍊、手鐲、腳拇指環、鼻環、耳環、項鍊，腰間繫上鑲滿寶石的腰帶。這對神仙夫妻是靈魂和肉體的化身；他們雙雙舉起手，一起爲阿周那祝福。

＊阿周那在林中空地執行的儀式稱為「普迦」（puja）；這個儀式與吠陀經典提到的主要祭祀儀式——火祭——截然不同。執行這個儀式需用到代表神明的神像，並以鮮花、食物、香水和清水作為供品，表達對神明的敬慕之意。在坦米爾語裡，「普」（pu）的意思是「花」——坦米爾語是一種古老的語言，其語源與吠陀時代的梵文截然不同。由此看來，「普迦」顯然不是吠陀部族的儀式，而是其他部族的儀式——這些部族可能較少四處游牧，而且多少已經定居在某一地區。

＊衡量的標準是印度思想裡至關重要的概念。物件的價值是根據人們所用的衡量標準而定。既然所有衡量的標準都是人製作的，那麼所有的價值都是人為的。因此之故，種種意見說到底都是幻覺，因為意見的根據也是人為的衡量標準。根據阿周那依循的其中一個標準是：王子的地位高於森林居民。阿周那依循的另一個標準（即武士遵循的標準）是：在決鬥中贏得勝利，即代表高人一等。透過任何衡量標準觀察到的世界，人們稱之為「摩耶」（maya）。

＊阿周那與濕婆神的會面不僅只是取得武器而已；這次會面也讓阿周那學到重要的一課：謙遜。阿周那本來

無法忍受的一個想法是：敗給一個社會地位比他低的森林居住者。

＊在毗耶娑筆下，阿周那是個傲慢自大、充滿競爭精神的王子。競爭心態是一種極容易習得的強力工具，但是毗耶娑也警告我們：千萬不要把這種心態養成習慣，用來壓制別人。透過展示高超的技藝來壓倒別人，那是野獸的方式，不是文明的人類該用的方式。

＊加爾瓦（Garhwal）地區的「般度劇」（Pandava Leela）重演了卡利耶．洛哈爾（Kalia Lohar）的傳奇故事；洛哈爾是一名鐵匠，據說在般度五子流放森林的期間，他為五子打造武器。有人說這位鐵匠其實是濕婆神的其中一個化身，因此他在當地被敬奉為神。

七、阿周那在天界

阿周那接著爬上那座長年覆蓋著白雪，名爲喜馬拉雅的高山。在途中，他看到天空布滿烏雲，四周一片灰濛濛。不久，他就看到一道閃電從天上落下——那是他的父親，亦即天空之王因陀羅正在施展神威。

就在這時，阿周那看到一輛馬車從天上緩緩飛落下來。那是因陀羅的馬車。車夫摩多梨（Matali）邀請阿周那上車，說要載他到天界去見他的父親。阿周那

問：「為什麼父親要召喚我？」

「他需要你的幫忙。他被阿修羅煩得快受不了了，覺得你比任何天人都有辦法打敗那群阿修羅，因為你會使用獸主寶。」

聽到因陀羅對他的武藝這麼有信心，阿周那開心地笑了。「我當然會盡力幫忙我父親。我會舉起弓，把那群惹他苦惱的阿修羅全部打倒。」他說道。

果然，阿周那跟著天人軍團，一起打敗了許多阿修羅，其中還包含兩支著名的阿修羅部族：迦羅奇耶族（Kalakeyas）和尼瓦達迦瓦夏族（Nivatakavachas）。因陀羅過來擁抱阿周那，歡迎兒子來到天界。他跟阿周那說道：「我的好兒子，儘管享受這裡所有的福樂。不管你有什麼願望，在這裡都會實現。」

阿周那盡情享用天界的種種福樂之餘，仍不時掛念著他的兄弟和妻子。在他停留的那段時間，他對天人樂師乾闥婆的舞蹈格外感興趣，特地跟他們學習跳舞。天人們看到他那習武的身體跟著笛音的曲調起舞，這才發現，他的人類身體儘管汗下如雨，卻十分美麗。

有一天，有個名叫廣延的天女穿上她最漂亮的衣服走向阿周那，並對阿周那說道：「我要你當我的情人。」

「這怎麼可能呢？」阿周那說道：「妳曾經是我的祖先洪呼王的妻子。對我來說，妳就像我的母親一樣。」

「凡人的那些規矩不適用於天人。」

「可是那些規矩適用於我。我不能碰妳，或甚至用妳想要的方式來對待妳。」

「你拒絕我？你這個人類！你竟然拒絕我？」廣延天女暴怒道：「你什麼也

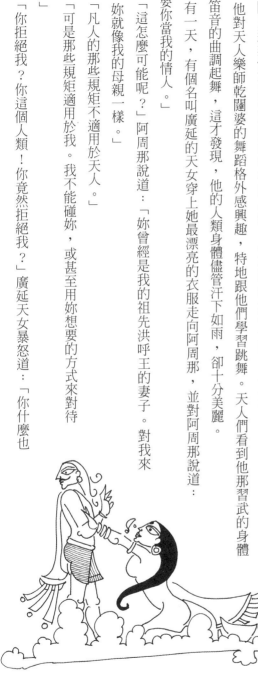

不是，只不過是個閹人。我詛咒你立刻失去你的陽物。」

「可是……」

廣延天女氣呼呼地走了。阿周那急忙跑去找父親，請父親取消天女的詛咒。不過因陀羅無法取消天女的詛咒，他只能稍稍加以修改一下而已。他安慰阿周那道：「你將會失去陽物一年，不過你可以自己選擇在哪一年。」

「真是太悲慘了。」阿周那哀嘆道。

「不妨把這個詛咒變成一個契機，」因陀羅說道：「你可以把這個詛咒用在流放的第十三年，這一年你本來就要隱姓埋名，不能被人發現。」

＊天人的往來代步工具是會飛的馬車——這引起一個討論：《摩訶婆羅多》提到的飛天馬車會不會是指飛碟？許多人相信在吠陀時代，古人已經懂得空氣動力學，而且也真的製造了飛機。不過，理性主義者不這麼想——他們認為諸神那些會飛的代步工具，不過就是詩人飛翔的想像力而已。

＊廣延天女的價值觀有別於阿周那的價值觀。廣延天女是自然的產物——在自然界裡，情欲無須受到道德和倫理的限制。但是阿周那是人類社會的產物，他的情欲必須受到道德和倫理的規範。在他之前的福身王和迅行王都無法控制自己的情欲，但是從這個情節看來，阿周那已經懂得控制情欲，並且戰勝情欲。流放的生活畢竟已經使他變得更為堅強。

＊天人天女的壽命和人類的壽命不同，價值觀也和人類不同。對廣延天女而言，情感和欲樂就只是情感和欲樂而已，但是對阿周那來說，那卻是亂倫。藉此對比，詩人毗耶娑提出一個重點：所謂的衝突，並不見得一定會發生在對與錯之間；衝突之所以發生，有時可能只是因為人們依循的價值系統不同而已。

＊《摩訶婆羅多》把喜馬拉雅山視為一道階梯，通往諸神的天堂，因為喜馬拉雅山的頂峰直入雲霄。

八、一段充滿故事的旅程

阿周那雖然在天界享受各種福樂，但是也很擔心他的妻子和兄弟。於是因陀羅派了披髮仙人（Rishi Lomasha）到人間去探訪般度兄弟，除了看看他們是否安好，同時也帶領他們到喜馬拉雅山脈覆雪的頂峰，前往那羅和那羅延的隱修處等候阿周那。因陀羅特別交代說：「要他們在那裡等阿周那，阿周那跟父親的團聚結束之後，就會到那裡找他們。」

披髮仙人見到般度兄弟時，發現他們也非常想念阿周那，而且很高興知道阿周那過得很好。仙人向他們報告：「他跟他的父親相處得很好。因陀羅勸你們不妨把握這段流放的時間去旅行，到河流的兩岸、山的頂峰、森林的洞穴等等散布在閻浮提各地的聖地去走走。花點時間去探訪聖者、聽聽故事、學習新的技藝和增長新知。對因陀羅來說，十二年還不到一眨眼的工夫；對你們來說，應該也是很快就會過去的。等你們回來，你們將會成爲世上較好的統治者。」

般度兄弟的朝聖之旅就這麼開始了。跟隨他們一起旅行的還有許多位聖者，例如煙氏仙人、那羅陀仙人（Narada）、帕爾瓦達仙人（Parvata）、披髮仙人。他們首先前往南方，接著轉往東方，最後再轉向西方旅行。他們在神聖河水的匯流處沐浴，在古代神靈守護的聖湖裡淨身；他們在洞穴裡打坐冥想，在山的頂峰觀看太陽從東方升起。這一趟旅程使他們對生命產生許多新的觀點。

在旅途中，他們也遇到許多偉大的聖者如巨馬仙人（Vrihadashwa）和聖者阿斯提瑟納（Arshtisena）。般度兄弟從這群聖者口中聽到了不少故事，也跟聖者們討論了許多哲學論題。這些經歷讓堅戰獲益良多——他可能沒有物質上的財富，但是精神上的財富倒是一點都不缺。

仙人提醒堅戰，要注意保持靈修與物質需求之間的平衡，因爲這是一個至關重要的問題。在他們看來，極端的禁欲即等於不育。他們講了一個故事：「從前，有個聖者名叫無瓶仙人（Vibhandaka），他有個兒子叫鹿角仙人（Rishyashringa）。無瓶仙人從來不教兒子任何跟女人相關的課題。因爲這樣，鹿角仙人所住的地區長年乾旱，極少下雨，人民飽受旱災之苦。當地的國王名叫隆巴達（Lompada），他有個女兒名叫姍塔公主（Shanta）；一直要等到姍塔成功地引誘鹿角仙人，教他學會享受魚水之歡後，當地的旱災才宣告結束。」

他們跟堅戰談到婚姻的價值。他們說：「長達好幾年的時間裡，投山仙人（Rishi Agastya）不斷夢見他的祖先，讓他覺得很困擾。在他的夢裡，他的祖先全都倒掛在一個無底的深淵之上，哀號著說他們如果沒能再次轉世爲人，就永遠無法脫離這種悲慘的命運，而他們轉世爲人的唯一方法，就是他們的子孫結婚生子。於是投山仙人因應祖先們的要求，跟殘印公主（Lopamudra）結婚並生兒育女。以此方式，他終於還清了欠祖先的債，幫助祖先轉世再生。」

他們談到了兒子的價值，說了一個故事：「有一次，有個名叫迦果羅（Kahoda）的學者大發脾氣，因爲他對吠陀的理解被他自己未出世的兒子更正。他因此對兒子下咒，詛咒兒子一出生就遭受八種生理缺失之苦。後來，他的兒子果然帶著八種生理缺陷出生，因此被取名爲八曲（Ashtavakra）。八曲長大後，有一次在一場哲學論辯中打敗了一位名叫萬底（Bandi）的學者。從前萬底曾在某個仙人集會的場合中侮辱了迦果羅，所以八曲在這次論辯中打敗萬底，算是爲父親報了仇，即便他的父親曾經詛咒過他。」

他們講到了信守承諾的重要：「從前，薩拉國王（King Sala）跟瓦瑪德瓦仙人（Vamadeva）借了幾匹速度如飛的駿馬；說好借一個月，可是後來國王卻拒絕還馬。瓦瑪德瓦極為生氣，於是召喚妖魔殺死了國王。薩拉國王的弟弟達拉（Dala）也很愛那幾匹駿馬，捨不得將之送還給瓦瑪德瓦。他朝瓦瑪德瓦射了一支箭，企圖殺死對方。沒想到那支箭卻射中了自己的兒子。這時達拉的王后出面請求仙人原諒丈夫，並強迫達拉把本來屬於仙人的馬全部還給仙人。」

他們還提到俗世責任的重要性；關於這方面，他們跟堅戰講了好幾個相關的故事，其中有一則是這樣的：「憍什迦仙人為了成為隱修士，拋棄了年老的父母，獨自到森林裡修練苦行，漸漸習得了種種神奇的力量。這些神奇的力量可以讓他僅靠一瞥，就足以殺死小鳥。然而這種能力並未帶給他一丁點心靈上的平靜。後來，他先後從一位家庭

主婦和一位屠夫那裡習得心靈上的平靜並非來自放棄俗世生活，而是來自對靈魂的了解與來自對世界本來面目的真正通悟。一旦心中明白了，人即可繼續履行俗世的種種責任，沒有任何罣礙。他也學會人必須接受兩件事：一、人的生命是過去所造業的結果；二、人有能力可以選擇自己該怎麼面對生命的情況。憍什迦仙人意識到真理不存在於森林，而存在於人心，於是他就返回父母的家，照顧老父老母。事實證明回家這個行動遠比神奇的力量更有效——這個行動讓憍什迦仙人更真實地了解世界的運作，從而讓他得到了心靈上的平靜。」

他們還講了許多關於貪婪的故事，其中有一則是這樣的：「索摩迦國王（King Somaka）有個兒子名叫簡杜（Jantu）；為了得到一百個像簡杜一樣的兒子，他殺死了簡杜。為此，他被諸神懲罰。」

他們也講了一則關於原諒的故事：「吟贊仙人（Raibhya）發現他的兒媳婦躺在一個名叫穀購（Yavakri）的年輕人懷裡。仙人氣壞了，當下就把穀購殺了。

穀購的父親持力（Bharadvaj）給仙人下了咒，詛咒仙人死在自己兒子遠財（Paravasu）的手裡，因爲根據持力宣稱，引誘穀購的是遠財的妻子，仙人的媳婦。這個詛咒在幾天之後實現了：遠財誤把仙人看成動物，因而錯殺了自己的父親。爲了救自己，遠財把他的過錯推到弟弟近財（Aravasu）身上。近財辯說自己是無辜的，但是沒人相信。近財覺得十分厭惡與氣憤，爲了給哥哥一個教訓，也爲了洗清自己遭受汙損的名聲，於是他就躲到深山裡修練最可怕的苦行，希望可以獲得神力。隨著時日過去，近財的心靈卻被苦行之火照亮了。在苦行之火的光明與溫暖之中，近財獲得了智慧，而智慧帶走了他復仇的欲望，在他的心靈中注滿了寧靜。他意識到與其懲罰哥哥，原諒哥哥會帶給他更大的快樂。」

他們也跟堅戰講了透過慷慨行事，從而留下遺產給後代的重要意義。

「帝光（Indradyumna）在因陀羅的天界生活了好幾百年，有一天他突然被趕了出去。天人跟他說，假如世間還有人記得他的德行，他就可以再度回到天界。帝光首先去找活得比大部分人都久的摩根德耶仙人。不過摩根德耶仙人不記得帝光，所以他帶帝光去見活得比他更久的貓頭鷹。貓頭鷹也不記得帝光，所以他請帝光去找鸛鳥。很不幸地，即便是鸛鳥也不記得帝光。鸛鳥因此指引帝光這位老國王去找一隻名叫阿古城（Akupara）的烏龜。這隻烏龜比世上任何生物都活得久，他果然記得帝光——他記得帝光當國王時建造的那座湖；事實上，他現在還生活在那座湖裡。不過帝光卻不記得他曾經建造了什麼湖。據阿古城烏龜的解釋，那座湖其實是國王無心插柳所造成的結果。原來國王當年慷慨解囊，送出了許多牛。牛在離開牛棚時，總是把地上的塵土踢得到處都是。國王送出的牛實在太多了，導致牛在棚子裡踢出了一個凹陷的土洞。隨後的雨季裡，雨水把土洞填滿，慢慢形成了一個湖。後來那個湖就變成無數動物的家，包括魚、烏龜、蛇與鳥。因爲這樣，大家都無法忘記帝光——因爲世上有無數其他的生物或直接或間接地從帝光國王的善舉而受益。這一事件使帝光得以升上天界，再度與諸神同住。」

衆仙人也講了堅戰的祖先，即偉大的俱盧王的故事。象城周邊那一大塊土地之所以稱爲俱盧之野，就是以俱盧王的名字來命名。仙人的故事是這麼說的：「俱盧王用他的肉身爲種，血汗爲水，不斷地耕種那塊土地。他這個舉動讓因陀羅很焦慮，於是問俱盧王有何要求。俱盧王並未爲他自己要求任何東西。他唯一的要求是：死在這塊他躬耕過的土地的人，都可以馬上進入天界。因陀羅同意這個要求，但是附帶一個條件：光是死在俱盧之野並不夠，死的方式也很重要——只有死於公開絕食或戰爭的人，才能直接進入天界。」

＊在十二年的流放生活中，般度五子及其妻子從來不曾孤獨過。他們身邊一直都有仙人陪伴，其中包括他們的家庭祭司煙氏仙人，其他許多帶他們到處去拜訪聖地的仙人，還有那些跟他們講述神聖故事的仙人。據信，拜訪聖地和聽講神聖故事可以消除業障的重負，增進福報的總量。般度兄弟固然遭逢不幸，但是這段長長的流放生活也幫他們淨化了自己的命運。

＊印度人的靈性修練中，朝聖之旅占據很重要的一部分。《摩訶婆羅多》的作者利用所有可能的機會，列舉了印度所有的朝聖地點，並敘述與該地點相關的故事。這些故事點燃了定居部落的想像力，鼓勵他們在生活之中找出一段時間來從事朝聖之旅。朝聖之旅是擴展世界觀的重要方式，否則人居住在部落之中，所見所聞也僅限於部落的內部而已。

＊在印度的傳統裡，講故事和聽故事是生活中重要的一部分，因為故事是深奧真理的載具，故事也形塑了人對世界的了解。

九、與羅剎的互動

十一年過去了。般度兄弟在這段期間拜訪了許多跟男神或女神有關的神聖地點。最後，他們終於決定走向北方。他們沿著北極星的方向，朝向山峰覆雪的喜馬拉雅山脈前進。披髮仙人之前曾通知他們：阿周那從天界下來之後，會在喜馬拉雅山的頂峰跟他們相聚。

然而伴隨他們前往喜馬拉雅山的仙人當中，有一個其實並不是仙人，而是羅剎假扮的，這位假仙人名叫迦塔（Jata）。

有一天，怖軍出外打獵，其他人留在落腳處休息，仙人們則忙著採集花朵。這時，迦塔現出原形，變成一個巨人。他一手兩個，分別抓住堅戰、無種、偕天和德羅波蒂，轉身就往森林深處跑。他打算吃掉這三個般度兄弟，然後強暴他們的妻子。

「救命啊！救命啊！」偕天大叫，希望引起怖軍的注意。怖軍聽到偕天的求救聲，立刻停止打獵，朝著呼救聲的方向追去。

與此同時，堅戰對迦塔說道：「你這個笨蛋！你這麼做並不會給你帶來任何好處。殺了我們，還有強暴我們妻子所造下的惡業會使你的夢想落空——你想轉世爲人，或轉世爲神的所有希望全都毀了。你這是在給自己製造麻煩。你本來希望會有更好的下一世，現在這個夢想沒了。下一世，你可能會變成動物或植物，或者更糟——變成一顆石頭。」

堅戰的話讓迦塔開始思考。就在他思考的時候，他的腳步不禁慢了下來。最後他開始用走的，而不是用跑的。怖軍因此得以追了上來。他一來就用大杵把迦塔打昏。堅戰、無種和偕天趕緊趁機逃開。接著怖軍撲了上去，朝迦塔的臉猛力捶打，直到把迦塔打死爲止。

迦塔事件之後，般度兄弟繼續踏上旅程，一路往北方走去。雖然這一路上，喜馬拉雅山的山坡與峰頂的景色很美，令人目不暇給，但是上山的道路卻很陡，也很危險。有時候風很大，他們一行人不得不停下腳步。有時候天氣很冷，冷得他們的筋骨僵硬，不得不找個山洞休息。很快的，堅戰發現他喘不過氣來了，德羅波蒂也受不了路上的艱辛而昏倒，無種和偕天陪在她身邊，搓揉她的四肢，講些安慰的話給她聽。

但是他們還是得繼續往上爬。在峰頂，他們會再次見到阿周那，一家人團聚。

*般度五子在喜馬拉雅山脈度過的時光，對當地居民產生很大的影響。附近所有的河流、山路、山頂和山洞都被聯繫到史詩裡提到的事件和角色。「般度劇」是一種歌舞劇，專門演出般度五子的英雄故事。即使到了今日，這種歌舞劇依然是迦瓦爾地區（Garhwal）最重要的文化活動。

*般度五子每次走進森林，都會碰到兇猛的羅剎，例如希丁波、跋迦、奇爾米拉和迦塔。這些所謂的「羅剎」，可能是指沒有依循吠陀法則生活的部族，他們有的對般度五子不友善，但也有一些部族最後是站在般度五子這一邊，例如瓶首的部族即是。

*尼泊爾的紐瓦族（Newar）崇拜怖軍，稱之為陪臚（Bhairava），即濕婆的暴力相，並且會舉行血祭供奉他。

十、阿周那歸隊

怖軍發現山路愈來愈難攀登，因此決定召喚兒子瓶首來幫忙。瓶首是他與羅剎女希丁芭所生的兒子，他記得離開妻兒的那一天，瓶首曾對他說道：「父親，假如哪一天你需要我的協助，你只要想著我，我就會出現。」

果然，怖軍一想到瓶首，那位擁有傳心術和飛行能力的羅剎少年就出現在怖軍眼前。跟著

他飛過來的，還有其他許多個羅剎。他們把般度五子和他們的妻子背在背上，幫助他們爬上最頂峰。

最後，般度五子來到阿拉卡城（Alakapuri），亦即夜叉族所建立的城市。阿拉卡城的國王兼夜叉族首領俱毗羅（Kubera）設宴歡迎他們。夜叉族和羅剎族有個共同的祖先，即普羅斯提耶（Pulastya）之子毗夏羅瓦（Vaishrava）。一般而言，夜叉族住在北方的高山上，羅剎族則住在南方的森林裡。夜叉族是寶藏的守護者，天生喜愛猜謎語。他們的國王俱毗羅有一隻貓鼬，這隻貓鼬每次一開口，就會吐出許多珠寶。

般度五子也去拜訪了那羅和那羅延曾經打坐靜修的巴德里山洞（Badari）。根據陪伴般度五子前去的披髮仙人和煙氏仙人所言，那羅和那羅延注定會再世為人，而大家都在傳說他們的再世化身就是阿周那和奎師那。

不久，阿周那果然乘著亮閃閃的馬車從天而降，回到他們身邊。德羅波蒂衝過去歡迎他；仙人們給他戴上花環；他的兄弟則要求他展示他從濕婆神那裡得到的武器。

可是他才一打開包著武器的天布，大地就開始震動，風就停止吹送，太陽也變得蒼白無色。天地四方所有生靈都在大聲喊道：「小心啊，小心！這是力量超強的武器，足以摧毀所有生命。你們不該以如此輕忽的態度對待這些武器。」聽到這個警告，阿周那立刻收回武器，再用天布把武器包裹起來，不使武器落入凡人之眼。

＊喜馬拉雅山區有許多關於般度五子的民間傳說。有一次，他們看見一群牛正在吃草，他們發現其中有一隻特別兇猛的公牛（那公牛其實是濕婆的化身）。怖軍試圖抓住那頭公牛，但公牛卻憑空消失了。不過地上倒留下了一個土堆，人們將之稱為凱達爾納特（Kedarnath），並視之為聖地，定時加以膜拜。另有一次，阿周那被一個陌生的武士打敗，結果那位打敗他的武士竟然是他與當地那迦族公主所生的兒子，名叫那迦爾周那（Nagarjuna）。這則父子意外相遇的故事，與梵文版後面提到的另一則故事，即阿周那之遇到褐乘的故事很像。另外還有一則故事提到阿周那為了祭祀死去的父親，因而出外獵取犀牛。

＊在巴薩的獨幕梵語劇本《相逢》（*Madyamavyayogam*）裡（約寫於西元一〇〇年），怖軍從一個羅剎手中救了一個差點被吃掉的婆羅門男孩，結果沒想到那個羅剎就是他的兒子瓶首。

＊在《羅摩衍那》中，羅剎與夜叉有關，是個教養良好的族群。他們住在黃金打造的城市裡，出入有會飛的馬車代步。在《摩訶婆羅多》中，羅剎則被寫成野蠻的暴民，沒有任何教養。

十一、大力羅摩與難敵的女兒

瓶首離開的時間到了。但是在離開之前，他決定跟父親的家人報告發生在德瓦拉卡城和象城的事，亦即發生在雅度族和俱盧族之間的故事。

瓶首說道：「德羅波蒂的孩子已經長大，個個都是優秀的青年。阿周那和妙賢的兒子激昂已經變成著名的武士。他們跟奎師那的幾個孩子生活在一起，全都過得很快樂。大力羅摩的女兒伐莎羅（Vatsala）愛上了激昂。可是很不幸的，大力羅摩卻把她許配給難敵的兒子羅什曼。眼看著婚禮的日期愈來愈近，悶悶不樂的伐莎羅去找奎師那幫忙。奎師那派人去找我，命我抬著伐莎羅飛到德瓦拉卡城外的山丘，讓激昂和伐莎羅依照乾闥婆的儀式，在樹木的見證之下結婚。接著他要我化身爲伐莎羅，假裝成新娘子。在婚禮進行的過程中，我用力握著新郎的手，他竟痛得昏倒了。我現出眞身之後，德瓦拉卡城頓時一陣混亂。俱盧族很生氣，譴責雅度族欺騙了他們。」

「難敵一定會很生氣，」怖軍說道。他忍不住露出笑容，繼續說道：「他想娶大力羅摩的妹妹妙賢，但是妙賢嫁給了阿周那；他想要他的兒子娶大力羅摩的女兒，結果伐莎羅嫁給了阿周那的兒子。」

「難敵認爲這對他的家族是一種侮辱，」瓶首說道：「爲了給雅度族人一個教訓，他宣布取消女兒羅什曼妮（Lakshmani）和奎師那兒子山巴（Samba）的親事。山巴不想默默承受這種侮辱，於是偷偷潛入象城，打算劫走羅什曼妮，因爲他一心只想娶羅什曼妮爲妻。不過他的形跡敗露，當場被捕且被關

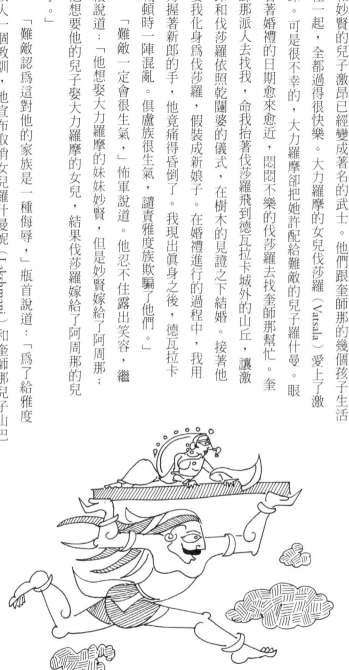

入地牢。大力羅摩聽到這件事，就獨自到象城去找難敵，要求難敵馬上釋放山巴，並且讓山巴帶著心愛的女子回德瓦拉卡城。難敵不僅拒絕大力羅摩的要求，還出言侮辱雅度族人，說他們從來不知道信守諾言。接著他又嘲諷他們的祖先雅度，說雅度的後代永遠都當不成國王，因爲雅度不肯爲自己的父親受苦。難敵的碎碎念惹惱了大力羅摩。大力羅摩一怒之下，竟化身爲巨人，頭部碰到了天空。他揮著他的犁，勾住象城的地基，開始把俱盧族偉大的城市往海邊的方向拖去。難敵突然意識到大力羅摩並非普通凡人。他認識大力羅摩已經很久了，但是他向來只知道大力羅摩擅長大杵戰術，是個很好的老師和朋友。不像奎師那那麼偏袒般度五子，大力羅摩向來對他特別好。現在他卻惹惱了大力羅摩，並且看到大力羅摩的另一面——他從來不曾想像過的一面。他嚇得急忙跪在大力羅摩腳下，請求大力羅摩原諒他。你知道大力羅摩的脾氣，他的氣來得快，消得也快。所以他原諒了難敵兄弟，然後帶著奎師那的兒子，還有奎師那新娶的兒媳婦回到了德瓦拉卡城。」

般度五子默默想像大力羅摩變成巨人的樣子。說真的，大力羅摩到底是誰？他們心裡忍不住咕噥著。仙人似乎看出他們的狐疑，因而解釋道：「他是賽舍。當神還在沉睡，世界尚未成形，他就已經存在了。他是阿砥（Adi），存在於開始之前；他也是阿難達（Ananta），存在於結束之後。他是那一位蛇神，在他的身軀盤捲處，躺著以毗濕奴之形示現的神。」

所有這些故事再一次證實了般度五子的猜測：在外表上，大力羅摩和他的弟弟奎師那雖然只是兩個牧民，但他們其實並不是普通凡人。

＊大力羅摩真的很欣賞難敵。他本來打算把妹妹嫁給難敵，把女兒嫁給難敵的兒子，但是這兩個計畫全被奎師那破壞了。在奎師那的安排下，那兩個女人一個嫁給阿周那，一個嫁給阿周那的兒子。

＊一直以來，人們認為大力羅摩是濕婆神的化身，意即他是一個天性樸實、被愛障蔽的苦行者，因此看不到俱盧族的種種缺點。

＊大力羅摩之女的故事是許多民間故事的一部分。他這個女兒的名字有時是伐莎羅，有時則被寫成賽希里卡（Shasirekha）。印度中部的馬哈拉施特拉邦有一份十九世紀的手稿出土，畫師以「繪圖說故事」（Chitrakathi）的方式畫了許多張跟這個故事有關的插圖。

＊奎師那的兒子與難敵的女兒之間的婚戀故事來自《薄伽梵往世書》。

＊這兩則結婚的故事，一則是雅度族之女伐莎羅的，一則是俱盧家族之女羅什曼妮的，然而兩則婚姻故事都可視為政治婚姻。雅度族人身為激昂之妻的家人，他們被迫站在般度五子這一邊。持國百子身為山巴之妻的家人，他們亦被迫站在雅度族這一邊。由此看來，婚姻關係把敵人變成同一個大家庭的成員，使得他們全都難以選邊站。

＊就哲學的層面看，我們看到由理性主導的媒妁之言和由情感引導的戀愛婚姻這兩者之間的衝突。哪一種婚姻較為適當？在婚姻議題上，奎師那顯然比較喜歡自由戀愛的婚姻。果真如此嗎？因為婚姻確實會影響政治同盟的關係——這個層面奎師那可謂知之甚詳。

十二、哈奴曼給怖軍的訓誡

有一天，風裡吹來了一朵金色蓮花——這蓮花生有千層花瓣，香氣馥郁，有如天香。「這種蓮花，我能多要幾朵嗎？」德羅波蒂問道，聲音聽起來非常興奮。

怖軍很久沒看到妻子這麼快樂了。「沒問題，當然可以。」說完，他就循著風裡的花香，疾行而去。

怖軍直直地向前走，不曾停留，沒有猶豫；他大踏著步，有力地、急躁地、充滿決心地向前疾走。他摧毀了所有擋在他前面的一切：巨石、山丘、樹木。禽鳥和野獸看到他走過來，全都趕緊飛快逃走。他是一個有任務在身的人，一心一意只想爲他那受盡艱辛的妻子找到那些讓她如此快樂的花。

最後，怖軍來到一座濃密的林子。林子裡頭長滿了大蕉樹，而且長得很密——實在太密了，連一絲陽光也透不進來。他發現一隻又老又疲弱的猴子躺在他前行的地上，擋住了他的去路。「移開點。」怖軍不耐煩地叱責道。

「我太老了，動不了了，」那猴子以虛弱的聲音說道：「推開我的尾巴，你就可以過去了。」

「既然你這麼說了，我就不客氣了。」怖軍說著就伸腳去掃開猴子的尾巴。讓他驚訝的是，那尾巴竟然很重，完全動不了。儘管他用盡全力，也無法踢開一絲一毫。怖軍於是放下手上的大杵，試圖用兩隻手去搬。結果用盡了所有力氣，那條尾巴還是留在原地不動。

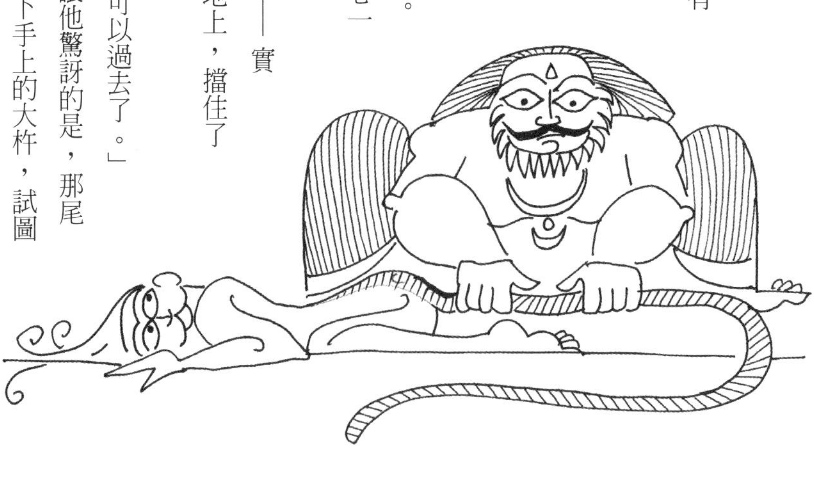

怖軍站了起來，好奇地看著那猴子。他心想這不是普通猴子，太重了。突然間，他認出眼前的猴子不是別人，正是哈奴曼——那位帶領猴子大軍，渡海幫忙羅摩把悉多從羅波那手中救出來的猴王。據說哈奴曼注定永遠不死。跟他一樣，哈奴曼也是風神伐由的兒子。這麼說來，哈奴曼還是他的哥哥呢。

「沒錯，我就是你剛剛在想的那個人——你的哥哥。」那老猴子一面說，一面坐了起來。他看著怖軍，雙眼充滿了智慧和同情。怖軍意識到這是奎師那的計畫：透過哈奴曼，教導他學會謙遜。習得這一課之後，他向哈奴曼深深一鞠躬，然後就繼續踏上他的旅程。這一次，他的腳步變得比較不那麼急促，態度也不那麼囂張傲慢了。

最後，怖軍終於抵達那座湖泊，看到湖中長滿了數百朵芬芳的金色蓮花。就在他開始動手採摘蓮花的時候，一群乾闥婆圍上來攻擊他，聲稱那座湖泊歸他們所管。怖軍絲毫不理會，他一面採著蓮花，一面揮手把對方掃開，彷彿那只是一群蚊子。接著他就抱著一大把蓮花回去找他的兄弟和德羅波蒂；德羅波蒂非常高興地收下那一大束蓮花。

＊就如同濕婆教導阿周那，哈奴曼也教了怖軍一課：謙遜。在森林流放的生活改變了般度兄弟，使他們成為更好的統治者。如此看來，遭受流放的悲劇似乎比較像是神明的計畫，藉此幫助他們變成較好的統治者。

＊有一次，怖軍假裝發燒，要求德羅波蒂按摩他的雙足。他找來大顆的水果，用床單把水果蓋起來，假裝

那是他的腳。德羅波蒂沒揭開床單，就給床單下的果子按摩，以為那是她丈夫結實的腳。她的幾個丈夫則躲在遠處偷看。發現上當之後，德羅波蒂很生氣，她詛咒那些水果以後不會再有光滑的表皮，而會變得渾身是刺。如今波羅蜜的果皮長滿尖刺 —— 據說就是因為受到德羅波蒂詛咒的緣故。

＊喜馬拉雅山區居民的體貌特徵與住在平原上的居民不同。根據理性主義者的觀點，這就是他們被雅利安人描述為妖魔、小妖精、羅剎或夜叉的原因。

＊怖軍和德羅波蒂之間的浪漫故事是許多民間傳說的題材。坦賈武爾（Tanjore）有一種馬舞，騎著道具馬的騎士分別代表了怖軍和德羅波蒂。

十三、德羅波蒂的祕密

一想到德羅波蒂曾在大眾面前遭受羞辱，怖軍就覺得痛苦不堪。他渴望讓德羅波蒂快樂，但是發現自己永遠無法辦到這一點，德羅波蒂總是一副鬱鬱寡歡的樣子。即使他在體力上有能力滿足一千個女人，但是他似乎就不曾讓德羅波蒂真正感到滿足。爲什麼？他不停地猜想。

十二年的流放生活慢慢接近了尾聲。經歷過這段流放的生活，般度五子發現他們已經和過去的自己截然不同。堅戰已經培養出克制的精神，阿周那和怖軍兩人已經習得謙遜的功課。但是德羅波蒂呢？她可曾學得任何教訓？

有一天，德羅波蒂在樹林中漫步。突然間，她看到前方有一棵蒲桃樹（或閻浮樹），樹上低低垂掛著一顆果子。那果子非常漂亮，讓她看得垂涎欲滴。只是她才一摘下蒲桃，那棵樹居然說話了，出聲譴責她道：「妳做了什麼事啊？這顆果子已經垂掛在這裡十二年。這棵樹的後面有個仙人正在打坐，他已經在這裡修習苦行十二年。今天稍晚，他即將下坐，張開眼睛，並吃下這顆果子——這是他修習苦行十二年來的第一餐。可是現在妳把果子摘下來，汙染了果子。他會餓肚子，而他餓肚子的惡業會全部算在妳頭上。」

德羅波蒂嚇壞了，急忙叫人把她的丈夫找來，拜託他們想個辦法。「怖軍，你最強壯了，你能把這果子接回樹上嗎？」她問怖軍。怖軍無助地搖搖頭。她轉而問阿周那：「那你呢？阿周那，你能用你的箭把果子接回去嗎？」阿周那也說沒辦法：力量和武藝可以解決世上許多事，但是這兩者卻無法把摘下來的果子接回樹上。

那棵樹低沉的聲音再次響起：「德羅波蒂，如果妳是真正貞節的女子，那麼妳自己就可以用貞節的力量把果子接回去。」

「我是啊。雖然我有五個丈夫，但我每一年都只忠於那個可以到我房裡來的丈夫。」

「妳說謊，德羅波蒂。還有一個妳更愛的人。」

「我愛奎師那，不過那是朋友之愛，不是夫妻或情人之間的愛。」德羅波蒂說道，心裡覺得在大家面前提到這些私密的想法有點尷尬。

「還有一個妳愛的人，其他人。說實話吧，德羅波蒂！」

德羅波蒂崩潰了。她實在不想讓那位仙人因爲她的祕密而餓肚子，於是她說出了眞相：「我愛迦爾納。我很後悔當年嫌他階級太低而沒有選擇嫁給他。如果當時選擇嫁給他，我就不會被當成賭注輸掉，不會當衆被人羞辱，也不會被人罵作妓女。」

她的這段眞心話把般度五子嚇傻了。他們不確定要對她生氣，還是對自己的行爲感到羞愧。他們都意識到自己讓德羅波蒂失望了，不論是他們個人還是全體。

說出內心話之後，德羅波蒂覺得整個人得到了淨化。她現在有能力把那顆果子接回樹上了。那天黃昏，那位仙人結束了十二年的苦行。他張開眼睛，走到附近的河流沐浴淨身，然後吃下那顆果子，接著他就賜福給般度五子，還有他們貞節的妻子德羅波蒂。

不過，怖軍和阿周那都不能接受他們的妻子竟然心裡掛念著迦爾納。有一晚，他們看到堅戰正在碰觸德羅波蒂的腳。他們追問堅戰爲何那麼做。堅戰沒回答，但他要求他們當天晚上別睡覺。到了半夜，三兄弟看到一棵朱紅色的榕樹在他們落腳的山洞外面長了出來。樹下有無數精靈正在召喚女神。爲了回應召喚，德羅波蒂現身在他們面前。他們把德羅波蒂引到一個金色的寶座上坐下，然後對德羅波蒂撒下許多花朵。怖軍和阿周那這時才知道，他們的妻子並不是尋常女子，而是女神的其中一個化身。兩人頓時覺得十分羞愧，自己不僅沒能保護妻子，還膽敢論斷她的人格。

＊閻浮樹及其果子的故事來自馬哈拉施特拉邦的一齣民間戲劇，劇名叫《閻浮樹的傳說》（*Jambul-akhyan*）。據說閻浮果之所以會把人的舌頭染成紫色，那是為了提醒我們，讓我們意識到那些深藏在我們內心，不願對世人說的祕密。民間故事與古典梵文的敘事大異其趣，通常都比較直接和樸素，這類故事歌頌的往往是人類處境的種種不完美。

＊許多民間長詩會把德羅波蒂描繪成女神，例如《比爾摩訶婆羅多》即是。

＊在坦米爾語版的《摩訶婆羅多》裡，德羅波蒂被描寫成女神毗羅般遮莉（*Virapanchali*）。在流放期間的幾段冒險故事中，她多次協助丈夫找到各種聖物，例如鈴鐺、鼓，還有一盒薑黃粉——這種薑黃粉能增強他們的能力，讓他們得以替她雪恥復仇。一天晚上，般度五子看到她裸身在森林中奔跑，獵殺大象和野牛，並喝牠們的血來解渴。

＊根據一則南印度的民間傳說，怖軍為了在性事上滿足德羅波蒂，曾經要求奎師那附身，使自己更有能力。但德羅波蒂馬上就發現兩人的伎倆，狠狠地把丈夫和朋友都罵了一頓。

＊般度三兄弟看到的女神是大地之母的化身。大地之母與毗濕奴（肯定世間之神的化身）的關係變化即代表人類與大地在時間流程裡的關係變化。世界的第一個四分之一時，亦即世界的純真時代即將結束之前，毗濕奴轉世化身為持斧羅摩，大地之母則化身為持斧羅摩的母親蕾奴卡（*Renuka*）。世界的第二個四分之一時，亦即世界的青年期即將結束之前，毗濕奴化身為羅摩，大地之母則化身為悉多。世界的第三個四分之一時，亦即世界的成熟期即將結束之前，大地之母化身為德羅波蒂，毗濕奴則化身為奎師那，把德羅波蒂當作妹妹和朋友。

十四、莎維德麗和沙特耶曼

一日，德羅波蒂對自己的處境感到很厭倦，於是她問那群聖者：「人類是不是只能受限於命運？人類能夠改變自己的命運嗎？」

爲了回應她的提問，聖者們給她講了一個故事。這故事的主角是莎維德麗（Savitri）——她靠著愛、決心和智慧打敗了死神。

莎維德麗是阿什瓦帕提國王（King Ashwapati）的獨生女，她愛上了一個名叫沙特耶曼（Satyavan）的伐木工人，並且堅持要嫁給他——即便她知道這個伐木工人的父親曾經失去王國，知道這個伐木工人注定一年後就會死去，她也不願改變心志。阿什瓦帕提國王雖然老大不願意，但也只好同意這門親事。婚禮過後，莎維德麗就毅然決然地放棄所有王室的享受，快快樂樂地搬去森林，跟她的丈夫一起過著貧窮的生活。

一年後，沙特耶曼果眞死了。莎維德麗眼睜睜地看著死神閻摩王帶走丈夫的生命。她決定跟著閻摩王，暫時不留在森林，也不火化丈夫的遺體。閻摩王一路向南，往死者的國度邁進。他注意到有個女子一直跟著自己，但他心想，這段旅途很長，那女子

走累了自然就會放棄，不會再跟隨自己。可是他錯了，莎維德麗絲毫沒露出半點疲倦的跡象。她是跟定閻摩王了，絕不退縮。

「別再跟著我了，」閻摩王對莎維德麗大叫道。但莎維德麗心意已定：她的丈夫在哪裡，她人就要在哪裡。「接受妳的命運。回去把妳丈夫的遺體火化了吧。」閻摩說道。但是莎維德麗比較關心的是她丈夫那一縷被捏在閻摩王手裡的生命氣息，不是那具躺在森林小屋地板上的遺體。

閻摩王覺得很氣惱。最後，他對莎維德麗說道：「這樣吧，我賜給妳三個願望。除了跟我要回妳丈夫的生命，妳其他的願望都會實現。收下這三個願望，然後走吧。」莎維德麗垂下頭，恭恭敬敬地跟閻摩王說出她的三個願望。第一個願望是希望她的公公重得他的國度，第二個願望是希望閻摩王賜給她父親一個兒子。至於她的第三個願望，她祈望她可以成爲沙特耶曼的兒子的母親。

莎維德麗的這三個願望，閻摩王都同意予以實現。接著他就繼續上路，往死者的國度前進。就在他抵達分開生死兩界的吠坦剌尼河，突然發現莎維德麗仍然跟在他身後。「我說過了，我要你帶著三個願望離開，不要一直跟著我。」

莎維德麗再次垂下頭，恭恭敬敬地跟閻摩王說道：「第一個願望已經實現，我的公公已經奪回他失去的王國。第二個願望也實現了，我的父親現在有兒子了。但是第三個願望怎麼實現呢？我的丈夫現在死在森林小屋裡，我要如何才能成爲他兒子的母親？我是來問你這個問題。」

閻摩王笑了起來——他知道莎維德麗已經靠智慧打敗了他。要實現莎維德麗的第三個願望，唯一的辦法就是讓沙特耶曼活著。他沒有選擇，只好放了沙特耶曼，讓他復生。

以此方式，莎維德麗不僅改變了自己的未來，也改變了父親和公公的未來。

＊莎維德麗的故事很獨特，因為這個故事挑戰了一個傳統說法：印度人是聽天由命的民族。從這個故事，我們很清楚看到印度人在吠陀時代就已經很努力在處理命運和自由意志，或命運與欲望之間的衝突。吠陀經典提到欲望是創造力的根源。如此說來，在形塑人的未來這一方面，欲望扮演著重要角色，就像命運也扮演著重要角色一樣。在《奧義書》中，耶若婆佉（Yagnavalkya）提到生命的馬車有兩個輪子，一個是欲望，一個是命運。人可以依靠其一，或者依靠兩者。莎維德麗靠著不可動搖的意志，改變了她的命運，而支撐她的意志的，就是一股強烈的欲望。從這則故事裡，印度民間衍生出一個稱為「奉誓」（Vrata）的儀式。這個儀式通常由婦女執行，主要透過禁食和守夜來傳達她們的欲望和決心，希望藉此改變家人的命運。

十五、怖軍遭友鄰王纏綑

有一天，怖軍正在森林打獵的時候，突然被一隻大蟒蛇給纏綑了起來。那可不是一隻普通的蟒蛇——而是一隻會說話的蟒蛇。「我的前世是友鄰王（Nahusha），洪呼王的後代，」那蟒蛇說道：「我當年實在太優秀了，天人因此選了我，讓我到天界統治天城。當時天人之王因陀羅犯了一點小錯，必須暫時閉關打坐，淨化身心，消除他的罪。在天城，我可以騎因陀羅的大象，揮舞他的閃電棒。這項新到手的權力腐敗了我的心智，我竟然覺得我可以跟因陀

羅的王后舍脂上床。可想而知，王后當然不喜歡我提出的這個要求。爲了給我一個教訓，她說她會跟我同寢，只要我乘著七仙人抬著的轎子入宮。我是如此愚蠢，竟然相信她的話，並且強迫七位守護吠陀、尊貴的聖者爲我抬轎。而且我還很心急，竟踢了投山仙人的頭，催他走快點，只因爲他走得實在太慢了！投山仙人氣壞了，他說我這麼厚顏無恥地展現情欲，這麼不知輕重，即使天人選了我，我也根本不配統治天界。於是他對我下咒，害我從天界掉回人間——不是以國王，甚至也不是以人類的形象重回人間，而是以蛇的形象掉回人間。他要我一輩子用肚子爬行，一輩子等候別人施捨食物。只有等到我的後代，一個名叫堅戰的後代出世，並且教導我身爲婆羅門的眞正意義，我才能擺脫這可悲的身體。」

怖軍嘗試告訴那頭蟒蛇，說他就是堅戰的弟弟，但是蟒蛇不相信他，而且打開巨大的嘴巴，打算吞下怖軍。「救命啊，大哥！救命！」怖軍大聲叫道。聽到怖軍的呼救聲，般度兄弟匆匆趕到現場。「住口！別吃我弟弟，」堅戰叫道：「要吃就吃我吧！我是般度之子堅戰！」

聽到「堅戰」這個名字，那蟒蛇停了下來。他稍稍鬆開怖軍，對堅戰說道：「如果你眞的是你所說的那個人，那麼就回答我的問題。答對了，你不但可以救你的弟弟，也可以幫我擺脫這個可怕的處境。告訴我：什麼樣的人可以稱之爲婆羅門？」

關於這個問題，堅戰在森林裡已經跟衆仙人討論了很多年，自有一番洞見。他回答道：「一般人的看法是，凡是婆羅門的兒子就可稱之爲婆羅門，其實不然。婆羅門是一個懂得控制自己的感官、懂得訓練自己心智的人；透過控制自己的感官與訓練心智，他因此獲得梵的知識，了解那永恆、無盡、無邊的靈魂。這樣的了解使他覺得滿足、溫和與慷慨，因爲他與眞理同在。」

聽到這個答案，蟒蛇的心中充滿了喜悅。他放了怖軍，而他自己也從蟒蛇的肉身解脫，恢復天人的樣子。他賜福給怖軍和堅戰，接著就飛升到天城去了。

般度兄弟回到落腳的山洞，發現他們的家人正在擔心他們，不知道他們爲何久久不返。

＊舍脂是因陀羅的妻子，通常也被認為是幸運女神吉祥天女的其中一個化身。據說任何人都可以成為因陀羅——如果他累積的福報大於前任，那麼他就有機會成為因陀羅。成為因陀羅之後，他就有資格親近舍脂。舍脂僅僅忠於因陀羅這個身分，不忠於因陀羅這個個體。友鄰王尚未成為因陀羅，他只不過是現任因陀羅的臨時代班，是一個還不夠資格的人。這樣的人竟敢奢想舍脂，因此他得為自己的奢想付出代價。這個故事的重點並不是道德教訓（不可妄想染指他人的妻子），而比較是關於謹慎行事（在取得資格之前，切勿妄想得到不屬於你的東西）。

＊許多經典都提到般度五子的前世是因陀羅，而他們這一世的共同妻子是舍脂的轉世化身。

＊就像堅戰和友鄰王的對話所顯示的，整部《摩訶婆羅多》一再闡述的也正是這個概念：人之所以成為婆羅門，是透過他的努力，不是因為他的出身。這部史詩所挑戰的，正是人們對種姓制度的傳統理解。

十六、夜叉的提問

有一天，堅戰做了一個夢。他在夢裡看見一隻鹿，而那隻鹿哭著哀求他趕緊離開森林，回到他最初的來處。「這些年來，你和你的兄弟不斷地獵殺我們，我們的數量如今已經大不如前。拜託你們回去吧。你們流放的日子幾乎快要結束了。你們回家吧，離開雙木林吧。」

堅戰很快就決定帶他的家人離開雙木林，回到他們最初落腳的喜樂林。

住在喜樂林的期間，有個仙人前來求助。「我用來生火、執行火祭的木頭本來掛在樹上，但是現在那幾根木頭卻卡在一頭鹿的鹿角裡。你能幫我把木頭拿回來嗎？我不是獵人，不過我知道那頭鹿每天黃昏都會去喝水的池塘在哪裡。」

這是一項簡單的任務，所以堅戰就派無種出去獵捕那頭鹿。果然，無種很快就看到他的獵物——那頭鹿就站在池塘邊。只是等無種一靠近，那鹿卻快速地跑走了，快得就像一陣風。就在這時，無種突然覺得口渴，決定先喝幾口池塘裡的水，再去追那頭鹿。正當他快喝下水的時候，聽到一個聲音：「我是夜叉，這個池塘的主人。你必須回答我幾個問題，然後才可以喝水。」無種環顧四周，不見任何人影。他決定不理會他聽到的那些話，逕自把捧在手心裡的水喝了。沒想到他一喝完，馬上就倒在地上死了。

堅戰派出一個又一個弟弟到池塘去探看究竟為何上一個人久久不返，順便也打一點水回來。只是不管他派誰出去，結果都一樣：全都一去不返。

最後，堅戰只好親自出馬。他趕到現場，看到幾個兄弟全都躺在地上死了，覺得十分驚駭。他環顧四周，不見一絲人影，也沒有任何野獸出沒的痕跡，他的兄弟身上也沒有任何傷口。就在這時，他突然覺得十分口渴，於是決定先喝點水，再來繼續調查。就像他之前的幾個弟弟一樣，他也聽到一個聲音對他說：「我是夜叉，這個池塘的主人。你必須回答我的幾個問題，然後才可以喝水。」

堅戰立刻把捧在手心裡的水放掉，並且問道：「就是你殺了我的弟弟嗎？」

「是的，」那聲音說道：「他們不理會我的警告。」說完，那夜叉立即現身在堅戰面前。

「我會盡我所能回答你的問題，」堅戰說道。

「是誰讓太陽升起？」那位夜叉問。

「是神。」堅戰答道。

「是誰讓太陽下山？」

「那是太陽的自然責任，太陽的正法。」

「太陽存在的依據建立在哪裡？」

「眞理。」

「眞理記載在哪裡？」

「在吠陀經典裡。」

「造就婆羅門的要件是什麼？」

「理解吠陀經典。」

「婆羅門爲何値得尊敬？」

「他們擁有控制心智的能力。」

「是什麼因素使剎帝利勇健？」
「他們的武器。」
「是什麼因素使他們高貴？」
「他們的慈悲心腸。」
「一個活生生的人在什麼樣的情況下會被看成死人？」
「當他不與諸神、賓客、僕人、動物、列祖列宗分享財富的時候。」
「什麼東西比風更快？」
「思維。」
「什麼東西比草更多？」
「念頭。」
「什麼東西比黃金更珍貴？」
「知識。」
「什麼東西比財富更珍貴？」
「健康。」
「快樂最理想的形式是？」
「滿足。」
「最偉大的行動是？」
「非暴力的行動。」
「衡量一個人的東西是什麼？」

「行爲。」
「何謂原諒？」
「忍受敵人最惡劣的舉止。」
「何謂慈悲？」
「希望所有人都得到快樂。」
「何謂純樸？」
「保持內心寧靜。」
「人能夠征服的唯一事物是什麼？」
「自己的心智。」
「放棄何物使人變得親切友善？」
「驕傲。」
「放棄何物使人富有？」
「欲望。」
「人類最大的敵人是誰？」
「憤怒。」
「人類最可怕的疾病是？」
「貪婪。」
「何謂慈善？」
「幫忙無助的人。」

「世上最令人感到驚奇的事物是什麼？」

「每天都有生靈不斷地死去，然而其他人卻活得宛如不死之人。」

「人要如何才能認出眞理的道路？」

「不是透過論辯，因爲論辯從來不曾達致任何結論；也不是透過老師，老師只能提出他們的個人意見。要認出眞理的道路，人必須在靜默與孤獨當中省思自己的生命。」

那位夜叉繼續問了許多問題，包括世界、社會、靈魂的本質爲何等等。堅戰的回答讓他覺得十分敬佩。最後他說道：「我會讓你的其中一個弟弟復活。你要選哪一個？」

想都不想，堅戰就說道：「無種。」

「爲何是他？你的異母弟弟？爲什麼不救怖軍或阿周那？他們兩人的武藝高強，不是更有助於你、更能輔佐你？」

堅戰答道：「我父親有兩個妻子。我是貢蒂的兒子，我活著。當然瑪德莉的兒子也應該有一個活著。」

這個公正無私的回答讓夜叉覺得很滿意，因此現出他的眞實身分——原來他是閻摩王，又名正法神，也是堅戰的父親。最後他把般度四子的生命全都還給了他們。

般度兄弟復活之後，喝了水，恢復精神了，就繼續上路去追獵那頭鹿。他們最後終於成功捕獲那頭鹿，把火祭木棒從鹿角上解下來，拿回去還給那位仙人。那位仙人特地舉行一次火祭，以此感謝般度兄弟的協助。

＊夜叉化身為蒼鷹或大雁的這類故事自有其意義，因為蒼鷹和大雁與智慧女神辯才天女有關，代表心智的區別能力。就像神話中的蒼鷹和大雁有能力區辨牛奶和水，一個有區辨能力的心智可以辨別真理和假象。

＊堅戰的幾個弟弟忽視夜叉的警告，不回答問題就先把水喝了；換句話說，他們做事沒有三思而後行。在過去，堅戰因為沒有三思而後行，因此輸掉了自己的兄弟和妻子，現在他顯然已經被流放的生活所改變——他先回答問題，然後再喝水。

＊在印度，自然界的所有東西——樹木、山洞、湖泊、池塘——傳統上都被認為有守護神或神靈棲止其間，因此在使用一塊土地或採摘水果或喝水之前，人們必須先獻祭守護神。這類守護神通常以夜叉的形象出現，其外表大致是畸形、矮小而肥胖的生靈。

＊在骰子比賽裡，堅戰首先押上他的同父異母弟弟，即瑪德莉的兒子，接著才押上自己的弟弟，即貢蒂的兒子。在這段他與夜叉交手的情節裡，他決定先救異母弟弟。因為他的這個決定，他在賭博大廳所犯下的錯誤終於得到彌補。這件事也顯示堅戰已經有所轉變。

＊流放森林的過程中，貢蒂的兒子遇到了三位讓他們母親懷孕的神明。堅戰遇到閻摩王，阿周那遇到因陀羅，怖軍遇到了風神伐由的另一個兒子，即他的哥哥哈奴曼。這三場相遇都有一個重要的、足以產生轉變力量的效果。三位兄弟都學到了一課：保持謙遜的態度，同時也都被他們神聖的父親所啟蒙。對般度五子而言，流放生活的那段期間，顯然就是一段透過聽故事、透過冒險而獲得改變與成長的時間。

·卷十二·

藏匿的歲月

鎮群王，
你的祖先曾經是國王，也是賭徒，
現在他們淪爲奴僕，失去了一切，
既沒有身分，也沒有尊嚴。

一、那羅王和達摩衍蒂

就在十二年的流放生活快接近尾聲時，堅戰遇到巨馬仙人，並向後者請教玩骰子遊戲的祕訣。在學習技藝的過程中，堅戰抱怨道：「我們明年一整年得想辦法躲起來。要是被人發現，我們就得再流放森林十二年。這麼悲慘的命運，全都是玩骰子玩出來的！世間還有其他人像我這樣受苦嗎？」

針對堅戰的提問，巨馬仙人答道：「有的。從前有個名叫那羅（Nala）的國王就曾經受過這樣的苦。他還去當了阿逾陀國王的廚子和車夫。就跟你的妻子一樣，他的妻子達摩衍蒂（Damayanti）也跟著他流放到森林裡，後來淪落為車底國王后的侍女。」接著他就跟堅戰講了那羅王和達摩衍蒂的傳奇故事。

毗陀婆國的達摩衍蒂公主是世間最漂亮的女子。她拒絕了所有天人的求婚，選了世間最英俊的男子那羅王成為自己的夫婿。

婚後，兩人在一起快快樂樂地生活了十二年，生了兩個孩子。有一天，那羅王的堂弟普什卡拉（Pushkara）來探訪他們，並邀請那羅王跟他玩一局骰子遊戲。就像堅戰那樣，那羅王也在賭局中拿他所有的家當下注，並且也把所有家當全輸掉了。

那羅王和他的家人被迫離開王宮，除了身上穿的衣服，他們什麼都不能帶走。達摩衍蒂派人把兩個孩子送去她父親的家。「你應該跟孩子們一起走，」那羅王跟他的妻子說道：「我沒有臉見我的臣民。我給自己帶來許多恥辱，我不要去有人認得我的地方。妳走吧，我的太太，請妳離開我。讓我一個人面對我的命運。」

可是達摩衍蒂不願離開。她不能在丈夫面臨危難的時候棄他而去，她說道：「我會陪在你身邊，就像你處於順境時陪在你身邊一樣。我們到森林去吧！那裡沒人認得我們。」

不過，森林著實是個險峻之地。那羅王身上沒有武器，他連一隻動物都獵捕不到。至於達摩衍蒂，她向來習慣了宮廷的舒適生活，完全不知道如何尋找果實或飲水——兩人都餓壞了。那羅王決定用圍在他身上唯一的一塊布料來捕捉幾隻鳥。他說道：「也許我們可以吃掉牠們。也許我們可以拿去賣給旅人，交換其他食物。」沒想到那群鳥的力氣很大，牠們一飛就沖上天空，順勢帶走了那羅王的那塊布。赤身裸體的那羅王撲倒在地，大聲哀號道：「我失去了一切，我什麼都沒有了！」

「你不是什麼都沒有了，」達摩衍蒂說道：「你還有我。我永遠不會離開你。」

達摩衍蒂把纏繞在身上的紗麗解開，對半撕成兩塊，一半給她的丈夫，剩下的一半仍纏繞在自己身上。默默地，兩人在森林裡漫無目的地走著，那羅王背負著沉重的罪惡感，達摩衍蒂則只是一心一意跟著那羅王——不管發生什麼事。

那羅王看到達摩衍蒂爲他所犯下的愚行而受苦，覺得非常不忍心。到了半夜，他趁達摩衍蒂睡著的時候，就起身逃走了。他希望達摩衍蒂醒來後，看到自己已經不在，會恢復理智，並回到毗陀婆國找她的父親。

達摩衍蒂醒來發現那羅王不在身邊，她的第一個念頭不是回去找她父親，而是去找她的丈夫。她在森林裡到處尋找那羅王，每個角落都不放過；她一面找，一面大聲呼喚那羅王的名字，希望那羅王會聽見她。到了黃昏，她突然遇到一條毒蛇。那蛇擋住她的去路，打算攻擊她。很幸運的，有個獵人剛好就在附近。他一箭射死毒蛇，解除了她的困境。達摩衍蒂不斷謝謝那個獵人，但是她很快就發現：那個獵人要的不是她的感謝，而是她的身體。由於達摩衍蒂是個貞潔的女人，那個獵人一碰到她，立刻就燃燒起來，化成灰燼。

神奇地躲過蛇與獵人的攻擊後，達摩衍蒂遇到了一支商旅隊伍。商隊裡的人邀她一起同行。那天晚上，商旅隊伍遭受象群的攻擊，造成許多傷亡和損失。商隊裡有人認爲是達摩衍蒂給他們帶來厄運，所以就把她趕走了。遭受遺棄的達摩衍蒂獨自一個人上路。歷經千辛萬苦，終於來到了車底國。那裡的小孩一看到她，就紛紛拿起石頭丟她，因爲她襤褸的衣服、沾滿塵土的手腳和凌亂的頭髮，使她看起來像個瘋婆子。

就在達摩衍蒂努力逃離那群小孩的圍攻時，車底國的王后看到了她。王后對這位衣衫襤褸但氣度莊嚴的女子感到很同情，於是派人把達摩衍蒂帶入宮裡，把她留在身邊當侍女。達摩衍蒂沒有透露自己的名字或身分；她說她叫作持犁（Sairandhri），並在王宮裡擔任王后的美髮師和香水師。

過了幾天，有個名叫蘇底夫（Sudev）的祭司經過車底國。他認出達摩衍蒂，並把達摩衍蒂的眞實身分告訴王后。在衆人的極力勸請下，達摩衍蒂終於同意回去她父親的家。

「我們一定要找到我丈夫。」一到家，她就對父親如此說道。她的父親於是派了一位名叫帕爾南達（Parnada）的祭司，到婆羅多大陸每個國家去尋找那羅王。

「要怎麼認出他呢？他有什麼特徵？」帕爾南達問道。

達摩衍蒂說道：「你就一路走，一路唱著這首歌，因爲世上只有那羅會對這首歌有所回應。歌是這麼唱的：

喔，你這個在賭局中輸掉國家的人啊！喔，你這個穿走妻子半件衣服的人啊！你究竟在哪裡？你的愛人現在還在思念你。」

帕爾南達依照達摩衍蒂的吩咐，一面唱著歌，一面沿著恆河、亞穆納河與薩拉斯瓦蒂河兩岸行走，四處尋找那羅王。每個聽到那首歌的人，都受到歌詞的吸引，但沒有人對那首歌有回應。最後帕爾南達來到了里圖帕爾納（Rituparna）統治的阿逾陀國，王宮裡的廚子回應了這首歌。這位廚子名叫巴胡卡（Bahuka），是個相貌醜陋的侏儒；他用另一首歌回應道：「愛上那個不幸靈魂的人兒啊，妳別絕望啊！他現在還牽掛著妳。那個在賭局中把國家輸掉的笨蛋——那個衣服被鳥兒偷走的笨蛋啊！他竟然在半夜裡悄悄離開了妳，把妳獨自留在森林裡。」

帕爾南達立刻趕回毗陀婆國，向達摩衍蒂報告這件事。「他就是那羅，」達摩衍蒂露出笑容，高興地說道：「他到現在還牽掛著我。這就是爲什麼他會回應這首歌。」

「可是回應這首歌的男人是個醜陋的侏儒，而且他是王宮裡的廚子，不是我記憶中英俊的那羅王——當年我在你們的婚禮上看過的那羅王！」帕爾南達說道。

「除了那羅，沒人知道鳥兒帶著他的衣服飛走這件事。一定是他沒錯。」達摩衍蒂很確定地說道。她想了一個可以讓那羅王回到毗陀婆國的辦法。她要求蘇底夫祭司去拜訪阿逾陀國王，並向國王轉達一個訊息：「你說現在毗陀婆國的國王決定給他女兒達摩衍蒂公主舉行選婿大會，讓女兒再婚，因爲她的丈夫那羅王至今音訊全無。你跟他說，父王已經邀請了這塊土地上的所有國王前來參加，好讓公主從中選出一個丈夫。還有，你要跟他說選婿的日期就在你抵達的第二天。」

「第二天！可是里圖帕爾納王怎麼可能在一天之內來到毗陀婆國？」

「假如那羅在他的國家，他就有辦法把里圖帕爾納王帶來這裡，因爲那羅是世界上最快的御車手。里圖帕爾納會來的，不管要他付出什麼代價，因爲我在嫁給那羅之前，他曾追求過我，而且他至今還沒忘記我。」

蘇底夫不確定這個計劃可不可行，不過他還是依照達摩衍蒂的吩咐做了。果然不出達摩衍蒂所料，里圖帕爾納出了一大筆賞金，尋找一個可以在一夜之間帶他到毗陀婆國的人。「我可以，」他的廚子巴胡卡說道：「我可以帶你到那裡，只要你教我玩骰子遊戲的祕訣。」

「一言爲定。」里圖帕爾納說道。兩人隨即坐上馬車，朝毗陀婆國的方向出發。急馳如風的馬車就像閃電，穿過了一座又一座森林。在旅途中，國王徹夜未眠，不藏私地把玩骰子遊戲的祕訣傳授給巴胡卡。到了黎明時分，當他們抵達毗陀婆國的時候，巴胡卡已經是骰子遊戲的專家了。

馬車一穿過王宮的花園大門，里圖帕爾納和巴胡卡首先看到的是兩個小孩子。巴胡卡跳下馬車，衝過去抱著那兩個小孩子，哭得很傷心。「這兩個小孩是誰？你爲什麼抱著他們？還有，你爲什麼哭成這副德性？」里圖帕爾納問。但是巴胡卡沒有回答。

達摩衍蒂從遠處看到了這一幕，鬆了一口氣說道：「那個人準是那羅沒錯。」

「可是他看起來不像那羅王啊！他又醜又矮，又長得很畸形。」侍女說道。

「我不認得那個身體，但我確定我認得他的心。你跟著他，觀察他。他也許看起來不像那羅，但是他的行爲舉止會像那羅。他周遭的世界也會以尊敬的態度對待他，因爲他有一個國王的靈魂。」達摩衍蒂很有信心地說道。

於是侍女悄悄地跟著「那羅王」。果然，她看到了最令她驚訝的事。她跟達摩衍蒂報告：「那個男人擁有神奇的魔力。要通過柵欄時，他不用彎腰，柵欄的門就自動升上去，讓他昂首挺胸地走過去。給他

一些肉讓他煮一頓飯，那些肉幾乎是自己把自己煮好的——木柴才自動生火，水自動從地底噴湧出來。」

「那個人一定就是那羅了。他也許看來又窮又醜，但是王宮的柵欄、廚房裡的木柴和地裡的水都認得他的王者之光，連它們都立起來或跳起來向他致敬。」達摩衍蒂解釋道。

沒在考慮其他在場人士的看法，達摩衍蒂跑到馬廄裡，抱著巴胡卡大叫道：「那羅！那羅！」里圖帕爾納嚇了一大跳，她的父母則感到很尷尬。這個醜陋的僕人怎麼會是那羅王？那羅王可是世間最英俊的男人哪！

這時巴胡卡說話了：「是的，我就是那羅。離開達摩衍蒂之後，我在森林裡遇到一個可怕的那迦，他的名字叫迦寇達卡（Karkotaka）。他口吐毒氣，把我變成世上最醜陋的男子。接著他勸我到阿逾陀國的王宮找一份差事，同時找機會跟國王學習玩骰子遊戲的祕訣。我醜陋的樣貌和卑微的僕人身分是一種懲罰，懲罰我過往所犯的錯誤。」

里圖帕爾納覺得他聽到的這些事實在太奇妙了，讓人無法置信。此時巴胡卡拿出一件當初迦寇達卡給他的神奇袍子，穿在身上。說也奇怪，他馬上就從醜陋的侏儒變成原本英俊的樣子。這麼一來，再也沒有人懷疑巴胡卡是不是那羅王了。

那羅王謝過里圖帕爾納的幫忙之後，隨即把妻子和孩子擁在懷裡。那些不幸和分離的可怕日子現在已經全部結束，他們一家人終於又在一起了。

幾天後，那羅王前去拜訪那個曾經屬於他的國家，向他的堂弟普什卡拉提出挑戰，要普什卡拉陪他玩一局骰子遊戲。「如果我輸了，我美麗的妻子就是你的了。」他說道，誘惑普什卡拉接受挑戰。不過，這一次那羅王贏了——這全都要感謝里圖帕爾納教他的骰子遊戲祕訣。

就這樣，那羅取回所有過往失去的一切——他的家人和國家。

「你也會取回你失去的一切！」巨馬仙人說道，並為般度家族的這位長子賜福。

*仙人透過迦力（Kali）作祟的說法來解釋那羅王的愚蠢行徑。迦力是帶來不幸的信使，其面容醜陋、身體畸形、身上攜帶厄運，專門攻擊那些不注意衛生習慣、碰觸遭受汙染和不吉利事物的人。根據這一說法，堅戰在賭局中會失去理智，這都是因為迦力作祟的緣故。必須注意的是，這位迦力不同於另一個憤怒的森林女神迦梨。藉由迦力作怪這個說法，仙人幫助堅戰面對他的恥辱和罪惡感——堅戰可以把他帶給般度家族的不幸歸咎於外在因素，而不是怪罪自己。

*達摩衍蒂給我們的印象是：一個意志堅定的女子，完全無懼於丈夫的種種不幸。她對丈夫的愛從來不曾停止，總是站在丈夫的身邊支持他。相反的，那羅王則完全耽溺在自己的恥辱和罪惡感當中——他面對不幸遭遇的能力還真的有待加強。

*仙人講述那羅王和達摩衍蒂的故事，目的是幫助般度五子跳脫自艾自憐的泥淖。這個故事也給了他們一個暗示，讓他們知道該如何度過流放的最後一年——按規定，他們這一年得藏匿起來，不能讓俱盧族發現。就像那羅王一樣，怖軍喬裝成廚子，無種喬裝成馬夫，而德羅波蒂就像達摩衍蒂那樣，化身為王后的侍女。

*那羅王的故事提到了「王者之光」這種僅屬於某些人的特質。有些人儘管貧窮，天地宇宙還是會承認他們的王者氣質。就那羅王的例子而言，柵欄的門會自動升起，讓他不用彎腰即可通過；食物會自動烹煮，讓他不必弄髒雙手即可完成任務。

*在大部分的重述版本中，那羅王被描寫成世界上最棒的廚師。達摩衍蒂是從旅人口中探聽哪裡可以吃到世界上最美味的食物，並依此線索才得知那羅王躲在哪個國家。

二、毗羅吒國王的僕人

接下來就是第十三年了。

在最深的夜裡，般度五子把他們的武器綑進布包，綁成屍體的樣子，再把布包綁在一棵牧豆樹的枝幹上。

接著他們各自喬裝，打扮成不同身分之人。

堅戰打扮成學識淵博的婆羅門，擅長管理國事，他給自己取的化名是剛迦（Kanka）。怖軍喬裝爲廚子，化名爲牛牧（Ballava），他說道：「就像里圖帕爾納的御廚那羅王那樣，我也會是世界上最棒的廚子。」阿周那穿上女裝，打扮成舞技精湛的舞蹈老師巨葦（Brihanalla），他說道：「我的舞技可是跟天人學的喔。」無種扮成馬夫，化名爲法結（Damagranthi）；偕天則喬裝成一位名叫索護（Tantipala）的獸醫，專門治療牛的疑難雜症。德羅波蒂喬裝成美容師，她的化名是持犁（Sairandhri）。

他們六人全都去了摩差國，並且到毗羅吒國王的王宮找工作。

他們的喬裝技術太高明了。難敵派出好幾個間諜到雙木林去找他們，但間諜都沒能找到。在般度兄弟最後停留過的山洞裡，那幾個間諜只找到煙氏仙人和幾位正在執行火祭的仙人——他們正在舉行祭祀，祈求神明保佑般度五子的平安。

*王宮裡的許多僕人，例如帝軍（Indrasena），都跟著般度五子到森林中流浪，並繼續服侍他們，就像過去在王宮裡一樣。正因為有這群僕人作為障眼法，引開難敵的間諜的注意，般度兄弟才順利裝扮成僕人，前往摩差國找工作。

*把武器綑綁成屍體的樣子，然後再綁在樹枝上藏起來——從這個情節，可知在《摩訶婆羅多》成書的那段漫長歲月裡，民間有這種把屍體藏在樹上，使之承受風吹雨打的習俗，而且顯然這種習俗還滿普遍的。有時候，人們是為了等候適合火化屍體的時機，所以暫時把屍體藏在樹上。

*流放的最後一年裡，般度五子學會了感謝與尊敬他們的僕人：一群數目眾多、卻完全被史詩《摩訶婆羅多》忽略的人。

*有時我們忍不住會猜想：對般度兄弟而言，流放的最後一年表面上看似一場災難，其實卻是一件好事？因為他們終於可以實現他們的祕密幻想，化身為骰子高手、廚子、舞者、馬廄管理員和牧牛人。

*印尼流傳的版本提到毗羅吒是貞信的雙胞胎哥哥的後代。這個提法確實有其根源，因為毗羅吒的國名「Matsya」（摩差國），其字義就是「魚的國度」，顯示這個地方與漁民有關。

*一般相信，位於拉賈斯坦邦齋浦爾（Jaipur）區的拜拉特（Bairat），就是摩差國或毗拉特納加爾（Viratnagar）的所在地。

三、好色的空竹

毗羅吒國王一點也不知道那個名叫剛迦，給他提供各種關於正法的意見，時常陪他玩骰子遊戲的侍臣就是堅戰；他不知道那位名叫牛牧，廚藝一級棒的廚子其實就是怖軍；他不知道那位名叫巨葦，正在教他女兒跳舞的閹人其實就是阿周那；他也不知道此刻正在看顧他的馬匹和牛群的法結和索護就是無種和偕天；他的王后妙施（Sudeshna）也完全不知道那位幫她製作香水，給她梳頭美髮的侍女持犁其實就是德羅波蒂公主。

但是這對王室夫妻確實注意到這批新來的僕人與衆不同：他們個個看來都很有自信，而且態度莊嚴。他們從來不吃任何人吃剩的食物，而且每個人在接受工作之前，都曾提出清楚的要求。由於這六人從來不曾彼此講話，所以毗羅吒和妙施從未想過他們有親屬關係。

幾個月過去了，一切相安無事。堅戰每日都很痛苦，因爲他得成天看著一個把欲望看得比正法更重要的國王；怖軍抱怨他得一直烹煮自己永遠不能享用的菜餚；阿周那渴望拿弓執箭，但是他不得不每日搖著跳舞的鈴鼓；無種每天忙著打掃馬廄，偕天則終日與牛群爲伍。

接著可怕的事就突然發生了。

王后有個哥哥名叫空竹，是個心思不太正經的傻瓜。他發現妙施新來的侍女非常漂亮。每次見到持

犁，他就目不轉睛地盯著對方看，絲毫不掩飾自己的意圖。雖然持犁提出抗議和批評，但偏愛哥哥的王后不僅拒聽，還責備持犁不識大體。

有一天，空竹要求他的妹妹道：「妳能不能叫妳那個傲慢的侍女到我房裡來一趟？」

從來不知道如何拒絕自己哥哥的王后道：「我一定會試試看。」那天稍晚，她吩咐持犁送一瓶酒到她哥哥的房裡。持犁使出千方百計，一心只想推掉這件任務，她知道，如果自己獨自進入空竹的房間，一定逃不過空竹的魔掌。不過王后還是堅持要她去送酒。

持犁被王后那種漠不關心的態度惹惱了，所以她去找剛迦幫忙：「你得要保護我，不要讓我受到這種騷擾。」

「我沒辦法，」剛迦說道：「我也沒有能力這麼做。請你了解。我們每個人都不能冒險，免得被人識破我們的身分。我們必須忍辱負重，並在我們的能力範圍內，盡量隱藏我們的身分直到年底。」

眼淚從持犁的臉頰滑落。她了解剛迦的立場和顧慮，但無法原諒剛迦竟然拒絕捍衛自己的安危。現在她能去找誰幫忙呢？巨輦和那對雙胞兄弟不管做什麼事都會跟剛迦商量，而且他們永遠都不會違抗剛迦的命令。這樣一來，她就只剩下牛牧可以找了——牛牧總是很容易就動怒，當他脾氣一上來，不管自己叫他做什麼，他都會照辦。

她到廚房去找牛牧。一如往常，牛牧正在替國王的家人烹煮餐點。她把她所有的困擾告訴牛牧。牛牧的反應正如她所料想的一樣：一想到空竹那個混蛋竟然想碰他的妻子，就不禁氣紅了眼。他斬釘截鐵地說道：「我向妳保證，我一定會給那混蛋一個教訓，一個他永遠忘不了的教訓。」

那天晚上，空竹一走入他的房間，就看到房裡的燈全被吹熄了。他的床上坐著一個婦人，婦人腳上的腳鍊看起來很熟悉。是持犁！這實在是個意外的驚喜！他本來以爲持犁一定會生他的氣，會百般抗拒。沒想到床上的婦人張開雙臂歡迎他。空竹迫不及待爬上了床，開始撫摸那位婦人。當他發現那婦人的手臂和大腿實在太粗、太壯、太不像女人的時候，還來不及反應，就發現自己已經被人用力環抱住了。他試圖掙脫，但是當時已經喝得醉醺醺，而且又處於色心熾烈的狀態中，實在不是敵人的對手。僅僅幾分鐘內，他的骨頭就全被捏斷，身上的肉也全被打爛，而且就連頭骨也被打碎了。

第二天早上，整座王宮被王后的一聲淒厲慘叫給驚醒——王后發現哥哥被打得很慘，名副其實地化成了一攤肉泥。

妙施王后懷疑持犁多多少少跟這起謀殺有關。她跟其他兄弟提起這件事，最後決定要持犁陪葬，把她活生生燒死在空竹的火葬柴堆上。他們把持犁拖向火葬柴堆時，持犁大聲呼叫救命。般度五子都聽見她的呼救，但是只有怖軍出手相救。

他拔起一棵樹，朝他的四周輪掃一圈，打碎了空竹其他兄弟的頭顱。不久，原來是舉行葬禮的場所，很快就撒滿了妙施兄弟們破碎的屍體。現場沒有人看到攻擊者是誰。「我是乾闥婆的妻子，如果有人傷害我，他們會從虛空中冒出來保護我，」持犁解釋道。摩差國的王后聽了，想到她不幸的兄弟們，忍不住嚎啕大哭；她詛咒她可惡的侍女，並命令持犁離開她的國家。不過，毗羅吒國王想到持犁受到乾闥婆的保護，這些乾闥婆武功高強，又會隱形，他實在不想得罪他們，所以允許持犁住在王宮裡——想住多久就住多久。

空竹和兄弟們的死訊傳到了象城。難敵很確定那是怖軍下的手；他微笑道：「只有有能力殺死像跋迦、希丁巴、奇爾米拉和迦塔蘇羅（Jatasura）這幾個羅刹的人，才有可能殺得了空竹。」他終於知道般度兄弟的藏匿地點了。這個訊息讓他感到很高興，因為這樣他就可以在第十三年結束之前找到般度兄弟，逼迫他們再流放森林十二年。

＊堅戰在拯救妻子和隱匿身分之間掙扎，但是他處理這項困境的方式是遵從冷靜的邏輯。但這個決定讓德羅波蒂很生氣，所以德羅波蒂才去找盲目服膺情感的怖軍，請求後者的幫助。

＊雖然大家都期待德羅波蒂平等地對待她的五個丈夫，但是德羅波蒂卻比較偏愛阿周那。只是很可惜的是：阿周那什麼事都聽堅戰的。德羅波蒂於是去找怖軍，她知道怖軍有自己的看法，而且非常愛她，所以她可以操縱怖軍，要怖軍這個為愛所困的傻瓜去做所有她要求的事。

＊德羅波蒂絕世的美貌讓許多人中豪傑失去理智——這給她自己帶來很多麻煩。即便她是無辜的，她的美貌總是引人遐思；由於她又是貞潔與不可企及的，導致許多男人最後因愛生恨，因為得不到她，所以就想傷害她或羞辱她。空竹、勝車、迦爾納、難敵都是她美貌的俘虜，般度五子也是。貢蒂生怕德羅波蒂會使兄弟產生嫌隙，逼得她不得不叫德羅波蒂同時嫁給五兄弟。

＊一九一〇年，馬哈拉什特拉邦的納塔曼達利劇場（*Natak Mandali*）上演了克立斯納吉．卡迪爾卡（*Krishnaji Khadilkar*）的劇作《空竹紀事》（*Kichaka-vadha*）。這是一部毫不掩飾其政治意圖的作品。在劇中，德羅波蒂代表印度，空竹代表英國的殖民力量，堅戰代表印度國內的溫和黨派，怖軍則代表那群極端的領袖——他們不怕採取強硬的、甚至暴力的立場來與英國的統治者周旋。當時許多重要的革命領袖都去看了這齣戲，結果後來驚動了英國政府，導致這部戲最後遭到禁演。

四、優多羅的勇敢事跡

在難敵的指導下，三穴國（Trigarta）的國王善佑（Susarma）帶兵攻擊摩差國的南部邊境，搶走了毗羅吒國王的牛群。毗羅吒國王失去了空竹或空竹兄弟們的輔佐，頓時變得束手無策——他找不到偉大的武士來帶領他的軍隊。

「我可以幫忙，因爲我很會使矛。」剛迦說道。

「我也可以幫忙，因爲我很會用大杵。」牛牧說道。

「我們也可以幫忙，因爲我們很會用劍。」法結和索護說道。

「但是如果我們全都出城去找牛，」毗羅吒說道：「那麼誰留在這裡保護女眷？」

「父王，我可以留下來，」國王年輕的兒子優多羅（Uttara）說道：「我很會射箭。我可以保護母后和姐姐們。」

毗羅吒驕傲地笑了，接著他就帶著四個僕人和其他士兵出城，去尋找被偷走的牛群。

他們一行人剛離開不久，俱盧族的軍隊就出現在摩差國的北方邊境。「他們會攻打我們的城牆，把我們的國家夷爲平地，把所有婦女都拖去賣掉當奴隸。」妙施王后十分害怕地哭叫道。

「別擔心，母后。我會騎馬出城，我一個人就可以把他們全部趕走。」優多羅誇口道。接著他

就穿上甲冑，拿起他的弓和箭。就在這時，他發現他沒有車夫幫他駕馭戰車。「這該怎麼辦呢？」他說道。

「也許我可以幫上忙？」閹人巨葦說道；只見他露出羞答答的微笑，眨著他長長的睫毛，一面說道：「我過去是個男人，以前很會駕馭馬車。」

「也只好用你了，」優多羅語帶不屑地說道：「反正這裡除了你，也沒有其他人可用了。」

不久，俱盧族看到一輛戰車朝他們馳去。駕馭戰車的是個閹人，出戰的戰士是個少年。他們看得哈哈大笑，然後大聲地吹起他們的海螺號角，震天價響的號角聲幾乎快把人的耳朵震聾。優多羅看見他眼前出現一大群高大的戰士，人人手裡都拿著各式各樣可怕的武器，高高地坐在馬上、戰車上或象背上，心裡突然湧上一陣恐懼。他終於了解一件事：光說些勇敢的話，不會使人變得勇敢。於是他跳下戰車逃跑了。巨葦停下戰車，跳出車外去追他，並把他抓回戰車。優多羅極為害怕，眼眶泛淚地大聲叫道：「我打不過他們。」

巨葦連忙安慰他。待優多羅冷靜下來後，他就駕著戰車馳離戰場，往森林的方向馳去。到了森林裡，他把車停在一棵牧豆樹前。只見那棵牧豆樹的枝幹上，綑著幾具用裹屍布包起來的屍體。「你爬上這棵樹，把那個拿下來，」巨葦指著其中一具屍體，對優多羅說道。優多羅嚇得往後退了好幾步。「別害怕。死者不會傷害你的。」巨葦向優多羅保證道。優多羅覺得自己的信心漸漸恢復過來。他同時也注意到巨葦看起來不再充滿女人味；相反的，他的態度充滿了自信，也充滿了男性氣概。優多羅把那具屍體搬下來之後，巨葦即打開裹屍布，原來包在裡頭的並不是屍體，而是武器——各式各樣的武器，裡頭有長矛、弓箭、長劍和大杵。「這些是般度兄弟的武器。」巨葦解釋道。

「你怎麼知道這是他們的武器？」優多羅張大了眼睛，驚奇地問道。

「因爲我是阿周那，貢蒂的兒子，般度兄弟中的老三。」優多羅看到阿周那手拿著那把甘狄拔神弓站在他眼前，不禁嚇得膝蓋一軟，摔倒在地。阿周那對他說道：「現在我們有一場硬仗要打，有一場戰爭要贏。」

這一次馳入戰場的馬車上，駕馭馬車的是年輕的王子，馬車上的戰士換成那位閹人。再一次，俱盧族戰士看得哈哈大笑，並且吹起他們的海螺號角。直到他們看到那位閹人舉起弓箭，射下難敵、迦爾納、毗濕摩和德羅納的軍旗，他們這才停了下來。

「那個弓箭手不是閹人，」迦爾納說道：「你看馬車上面的軍旗，有一個猴子的標誌。還有你看看他的弓——看起來很像甘狄拔神弓。那個人一定是阿周那，錯不了。」

聽到這話，難敵笑了起來：「看吧！我們終於把他們逼出來了。第十三年的流放期還沒結束，他們就暴露了行蹤。這下他們得再次回去森林流放了。」

「別這麼確定，」毗濕摩說道：「般度兄弟不是笨蛋，他們不會在十三年的期限結束之前，就這麼公開地露面。你想一下，難敵，想一下。你是用什麼方式紀年？你是以太陽繞行黃道十二宮一圈稱爲一年嗎？還是你把月亮完整繞行二十七個星宿一遍稱爲一

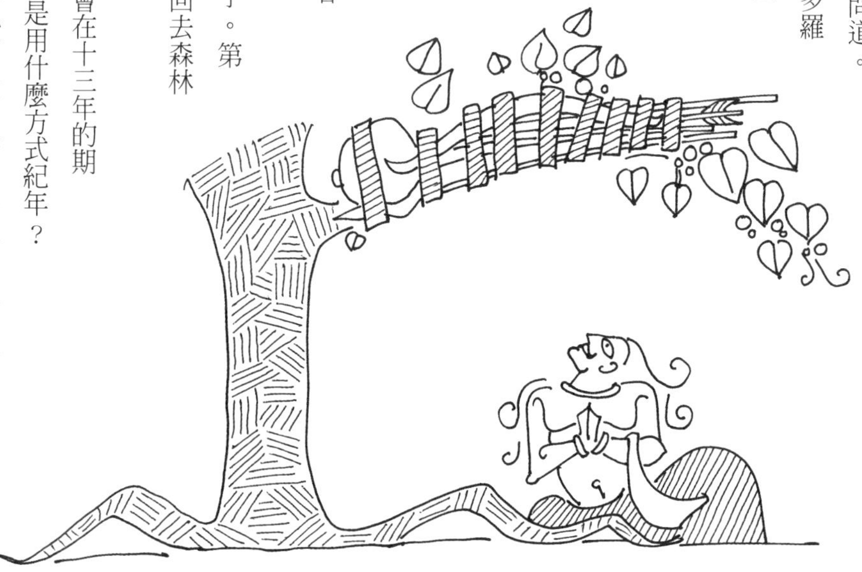

年？還是根據占星家給我們的日曆來紀年？這三者的長度各有不同。我們的占星家每五年會增加兩個月，這樣一來，他們的人造日曆才會跟太陽和月亮的自然循環保持一致。如果根據這個日曆的算法，般度兄弟的第十三年早已過了，而且已經超過了五個多月。堅戰本來可以在五個月前露面，但是他不想在紀年這種問題上引起爭議，所以和他的兄弟多等了五個多月再露面。所以你看，他們信守承諾，直到最後。」

「毗濕摩的話有道理。」德羅納說道。

「家族中的長輩不管說什麼，你反正都會照單全收，」難敵說道：「不過就我的算法，十三年還沒結束。不管他們怎麼說，般度五子必須再去流放十二年。」接著他轉身命令迦爾納和難降：「攻擊吧！殺了阿周那！再把摩差國夷爲平地！」

不過，就在任何人有機會採取進一步的行動之前，阿周那已經連續射出三支箭，一箭落在毗濕摩腳邊不遠，一箭落在德羅納腳邊附近，表示他對兩人的尊敬。另一支箭則使整支俱盧軍隊瞬間陷入沉睡。

接著阿周那指導優多羅取下難敵、迦爾納、德羅納和毗濕摩的上衣，並解釋道：「等他們醒來，就會羞愧地走了，因爲他們知道我饒了他們一命。」

＊火祭是一種移動式的祭祀活動，不太需要一個永久的建置。這顯示信奉吠陀的人民主要是流浪的牧民。隨著時間流逝，他們就漸漸和其他過著定居生活的民族，例如務農的那迦族和採礦的阿修羅族混合而居，互相通婚。《摩訶婆羅多》講述的是一個混居與通婚進行得如火如荼的時代。但是偷牛，為牛群發動戰爭的傳統並未消失。

＊西元一〇〇年，劇作家巴薩寫了劇本《五夜》（*Pancharatra*）；在劇中，搶奪牛群的計畫是毗濕摩提出來的，目的是給毗羅吒國王一個教訓，因為後者沒去參加難敵的火祭儀式。難敵給他的老師德羅納五天，讓德羅納找出般度五子的下落；如果不行，他就準備瓜分他的國家。結果德羅納未能完成任務，難敵於是就把國土分一半給般度兄弟，從此兩族過著和平的日子——這個結局完全與古典文本背道而馳。

＊偷牛是吠陀時代最易引起爭端的事件。史詩裡提到這次搶牛大戰涉及數以千計的牛隻，而且摩差國、象城和三穴國出動的人員包括好幾百部戰車、幾百頭大象和許多步兵。這樣的戰事規模似乎相當誇張，但事實上，所謂的大戰可能只是一場追捕偷牛賊的小規模格鬥而已。

＊優多羅和阿周那馳入戰場的情節為原本相當嚴肅的史詩帶來輕鬆的場面。對很多人而言，巨葦這個角色證明了在吠陀時代，男人會被閹割，然後送入宮內服侍女眷。當然也有很多人反對這個看法，認為這個情節是後來增添的。他們認為閹人的出現，還有使用閹人為奴的習俗是西元一〇〇〇年過後，中亞軍閥入侵印度之後才傳入的。

＊古代印度人非常熟知測量時間這個問題所帶來的各種複雜問題。在製作日曆時，他們會關注太陽和月亮繞行十二太陽星座，或繞行二十七個月亮星宿這些問題。為了使六季、太陽和月亮的運行與月曆上的十二個月份對應起來，人們創造了閏月這個概念，並且偶爾運用在日曆的制定上。

五、至上公主的婚事

毗羅吒國王在他的侍臣、御廚、馬夫與牧牛人的幫助之下，成功地從三穴國王手中奪回被盜竊的牛群。他一回到摩差國，就有人向他報告，說他的兒子僅靠一人之力，就把侵犯北方邊境的俱盧族大軍趕走。聽到這個消息，毗羅吒露出驕傲的微笑道：「你相信嗎？他的年紀這麼輕，但是武藝就這麼高強！」

「有巨葦在他身邊，優多羅當然會成功。」剛迦說道。不過國王沒理會剛迦的話，因爲這樣會削弱他兒子的成就，他決定舉辦骰子遊戲來爲兒子慶功。

在玩骰子遊戲的時候，他忍不住又再次露出驕傲的微笑，說道：「想想我那年紀輕輕的兒子，竟然擊敗那群偉大的俱盧族戰士！」

「考慮到巨葦就在他身邊，這並不是不可能的事。」剛迦再次說道。聽到剛迦一而再、再而三地提到那位閹人，彷彿暗示王子的成功有賴那人的相助，國王覺得氣惱極了。當剛迦第三次這麼說的時候，國王終於忍不住把手上的骰子用力朝剛迦的臉上扔去。那顆骰子打中了剛迦的鼻子，由於國王的力道頗大，剛迦的鼻子開始流血。

剛好坐在附近的持犁趕緊拿了個杯子衝過來，擺在堅戰的鼻子下方，免得血滴在地上。「他是個誠實的人，」她解釋道：「如果他的血滴在地上，我們就要面對飢荒的日子。」

國王並未十分留意持犁說的這些話，因爲就在那時，優多羅王子正好走入王宮，手上抱著俱盧族幾位主要戰士的上衣，而巨葦羞怯地站在他後面。王宮裡的女眷們一擁而上，圍在王子身邊祝賀他，給他一個英雄式的歡迎。王子試圖說出眞相，但是沒人聽見他的話，也沒人注意到巨葦就走在王子身後，臉上帶著詭祕的微笑。

那一晚，大家興高采烈地慶祝毗羅吒國王的「成功」。第二天，當國王走入宮殿，他很驚訝地發現剛迦就坐在他的王位上，他的右手握著長矛，左膝坐著持犁。牛牧、巨葦、法結和索護站在他身後，四人手上都拿著作戰使用的、看起來很可怕的武器。

「這是什麼意思？你好大的膽子，竟敢坐在國王專用的寶座上？」

針對這個提問，巨葦回答道：「因爲剛迦是個國王。他名叫堅戰，是般度王的兒子，奇武王的孫子。」般度兄弟這時才一一把眞實身分告訴國王。

毗羅吒國王突然明白了一切。現在全都說得通了。剛迦的公正無私、牛牧的力氣、巨葦的技藝、法結的俊美、索護的智慧和持犁的尊貴儀態——這些並非沒有緣由。毗羅吒王和妙施王后跟般度五子道歉，因爲他們竟把般度五子當成僕人。般度五子伸出友誼之手，笑著說：「我們之前眞的是你們的僕人啊！」

「為了補償我們的失禮——雖然是無意的，我想把我的女兒至上公主（Uttari）嫁給阿周那。」毗羅吒說道。

「我這一年來都在教公主跳舞；她是我的學生，就像我的女兒一樣，所以我接受這門婚事——公主將會嫁給我的兒子激昂。」阿周那說道。

＊毗羅吒因為太愛他的兒子優多羅，因此無法接受大家都看得很清楚的事實。他就像盲眼的持國王和蒙眼的甘陀利——他們兩人也十分看好自己的兒子難敵。在此，詩人毗耶娑提出一個質疑：一旦涉及評價自己孩子的能力，為人父母者到底是如同持國那樣天生自然的盲目呢，還是像甘陀利那樣自己選擇了盲目。

＊這裡有一則給僕人的勸告：保持安靜，或許有時候比提出正確的意見更重要。剛迦說的話是對的，所以他惹惱了雇主。謹慎，或許甚至保持沉默，有時候是更為恰當的行為。

＊有些民間歌曲提到阿周那有可能悄悄地愛上了至上公主，但是由於公主只把他當成老師看待，所以他決定把公主娶來當媳婦，而不是妻子。

＊毗羅吒的國家名叫「Matsya」（摩差國）——這顯示毗羅吒有可能是貞信的哥哥的後代。Matsya這個字的意思是「魚」，而貞信和她哥哥都是在魚肚裡被人發現的。至上公主的孫子最終會成為般度家族的繼承人，所以貞信想成為國王之母的夢想終究在幾個世代之後得以實現。

卷十三

招兵買馬

鎮群王，
應邀到俱盧之野參戰的各方人馬，
他們各有各的目的——
然而，這些目的並非全然都是高貴的。

一、多次的談判

度過了十三年的流放生活，般度兄弟已經準備好，打算重回天帝城。首先，他們從摩差國派了一位祭司到象城，要求難敵歸還國土。難敵將那位祭司遣返，聲稱按照月亮曆的算法，般度兄弟確實已經完成十三年的流放生活，但是如果按照太陽曆的算法，他們第十三年的藏匿歲月尚未結束，因此他們必須再回去森林，再度流放十二年。

接著難敵派了他父親的車夫全勝當特使，請全勝轉告般度五子不必回天帝城了，因為天帝城並不歡迎他們。天帝城一切安好，所有人都已忘記他們這幾個把自己建立的城市輸掉的賭徒。

許多聖者，例如薩納特（Sanat）和甘婆仙人，都趕到象城晉見持國王；他們費盡唇舌，試圖讓持國王了解他兒子的決定是錯的，因為拒絕把國土歸還給般度兄弟有違正法。當聖者眼見倫理和道德的勸說都無效的時候，只好警告持國王和他的兒子，讓他們知道奎師那和般度兄弟都不是平庸之輩。他們說道，阿周那和奎師那是古代聖者那羅和那羅延的轉世化身，而且奎師那還是行走在人間的天神毗濕奴——至今還沒有人在戰場上打敗過毗濕奴。

接著，他們又給持國王父子講了鳥王迦樓羅（Garuda）的故事。鳥王迦樓羅堅持要吃掉大蛇蘇穆卡（Sumukha）。不過，蘇穆卡已經跟車夫摩多梨的女兒谷娜迦什（Gunakeshi）訂了婚，而且就快結婚了。摩多梨向鳥王求情，請鳥王放過他女兒的未婚夫。但是鳥王置之不理。最後摩多梨只好召喚他的主人，即天人之王因陀羅來幫忙。因陀羅於是召喚鳥王商量，不過鳥王自恃英勇過人，很傲慢地拒絕退讓。因陀羅於是把手放在鳥王身上。他的手實在太重了，鳥王根本無法承受得住。受此打擊之後，鳥王只好同意放了年輕的蘇穆卡。「難敵，別像鳥王那麼傲慢，不然哪天你也會像他那樣慘敗。」最後他們如此勸告難敵。

難敵對這個故事嗤之以鼻，持國王則沉默不語。聖者們看到他們父子倆這個樣子，只好紛紛搖著頭，絕望地離開了。他們的結論是：現在再也沒有任何方法可以阻止俱盧王的兩個家族走上自我毀滅的道路了。

奎師那決定走一趟象城，嘗試跟持國王和他的兒子難敵講一點道理。在前往象城的路上，他發現難敵已經派人安排了休息站招待他。每隔幾步就有一個帳篷，裡頭有人拿著水壺準備倒水給他喝，也準備了一籃籃的食物給他充飢。但是這一切奎師那全都拒絕了。

到了象城，他選擇住在維杜羅的家，沒住進持國王的王宮。「等我跟持國王他們的談話成功了，我才會跟他的家人同桌吃飯。」奎師那說道。維杜羅從來不曾在國王的家裡吃飯；他與家人吃的青菜也都是他們在廚房後面的菜園種的。之所以如此，那是爲了保留他們的自主權，同時也爲了表達他們對持國王的不滿——他們認爲國王不該如此對待自己的侄子。

奎師那終於和盲眼國王以及他的兒子們會面了，但場面並不是太愉快。難敵告訴奎師那：「我不會放棄天帝城。我治理得很好。沒人想要那群賭徒回來。」

「你說話要算話。你治理得好不好並不重要。重要的是你當時曾向般度五子保證：一旦他們過了十三年屈辱的流放生活，你就會把天帝城還給他們。他們遵守了承諾，你也要遵守你的承諾。」奎師那說道。

「我拒絕。」難敵說。

「爲了和平的緣故，那麼至少給他們五個村莊，好讓他們可以過著有尊嚴的生活。」奎師那懇求道。

「不行。」

「一個村莊裡的五間房子？」

「不行，我連針尖般大的土地都不會給他們。」難敵說。

「說話不算話，」奎師那道：「你已經摧毀了正法的根基。不願意稍做妥協，拒絕所有爲了和平而提出的方案，你這種態度讓你失去了當王者的資格。你不配統治這個國家，你必須被消滅。」奎師那站了起來，心裡已經做好決定：「讓維護文明的人與追隨叢林法則的人在俱盧之野這片土地上交戰。讓大地浸透那些不配享有其豐饒的人的血。」他宣布道。

「你竟敢威脅我！」難敵呵斥道。「警衛，把這個傲慢的牧牛人抓起來！」

聽到難敵下此命令，宮殿裡的所有人都嚇了一大跳。把奎師那抓起來！那是人們想都不敢想的事情。不過很快的，大殿上就冒出幾十個警衛，拿著劍或長矛指著奎師那。奎師那微微一笑：「你確定要這麼做？」他話一說完，宮殿裡突然充滿了炫目的光。接下來出現的異象讓所有俱盧族看得膽戰心驚。奎師那並不是以人的模樣出現，而是以某種生靈的形象現身：一千個噴火的頭，上下齒之間咬著整個大千世界；他的頭高高地伸出雲天之外，他的腳深深地踩入海底之下。

「大家究竟看到了什麼？」盲眼的持國王問道。但是宮殿內的每個人都嚇呆了，沒人回應。「是什麼？到底是什麼？奎師那拜託你，讓我看一看，至少這一次。」

奎師那同意了。生平第一次，持國王看見了這個世界，而他的所見讓他掉下了眼淚。他竟然能夠看見神！「讓我別再看到任何事物。讓我再次瞎眼。看過這個異象的眼睛，不該再看到任何其他事物。」持國王說道。

不久，宮殿裡的異象終於被黑暗取代。當大殿再度恢復了光亮，奎師那已經不見了。神在此處降臨。當神降臨的時刻，人們經歷了短暫的聖福，感受到片刻的敬畏。然而這份經歷和感受很快就被遺忘了。他們已經向彼此宣戰，這一場戰爭，是注定要開打的了。

＊在和平談判時，奎師那為般度五子爭取的五個村莊是帕尼村（Paniprastha）、索尼村（Sonaprastha）、提爾帕村（Tilprastha）、維利克斯村（Vrikshprastha）與天帝村；這五個村莊分別位於今日的帕尼帕特（Panipat）、索尼帕特（Sonipat）、提爾帕特（Tilpat）、巴格帕特（Bagpat）和德里。

＊《神使》（*Duta Vakya*）是劇作家巴薩寫於西元一〇〇年左右的劇本，在這部劇本裡，他提到奎師那的武器以人身的形式出現。難敵見狀嚇得魂飛魄散，因此收回逮捕奎師那的命令。奎師那這幾件武器都各有名字，分別是善見神輪、月明光杵（Kaumodaki）、薩蘭伽神弓（Saranga）、悅音寶劍（Nandaka）和五生法螺（Panchajanya）。

＊《政事論》（*Artha-shastra*）列舉了四種勸服他人的方法：講情理（saam）、勸誘（daam）、脅迫（dand）、離間（bhed）。「講情理」是指透過談話，運用邏輯和情感勸服他人；「勸誘」是指透過行賄，誘使對方屈服；「脅迫」是指運用武力或威脅迫使對方就範；「離間」是指分化對手或征服敵人。這四種方法奎師那全都用上了。他首先跟俱盧族談判；他願意為了和平而讓步，僅僅向俱盧族要五座村莊；他講述故事，展現般度五子的能力。當上述方法都不見奏效，他最後決定分裂俱盧王的家族。

＊戰爭爆發之前曾發生一次日蝕，接著再發生一次月蝕。在奎師那展開談判的過程中，天空出現許多不吉

祥的天象。時至今日，天文學家依然使用這些來自〈毗濕摩篇〉的資料來推斷戰爭發生的日期。

＊戰爭發生之前，月蝕結束之後，印度大陸的所有國王曾聚集在俱盧之野，並在當地的五座大湖裡沐浴淨身。當時般度五子仍在外流放，而奎師那則是在場。各個王族人士的華麗榮光讓他感到炫目著迷，然而當時他就有一個預感：下次所有國王再次聚集在俱盧之野時，他們即將遇見的就是死神。

＊維杜羅置身政治家族之中，但卻依然堅持自主性——這是個傳奇。雖然他跟哥哥持國王住在王宮裡，但是他從來不在王宮裡用餐，僅靠自己在花園裡種的綠色蔬菜維生。「維杜羅的綠色蔬菜」是許多宗教聖歌的靈感泉源——原來奎師那很欣賞維杜羅之能與世俗保持距離，因此親自賜給他那些蔬菜作為禮物。

＊奎師那的拜訪結束後，俱盧族即派出最後一位特使烏魯卡（Uluka），正式向般度五子宣戰。

二、強悍的母親，忠誠的朋友

離開象城之前，奎師那去拜訪般度五子的母親貢蒂——貢蒂和她的小叔留在象城，並未隨其兒子出外流浪。奎師那問貢蒂有什麼話要他轉達給她的兒子，因爲她的兒子雖然根據約定度過了十三年的流放生活，但是最後回家的要求竟然遭受拒絕。即便要求遭拒，他們卻早已心裡有數，並不感到意外，只不過依舊覺得很沮喪。貢蒂說：「跟他們講講薇杜羅的故事。薇杜羅的兒子被信度國國王打敗之後，也歷經了相似的沮喪心情。但是薇杜羅跟她的兒子說：永遠要爲個人的權益奮鬥，與其過一個長壽卻平庸受辱的人生，不如過一個短暫卻充滿榮耀的人生。這是薇杜羅給她兒子的勸告，也是我給我兒子們的勸告。」奎師那垂首告退，並保證他一定會把這些話帶給她的兒子。

奎師那接著去拜訪難敵的朋友迦爾納。「你爲什麼要替俱盧族出戰？你也知道他們這樣緊抓著土地不放是不對的，而且那塊土地也不是他們的，」奎師那對迦爾納接著說道：「如果你決定不再爲俱盧族效力，難敵或許會重新考慮是否要發動戰爭。這樣一來，和平解決的機會就會大爲增加。」

迦爾納的回答是：「我永遠不會遺棄我的朋友。」他說他永遠不會拋棄那個站在他身邊的人，因爲當所有人都因爲他是車夫之子而拒絕他的時候，只有那個人爲他挺身而出，封他爲武士。奎師那提醒迦爾納：忠於一個說話不算話的人，這種忠誠並不符合正法。不過迦爾納還是堅持他的立場。

這時，奎師那只好說出迦爾納的身世祕密。「迦爾納，難敵打算攻打的人，可都是你的親兄弟。你是貢蒂的兒子，你是貢蒂婚前與太陽神生的兒子。根據史維塔克圖制定的法則，那個娶了貢蒂的男人，就是你的父親，這表示你也是般度家族的一分子，而且是長子，比堅戰更年長。貢蒂曾要求阿周那與他的兄弟分享德羅波蒂，這表示德羅波蒂也是你的妻子。如果你改變立場，投靠般度兄弟這邊，你將會成爲天帝城的國王，德羅波蒂將會成爲你的妻子，般度五兄弟會輔佐你，貢蒂也會祝福你。」

迦爾納知道奎師那說的都是事實。他這輩子不斷感受到的寂寞和孤寂，此時突然煙消雲散，內藏在他生命裡的空虛終於填滿。他現在知道自己的眞實身分了——他不是撿來的孤兒，而是一個王子，而且還有五個弟弟和一個母親。他原本就是王室中人，

不用辛苦努力去擠進王室的圈子。他滿腦子都是擁抱著母親和弟弟們的幻想。他會原諒他們，沒有任何條件。想到跟家人團聚的畫面，他忍不住露出一絲微笑。不過只是一瞬間，難敵那張孤苦伶仃的臉就浮現在他腦海裡，遮住了新近發現的天倫畫面。他能遺棄難敵嗎？當全世界都拒絕他的時候，唯一爲他挺身而出、站在他身邊的那個人？他能爲了社會觀感而遺棄難敵嗎？就像當年貢蒂遺棄他一樣？不行，他絕對不會背叛他的朋友。迦爾納看著奎師那，堅決地說道：「你提到的這些好處，還有你說的這些漂亮的話，我感到很榮幸。但是我說到做到，我絕對不會遺棄我的朋友。不管難敵正不正直，我都會站在他身邊；我願意爲他而死，即便這表示我得對抗自己的親兄弟。」

不過令人難過的是，迦爾納儘管對難敵忠心耿耿，俱盧家族裡的長輩並不喜歡他。他們認爲他只是一個爲了往上爬，不知給難敵下了什麼迷藥的下等人，一個充滿野心的車夫之子而已。跟他說話的時候，毗濕摩甚至從來不曾正眼看過他。

戰爭爆發前夕，迦爾納說爲了親愛的朋友，他一個人就能打敗般度五子。毗濕摩哈哈大笑，出言揶揄迦爾納道：「你記得嗎？把難敵從那群乾闥婆手裡救出來的人是阿周那，不是你。你記得嗎？阻止我們偷走毗羅吒的牛群的，也是阿周那。你要是眞的相信自己比他強，那你就是一個笨蛋。像你這樣的人，我們對你還能抱持什麼指望？」

聽到如此汙辱他的話，迦爾納很生氣地叫道：「老頭子，你甚至沒有勇氣結婚，你的人生一無所成，你還敢取笑我？只要你負責指揮，我就絕不出戰！」

「迦爾納，這是個好決定，」毗濕摩說道：「只要有你這種人在我身邊，我也絕對不會出戰。要不是你那個有毒的勸告，難敵就會明白事理，跟般度兄弟達成和平協議。」

聽到他的伯公和他最要好的朋友如此惡言相向，難敵非常驚訝。於是他出面調解，安撫兩人，因為他很需要這兩位戰士，但是兩人都拒絕妥協。最後他決定先撤下迦爾納，因為他不想惹惱毗濕摩。如果毗濕摩不出戰，德羅納就不會出戰；如果德羅納不出戰，那麼其他俱盧子弟也全都不會出戰。再者，迦爾納第一天不出戰也有個好處——他可以趁大家都在打仗的時候好好養精蓄銳，等到他出場的時候，必定會體力充沛，行動機敏。

＊印度爭取獨立的那段期間，薇杜羅激勵兒子的那一番話鼓舞了許多人，使他們勇敢站出來，抵抗英國的統治。

＊迦爾納與太陽神的關係，亦使他與太陽王朝的所有帝王——例如羅摩和哈利詹佗羅（Harishchandra）——產生關聯，而他們舉世聞名的共同特質就是樂善好施，充滿責任感。

＊有一次，迦爾納跟難敵、難敵的妻子明光公主一起玩骰子遊戲。迦爾納看到明光公主作弊，就抓住她的手。這是一個極不合乎禮儀的動作。現場看到的人都倒吸了一口氣，明光公主則很尷尬地站了起來，因為除了她丈夫之外，不曾有人碰過她的手。但是難敵並不在意，他笑著說道：「好吧，迦爾納碰到我妻子的手。可是那又怎樣？我百分百相信我的朋友，他的心是純潔的。」難敵對迦爾納就是這麼有信心。迦爾納不能背叛難敵對他的這種信任。

＊透過迦爾納，詩人毗耶娑展現人生的許多衝突：友情與家庭、個人的野心和普世的利益、忠誠與機會。這些衝突使迦爾納成為《摩訶婆羅多》裡的悲劇英雄，幾乎就像希臘的悲劇英雄，在一個處處拒絕他的世界裡，徒手創造一個立身之地。

三、轉換作戰陣營

般度五子與持國百子正式宣戰之後，難敵就派全勝去見堅戰，提醒堅戰他即將對抗的陣容：「我們這一邊有偉大的戰士，例如毗濕摩、德羅納和迦爾納。你再想想看，最好還是投降吧，因爲這場仗你們輸定了。」

堅戰沒理會這些話；他和幾個弟弟不斷派出信使，到各地去邀請國王加入他們的陣營。

雅利安婆多（Aryavarta）這塊神聖大陸上的所有國王都各自帶著軍隊來了。就像河流的匯集一樣，士兵、馬車、戰馬、大象全都湧入俱盧之野，分別加入般度五子或持國百子的陣營。

這群國王之中，有來自摩陀羅國的沙利耶國王，亦即無種和偕天的舅舅。沙利耶在帶兵前往戰場的途中，看到道路兩旁都設有休息據點，還準備了食物給他的士兵、馬匹和大象，覺得很高興。「好一個爲軍隊設想周到的指揮官啊！能替他打仗實在太榮幸了。」他說道。原來他以爲這一路上他所享用的飲食是般度五子提供的。

到了目的地，他才發現錯了。原來這一路上，他的士兵、馬匹和大象所享用的食物都是持國百子提供的！既然享受了人家的招待，沙利耶不得不加入俱盧族的陣營，攻打自己的外甥。

「這實在太糟了。」他大叫道。

「不盡然，」奎師那微笑道：「這是一個機會。他們爲了羞辱般度五子，膨脹迦爾納的自尊，一定會要你替迦爾

納駕馭戰車。你就按照他們所說的去做，不要爭辯。等你把戰車馳入戰場之後，你就開始不停地讚美阿周那，讓迦爾納失去安全感，動搖他的信心。一個沒有信心的戰士是最糟糕的戰士。」

堅戰派人傳話給每一個加入俱盧族的人，讓他們知道：如果他們不贊同難敵的作為，隨時都可以加入堅戰這一方。

持國王有兩個兒子不贊同難敵的作為，一個是甘陀利生的奇耳，一個是侍女生的樂戰。在賭局中，兩人都曾反對當眾剝除德羅波蒂的衣服。當難降動手扯下德羅波蒂的紗麗時，兩人都垂下了目光，心中也都經歷了一番天人交戰，不知該站在正法的那一邊，還是忠於自己的家族。

樂戰決定改變立場，投向般度五子的陣營，不過奇耳最後決定留在難敵身邊。他和持國百子一樣，最後都死於怖軍之手。但殺他是怖軍覺得最困難的決定。

＊有人說摩陀羅國王沙利耶是故意移師到俱盧族那一邊，因為他覺得俱盧族打贏的勝算比較大。不管情況如何，奎師那給了沙利耶一個補救的機會，讓他即使身在俱盧族的軍營，也能為般度五子效勞。奎師那給他的勸告是：在戰場上盡量打擊迦爾納的士氣。在戰前故意讓敵人緊張——這可能是最早出現在文獻中的心理戰術。

＊《摩訶婆羅多》和《羅摩衍那》有一共通點——兩詩都花了極大的篇幅描寫忠於家族或維護正法之間的掙扎。在《羅摩衍那》裡，羅剎王羅波那的兩個兄弟爭論著到底要為哪邊打仗比較好。昆巴卡爾納（Kumbhakarna）覺得家族利益最重要，所以他決定為羅波那出戰；維毗沙納（Vibhishan）認為做正確的事最重要，因此他退出家族的陣營，改為羅摩而戰。在《摩訶婆羅多》，奇耳決定忠於家族，樂戰則決定改弦易轍，為般度五子而戰。戰爭結束後，樂戰成為象城的管理者。

四、這邊或那邊？

追隨成鎧（Kritavarma）的雅度族人決定站在俱盧族這一邊，而追隨薩諦奇（Satyaki）的雅度族人則決定和般度五子比肩作戰。

但是沒人知道奎師那和他所帶領的雅度族人會爲哪一方出戰。難敵和阿周那都趕到德瓦拉卡城，因爲兩人都想拉攏奎師那進入自己的陣營。難敵確定奎師那一定會幫他，因爲他的女兒羅什曼妮嫁給了奎師那的兒子山巴。阿周那也確定奎師那會站在他那邊，因爲他娶了奎師那的妹妹妙賢。

到了德瓦拉卡城，難敵首先進入奎師那的房間。他看到奎師那正在睡午覺，所以就在床頭坐了下來。接著阿周那也來了，他看到奎師那正在睡覺，於是就在床尾坐下來。奎師那醒來後，看著阿周那微笑問道：「你來尋求什麼？」

「我先來的，」難敵擔心阿周那會搶走他想要的東西，忍不住大叫道：「先問我要什麼。」

「不盡然，」奎師那冷靜地說道：「你可能是先來的，但是我先看到的是阿周那，所以我先問他要什麼。」接著他轉向阿周那，並問阿周那：「你要什麼？我的軍隊？還是赤手空拳的我？」

「我要你，奎師那；我要你站在我身旁，陪我一起打仗。」阿周那一刻也不遲疑地說道。

難敵大大鬆了一口氣。原來，他想要的是奎師那的軍隊——奎師那的這支軍

隊很有名，稱為那羅延營（Narayani）。有了這支軍隊，他總共就擁有十一支為俱盧族而戰的營隊。般度五子只有七支營隊。這一仗，他是贏定了。

阿周那很開心，因為比起軍隊的武力，他更重視策略的力量。在他看來，一個奎師那就勝過般度五子和俱盧族所有軍隊的總和。

＊般度族的七支軍隊由德羅波蒂的雙胞胎哥哥猛光擔任統帥，猛光之下則另有七位協助的指揮官；他們是阿周那（戰車駕馭者為奎師那）、毗羅吒（摩差國國王）、偕天（摩竭陀國國王）、木柱王（般遮羅國王）、薩諦奇（雅度族族長）、勇旗（Dhristaketu，車底國國王）、竭迦夜族的統治者弗利哈沙特羅（Vrihatkshatra）和他的四個兄弟。

＊俱盧族的十一支軍隊由毗濕摩擔任統帥，毗濕摩之下另有十一位協助的指揮官；他們是慈憫（喬達摩族〔Gautama〕祭司）、德羅納（巴拉瓦伽族〔Bharadvaj〕祭司）、馬嘶（德羅納之子兼般遮羅國北部地區的統治者）、迦爾納（盎迦國國王）、沙恭尼（犍陀羅國國王）、沙利耶（摩陀羅國國王，無種和偕天的舅舅）、勝車（信度國國王，甘陀利之女杜沙羅的丈夫）、成鎧（雅度族族長）、廣聲（Bhurishrava，來自福身王之弟所建立的國家波利伽〔Bahlika〕）、甘菩遮國（Kamboja）國王善巧（Sudakshina）和他那群兇悍的御車者、聞杵（Srutayudha，羯陵伽國的統治者）。戰爭過程中，有些負責協助的指揮官不幸戰死，而他們的替代者有東光國（Pragjyotisha）的國王福授（Bhagadatta）、拘薩羅國的國王偉力（Brihadbala）、來自阿凡提國的文陀（Vinda）和阿奴文陀（Anuvinda）、來自海哈耶（Haihaya）的尼羅（Nila）。

＊奎師那提出兩項東西讓阿周那選擇：「他之所是」（What he is）和「他之所有」（What he has）；阿周那

選了奎師那本人，難敵則滿足於得到奎師那所擁有的東西。這種對於「他」與「他的」、「人之所是」與「人之所有」的區分，正是追求靈魂之人與滿足於物質之人，這兩者之間的區別。

＊俱盧族雖然一輩子都生活在榮華富貴的世界裡，但是他們的世界卻充滿了妒忌、憤怒和痛苦。般度族大半輩子都很窮困，他們不是住在森林裡，就是四處流浪，要不然就是寄人籬下，寄住在他們伯父的屋簷下。雖然如此，他們的生命卻充滿了學習的機會。由此，詩人毗耶娑展示財富女神吉祥天女是如何驅走人的智慧，同時展示貧窮的境遇或許可以把智慧女神辯才天女迎入我們的生活，或許這會為我們同時帶來財富和智慧。

五、不加入任何一邊

難敵接著去拜訪奎師那的哥哥大力羅摩。「加入我的軍隊吧，」難敵說道：「我過去娶不到你的妹妹，兒子也娶不到你的女兒。我一直都沒有那份榮幸可以請你幫我，所以現在請你加入我的陣營，幫我趕走我那群惡毒的堂兄弟吧。」

大力羅摩還來不及說話，怖軍就搶前一步，擋在難敵前面說道：「惡毒和

犯錯的人是難敵自己，因為占據我們的土地，堅持不放手的人是他。大力羅摩，你加入我們這一邊吧。跟我們一起作戰，跟你的弟弟在一起。你知道，你的弟弟從來都不會錯的。」

大力羅摩看著眼前兩個身材魁梧的男子。兩人都是他的表弟，也都是他的學生——他曾經教導他們使用大杵的武藝。

看著他們兩個，大力羅摩眼裡充滿了憂傷和愛，他勸道：「用這樣的怒氣、這樣的妒恨來對抗自己的家人，這究竟是為了什麼？不過就一塊地而已。放手吧，怖軍。放手吧，難敵。你們就握手言和，彼此為友。一起享受這個世界，一起吃飯、一起喝酒、一起跳舞。忘了戰爭，忘了賭局，讓過去的事過去吧！」大力羅摩看著他的兩個表弟，發現兩人的心裡依然充滿了怒氣和妒恨，兩人都不願意放下。「愚蠢啊！復仇並不會帶走悲傷，永遠不會，復仇只會帶來更多憤怒。」

於是大力羅摩做了一個決定：不為任何一方作戰。相反的，他決定出一趟遠門，到各地去朝聖。在離開之前，他給兩個學生的勸告是：「如果你們真的要打，那就按照我教你們的戰爭法則來打：永遠不攻擊對手腰部以下的部位、永遠不攻擊背對著你的人、永遠不打手上沒武器或無助之人、永遠只跟與你勢均力敵的人對打。維護這些規則，依照這些規則所取得的勝利，才稱得上是光榮的勝利。」

阿周那離開德瓦拉卡城之前，奎師那的大舅子寶光對他說道：「別怕俱盧族。我有一把很棒的弓，那是神給我的武器。如果你跟我一起出戰，一定會打敗他們。」

阿周那不喜歡寶光話裡的暗示——難道寶光是暗指他阿周那怕了俱盧族嗎？他才不怕呢。因此他厲聲反駁道：「我不需要你站在我身邊。我自己就可以面對他們，不需要你的幫忙。」

遭受如此羞辱之後，寶光轉而去找難敵，但是難敵也拒絕了他。「我絕對不任用般度族不要的人。」俱盧族的老大說道。

所以，這場戰事有兩個人置身事外。一個是因爲他拒絕加入任何一方，一個是因爲他遭受兩方的拒絕。

＊大力羅摩之所以不參戰，是因為他的基本立場就是反戰。寶光不參戰是因為他的自尊受了傷。如此說來，反戰有各種各樣的原因，不見得所有反戰人士的意圖都是高貴的。

＊在許多學者眼裡，大力羅摩的反戰，使他成為濕婆神的其中一個化身——一個堅持苦行、對世俗事務毫無興趣、不認為人類社會的政治事件有任何價值的神祇。在耆那教的傳統裡，大力羅摩的地位比奎師那略高一級，原因正是他拒絕參戰。因為這樣，他在下一世就會成為底里坦迦羅，亦即能從物質世界打造一個可以過渡到彼岸的橋梁的崇高存在。奎師那則晚一點才會成為底里坦迦羅。在某些佛教傳統裡，大力羅摩就是佛陀，一個有智慧但遙遠的存在，對人類的弱點不甚耐煩。奎師那則是菩薩，一個充滿智慧且富有同情心的存在，了解並能同理人類的種種脆弱。

六、各路軍隊聚集

開戰的那一天到了。般度五子前一晚都在向戰爭女神難近母祈禱，天一亮，他們就到俱盧之野的戰場上就位。

在王宮裡，持國的車夫全勝此時被賜予天眼通的神力——只有如此，他才能看到戰場上發生的一切，並且向盲眼的國王和蒙眼的王后報告戰況。

婆羅多大陸所有的國王幾乎都來了，有的站在這一邊，有的站在另一邊。般度族的軍隊共有七支支隊，由德羅波蒂的雙胞胎哥哥猛光統領指揮。俱盧族的軍隊共有十一支支隊，由毗濕摩統領指揮。每一支支隊（稱爲阿克沙希尼戰陣〔Akshouhini〕）都各自配備了戰車、大象、騎兵和步兵。每一輛戰車都各自配備一頭大象、三個騎兵和五位步兵。

每一支支隊都有一位指揮官負責帶領指揮。這位人們稱之爲摩訶羅提（Maharathi）的指揮官會帶著海螺號角出場，當他需要激勵弟兄或嚇退敵人時，就會吹響海螺號角。每一位指揮官都有自己的旗幟作爲辨識之用。每一位戰士都拿著自己喜歡的武器，不管那是劍、長矛、大杵或弓箭。

般度族面朝東方站著，等太陽一升起，陽光就會照著他們，使他們看起來閃閃發亮，有如黃金。

戰爭開打之前，首先得宣布戰爭規則：一、打仗的時間僅限於黎明到黃昏；二、如果動物不會對人構成威脅，不准傷害動物；三、不能多人打一人；四、不准傷害沒有武裝的戰士；五、女人不得進入戰場，萬一有女人進入戰場，不得拿武器攻擊她；六、若兩位戰士正在決鬥，旁人不得干預。

接著兩軍的統領分別詢問戰士的意願，若有人想轉換陣營或退出戰場，此時可選擇離開或留下。持國王與侍女所生的兒子樂戰選擇離開，轉而加入般度族的隊伍。

堅戰走到俱盧族的軍隊前，跪倒在毗濕摩和德羅納腳下，對兩人說道：「我請求兩位爲我賜福，讓我能以戰士該有的氣度來打這場仗。我也祈求兩位的原諒，因爲從此刻開始，我即將視兩位爲敵人，即將拿起武器與兩位對抗。」

毗濕摩和德羅納上前擁抱般度這位個性溫和的大兒子，兩人都爲此時他們所陷入的可怕境地感到哀傷：他們正在參與一場痛苦的戰爭，在此戰爭中，會出現父親打兒子、兄弟打兄弟、叔叔打侄兒（舅舅打外甥）、朋友打朋友的局面。這場戰爭不僅標記一個家族的結束，也標記一整個文明的殞落。

*一支支隊包含兩萬一千八百七十輛戰車和車夫，兩萬一千八百七十頭大象和兩萬一千八百七十位御者，六萬五千六百一十匹馬與騎兵，十萬零九千三百五十位步兵（其比例為一：一：三：五）。所有御者和步兵的人數加總起來，大約接近四百萬人。

*俱盧之野位於德里北方一百五十公里處，那裡曾有五座古代的湖泊，稱為薩曼達湖。據說那五座湖是持斧羅摩挖的，為了報父仇，他殺了許多剎帝利，死去的剎帝利的血即流入那五座湖裡。

*哈里亞納邦流傳一則民間故事，提到兩軍交戰的場地是如何選出來的。據傳奎師那要個性單純的怖軍去找一塊糟糕透頂的土地，作為戰爭之用。怖軍找到一塊農夫已經死去的荒地。在那塊土地上，老父親不忙著為兒子舉辦火葬儀式，反而更熱心於耕犁已經乾枯的土地。寡婦不忙著哀悼丈夫的死，反而更熱中於享用她為丈夫煮的那份食物。在怖軍看來，這樣的土地就是一塊無可救藥的土地，因此適合用來打一場戰爭中的戰爭。

*每位剎帝利戰士的戰車上方，都各自豎立著自己的旗幟，方便辨識之用。

戰士的名字	徽章圖樣
堅戰	新月
怖軍	獅子
阿周那	猴子
無種	羚羊
偕天	天鵝
奎師那	老鷹
大力羅摩	棕櫚樹
激昂	鹿
瓶首	車輪
馬嘶	金光獅子尾
毗濕摩	星星樹
慈憫	火祭壇
德羅納	瓶子
迦爾納	大象
難敵	蛇

・卷十四・

觀點的改變

鎮群王，
只有你的祖先曾聽到神對他揭示人生的目標，
以及如何達成這些人生目標的方法。

一、天神之歌

在戰場上，般度族和俱盧族的軍隊各據一方，面對面地站著。突然間，有一輛戰車從般度族的軍隊中疾馳而出，奔向戰場，在兩軍的中間停下來。戰車上方的旗幟繡著一隻猴子的標誌：那是阿周那的戰車。

阿周那看著他眼前的軍隊，接著轉頭看向他背後的軍隊。這群人全都是他的兄弟、叔伯、舅舅、甥侄——現在這群人面對面地站在戰場上，準備相互殺害。這是爲了什麼？就爲了一塊土地？「我辦不到，」他說道：「這麼做有違正法！」

接著他做了一件讓在場所有的人都覺得意外的事：他放下了弓箭。

「阿周那，別這麼懦弱！像個男人一樣，面對現實！」奎師那對著他大聲叫喊道。

「我辦不到。」阿周那嘟噥道，兩肩無力地垂了下來。

「你是個剎帝利，這是你的責任！」奎師那嘗試勸導他，讓他明白事理。

「我辦不到。」阿周那說道。

「他們傷害你的妻子，侵占你的國家。阿周那，你必須爲正義而戰！」奎師那再次勸導他，試圖動之以情。

然而阿周那不爲所動。「我不知道殺害兄弟、叔伯、甥侄和朋友究竟有什麼意義。這麼做並不高尚，而是殘忍。我寧可要和平，我不要復仇。」

「說眞的，你這個想法很高尚，」奎師那說道：「但是你這種高尚的情操

是從哪來的？是從你的慷慨、你的恐懼、你的智慧，抑或是從你的無知而來的？突然之間，你發現自己得面對現在這個影響深遠的現實——你可能會被打敗，你可能要付出的代價，然後你就被嚇得直打哆嗦了。你但願事情不要發展到這個地步。與其面對現實，你決定選擇退縮。但是你有沒有想過：你的這個決定，其實是建立在你對當下這個現實的誤讀之上。如果你眞正了解世界的本來面目，你就會處於極樂之境，即便是處於現在這種時刻。」

「我不了解你的意思。」阿周那說道。

就在這一時刻，奎師那唱起歌來。藉由這首歌，他向阿周那解釋世界眞正的本質。這首歌就是〈薄伽梵歌〉，意即天神之歌。

「是的，你將會殺死千百個戰士。但是你殺死的僅僅只是肉身（sharira）。藏在肉身之內的是不朽的靈魂（atma），永遠不會死。這個不朽的靈魂會轉世再生，進駐一個新的肉身，猶如人之丟棄舊衣，穿上新衣那樣。試問哪一個才是人眞正的身分？是暫時的肉身，還是不朽的靈魂？請問你，阿周那，你能殺死哪一個？

「肉身的存在，其目的是引導你走向靈魂。有了肉身，你就能體驗所有短暫的事物——你的思想、你的情感、你的情緒。你周遭的世界是暫時的。你的肉身本身是暫時的。最終，你會對所有暫時存在的事物感到失望，那時你就會尋求不朽，進而發現靈魂。阿周那，你現在爲了肉身而悲傷：然而你甚至都還沒弄清楚肉身存在的理由。

「所有活著的生物之中，人類得天獨厚，得到最多祝福，」奎師那繼續解釋道：「因爲人的肉身被賦予智力（buddhi/ intellect）。只有人類有智力可以區辨哪些事物是短暫的，哪些不是。只有人類有能力辨別肉身和靈魂。阿周那，你和戰場上這些人一樣，你們花費一輩子的時間，卻從未把握機會多花點時間探索不朽的事物，僅僅專注於短暫的事物。

「你的肉身透過五知根（five gyan indriyas），即眼、耳、鼻、舌、皮膚來接收外在世界的資訊。你的肉身透過五作根（five karma indriyas），即手、足、臉、肛門、生殖器來應對外在的物質世界。從接受刺激到做出回應，這當中有一整個系列的過程發生在你的意根（mind/manas）之中。這些過程建構了你對這個物質世界的了解。阿周那，你視之爲「戰場」的這個地方，不過就是你意根的一個觀點而已。就像所有其他觀點一樣，這個觀點並不是眞實的。

「你的智力並未覺察到靈魂的存在。你的智力追尋意義和證據。智力爲什麼會存在？在物質的世界裡尋找答案，並且發現物質世界裡的每樣東西都是短暫的，沒有一樣是不朽的。覺察到死亡的存在令人產生恐懼。恐懼讓人的智力感到無能爲力，毫無價值。於是從恐懼之中，生出了我執（ahamkara/ego）。爲了安撫智力，我執汙染了意根。我執把焦點集中在所有那些足以證實其存在，足以使之感到不朽與強大的事件、回憶和欲望之上。我執閃躲所有使之覺得無助、使之覺得短暫的事物。阿周那，你的我執現在控制了你的意根。你的我執比較看重你的肉身所經歷過的那些有限經驗，以此轉移你的注意力，讓你遠離你的靈魂的不朽經驗。這就是你現在爲什麼會覺得焦慮、恐懼、產生妄想。

「你的意根緊抓著過去生活裡那些充滿刺激的記憶——那些引起恐懼，還有那些帶來安慰的記憶。你的意根也會想像那些威脅你或者安慰你的種種情境。受到我執的驅使，你封鎖那些讓你覺得痛苦的記憶，擁抱那些給你帶來快樂的記憶。受到我執的驅使，你會去想像我執追求與閃躲的種種情境。就像現在，阿周那，現在戰場上什麼事都還沒發生，但是你的意根已經浮現許多情境——種種過去的記憶重新浮現，猶如鬼魂；各種想像突然湧來，猶如妖魔。這就是你覺得痛苦的原因。

「你的我執建構一個度量標準來評估你面對的情境。這個度量標準決定了你對事物的看法，讓你得以評斷事物是可怕或舒適的、令人痛苦或令人愉悅的、正確或錯誤、合宜或不合宜、好還是壞。這個度量標準含藏著你所在的這個世界的種種價值，不過這些價值在被你接受之前，會先經過我執的過濾。阿周那，現在你認爲是對的事物，其根據就是這個度量標準。難敵認爲對的事物，其根據就是他自己建構的度量標準。你們兩個，誰的度量標準比較正確？世間可有不帶偏見的度量標準？

「你看到的世界，其實是根據你所選擇的度量標準所創造出來的摩耶／妄相（maya/delusion）。新的記憶和新的想像會改變你的度量標準，從而改變你看到的世界。只有眞正的覺者才看得到這個世界的本然，其他人都是自己建構一個足以安慰其我執的現實。因爲這樣，覺者總是身心安寧，其他人老是躁動不安。阿周那，假如你是一個覺者，你就能從容地走入戰場，即便弓箭在手，心中依然平靜。阿周那，假如你是一個覺者，你就會心平氣和地參與戰事，平靜地殺敵，心中沒有仇恨。

「你的我執會抓取那些帶給你最大幸福的事物。如此一來，活著的目的就是去追求那些會產生幸福感，閃避那些會產生恐懼的狀態。獲得你想要的狀態爲你帶來快樂，無法獲得你想要的狀態則帶來悲傷。我執會頑強地抓取那些可以證實其存在的事物和觀念。我執會盡其所能，建立並且維持一個可以持續永久得到快樂的外在狀態。阿周那，你有沒有意識到你所要的，僅僅只是重新獲得或重新打造那些能帶給你快樂的情境？你已經把內在情感依附在外在的事件上了。趕緊把你的情感和事件區分開來。

「外在的世界就像肉身，其本質也是短暫的，也是永遠處於變動之中。外在的世界受制於空間和時間法則，永遠處在三個特質之間擺動；這三個特質是：惰性（tamas/inertia）、躁動（rajas/agitation）、和諧（sattva/harmony）。阿周那，你要知道，不管你多麼努力阻止，你愛的人就是會死去，不管他們是死在戰場還是死在王宮；不管你多麼努力阻止，你想閃躲或反對的事物就是會一而再、再而三地出現在你的生命裡。戰爭與和平會一直輪替，就像歡樂與哀傷、夏天與冬天、洪水與乾旱會一再輪流更替一樣。

「外在狀態的改變會讓你的我執感到不安。因此，你的我執會不計一切，阻止任何改變的發生。相反的，如果改變讓我執感到愉快，那麼我執就會追求改變，然後不計一切地對抗靜止和停滯的狀態。一旦我執不能如願以償，就會感到痛苦和憤怒，並強迫你的肉身去恢復事物的原狀。想要使世界符合我執的度量標準——這個欲望帶來了所有的痛苦、傷害和憤怒。拒絕跟隨世界的運轉而運轉——這是所有苦難的根源。阿周那，這就是你覺得痛苦的根源。你想要控制這個世界。你希望這個世界以你想要的方式運轉。但是這個世界並未如你所願地運轉，於是你覺得生氣，感到悲傷。

「物質世界的種種變動並非隨機發生。基本上，這些變動都是過去的行動所產生的回應。任何事件都不是自發生成；任何事件都是過去種種事件所產生的結果，這就是業報。發生在你生命裡的所有事件，都是你的過去行爲所產生的結果——這些過去行爲有可能是這一世造作的，亦有可能是前幾世造作的。唯有你自己能爲你的業報負責。這是業報的法則。除非你經歷過你的過去行爲所帶來的種種回應，不然你就會一再地重生在這世間。如果你不想一再重生在這世間，你就不要造業。會造業的行動和不會造業的行動不同：在前者，我執對行動會產生一種領域上的掌控；在後者，我執不會介入。阿周那，這一刻是你的過去行動所造成的結果，也是那些站在你後面的人，以及那些站在你前面的人的過去行動所造成的結果。接受這個結果，不要反抗。這場戰爭注定要發生，你無法靠著希望戰爭不要發生，

「你的智力可以選擇如何回應某一特定的刺激。通常說來，你在刺激和回應之間幾乎沒有思考的餘地，因爲限制的因素很多。但是選擇還是存在的。如果你選擇的回應是爲了讓你的我執感到高興，那麼業報的循環就會一直持續（輪迴〔samsara〕）。如果你所選擇的回應來自靈魂的覺察，那麼業報的循環就會停止運轉，人就會得到解脫（moksha）。阿周那，如果你帶著仇恨或正義的憤慨來打這場戰爭，那麼和平就會離開你，你就會陷入輪迴之中；如果你帶著同理心和智慧來打這場仗，那麼你就會從輪迴中得到解脫。

「你必須首先體驗靈魂的存在，你才能以靈魂，而不是以我執來作爲你的參照點。要體驗靈魂之存在，你必須以這個世界的本來面目來認識這個世界，不是參照你的度量標準所告訴你的世界。記得，你的靈魂正在觀照一切——你的智力、你的我執、你的度量標準和你對各種境況的回應。你的靈魂耐心地等著，等你來發現。痛苦和憤慨不會停止，除非你發現你的靈魂之存在。阿周那，你什麼時候會發現你的靈魂之存在？你什麼時候會找到和平？

「在戰爭之中找到和平？這怎麼可能？奎師那，這要如何辦到？」阿周那問：奎師那的歌充滿了智慧，但是此種智慧讓他覺得深感困惑，不明所以。

「用你的腦袋——分析境況，發掘你的情緒的各種根源。爲什麼你會感受到你當下所感受到的情緒？你是受到我執的驅策嗎？你爲何想上戰場打仗？是因爲你想征服你的敵人，並贏回你的國土？驅策你的是憤慨——是那種想要復仇，想得到正義的欲望嗎？或者你不在意結果會如何，你只是安然地接受你即將展開的行動？如果這些問題你都不曾想過，阿周那，那麼你就沒在實踐智者瑜伽（Gyan yoga）。

「用你的心——你要對靈魂的存在有信心。事出必有因——你得接受這一點。所有的經驗都各有其目的——你得接受這一點。你得接受靈魂既不偏愛你，也不偏愛俱盧族；你得接受除了你所看到的世界之外，還存在著一個更大的現實。你得接受人類心智有限，無法探測存在於宇宙之中的無量的事件。無條件地向宇宙的眞理臣服吧，即便你看不到宇宙眞理存在的證據。在謙遜之中，信心存焉。一旦你有信心，你就不會恐懼。阿周那，引導你的手的，到底是信心？還是恐懼？如果是恐懼，那麼你就沒在實踐奉愛瑜伽（Bhakti yoga）。

「用你的行動——你是以人，而不是以動物的身分來與這個世界互動。動物沒有智力，其肉身僅適合營求生存。這就是牠們被叢林法則束縛，這就是牠們僅靠力氣和狡猾來維持生存的原因。唯獨人類擁有智力，並且渴求找到超越生存之外的意義。人類可以同理其他人追求生命意義的這種需要，因爲他們感覺得到包裹在肉身之內的靈魂——這是一種獨特的能力。在所有生物當中，只有人類有能力抗拒叢林法則，建立一個根據同理心，可以導向生命意義之發現的行爲規範——這就是正法。生活在正法之中，就是生活在沒有恐懼的世界裡。生活在正法之中，就是以愛行動。生活在正法之中，就是考慮到他人的存在，並以他人爲參照點，而不僅僅想到自己。所以，打這場戰爭的方式不要像沒有安全感的狗——取得優勢就吠叫，遭受鎮壓就哀鳴，而要像充滿安全感的牛——自在地提供牛奶，隨著天神的樂音行走。阿周那，你打這場仗是爲了打破箝制人類社會的叢林法則嗎？如果不是，那麼你就沒在修習因果瑜伽（Karma yoga）。

「難敵不奉行正法。他的所有行動都源自於恐懼。他幫助那些安慰他的人，拒絕那些威脅他的人。他的行事，猶如野獸之守衛其領地。但是他又不是野獸，他是人類，他擁有極大的能力可以破除這個妄念。可是他拒絕破除這個妄念，這種拒絕使他變得像妖魔，使他不值得我們同情。你的拒絕出戰也使你變得不值得同情。你之所以拒絕出戰，其根源在於你的恐懼，在於你缺乏對這世界的同理心；與其把這個世界從難敵這類人的手裡救出來，你更傾向於安慰你的我執，因爲你的我執被戰爭的代價嚇壞了。你高貴的動機其實是個妄念，這妄念很聰明地把你的不安隱藏起來。這樣是不行的。阿周那，戰爭並非發生在外面，戰爭就發生在你心裡。別向培育我執的境況屈服。阿周那，這場戰爭並非爲你而打，而是爲了文明的人類行爲而戰。記得，重點不在打贏或打輸這場戰爭，重點也不在於殺死敵人，奪取他們的土地；重點在於建立正法，並在建立正法的過程中，發現靈魂的存在。

「阿周那，這就是爲什麼我在這裡，在這世間，在這裡充當你的車夫的原因：我來是爲了建立正法，我來是爲了喚起他們的人性，爲了向人們的智力展現那條通往靈魂、遠離我執的道路。每一次人類覺得失去目標、失去意義、處於恐懼之中，並向我執屈服的時候，我就下凡來把事情導向正軌。我以前來過，以後還會再來，而且會一直再來。」

阿周那這才意識到他的朋友並非等閒之輩。他在奎師那面前匍匐下跪，懇求奎師那道：「請示現你眞正的身分。」

於是奎師那向阿周那顯示他眞正的身分。在俱盧之野的戰場上，在俱盧族和般度族兩大軍隊之間，奎師那向阿周那現出眞身。

奎師那的形相不停地擴大，直到他的頭部升入雲天，雙腳踩入大海。他通身明亮，有如一千顆太陽照耀。從他的氣息之中，浮現無數大千世界。在他的牙齒之間，咬著無數大千世界。在他之中，阿周那看到了一切——過去、現在和未來——的所有景象：所有大海、所有高山、所有大陸、天上的大千世界和地底的大千世界。一切都從他而來，一切都回歸於他。他是所有人類、天人、阿修羅、那迦、羅剎、乾闥婆和天女的源頭；他是所有祖先和所有後代的源頭。他包容著生命的所有可能。

這景象讓阿周那意識到宇宙的廣大無邊，還有他的相對渺小和無關緊要。他覺得自己就像一粒沙子，躺在廣大無盡的沙灘上。如果奎師那是一座海洋，那麼這一刻、那麼這場戰爭就只不過是一道浪花而已。還有許多浪花、許多機會可以讓人發現大海。這場戰爭、這個生命、他的憤怒、他的挫折——這世上的每樣事物都是指向那個靈魂的指標。

「阿周那，你要記得，」奎師那說道：「那個說他殺了人的，還有那個說他被殺的——這兩人都錯了。我是那個殺人者，也是那個被殺者。然而我不會死。我是你的肉身，也是你的靈魂；我是那個變化者，也是那個不變者。我是圍繞在你周遭的世界，我是你內在的精神和處於這兩者之間的意根。我是度量的標準；我是度量者，也是被度量者。唯有我能改變空間和時間的種種規則。唯有我能粉碎業報之網。體現我。做你的智力的主人，就像車夫之主宰他的馬匹。這麼一來，這起事件就不是關於戰爭，不是關於出戰或不出戰，也不是關於打贏或打輸，而是關於做出決定，關於發現屬於你自己的眞相。當你這麼做的時候，你就不會再有恐懼，不會再有我執；你會找到內心的平靜，即使你身處於這一場妄念者稱之爲『戰爭』的情境裡。」

＊《薄伽梵歌》是最受人歡迎的其中一部印度經典，因為在這部經典裡，神直接對人類說話。

＊一七八五年，《薄伽梵歌》第一次被翻譯成英文，譯者是查爾斯．威爾金斯（Charles Wilkins），委託者是當時的總督沃倫．黑斯廷斯（Warren Hastings）。這部譯本流傳到歐洲之後，分別被翻譯成許多其他歐洲語言，例如法文和德文。這些譯本讓《薄伽梵歌》更廣為流行。印度的建國之父曾說他第一次讀的《薄伽梵歌》是英文譯本，不是區域性的印度方言文本或梵文文本。

＊《薄伽梵歌》最早的其中一個版本稱為「奈安涅希瓦版」（Marathi Dnyaneshwari），譯者是個年輕的苦行者，名叫奈安涅希瓦（Dnyaneshwar）。這部譯本的翻譯策略與傳統分道揚鑣，選擇以普通人的語言來翻譯，從而使經典的智慧傳入民間，挑戰了種姓的階級制度。從那時開始，許多其他聖者也努力確保《薄伽梵歌》的智慧可以透過歌曲和故事，下達普通人民的心裡。直到十九世紀，除了受過教育的菁英之外，幾乎沒有人讀過梵文本的《薄伽梵歌》。

＊聖者們把吠陀經典比喻為草，把《奧義書》比喻為咀嚼草的牛隻，把《薄伽梵歌》比喻成詩人毗耶娑從前述牛隻的乳房擠出來的牛奶。換句話說，《薄伽梵歌》抓住了吠陀智慧的精髓。吠陀頌歌大約形成於西元前二〇〇〇年，《薄伽梵歌》的現在形式則可追溯到西元三〇〇年——這個現象證明了吠陀思想的

永恆性與連貫性。

＊《薄伽梵歌》的結尾是一場由神親自帶領的戰爭——這會不會讓《薄伽梵歌》成為一部頌揚戰爭的經典？如果細讀《薄伽梵歌》，可知這首頌歌關注的既不是暴力，也不是非暴力。這首頌歌既不容忍戰爭，也不譴責戰爭。這首頌歌的重點是呼籲人們檢視任何行動的根源，包括讓一場戰爭變得高貴或變得卑微的度量標準是什麼？想出兵打仗和不想出兵打仗的欲望來自何處？出戰的動機是什麼？是權力還是愛？人該耽溺於我執，還是追尋靈魂？

＊數學世界裡的「零」——這個概念來自於印度。這個概念的根源有可能來自印度的許多哲學討論，即人們一再強調在宇宙的架構之下，人是如何地渺小這個事實。當與無限並置而論，生命的每一刻，不論有多輝煌或有多悽慘，都會化約成零。

＊《薄伽梵歌》被誦念的那一天是個值得慶祝的日子，人們稱之為「末伽始羅月」（Mokshada Ekadashi）。這個節日落在西曆的十一月至十二月之間，即月亮漸滿的第十一天。史詩的其他段落提到戰爭發生在秋天，不是冬天，亦即落在西曆十月到十一月的卡爾蒂月（Kartik），差不多就在難近母節（Dassehra）和排燈節（Diwali）那段時期附近。

＊理性主義者懷疑奎師那這麼一段長長的論說究竟是如何在敵對的、急躁的兩支大軍之間上演。由於這是神的話語，因此空間和時間的規則並不適用於此。對人類而言是一段很長的言說，但是對神來說可能只需一眨眼的時間而已。

＊人生的目的是成長——物質上的、智慧上的和情感上的成長。不幸的是，俱盧族僅僅聚焦在物質上的成長。由於般度五子欣然接納奎師那，他們除了獲得物質上的成就，同時也有機會可以在智慧和情感兩方面逐漸成長，得以化解他們自己加諸在身的種種限制。

·卷十五·

戰爭

鎮群王，
父親、師長、兄弟
和朋友全都在戰場上被殺了，
因為如此，妄相才能消除，
智慧才會浮現。

一、浴血大屠殺

奎師那之歌改變了阿周那對俱盧之野的看法——那裡不再是人們為了財產和復仇而開戰的戰場，而是正法之野（Dharma-kshetra）：在正法之野，阿周那即將克服他的恐懼、罪惡感和憤怒。

阿周那拿起壯麗的甘狄拔神弓，然後請奎師那將馬車馳向敵人的戰線。馬車的輪子向前滾動，馬車上方那面繡著猴王哈奴曼的戰旗在藍天下飄揚——那是阿周那的戰旗。阿周那的天授螺號響起低沉的聲音，接著加入的是奎師那的號角五生法螺。兩支號角的聲音響徹雲霄，一起宣告戰爭的開始。

在遠方象城的王宮裡，盲眼的國王和蒙眼的王后正在傾聽全勝對戰爭現場的描述：「國王啊，你的兒子和你的侄兒之間的戰爭就這樣開始了，他們的戰鬥又激烈又可怕，猶如天人和阿修羅的爭戰。戰場上擠滿了許多士兵、戰車和大象；好幾千個坐在象背上的戰士、好幾千個騎在馬上的戰士和一大群白色駿馬——這一大群武藝超群、士氣昂揚的人馬就在戰場上面對面地遇上了。在戰場上，大象那兇悍的身影不停地向前衝，不停地發出可怕的聲音，就像雨季裡的雲層發出的轟隆巨響。駕馭戰車的戰士有的被大象撞到，跌出戰車之外，有的被那群憤怒的野獸擊倒，匆匆逃離了戰場。受過良好訓練的戰士駕著戰車，帶著槍矛和棍棒殺死了大批大批負責催促兼保護大象的騎兵和步兵。國王啊，受過良好訓練的戰士騎著馬，急急地衝入戰場，包圍那些坐在

戰車上的戰士，然後祭出長矛、飛鏢與長劍來擊打或刺死對方。有些帶著弓箭的戰士則包圍那些騎在馬背上的偉大戰士，把他們大批大批地送往閻摩王的居所。這是一場集體參與的戰役，沒有任何戰士孤軍決戰。」

到了正午，全勝對國王說：「國王啊，那些渴望殺死對手的戰士現在開始在戰場上互相砍殺。數量眾多的戰車和馬匹、精力充沛的步兵團、成群結隊的大象——他們在戰場上混成一團，打成一片。在激烈的交戰過程中，我們看到許多大杵和狼牙棒的舉起和擊落；我們看到長矛、短箭與火焰箭在戰場上來來回回地飛射。飛箭如雨，有如一大群的蝗蟲飛過，看來十分恐怖。成群的大象衝向大象，互相猛力攻擊；騎兵衝向騎兵；戰車衝向戰車；步兵衝向步兵。不然就是步兵與騎兵交戰、步兵槓上戰車和大象、戰車遇上大象和騎兵。要不然就是疾行的大象急急地攻向前述三種兵力。國王啊，他們開始相互攻擊對方，逼迫對方撤退。」

到了黃昏，士兵們離開了戰場，各自回去自己的軍營休息。這時，全勝是這麼向國王描述戰場情景的：「覆蓋著血的大地看來非常美麗，就像在雨季裡開滿了遍地紅花的大草原。眞的，大地看來就像年輕美麗的女子，穿著染了深紅色花樣的白袍。戰地上那些交錯散落的肉體和鮮血，看起來就像裝飾著黃金。國王啊，馬蹄壓印在戰地的痕跡看來非常美麗，就像漂亮女子身上留著的情人指痕。染著紅色鮮血的頭顱散落大地，使大地看起來華麗燦爛，有如裝飾著盛放的金色蓮花。頭上戴著金色花環、頸間和胸前佩戴著黃金飾物的戰馬——成千成百匹的戰馬，此刻全都倒在戰場上。四處散落的還

有解體的戰車、撕破的戰旗與華麗的大傘；國王啊，再加上那些碎裂的麈尾和扇子、化成碎片的華麗武器、金色的花環、金色的項鍊和手鐲、戴著耳環的人頭、掉落的頭盔、五顏六色的戰旗、翻覆的戰車車底——這所有的一切，再加上戰車行走時留下的痕跡與韁繩，讓大地看起來猶如春天來臨，開滿花朵那般閃閃發亮。」

＊根據《毗濕奴往世書》的記載，大地女神曾以母牛的形式出現在毗濕奴面前，向毗濕奴抱怨世間的國王都太貪心，擠奶太過，導致她的乳頭疫痛異常。毗濕奴保證他會給那群貪心的國王一個教訓，因此他幾次下凡為人，分別以持斧羅摩、羅摩與奎師那的身分，讓那群貪心的國王血灑戰場，讓大地覆蓋著血，讓大地可以像母獅那般，盡情暢飲他們的血。如此說來，俱盧之野的大戰是注定要開打的宇宙事件；那是一場犧牲祭儀，目的是讓大地女神止渴，讓大地恢復生機。

＊每位上戰場的戰士都會帶著自己的海螺號角。號角的聲音代表戰士的力量和耐力，同時也給敵人一個警告。堅戰的號角名叫永勝螺號（Ananta-vijaya），怖軍的號角名叫崩多羅大螺號（Poundrya），無種的號角名叫妙聲螺號（Sughosh），而偕天的號角名叫珠花螺號（Mani-pushpak）。

＊從詩文和藝術作品對戰爭的描繪，讓人覺得俱盧之野是個擁擠的、人數超過數百萬的戰場。然而在吠陀時代，比較可能的戰爭形式是敵對雙方派出主要戰士，並由主要戰士上場、彼此決鬥而已。每個戰士都乘著戰車，伴隨著大象、馬和步兵。這群隨員之所以出現在戰場，主要是來給上場的主要戰士歡呼打氣，展現戰士的力量，同時負責嘲笑敵方的戰士，並不真的下場打仗。在現實的基礎上，詩人疊上自己的想像力，從而創造了一個宏偉的、炫人耳目的戰爭場景。

二、為了勝利的犧牲

兩軍打了整整九天，雙方的戰勢陷入了膠著。太陽每日升起，從天空經過，再滑落地平線下，每日看著戰場上的兄弟相殘，朋友互陷。戰場上布滿斷手、破碎的頭顱、扯破的肚腹、挖出的眼珠——可是勝利依舊遙遙無期。地上濕濡，浸滿了血。空氣中充滿腐爛屍體的臭氣。一天又一天，年輕人衝入戰場；他們在擊打的鼓聲、車夫的歌聲和指揮官的命令聲中奮力作戰。到了黃昏，有些人帶著碰撞的傷痕，有些人帶著斷手殘腳的損傷回到軍營，急切地等待太陽再次升起。

在沉靜下來的夜裡，一整天守在軍營帳篷裡的僕人開始前往戰場尋找他們的主人——他們的主人有的已經死了，有的受了傷。就這樣，俱盧之野再次整理好，預備迎接第二天黎明的戰事。等僕人將那片土地清理乾淨，太陽已經從地平線升起。沒有時間處理死者的屍體了，他們只好把屍體堆疊在戰場的邊緣。死去的戰士睜著已失去生氣的眼，看著第二天戰場裡的屠殺。

起初，般度五子似乎占了上風。接著情勢產生了改變，俱盧族似乎獲得了優勢。俱盧族那位年老的統帥名不虛傳，實在是個精明的將領。在他的領導之下，俱盧戰士成功地把般度五子的軍隊逼退。不過年輕的猛光也是個能幹的將領。他以敏捷的調動，化解了俱盧族龐大軍隊的威力。他的指令也有助於他的士兵穩住陣線，不使他的士兵失去勇氣。

日子一天天過去，事實證明兩軍勢均力敵，雙方都無法取得勝利。適用於黎明的策略，到了黃昏就失效了。每發生一場攻擊，就會有一場回擊。每一種射擊武器一使出來，不久，對手就端出同樣強力的武器回敬。般度五子如果找羅剎族來助陣，俱盧族不久也找了羅剎族來幫忙。俱盧族這一邊如果派大象出戰，般度五子的軍隊不久也會出現大象。兩軍都深感挫折，而且這種挫折感隨著時日的增加而變得愈來愈深。希望就像海市蜃樓，每天都會出現幾個小時，然後消失無蹤。在戰士的呼叫聲中，在武器相互撞擊的鏗鏘聲中，大家都清楚知道這場戰爭不會太快就結束。

到了第九天晚上，奎師那建議道：「如果我們辦一場祭祀，給戰爭女神迦梨獻上一位合適的戰士，或許女神就會給我們指示，讓我們贏得這場戰爭。」於是他們去請示神諭，而神諭也允許他們舉辨祭祀，並且指示他們找一個身上有三十二個神聖記號的戰士來獻給女神最爲理想。

般度族全軍之中，只有三個人身上有三十二個神聖的記號，即阿周那、奎師那和一個名叫伊拉萬的戰士。般度族不能犧牲阿周那，他們也不願意犧牲奎師那，所以大家的眼睛都望向伊拉萬。

「你是誰？」阿周那問。

「你的兒子，」伊拉萬說道，眼裡閃著興奮的光芒。可是阿周那想不起來他什麼時候養了這麼一個兒子。伊拉萬解釋道：「我母親是那迦公主優樓比，你很多年前跟她結的婚。」

伊拉萬的母親並不贊成他來俱盧戰場參戰。「這是他的戰爭，跟你無關。」優樓比曾經如此說道。但是伊拉萬非常渴望見見父親，也很想在戰場上掙得榮耀，因此不顧母親的反對，執意投向般度族的軍營。

阿周那幾乎想不起優樓比的樣子，但是他以父親的身分，上前擁抱伊拉萬，因爲每個加入他陣營的戰士都很珍貴——不管他們來參戰的理由爲何。如果擁抱伊拉萬表示承認這個他不認識的年輕人爲子，那又何妨？「如果你眞的是我兒子，那麼你就該毫不遲疑地同意這場獻祭。」阿周那說道。

伊拉萬了解他無法拒絕。「不過，我有個條件，」他說道：「別讓我以處子之身死去。給我一個妻子，當我死的時候，至少有個人爲我哭泣。」

根據祭儀的規定，犧牲者的最後要求一定要予以實現。般度族沒有選擇，他們必須給伊拉萬找個妻子。不過沒人願意嫁給伊拉萬——誰願意嫁給天一亮就要被送上祭壇斬首的人？他們試過所有辦法，就是找不到任何一個願意嫁給伊拉萬的女子。這時，奎師那以一個出乎大家想像之外的方式出手相助。

奎師那化身爲一位名叫莫希妮（Mohini）的女子，嫁給了伊拉萬，並以妻子的身分與伊拉萬共度一夜，帶給後者許多心靈上的愉悅。第二天黎明時分，當伊拉萬在祭壇上被斬首犧牲時，奎師那以寡婦的身分爲他哭泣——從來不曾有寡婦哭得比奎師那爲伊拉萬的哭泣更加傷心。

＊一般說來，史詩的梵文版不曾提到阿周那跟優樓比生的兒子伊拉萬。伊拉萬的活人獻祭這個故事來自坦米爾納杜邦北部地區口傳文學的傳統。在該地區，人們敬拜伊拉萬，稱之為貫坦武爾（Kuthandavar），亦即濕婆的其中一個化身。

＊每一年，當地會舉辦儀式，演出伊拉萬之犧牲這一情節。在此儀式中，伊拉萬化身為神聖丈夫，保護所有具有女性情感的男子。這樣的男子在當地被稱為「阿里」。在今日，他們則被稱為跨性別者。他們通常會動閹割手術，終其一生以女子的身分過活，並與主流社會保持距離。在伊拉萬這個神話故事裡，自稱為「阿里」的那群人，其存在獲得承認、解釋和證實。

＊據說伊拉萬非常想看到戰爭的結果，奎師那猜到他的這個想法，所以把他的斷頭放在樹頂上，對那顆頭吹了一口氣，使之擁有生命，也使伊拉萬得以在制高點看到戰場上發生的一切。

三、戰場上的女人

般度族知道，只要毗濕摩活著，他們就沒有打贏勝仗的機會。但是他們面對的一個難題是：他們非常不願意傷害毗濕摩，因爲毗濕摩就像是他們的父親——從小到大唯一認識的父親。阿周那朝毗濕摩射出許多支箭，但是沒有一支箭眞正對毗濕摩構成威脅。

有一天，奎師那氣壞了。他跳下戰車，隨手撿起一個破車輪就往毗濕摩衝過去。阿周那了解奎師那如此氣急敗壞的原因：目前戰場上的局勢實在讓奎師那看不下去了，爲了讓戰爭早點結束，他寧可破壞自己的誓言——不對任何在俱盧之野打仗的人出手。阿周那跑去追奎師那，懇求奎師那住手。他向奎師那保證道：「我一定會殺死毗濕摩。」

不過這裡有個問題：他們要怎麼殺死毗濕摩？大家都知道毗濕摩擁有神賜的祝福，可以自由選擇自己的死亡時間。奎師那說道：「我們可能無法殺死他，但是我們一定有辦法把他固定在地上，讓他連一根手指都無法動彈，這樣就可以把他逼出戰局了。」

「只要他手裡拿著弓箭，我們就不可能做到這一點。」阿周那說道。

「那就逼他放下弓箭。」奎師那微笑著說道；他很清楚阿周那在想什麼——阿周那還在千方百計找藉口躲避這件令他不愉快的任務。

「在戰場上，毗濕摩是從來不會放下弓箭的。」阿周那說道。

「如果他在戰場上遇到女人，還會拿著弓箭嗎？」奎師那狡黠地笑了一笑。他這麼一說，大家都想到他化成女身與伊拉萬共度新婚夜的樣子。

「但是女人不能進入戰場啊！」阿周那辯解道。他還是專注於提出問題，而不是尋找解決方案。

「束髮到底是女人？還是男人？」奎師那問。他口中的束髮是指德羅波蒂的長兄。

束髮的故事極為特別。剛出生時，他是個女子。但是預言者告訴他的父親，即般遮羅國的木柱王：束髮長大後會獲得男身。預言者還對木柱王說道：「束髮的前生是迦什國王的長女安芭公主，他來這一世的命運早已注定——促成毗濕摩之死。」由於這個預言，木柱王從小就把束髮當男生教養，甚至給束髮娶了個妻子。在新婚之夜，束髮的妻子哭著跑回去找父親，抱怨她的「丈夫」有個女人的身體。新娘的父親希蘭耶瓦爾納（Hiranyavarna）是陀沙納國（Dasharna）的國王，他聽了女兒的抱怨，立即派軍圍攻木柱王的國家，聲稱要把木柱王的國家夷為平地，為女兒的受辱報仇。為了挽救般遮羅國，束髮躲入森林，打算在森林裡自殺。但在森林中，他遇到一個名叫司徒納（Sthuna）的夜叉。那位夜叉很同情束髮的處境，於是建議束髮借用自己的陽物一晚。他跟束髮說道：「這陽物你先拿去用，向你的妻子和岳父證明你是個男人。不過用完後，你明天要拿來還我。」束髮於是收下司徒納的陽物，做了所有他該做的事，向妻子證明自己不是女人，並且逼他的岳父馬上收兵。第二天，束髮回到森林，準備把他暫時借來的陽物還給司徒納，但是司徒納說道：「我的國王俱毗羅是夜叉族的首領，阿拉卡城的國王；他認為我不該把陽物借給你用，他很不高興，所以給我下了咒，說我得等到你死的那一天，我才能拿回我的陽物。」束髮樂壞了。他生下來是女兒身，但是現在憑空變成了男人，而且這輩子直到老死都會是個男人！

所有聽過這個故事的人都很疑惑，不知道束髮究竟該算是男人還是女人？人的性別該如何決定？是以出生時的狀態，還是以當下此刻的狀態來決定？

奎師那說道：「阿周那，如果你認為束髮是個男人，你就可以讓他上你的戰車，帶他進入戰場。如果毗濕摩認為束髮是個女人，他一定會放下武器，跟你抱怨說你破壞了戰場的規則。那時你就有機會把他打倒。」

「那樣並不公平。」阿周那說道。

「那是個想法上的問題。」奎師那說道。

所以到了第十天，束髮登上阿周那的戰車，到戰場上找毗濕摩決鬥。誠如大家所預期的，毗濕摩拒絕跟一個曾是女身的戰士決鬥，他放下了弓箭。這時，站在束髮後面的阿周那馬上趁機對毗濕摩射出數百支箭。

難敵簡直嚇呆了——他看到數百支箭射穿了毗濕摩的四肢和身體。俱盧軍隊的偉大將領從他的戰車上跌落下來，不過貫穿他身體每一吋的那些箭撐持著他，使他懸在天地之間，沒碰觸到地面。

毗濕摩倒下的消息像野火一樣，傳遍了整個戰場。所有士兵都放下武器，以示尊敬，因爲毗濕摩是俱盧大家族的偉大族長。所有人都圍在他身邊，看到他被數百支箭固定在地，全都哭了起來。

受了這麼嚴重的傷，要是普通人早就死了。不過毗濕摩不是普通人。「我可以選擇死亡的時間，我決定不要死於現在。現在太陽在東方地平面升起的位置一天天南移，月亮一天天虧缺——我要等候這些現象出現變化，等到冬至過後的某個吉祥時刻才死。那時，太陽每日升起的位置都愈來愈靠近北極星，當時正是陰曆的前半個月，月亮逐漸盈滿，才是我的死期。」

第十天的戰事就這麼結束了。俱盧族的軍隊失去了他們偉大的將領。

＊雖然在戰爭開始之前，般度五子曾祈求戰爭女神難近母保佑他們，但是一想到要跟女子一起出戰，他們還是覺得十分猶豫。在史詩時代，殺死女子是一項重罪，相當於殺死婆羅門（智慧的保存者），或相當於殺死牛隻（財富的來源），因為殺死女子等於殺死人母。

＊毗濕摩被擊敗，代表一個古老高貴的時代結束。在他的時代裡，人們會遵守戰爭的規則。不過在接下來的幾天戰爭裡，我們會看到所有的規則漸漸遭受破壞。

＊阿周那的箭把毗濕摩撐持在天地之間——這是因為毗濕摩的死既不被天界接受，也不被大地接受。之所以如此，是因為毗濕摩的身分無從定義：他既不是一家之主，也不是隱修士。再者，雖然他生來是個男人，但他過的卻不是一個男人該過的生活——意思是他既沒完成身為人子的責任和義務，也沒享受過生為人子的種種好處，亦即結婚、生子、繼承父親的家國。而且最後他竟然還死於女子之手。再者，由於毗濕摩發誓終生不娶，因此他也背負著讓家族血脈中斷的重擔——他的兩個異母弟弟都是病弱之人，還沒能生下子嗣就死了。藉此故事，毗耶娑提醒我們：看似十分高貴的犧牲，亦有可能會帶來許多可怕的後果。

＊就某方面來說，毗濕摩的所作所為其實違反了正法。他打破了「阿什羅摩正法」的成規，即家中小孩長大成人，有能力照顧自己之後，大人就應該退休。但是他一直拒絕退休，不讓他的家人自己保護自己。他利用自己可以選擇死期的優勢，拒絕死亡、拒絕退休、拒絕離開家族。

＊毗濕摩被箭固定在地上的時間點，正好落在冬至之前。根據傳統的曆法系統，祖先在這段時間距離世間最近。毗濕摩拒絕生養子嗣，或許這讓他覺得沒有顏面見祖先，因此選在冬至過後，在下半年的時間點死去，因為下半年這段時間祖先距離世間最遠。

＊伊拉萬結婚和束髮參戰的故事——這兩者都涉及性別轉換和模糊性別的議題。這兩個事件發生在戰爭的第九晚和第十天，亦即發生在十八天戰事的中途。這兩起事件發生之前，戰場的情勢搖擺不定。這兩起事件發生之後，戰事這才漸漸出現定局。如此說來，發牛在第九晚的事件是個標記，顯示二元邏輯開始轉換成模糊邏輯，亦即從此之後，觀點與觀點之間的界線再也無法清楚指認。

四、德羅納大開殺戒

第十一天，德羅納被任命爲俱盧軍隊的總指揮。難敵交代德羅納道：「第一個在這個戰場上死去的偉大戰士是我們的人，不是般度族的人。這對我們軍隊的士氣非常不利，你得殺一個主要的般度族將領才是，最好是堅戰。」

德羅納發誓他一定會辦到。在他之前的毗濕摩採用比較保守的戰略，主要的目的是把般度族往後逼退，盡量不要造成太多傷亡。但是德羅納採用了不同的戰略，他所下的每道指令都是要給對方造成最大的傷亡。

他派出來自三穴國、號稱「誓死戰士」（Samsaptakas）的戰車隊去對付阿周那。他命令一大群由東光國王福授所帶領的大象軍團去攻擊怖軍。他解釋道：「這樣就可以把阿周那和怖軍支開，到時候戰場上就無人保護般度族的長子，這樣我們一定可以很容易就逮到堅戰。」

怖軍盡其所能地擊退福授王的大象軍團。不過大象隊伍的數目太龐大了，他覺得自己打不過他們，因此決定向後方撤退。

般度族的軍隊看到怖軍的戰車逐漸撤退，大家都覺得很沮喪。阿周那看到怖軍撤退，覺得自己應該先去制服福授王的大象軍隊，然後再來處理「誓死戰士」的戰車隊。於是奎師那就駕著戰車，往福授王和他的大象隊伍前進。「啊，停停停。快回頭。我們先去擊退誓死戰士，再來對付福授王，」一開始他是這麼說的，但是接

著又改變主意道：「不不不，或許我還是先對付福授王，再來處理誓死戰士隊。」

奎師那察覺到阿周那的兩難和逐漸升高的壓力，他微笑道：「你可以打敗他們兩個的。你可以一次打一個，或者同時把他們兩個打敗都行。我對你有信心。」

聽到奎師那這麼一說，阿周那信心大增。他拿起弓箭，首先朝誓死戰士隊的軍團射出一陣箭雨，擊中了數十匹戰馬，打碎了好幾百輛戰車，射死了好幾千位騎兵。馬匹一隻倒向另一隻，毀壞的戰車一輛接一輛堆疊起來——就這樣，誓死戰士隊偉大的陣營完全陷入混亂。就這樣，阿周那僅憑一人之力，就摧毀了一支曾經發誓不是阿周那死、就是他們亡的偉大軍團。

接著阿周那轉而對付福授王。就在他的戰車馳向福授王的時候，後者站上他的大象背脊，朝阿周那射出一項可怕的武器——毗濕奴神箭（Vaishnav-astra）。阿周那舉起弓，準備射一支箭來抵銷該神箭的威力。但是奎師那上前一步，擋在那支神箭和阿周那中間，承受了神箭的攻擊。當箭擊中奎師那的時候，頓時化成一串花環。

「奎師那，你爲什麼要親身去擋那支箭？我本來也有辦法化解那支箭的攻勢啊！」阿周那不悅地抗議道。

奎師那答道：「不，你沒辦法化解。那支神箭是福授王的父親給他的，而福授王的父親則是從他的母親，即大地女神那裡取得那支神箭。至於大地女神怎麼會有那支神箭呢？是我給的。在前幾世裡，我化身爲野豬，把大地從海底拱上來。這世界上除了我，亦即那支神箭的創造者，沒有任何生靈承受得了那支箭的威力。這就是爲什麼我要幫你擋住那支箭。」

阿周那聽了，連忙爲自己的傲慢道歉。接著他把注意力轉向福授王。

他一箭射穿了福授王那頭座象的頭，另一箭則射穿福授王的胸口。就在福授王和座象倒下之際，大量的鮮血噴灑出來，看起來彷彿下了一場血雨。

阿周那在這一頭對付誓死戰士的戰車隊和福授王的大象隊，怖軍在另一頭保護堅戰，不讓堅戰遭受攻擊。德羅納的計畫至此宣告失敗。

沙恭尼帶著犍陀羅國的部隊來攻擊阿周那。他利用暗藏魔法力量的箭，使戰場變暗，並且下起傾盆大雨。回應這一波攻擊，阿周那放出大批含有魔力的飛鏢，以光亮擊敗黑暗，以乾燥擊退大雨。最後，沙恭尼無計可施，只得放棄攻擊，退出戰場。

有個名叫聞杵（Shrutayudha）的戰士使出吃奶的力氣攻擊阿周那，但卻屢戰不果。他一氣之下，就把手中的大杵丟向奎師那。這把大杵是海神伐樓納的禮物，不能用來攻擊空手的戰士。由於奎師那沒帶武器，因此那把大杵就從奎師那的胸口反彈回去，擊中聞杵，當場把聞杵擊斃。

＊阿周那雖然親耳聽過奎師那唱的〈薄伽梵歌〉，但他還是會在各種牽絆和先入之見之間掙扎。這種掙扎可從他在戰場上多次的猶豫和躊躇清楚看出來。如此看來，成長並不是一蹴可幾的，而是一個過程，在這過程中，人必須做出一次又一次的決定，方能克服內心的野獸。

＊毗濕奴神箭和戰士聞杵丟擲大杵的故事清楚顯示：般度五子是受到神的保護的。奎師那的在場確定了一件事：阿周那可以毫髮無傷地在戰場上完成他的天賦任務。

＊般度族和俱盧族各以各種箭為武器，攻擊對方。然而他們所用的武器都具有神奇咒語的力量，並非平凡之物。這裡我們會看到各種不同的神箭，每一種都含有一位或多位神祇的力量。在這部史詩裡，我們會看到梵天神箭（Brahma-astra）、毗濕奴神箭和獸主寶，這三種神箭分別含有大梵天、毗濕奴和濕婆神的

神力。除此之外，還有阿耆尼神箭（Agni-astra）、伐由神箭（Vayu-astra）和因陀羅神箭（Indra-astra），這幾種神箭分別散發著火神阿耆尼、風神伐由和雨神因陀羅的力量。自古以來，詩人對這些武器效果的描寫，不免讓人忍不住猜測古人或許已經熟悉核武技術，而那些神箭事實上就是核子彈頭。

五、激昂之死

第十二天，就在當日戰事快接近尾聲的時候，奎師那注意到一件事：阿周那正在天人交戰，不曉得自己是否應該打倒德羅納，就像之前他也猶豫著要不要攻擊毗濕摩那樣。在阿周那心目中，這兩個人的地位都很重要，一個他視之如父，一個是他的老師。奎師那勸阿周那道：「戰場上沒有所謂的兒子或父親、叔伯或老師之別。在戰場上，只有一群分別爲正法或爲『非正法』（adharma）而戰的戰士而已。」但是阿周那心裡依然十分尊敬他的老師，無從保持如此疏離的態度。

於此同時，德羅納覺得十分氣餒，因爲經歷連續兩天的激戰，他竟然沒能傷及任何一個般度之子。挫折之餘，他在第十三天想出一個可怕的計畫。

在這之前，他注意到一個現象：自從毗濕摩倒下，迦爾納踏入戰場之後，奎

師那總是想方設法把阿周那的戰車駛離迦爾納的戰車。至於爲何奎師那不讓阿周那靠近迦爾納，理由如下。

毗濕摩統領俱盧軍隊的時候，迦爾納並未踏進戰場。等毗濕摩中了箭，退出戰場之後，迦爾納這才進入戰場參戰。不過，在迦爾納正式踏入戰場前夕，有個老人在黎明時分突然出現在他面前，向他請求布施。迦爾納天生樂善好施，因此他說道：「你要什麼？儘管說吧。」那位老人立刻說他要迦爾納的耳環和胸甲。耳環和胸甲是迦爾納一出生就佩戴在身上的物件，兩者緊貼著他的身體，彷彿是他的部分肉身，而且這兩項配飾也是他的護身符，使他刀槍不入。捨了這兩樣配飾，等於放棄了他在戰場上的優勢。不過迦爾納想也沒想，立刻決定捨了這兩樣天賜的禮物。他拿起一把銳利的刀子，就像割樹皮一樣把胸甲和耳環從身上割下來。那位老人不是別人，正是天人之王因陀羅，也是阿周那的父親。因陀羅之所以來討胸甲和耳環，完全是出於他對兒子的愛。只是當他看著鮮血從迦爾納的耳垂和胸口流出來，不禁對迦爾納的慷慨感到很敬佩。於是他現出眞實的身分，並對迦爾納說道：「我向你致敬，蘇利耶之子。你的慈善之心眞是舉世無雙。我送你一把百發百中的神矛。但是你只能用一次。請好好使用這項禮物吧。」迦爾納暗自決定要用這把神矛來對付阿周那。奎師那洞悉機先，早就料到了他有此打算，所以自從迦爾納踏入戰場的那一刻開始，他就不曾讓阿周那的戰車出現在迦爾納的視線範圍之內。

「記得，你的戰車要緊跟在我旁邊。」德羅納對迦爾納說道。只要迦爾納跟在他身邊，奎師那就會把阿周那的戰車駛往戰場的另一側。這時，德羅納即開始調動士兵，布置一個稱爲輪陣的可怕戰陣。這個戰陣的可怕之處就是可以包圍敵人，並將敵人困在陣內。世上只有阿周那會破解輪陣，不過阿周那既然遠在戰場另一側，那麼德羅納就可以輕而易舉地把幾個主要的般度族戰士困在陣內。

堅戰突然發現他的周遭都是俱盧族的士兵，急忙高聲求救。就在這時，奎師那吹起了海螺號角，以免阿周那聽見堅戰的求救聲。緊張的堅戰問道：「我們該怎麼破解這個戰陣？該怎麼逃出去？」

激昂跟堅戰說道：「我知道怎麼破解這個戰陣讓你們逃出去。」激昂是阿周那和妙賢的兒子，才十六歲，而且剛剛完成婚事；有機會參與這場偉大的戰役，跟偉大的戰士並肩作戰，他興奮地張大了眼睛。

「你怎會知道輪陣的破解之法？」堅戰問。

「當我還在母親肚子裡的時候，偶然聽見父親講過一次。不過……」

「不過怎樣？」

「我雖然知道怎麼破解輪陣讓你們逃出去，不過我自己不知道怎麼逃出來。你們得回來救我。」

堅戰拍了拍那年輕人的頭，微笑著說道：「我保證。」

激昂立刻著手破解輪陣。當俱盧族的戰士（包括德羅納）看到輪陣遭受破解，般度族戰士一個個逃出來時，全都嚇了一跳。

堅戰逃離戰陣後，馬上調度士兵，帶著增援部隊回頭去救激昂。不過，他突然發現他的去路竟被勝車和他的軍隊擋著。與此同時，德羅納急忙再度調動輪陣，團團把激昂困在陣內。

激昂發現自己被包圍了。他發現四周都是他的叔伯和堂兄弟，包括難敵、難降、羅什曼、成鎧、慈憫、迦爾納、德羅納、馬嘶——他們每一個人都手持武器，每一個人都不懷好意地步步朝他逼近。奇耳問道：「這麼多人同時攻擊一個戰士——這種打法是不是違反了戰爭的規則？」

「是他們先違反戰爭的規則——是他們先找女人來跟毗濕摩決鬥。」德羅納為他的這個決定辯解道。

激昂很勇敢地回擊。他們打斷他的弓，他就拿出劍；他們打斷他的劍，他就拿

出長矛；他們折斷了他的長矛，他就撿起戰車的破車輪應戰。在激戰過程中，他殺了難敵之子羅什曼，但是他也被難降的兒子以大杵擊中頭部。在他醒轉過來之前，其他戰士紛紛撲向他，就像野狗撲向小鹿，無情地把他砍成了碎片。

堅戰被擋在輪陣之外，只能聽著激昂悽楚的呼救聲，卻什麼忙都幫不上。他唯一能做的，就是狠狠地瞪著勝車，而勝車則帶著勝利的微笑看著他。

＊激昂之死在史詩中具有重要意義：他是第一個遭受俱盧族殺害的般度族戰士。

＊由莫奴拉揚．巴塔查里亞（*Manoranjan Bhattacharya*）創作，並由卡齊．納茲魯．伊斯拉姆（*Kazi Nazrul Islam*）填詞與作曲的歌舞劇《輪陣》（*Chakravyuha*）在一九三四年十一月二十三日首度上演。這部現代歌舞劇改編了傳統的劇情；在該劇中，難敵之子羅什曼和阿周那之子激昂聯手，兩人說好如果他們其中一人當了國王，就把國土一分為二，兩人共享——不管他們的長輩怎麼說。

＊民間有許多故事試圖解釋奎師那為何讓阿周那的兒子死於輪陣。有一則提到激昂的前世是個妖魔，為了逃避毗濕奴的追殺，因而下世托生為阿周那之子。另一個則說激昂其實是月神旃陀羅之子，而月神僅允許他的兒子在人間停留十六年。

＊在戰爭的不同期間，兩軍的將領不時會組織其士兵，使之排列成特殊的隊形，稱之為戰陣。每一種戰陣都各有特殊的用途：有的用來防守，有的用來出擊。再者，每一種戰陣都各有其長處，亦各有其弱點。這部史詩提到的戰陣有如下列：

- 鷹陣（*Krauncha vyuha/Heron formation*）
- 海豚陣（*Makara vyuha/Dolphin formation*）

- 龜陣（Kurma vyuha/Turtle formation）
- 三叉戟陣（Trishula vyuha/Trident formation）
- 輪陣（Chakra vyuha/Wheel or discus formation）
- 蓮花陣（Padma vyula/Lotus formation）

六、日落之前

「你害死了我的兒子！」阿周那大聲叫道。他責怪堅戰把激昂留在輪陣裡，也抱怨奎師那故意把戰車馳往戰場的另一側，使他無法及時救出兒子。

奎師那沒有抗辯。激昂之死產生了他想要的效果。阿周那此時心裡填滿怒氣，不得不接受一個事實：在戰場上，德羅納不是他的老師，而是他的敵人。

堅戰說他帶了後援部隊去救激昂，但是卻被勝車的軍隊擋住了去路。聽堅戰這麼一說，阿周那的怒氣全部轉移到勝車身上，他怒氣沖沖地說道：「我發誓明天日落之前一定要殺死勝車！如果我沒在日落之前殺死他，我就活活燒死自己！」

當德羅納知道阿周那發下的誓言，他高興地說道：「那麼明天我們就只要好好保護勝車直到日落，日落之後，阿周那的死期就到了。」

第十四天的戰場上，整支俱盧族大軍就布署在阿周那和勝車之間，他們唯一的任務就是在日落之前，全力保護俱盧家族的這位女婿，不讓阿周那有機會接近。

不管阿周那怎麼找，就是找不到勝車。阿周那火力全開，奮力作戰，不斷地朝擋在他和勝車之間的士兵射出了數百支箭，把對方的戰車、軍旗、武器全都一一擊碎。但是俱盧族的士兵就像蝗蟲一樣，擊退了一波，又有一波湧上來。他們的目的很明顯：在日落之前擋著阿周那，絕不讓阿周那越過戰線一步，絕不讓他找到勝車。阿周那就像一頭獅子，奮力地撲向獵物；俱盧族的士兵就像一群大象，極力抵擋著他，不讓他如願捕獲獵物。

後來，阿周那的四匹戰馬累得跑不動了，再也無法繼續追捕勝車。阿周那只得停手，暫時以箭陣擋住敵人，讓奎師那停下馬車，替馬兒解開馬軛。奎師那說戰馬需要喝水，阿周那只得暫時停止攻擊四周的敵人，轉而朝地上射了一箭，讓水湧出。接著阿周那再回頭射出箭陣擋住敵人，使他們無法靠近戰馬，讓奎師那有機會給四匹馬喝水與休息。很快的，四匹戰馬恢復了精力，準備再度追捕勝車。

阿周那看到幫俱盧族作戰的廣聲一手把雅度族人薩諦奇壓在地上，一手拿著劍，正準備殺死後者。廣聲和薩諦奇的夙怨人盡皆知，直可追溯到他們兩人的祖父輩。原來薩諦奇的祖父悉尼（Sini）曾打敗廣聲的祖父月授（Somadatta），而這一段仇恨得等到廣聲打敗且殺了薩諦奇，爲他祖父復了仇雪了恥才得以消解。不過現實是，當廣聲遇到薩諦奇時，薩諦奇已經疲累不堪而且手上也沒有武器。阿周那因爲找不到勝車，心裡本來已經覺得很煩，因此就射了一箭，解救了薩諦奇。那支箭射穿了廣聲高舉的手，把他的手臂打斷了。廣聲大聲抗議阿周那犯規，因爲兩個戰士在決鬥的時候，旁人照理不得干涉。當廣聲正在跟阿周那抗議的時候，薩諦奇醒了過來。他連忙從地上站起來，也沒注意到廣聲

正在跟阿周那講話，就拿起劍，一下子把斷了手臂且心煩氣躁的廣聲給斬了首。在場的所有戰士都責罵阿周那和薩諦奇是懦夫，竟做出這種偷襲與暗算他人的事。不過，自從激昂死了以後，阿周那已經失去對戰爭規則的所有尊敬。

追捕勝車的行動持續進行。不知不覺，太陽已經過了中天，逐漸往西邊急速滑落。黃昏的霞光開始漸次出現。不久，太陽就不知道落到哪裡去了。「已經黃昏了。」德羅納宣布道。俱盧族的戰士突然爆出一陣歡呼聲——他們已經成功完成任務，勝車安全了。

阿周那嚇了一大跳。「已經黃昏了嗎？啊！奎師那，我失敗了。給我準備火葬柴堆吧，好讓我把自己活活燒死！」

奎師那朝阿周那的耳邊湊過去，低聲說道：「太陽還高掛在天空呢。我只是用手稍稍把太陽遮起來，讓大家誤以為是黃昏了。你現在仔細聽，找出勝車的笑聲，找出他的方位，然後在黑暗中把他射死——這只有你的箭術辦得到。接著我就會放手，讓太陽再次露臉。」

這個消息讓阿周那振奮不已。他站了起來，張耳力聽，努力從戰場上那陣歡欣的喧鬧聲中辨別勝車的笑聲。最後，他終於在黑暗中聽到了勝車的笑聲——那是一串十分獨特的、轟隆隆的笑聲。阿周那朝那笑聲的方向射了一箭，擊中了他的目標。德羅納正想大聲抗議，指責阿周那在日落之後殺人有違戰爭的規則，不過他的話還來不及出口，就看到太陽好端端地懸掛在地平線上。原來奎師那已經把手放開，讓太陽露了出來。

勝車的父親名叫增武（Vriddhakshatra），很久以前就已經歸隱山林。為了保護兒子，他從神明那

裡求得一個願望——只要有人讓勝車的人頭落地，那人自己的頭就會爆炸成一千道碎片。爲了避免讓這咒語應驗在阿周那身上，奎師那讓那支箭帶著勝車的斷頭飛越天空，落在增武的膝上。正在林中打坐的老國王增武突然看到兒子的頭掉落在他膝上，嚇得趕緊站起來。如此一來，那顆人頭隨即滾落在地，與此同時，增武的頭也同時爆裂成千道碎片。由於奎師那的干預，一位父親爲了保護兒子所求得的願望，結果反而害了自己。

---

*對阿周那來說，激昂的死，使俱盧之野的戰事跟他產生切身的關聯。如此說來，〈薄伽梵歌〉固然促使阿周那踏入戰場，然而隨著時日過去，神的智慧話語也漸漸被他遺忘。阿周那又再次向他的恐懼和牽掛屈服——這讓奎師那看了很氣惱。藉此情節，詩人毗耶娑或許是要提醒我們：即使是神的話語，也不必然會帶來永久的改變。

*廣聲之所以會踢薩諦奇的頭，那是因為在很久以前，他的祖父月授曾被薩諦奇的祖父悉尼踢了頭。從這個故事看來，前來俱盧之野參戰的戰士各有各的隱藏目的。一般而論，俱盧族和般度族的衝突只是戰爭開打的藉口而已。

*根據印尼的重述版本，在戰場上被薩諦奇殺死的廣聲，其實是沙利耶的兒子。廣聲是個沒禮貌又自負的男子，而他之所以會如此，那是因為受到外公的詛咒——他的外公和沙利耶不和，後來亦死於沙利耶之手。

*根據〈德羅納篇〉，薩諦奇在戰場上遇到難敵，兩人在準備面對面交戰的時候，都不禁哭了起來，為當前的局面感到十分悲哀。當他們還是小孩子的時候，他們是彼此最好的朋友，現在的情勢卻逼他們不得不彼此為敵。

*史詩裡的阿周那曾好幾次發下誇張的重誓：如果他沒成功完成任務，就活活把自己燒死。第一次是他

發誓要救一位婆羅門的孩子，第二次是他跟哈奴曼說自己可以用箭在河上搭一座橋，最後一次是在戰場上，他宣稱如果沒在日落前殺死勝車，他就自焚而死。我們忍不住好奇，毗耶娑是不是刻意以此方式顯現阿周那的勇敢和他喜愛誇張表現的性格。

七、日落之後

戰爭的第十四天，勝車在日落前被阿周那射死。勝車死後，德羅納非常生氣，以至於不管太陽已經下山，他還是命令士兵繼續留在戰場上打仗。難敵和迦爾納提醒他，說這麼做違反了戰爭規則。德羅納回答道：「如果奎師那可以把白天變成黑夜，我們為什麼不能把黑夜當作白天？」

因為這樣，即便太陽已經下山，戰場上一片黑暗，俱盧族這邊的士兵並未放下武器。為了幫助士兵在夜裡看清楚，難敵命令一部分士兵放下武器，改提燈燭為其他士兵照明。

很快的，俱盧軍隊整個陣線亮起了燈火。在燈光的映照下，迦爾納、德羅納，難敵和慈憫大師的黃金盔甲和明亮武器全都閃閃發光，看來十分雄偉壯麗。整支俱盧大軍看起來彷彿天上的繁星下凡，而且一步步地邁向般度族，一心只想消滅對方。已經累癱了的般度族士兵嚇了一大跳，有不少人因此而受傷或死亡。

在此情況下，阿周那只得重組大軍，命令部分戰士改提燈火，好讓其他戰士看得見敵人，並予以回擊。在他

的安排下，每隻大象的兩側各安置七盞燈，每匹馬的兩側各安置兩盞燈，每輛戰車的兩側各安置十盞燈。以此方式，終於解決了照明的問題，般度族得以在戰場上展開回擊，不讓黑暗將自己擊倒。

在這天夜裡，德羅納殺了他的敵人木柱王，亦即般度五子的岳父；他也殺了摩差國的國王毗羅吒——般度五子在流放生活的第十三年中，就是躲在摩差國王的王宮裡。

看到德羅納利用黑夜的優勢來攻擊般度族，奎師那去找怖軍幫忙，他對怖軍說道：「快召喚你的兒子瓶首來幫忙。瓶首是羅刹王后希丁芭的兒子，羅刹擅長夜戰，幾無敵手。般度大軍已經累壞了，就讓瓶首和他的朋友來替我們出戰吧。」

依照奎師那的建議，怖軍召喚瓶首前來幫忙。瓶首立即出現在軍中，在夜裡，他顯得非常高大，而他那一口又長又利、宛如剃刀般的尖牙，還有他那十隻宛如爪子的指甲看起來十分可怕。俱盧族戰士一看到他，就連忙逃開，急著尋找掩護躲了起來。德羅納早就預料到般度族會找羅刹族來幫忙，所以也召喚其他支持俱盧族的羅刹族來助陣。他找來的羅刹名叫阿蘭伏薩（Alamvusha）。

阿蘭伏薩的身軀像山那麼高。他向瓶首挑戰，瓶首接受了。於是兩個羅刹就展開決鬥，像兩頭野象那樣地衝向彼此。他們出手攻擊對方的力道都很重，以至於每一次出擊都冒出了火花。在搖曳的燈光中，俱盧族和般度族兩支大軍看著兩個妖魔各自爲了他們所支持的人類軍隊出戰。最後，瓶首技高一籌，制伏了阿蘭伏薩，把後者掐死了。

氣急敗壞的難敵轉向迦爾納，要求迦爾納道：「瓶首讓我們的戰士心裡充滿了恐懼。我們得毀了他。我要你用因陀羅給你的神矛殺死這個羅刹。我們沒有別的選擇了。」

迦爾納本來打算用那支神矛來對付阿周那，但是礙於難敵的要求，他只得把那支神矛擲向瓶首。神矛射穿了瓶首的胸部，瓶首發出一聲極爲淒厲的叫喊。他的叫喊聲是如此的淒厲，以至於戰場上的大象和馬匹全都靜立不動。他接著開始搖晃起來，猶如森林裡即將倒塌的大樹；他搖搖晃晃地走向般度族大軍，因爲他想在死前再看父親一眼。

奎師那朝他大喊道：「別倒在般度族這一邊。把你的身體變大，倒在俱盧族那一邊，盡可能多壓死幾個你父親的敵人。即便要死，也要在死前幫你父親幫到底。」瓶首點點頭，表示了解。他擴大自己的身體，伸展他的頭，直到頭抵著大空。接著他就朝俱盧族的軍營方向倒下去，壓死了許多士兵、馬匹和大象，同時也壓碎了不少戰車。看到兒子倒了下去，怖軍大聲嚎叫了起來。聽到怖軍的哭嚎，難敵心裡覺得很痛快。但是他高興不了多久，因爲接著就有人來報告：瓶首壓死了他許多士兵。

只有奎師那對這個局面感到滿意。因陀羅的神矛沒了，阿周那就不必再怕迦爾納。再者，瓶首之死對怖軍所產生的效果和激昂之死對阿周那所產生的效果是一樣的——戰爭現在與怖軍扯上私人關係了。

戰鬥持續打到夜深。阿周那突然發現他的大半士兵如果不是睡著了，就是因爲太累或太想睡了，以至於他們不是束手就擒，任人宰割，就是自相殘殺，因爲他們已經累得分不清敵我了。他最後集結所有兵力，一舉把德羅納逼出戰場。一旦德羅納離開了戰場，戰鬥就結束了。士兵們都太累了，沒有力氣走回自己的軍營，所以紛紛就地臥倒，也不管那是什麼地方；他們若不是躺在馬匹或大象旁邊，就是倒在戰車的殘骸和死去的戰士之間睡著了。

＊有的羅剎為般度族而戰，有的則為俱盧族而戰。由此說來，人們固然害怕羅剎的力量，也討厭他們的野蠻，但有時候也會把羅剎視為同盟。

＊奎師那非常善於把握機會，因時制宜——這個說法在這個故事進一步獲得確認；他鼓勵怖軍的兒子瓶首

倒在敵方那一邊，藉此對敵方造成最大的傷害。

＊夜戰當中，疲憊的士兵們一手拿著燈，一手拿著武器出戰——這個意象是個隱喻，說明人的怒氣所可能擴及的範圍。當人生氣時，所有的規則瓦解，所有的理智消失，復仇的野獸主宰了一切。

八、遭受斬首的武術教師

所有人的目光此時都轉向德羅納。般度族不停地思考：像德羅納這麼強大的戰士，他們該怎麼做才能打敗他？奎師那建議道：「他的所有動力都來自他對兒子馬嘶的愛，一種過度強烈的愛。也許我們可以把這個動力拿掉，或至少讓他以為他的這個動力已經不復存在。讓我們跟他說：馬嘶已經死了。」

於是所有身在德羅納附近的般度族士兵，全部彼此奔相走告道：「馬嘶死了。」德羅納聽得心煩意亂，他實在不願意相信他們說的話。在絕望之中，他前來找堅戰，因為堅戰是世間最誠實的人。他問堅戰：「他們講的那些話——是真的嗎？」

堅戰轉頭看著奎師那。奎師那對他露出同情的微笑，因為他能夠「聽到」堅戰此刻在心裡自己跟自己展開論辯：說出真相有那麼重要嗎？萬一說個小謊就可以停止一場戰爭，他還要說出真相嗎？為何他總是想說出真相？是為了好看還是為了做好事？最後，堅戰帶著沉重的心情，決定向德羅納說謊——他生平第一次說謊，一個無傷大雅的小謊。「是的，馬嘶死了，」他說道。不過他接著又喃喃自語似地補充道：「死的可能是一隻大象，也可能是一個人。」但是在戰場的喧鬧聲中，德羅納這位六神無主的父親沒聽見堅戰這一句喃喃自語。

是的，有一隻名叫馬嘶的大象死了——奎師那之前指示怖軍殺的。堅戰知道這件事，但他還是保持不確定的態度，沒明確告訴德羅納死的究竟是人還是大象。

奎師那這個計劃產生他想要的效果了。心煩意亂的德羅納失去了鬥志，甚至連活下去的動力也沒了。他停下戰車，下了車，放下了武器，坐在地上打坐入定，準備赴死。

「殺他，快殺了他！」奎師那大聲喊道。但是德羅納是個老師，是個婆羅門，殺死他，人所犯下的是整個雅利安婆多最嚴重的罪。士兵們全都停了下來，猶豫不前。奎師那再次喊道：「沒錯，他的父親是婆羅門，但是他個人為了財富、權力和復仇，一輩子都過著剎帝利的生活。讓他死在戰場上，像個眞正的剎帝利。」

聽到奎師那的指示，般度族的總指揮官猛光，木柱王之子揚起手中的劍，一劍割下了德羅納的首級。

看到父親明明已經放下武器，卻還是被般度族斬了首，馬嘶氣壞了。一陣急怒攻心，他射出了手上的那羅延神箭（Narayana-astra）。那羅延神箭的武力非同小可，除了箭身會噴出火焰，整個天空也同時布滿了黑霧，霧中現出許多黑色大蛇，全部露著森森巨牙。堅戰見狀，慘然叫道：「我們完了！」

奎師那說道：「別怕。只要你放下武器，走下戰車，別跟那箭對抗就會沒事。你只要帶著敬意向它致敬，它就不會傷害你。」

般度族軍隊裡的所有士兵聽從奎師那的話，全都放下武器，走下戰車。只有怖軍例外。向來行事草率的怖軍駕著戰車，獨自衝向德羅納之子，口中不停地咒罵，手中還揮動著大杵。那羅延神箭的火焰立即把他包圍起來，那些吐著利牙的黑蛇正準備撲向他。假如阿周那和奎師那沒及時衝過去，合力把他從行進中的戰車上拉下來，同時奪下他的大杵，他肯定會被那羅納神箭給吞噬掉。起初，處在狀況外的怖軍還因爲被攔下來而大發脾氣，但是當他看到那羅延神箭從他周遭撤退，這才了解那羅延神箭眞的不會傷害手中沒帶武器，心中沒有敵意的人。

馬嘶看到他威力強大的神箭竟然失敗了，覺得十分生氣。難敵非常欣賞那羅延神箭的威力，因而命令馬嘶道：「再發一箭，替你死去的父親報仇！」

「不行，」馬嘶說道：「那羅延神箭只能用一次；如果我再發一次，那箭就會轉回來對付我。」

*在吠陀時代的印度，維護瓦爾納正法和阿什羅摩正法是一件很重要的事。前者意味人子應當繼承父親的職業，後者意味人應該遵從生命裡的每一個階段，從事該階段應做的事。德羅納違反了瓦爾納正法，因為他的生活過得像個武士，不像婆羅門。毗濕摩違反了阿什羅摩正法，因為他不結婚生子，導致他父親無從棄世退隱。如此說來，俱盧族這兩位將領固然高貴不凡，但是他們也違反了正法，就跟難敵之違反正法沒什麼兩樣。

*據說堅戰的戰車從來不曾碰到地面，直到他說了生平第一個小謊（不確定死去的「馬嘶」是指人還是指大象）之後，他的戰車才落了地。堅戰這一行為使他變成一個人，名副其實地把他拉入世間。

＊德羅納是個婆羅門，殺死他的猛光因此犯了印度世界最可怕的重罪——殺死祭司之罪，而犯下此種重罪的人通常會被趕出社會。在神話故事裡，只有濕婆神有資格殺死祭司。這首史詩有時會把猛光和濕婆神相提並論。其他地方亦可找到許多說法，全都試圖淡化這起事件。其中有一則說法是這樣的：當猛光的劍劃過德羅納的脖子時，德羅納的生命早已離開肉身。所以猛光並未殺死德羅納，他只是從一具已經沒有生命的肉身割下首級而已。

九、兄弟之間的鬥爭

德羅納死了。現在該由誰來領導俱盧族的軍隊？「現在只能派車夫之子出場了。」第十五天的大戰結束，等全勝報告完當天的戰情之後，難敵對持國王與甘陀利如此說道。

當時貢蒂就坐在持國王和甘陀利後面，所以不小心聽到了難敵這句話。想到她的五個兒子現在得跟他們自己的大哥決戰，她一刻都無法忍受。她得出面阻止這件事。她那五個年輕的兒子可能無法理解，但是年紀最大的那個會諒解她——他比較有智慧，或許也比較仁慈。在最深的夜裡，貢蒂離開了象城王宮，往戰場的方向走去。當她抵達俱盧之野，進入俱盧族的軍營時，天色尚未破曉。她看到迦爾納正在打坐，為即將到來的戰爭做準備。迦爾納看起來有點奇怪——本來戴著的耳環和神奇胸甲此時已經不在身上，他的雙耳仍在流血，胸口的傷也還沒痊癒。這就是她的兒子，她的大兒子，一出生就被她丟棄的兒子。帶著滿懷的愛和不安，貢蒂生平第一次呼喚她的孩子：「兒子。」

迦爾納抬起頭，認出是貢蒂。母子倆交換著目光，一輩子從沒說出來的種種情感紛紛湧現。然而迦爾納垂首回答道：「車夫之子在這裡向般度五子的母親問好。」他話裡的諷刺，猶如一個染了毒的鉤刺。

「原諒我。」貢蒂說道，眼裡都是淚水。

「原諒我。」迦爾納也爲他剛才的小心眼道歉。畢竟貢蒂懷他的時候，也不過是個小女孩而已。「我能爲妳做些什麼嗎？天快亮了，在這種時刻，任何人只要有所求，我通常都會應允的……」說著說著，他突然停了下來。他明白貢蒂爲什麼會選擇在這個時候來見自己，並且相認——這時候來相認是不是太晚了？「啊，也許這就是妳來這裡的目的——妳是來要一份恩賜吧？這就是妳要的，是不是？妳來這裡，並不是爲了把愛傳達給妳的第一個兒子——妳當初丟棄的兒子。妳是來懇求慈悲的車夫之子給妳一份慈悲的施捨。」

這眞相聽起來十分刺耳。貢蒂羞愧地點點頭。「我不想看到兄弟打兄弟的局面，」她說道：「放棄俱盧族吧！回到你自己的家庭，接受你應得的王位。你們大家和平共處吧！」

迦爾納沉下了雙肩，深深地吸了一口氣，口氣相當僵硬地說道：「和平？誰的和平？我的還是他們的？我絕對不會背叛難敵，我辦不到。妳改要別的東西吧。」

「我不要我的兒子們死掉。」

「妳說的兒子是誰？妳婚後生的，還是妳婚前生的？」貢蒂想要大叫「全部都是」，但是悶悶不樂的迦爾納不讓她插話，接著又繼續說下去：「世人都知道妳有五個兒子。戰爭結束後，我保證妳還是會有五個兒子，其中有一個是強大的弓箭手——如果不是阿周那，那就是我。」說完，迦爾納就轉身離開了，他不想讓貢蒂看到他的痛苦。上戰場的時間到了。天色已經破曉，海螺號角的聲音在營外陸續響起。貢蒂悄悄地從軍營溜了出去，她很想給迦爾納祝福，但她極力忍下這股衝動。迦爾納即將上戰場攻打般度王的兒子，她怎能祝福他獲得勝利？

在號角齊鳴，士兵歡呼的喧鬧聲中，難敵宣布迦爾納為俱盧大軍的指揮官。為了慶祝這件盛事，難敵特地指派沙利耶王擔任迦爾納的車夫。他興高采烈地對好友說道：「你這輩子，這塊土地上的所有國王都叫你車夫車夫的，說你天生注定要為戰士和國王駕車。現在，你以戰士的身分進入戰場，而且還有一位國王來當你的車夫。」

這個安排起初讓迦爾納很開心。但是他很快就意識到：找沙利耶王來當車夫並不是個好主意。一般說來，車夫理當鼓勵戰士，為戰士打氣。但是沙利耶王卻一直讚美阿周那，還不停說些洩氣的話來打擊迦爾納的信心。

迦爾納注意到奎師那總是把阿周那的戰車駛向遠處，不使他們兩人的戰車接近。所以他決定先集中力氣對付般度王的其他兒子。他先在一場決鬥中打敗了無種和偕天。接著又在另一場決鬥中打敗了怖軍和堅戰。他本來有機會可以殺死他們每一個，但是為了信守對貢蒂的承諾，他留給他們一條生路。貢蒂的五個兒子當中，他唯一要殺的是阿周那。

在放走般度四子之前，迦爾納其實很想抱抱他們，告訴他們，自己是他們的大哥，自己跟他們一樣，都是貢蒂的兒子。但是他努力克制自己；相反的，他對他們說道：「記得，你的命是我施捨給你的。」

迦爾納的話刺痛了般度之子的靈魂。迦爾納是他們最痛恨的人，在他們眼裡，迦爾納只不過是一個野心勃勃的僕人而已，然而他們現在卻欠了人家一條命。

堅戰受到了極大的創傷。事實上，他竟然因此失去了所有戰鬥的力氣——被迦爾納打敗之後，他竟然得靠無種和偕天的攙扶，才能離開戰場。阿周那從遠處看到這一幕，非常擔心堅戰。他對奎師那說道：「帶我到軍營那裡，我想我大哥受傷了。」

「不用，你不用擔心他。我想我們應該專心對付迦爾納。跟你的四個兄弟決鬥一輪之後，我猜他一定累了。你看，怖軍正在對付敵人，盡他該盡的責任，你也該這麼做。」

「不不不，我一定要去看看。我們先回軍營，我一定要去看一下我大哥。」阿周那堅持道。奎師那只得掉轉戰車，朝向堅戰的軍營行進。

看到阿周那回來，堅戰露出了笑容。「太陽還沒下山，你就活著回來了。這表示迦爾納一定死了。快告訴我，你是怎麼殺了那個可惡的車夫之子？快告訴我，你是怎麼殺了難敵那個討人厭的朋友？」

阿周那回答道：「還沒，迦爾納還沒死。我只是過來這裡看一下，確定你是不是好好的。」

聽阿周那這麼說，堅戰大發脾氣道：「你這個懦夫，竟回來看我是不是好好的，而不是在戰場上對付迦爾納！你怎麼可以這麼做？你是不是要跟我說，怖軍現在獨自一人在戰場上跟俱盧大軍作戰，而你在我的軍營裡假裝你很關心我？我猜你會回來這裡，理由是你害怕面對那個弓箭手，因爲他有可能比你更厲害。我猜你是怕了迦爾納，即便你手上有一把強大的甘狄拔神弓，有奎師那當你的車夫，還有偉大的哈奴曼旗幟立在你的戰車上。我替你感到丟臉。去你的，去你的甘狄拔神弓。把你的神弓送給其他更有勇氣的人吧，搞不好他可以殺了迦爾納！」

聽到堅戰這番話，阿周那氣得氣血翻湧。「你竟敢對我說這種話？你竟敢這樣侮辱我的弓？你竟敢要我把弓送給別人？」阿周那像一條盛怒的蛇，氣呼呼地吐出這一串話，手裡拿起一把劍就想衝向堅戰。無種和偕天見狀，連忙跳出來，雙雙擋在堅戰面前，免得阿周那傷了堅戰。奎師那連忙抓住阿周那的手臂，把他拉下來。軍營裡的每個人都嚇了一大跳——他們從來沒看過般度兄弟吵成這個樣子。

「阿周那，你在做什麼？」奎師那問。接著他轉頭對堅戰說道：「堅戰，你在做什麼？你們的理智哪裡去了？都丟在戰場上了嗎？你們不去打敵人，反而在這裡吵架，自相殘殺？到底發生了什麼事？」

奎師那接著跟般度兄弟講了伐拉迦（Valaka）的故事。伐拉迦是個獵人，有一天，他看到森林的池塘邊有一隻生物正在喝水，於是朝那生物射了一箭。只是箭一離手，他才發現那個生物的眼睛是瞎的。他很後悔射了那箭，但是已經太遲了。他的箭射中標的，那頭盲眼生物死了。正當伐拉迦帶著滿心懊惱，走向該動物時，天空突然落下許多花朵，許多天人出現在他面前，向他表達感謝。他們對他說道：「你爲這野獸之死感到懊惱，但是這頭野獸其實是個妖魔，而且他本來還打算毀了這個世界。你殺了他，等於救了全世界。」故事說到這裡，奎師那說道：「這麼看來，有時候我們覺得某一行動是錯的，但實際上卻是對的。」

接著奎師那又爲幾個兄弟講了憍什迦的故事。憍什迦是個聖者。有一天，他看到四個人跑入他的隱修林，然後躲在一棵樹的後面。追他們而來的是一個面有惡相的人；這人問憍什迦，想知道在他到來之前，是否曾看到四個人經過那裡。總是說眞話的憍什迦點點頭，伸手指向四人藏身的那棵大樹。結果那個面有兇相的人其實是個強盜，他殺了那四個人，並搶走他們的財物。由於這個行爲，憍什迦被拖入地獄。「這樣看來，」奎師那說道：「有時候我們覺得自己做對了，其實卻做錯了。」

奎師那跟般度兄弟講這些故事，目的是讓兩個氣呼呼的兄弟冷靜下來，同時也讓他們知道：有時候事情的眞相並不是他們所看到的那樣。阿周那不該假設人在充滿壓力的情況下所講的話都是眞的。他的大哥只是生氣而已，並沒有汙辱他或者汙辱他的神弓的意思。人應該要對自己的朋友或家人有信心，不該因爲家人或朋友一句刺耳的話就傷了和氣。

聽了奎師那的這些話，阿周那冷靜了下來。但是他有個困擾：「可是我已經發了誓：誰侮辱我的弓，我就殺了誰。我必須遵守我的誓言。」

奎師那說道：「你可以藉由傷害你大哥的身體殺了他，你也可以藉由侮辱他的情感而殺了他——你何不選擇第二個方式？」

阿周那選了第二個方式。他罵堅戰是個膽小鬼，是個把自己的財產和妻子全輸掉的賭鬼。接著阿周那哀嘆道：「天啊，做弟弟的咒罵自己的哥哥，怎麼還活得下去啊？我覺得我必須殺死自己才是！」

再一次，奎師那伸出援手。他對阿周那說道：「你可以藉由傷害你的身體而殺了你的肉身，但是你也可以藉由誇獎自己而殺了你的智慧身，因爲人一旦誇讚自己，就是自毀自己的智慧。」

所以阿周那決定殺死自己的智慧身：他開始誇讚自己是世界上最強大的弓箭手。他一再誇讚自己，直到自己都覺得不好意思了，這才轉而感謝奎師那，因爲奎師那找到一個讓他得以脫離難堪困境的聰明方法。

阿周那接著跟他的大哥道歉，堅戰也向他道歉。兩人此時都了解自己反應太過了。「我們忘掉這件令人不愉快的事吧。讓我們專心面對我們的責任。讓我們找回正義。讓我們殺了迦爾納吧。」他們說道。兄弟倆前嫌盡釋，重回戰場，準備跟敵人再大戰一場。

＊隨著戰事拉長，戰士的壓力也隨之加重，而且也因此造成許多傷亡。在詩人毗耶娑筆下，兩邊人馬都出現不少爭吵的場面。迦爾納曾和沙利耶互相對罵，直到難敵插手才停止。薩諦奇曾與猛光吵得不可開交，差點打了起來，最後還是勞駕怖軍出手，才把兩人拉開。迦爾納曾和慈憫大師吵嘴，又跟馬嘶大打出手。

＊這個情節展現了奎師那的急智——從不同的角度觀看規則，並靈活運用。他在這裡把人的身體分成肉身、情感身和智慧身，並且提出殺死這幾個「身」的不同方法：辱罵他人，等於摧毀他人的情感身；讚美自己，相當於摧毀自己的智慧身。

十、迦爾納的戰車之輪

第十七天，般度軍營的所有力量全都集中在如何對抗迦爾納。阿周那射死了迦爾納的兒子牛軍（Vrishasena），希望這會讓迦爾納感到痛苦，就像激昂戰死時他所感受到的痛苦。迦爾納的其他兒子也陸續死於其他般度族人之手。但是迦爾納拒絕爲他的兒子之死哀悼；他持續戰鬥，一心一意只想履行自己的責任，幫助自己的朋友，並且尋找機會殺死那個他決定要殺的兄弟——那個一輩子都在嘲弄他，而他一輩子都在恨的兄弟：阿周那。

最後，迦爾納和阿周那終於面對面地遇上了。阿周那以他的箭陣，足足把迦爾納的戰車逼退了一百碼。迦爾納的箭陣也能把阿周那的戰車逼退，大約退個十碼左右而已。但是每一次迦爾納把阿周那的戰車逼退，奎師那就瘋狂地讚美他。

阿周那覺得很妒忌，於是問奎師那道：「你爲什麼如此瘋狂地讚美他？我把他逼退了一百碼，而他卻只把我逼退區區十碼而已？」

奎師那回答道：「你仔細看，阿周那。迦爾納的車上站著的是兩個人。但是你的戰車上坐著那羅和那羅延，還有你的軍旗上繡著哈奴曼。想當然耳，逼退他的戰車，遠比逼退你的戰車容易多了。」

迦爾納朝阿周那不斷射出一支又一支箭。在某個時間點，有一條蛇鑽入他的箭筒，化身爲箭。原來這條蛇名叫那迦馬軍（Naga Ashwasena），他的家人原本住在甘味林，般度五子放火燒林的時候，阿周那的箭射穿了他的母親。他的母親死了，但是他活了下來，因爲當時他還在母親的子宮裡。此後他一心一意尋找機會要爲家人復仇，所以就化身爲箭，躲在迦爾納的箭筒裡。迦爾納舉起弓，朝阿周那射出那支箭。奎師那料到那支箭不同尋常，於是腳下用力，猛力踩著戰車地板，使戰車往地下沉個幾吋。結果那支原本會射穿阿周那額頭的箭，擊中了阿周那的頭冠，並把頭冠擊碎了。阿周那看到他那頂美麗的頭冠掉了下來，嚇了一大跳。他忍不住猜疑究竟誰才是最厲害的弓箭手——是他？還是迦爾納？奎師那安慰他道：「擊中頭冠的，其實不是射手的技術，而是那支箭本身的神力。」

那迦馬軍接著跑回去找迦爾納，請迦爾納再次把他射出去。迦爾納不認識那迦馬軍。不過當他知道他之前射出的那支箭是那迦馬軍的化身，他拒絕道：「要我發射同一支箭，這有辱我身爲武士的名聲。你找其他方式爲你的家人報仇吧。我不需要那迦來幫我殺阿周那。」

被迦爾納拒絕後，那迦馬軍就自己衝向阿周那，想靠自己的力量殺了對方。可是他畢竟敵不過阿周那這位厲害的弓箭手，阿周那只用一枚飛鏢就把他殺死了。阿周那的頭冠碎了，他找來一條白布纏在頭上，繼續跟迦爾納纏鬥。

兩人的決鬥持續了一整天。就在太陽即將下山的時候，迦爾納的戰車輪子突然陷入地面，卡著不動。在那一刻，迦爾納知道自己的死期近了。

原來在很久以前，迦爾納曾經得罪大地女神布德葳（Bhoo-devi）。有一天，他無意間看到一個小女孩坐在地上哭——那小女孩把一杯牛奶潑倒在地上了。爲了讓那小女孩開心，迦爾納把沾了牛奶的泥土收集起來，然後把泥土裡的牛奶擠出來，滴入玻璃杯裡。他這麼做，小女孩當然很開心，但是大地女神卻很不高興。她給迦爾納下了咒：由於迦爾納把牛奶從她身上擠出來，她有一天也要如此對付迦爾納。當然，那一天就是迦爾納的死期。

持斧羅摩是迦爾納的武術教師；他曾教過迦爾納一道神奇咒語，可以讓戰車自動從地裡拉出來。然而迦爾納此時無論如何也想不起來那道咒語怎麼念。接著他猛然記起他走的那一天，持斧羅摩曾詛咒他：「你會在你最需要的時候，忘了我所教你的一切。」

迦爾納要沙利耶王下車去鬆開戰車的車輪。沙利耶王拒絕了，他說他身爲國王，這輩子他還不曾做過這種雜事。迦爾納沒得選擇，只好自己下車去鬆開車輪。當然，下車對他來說是等於死路一條，因爲他得在敵人面前放下武器，而且還必須轉身背對敵人。在他下車去鬆開車輪之前，他安慰自己道：「在戰場上，射殺一個手中沒帶武器的人有違戰爭的規則。」

就在他轉身去鬆開車輪時，奎師那對阿周那說：「射他。這是你唯一可以殺他的機會。」阿周那心裡十分猶豫，他覺得射殺一個手中沒有武器的無助之人是可恥的。爲了逼迫阿周那採取行動，奎師那出言嘲諷他道：「無助？他當然不會比當衆被脫掉衣服的德羅波蒂更無助！」聽見這話，阿周那想起了那一天——命定的一天，手中的箭也隨即射出，擊中了迦爾納的心臟。

據傳那一天，太陽爲了哀悼兒子之死，比平日更快沉入地平線。在遠處，在般度族的軍營裡，貢蒂獨自哀悼她的大兒子——她從來不曾公開承認的兒子。般度族軍隊裡的車夫，還有俱盧族軍隊裡的車夫全都停了下來，一起爲迦爾納這位車夫之子——這位不屬於任何一方的戰士哀悼。難敵更是傷心欲絕，不能自抑。對他來說，迦爾納比他自己的兄弟還親近。毗濕摩和德羅納死了，他都沒哭；但是一聽到最好的朋友沒了，他立刻就崩潰了。迦爾納的死帶給他極大的痛苦，甚至比自己兒子的死更讓他痛苦。突然間，勝利變得沒有意義。沒有迦爾納在身邊，勝利究竟有什麼意義？

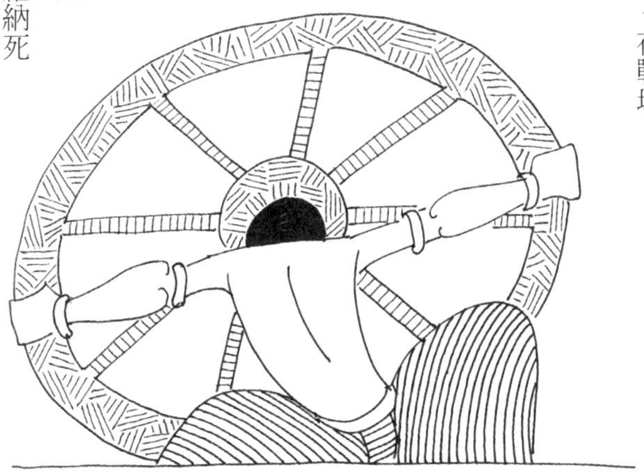

＊那迦馬軍的故事提醒我們：阿周那過去的所作所為，現在全部回到戰場上糾纏著他。因為有奎師那在他身邊，他才得以幸免於難，不過他的後代繼絕王就沒他那麼幸運了。那迦馬軍雖然沒能殺得了阿周那，但後來的蛇王多剎迦即成功地殺了繼絕王，為自己的家人復仇。

＊沙利耶王拒絕下車去鬆開車輪，聲稱那麼做有違他身為君主的尊嚴——這時，迦爾納終於知道找個國王來當車夫是個很愚蠢的想法。由此說來，一個用來取悅自尊的決定，最終要付出的代價是十分龐大的。

＊這裡有個諷刺的對照：迦爾納千方百計想擺脫家傳的車夫工作，變成一個武士，然而剎帝利出身的奎師那卻高高興興地當起阿周那的車夫，拒絕在俱盧之野的戰役中當一個戰士。

＊當毗濕奴化身為羅摩時，他是站在太陽神蘇利耶之子須羯里婆那邊，殺了因陀羅之子婆黎。當毗濕奴化身為奎師那時，他很明顯是站在因陀羅之子阿周那這邊，協助阿周那對抗蘇利耶之子迦爾納。《羅摩衍那》裡的婆黎和《摩訶婆羅多》裡的迦爾納命運一樣——兩人都是背後中箭而死。如此說來，太陽神與因陀羅之間的恩怨綿延了兩個世代才終於扯平。

＊迦爾納臨死前，奎師那化身為祭司去找迦爾納布施一點黃金。迦爾納打下一顆牙齒交給奎師那，說那顆牙齒鑲了金牙套。如此看來，即便處在臨死階段，迦爾納依然還是一個偉大的慈善英雄。

＊在雅克莎迦娜戲劇（Yakshagana）裡，說書人說阿周那和奎師那的前世是那羅和那羅延。原來當時有個阿修羅受到祝福，擁有一千個刀槍不入的盔甲。於是天人就召喚那羅和那羅延，請他們幫忙對付那位阿修羅。要毀滅那樣的武器，得用掉苦修一千年的力量，而且也要再苦鬥一千年，才能真正把該武器擊碎。那羅和那羅延想出一個計劃：當那羅靜坐苦修時，那羅延就去打擊阿修羅；當那羅延靜坐苦修時，則輪到那羅去打擊阿修羅。如此，他們聯手擊毀了阿修羅九百九十九件盔甲。就在那羅準備摧毀最後一件盔甲時，那個阿修羅躲了起來，藏在太陽的後面。那時，世界剛好也走到了終點。等到世界再次誕生

時，那位阿修羅就化身為迦爾納，降生人間。那羅和那羅延也分別轉生為阿周那和奎師那。在這一世，阿周那必須完成他未竟之任務——必須用他的箭跟迦爾納交戰，最後射死迦爾納，摧毀第一千個盔甲。如此說來，這一切都是上天注定的。

＊毗濕摩、德羅納和迦爾納是俱盧族大軍的三位指揮官，他們全都是持斧羅摩的弟子，也全都在奎師那的指導下被殺身亡。持斧羅摩和奎師那兩人都是毗濕奴的轉世化身。

＊迦爾納是個極為慷慨的人；據傳在一個濕氣很重的下雨天，有個男人無法替兒子舉行火葬，迦爾納就把自己的房子拆了，把木頭送給那個可憐的男人。

十一、沙利耶之死

沙利耶是瑪德莉的哥哥，亦即無種和偕天的舅舅。大戰開打前，他被難敵欺騙，不得不加入俱盧族大軍，爲之作戰。後來，當他遭受到更進一步的汙辱，被迫當迦爾納的車夫。沙利耶沒吭一聲，不管要他做什麼，他都照辦，因此贏得般度族和俱盧族兩方人馬的敬重。到了戰爭的第十八天，他被要求擔任俱盧族大軍的總指揮。帶著一顆沉重的心，他擔起了責任，同時也保證會把個人的情感放一邊，不讓個人的情感耽誤他的職責。

奎師那要阿周那暫時休戰，他說第十八天的戰役必須讓堅戰單獨出馬，對抗俱盧族的總指揮沙利耶。「爲什

麼？」阿周那問。可是奎師那沒回答。

原來沙利耶的體內住著一個大妖魔，遇到好鬥逞兇之人，妖魔的力量就會隨之增長，而且是成倍數地增長。換言之，對手愈好鬥，妖魔的力量就越強。

不過，堅戰天生並非好鬥之人。面對沙利耶時，他當然就更不會端出好鬥逞兇的態度。在戰爭的最後一天，他終於與沙利耶面對面地碰上了。不想帶著暴力與仇恨，堅戰是帶著滿滿的愛和敬意來面對沙利耶。他的這種態度讓沙利耶體內的妖魔失去了力量，而且他的溫和態度還讓那妖魔不斷地分化，不斷地消失，而非不斷地倍增。最後，那妖魔竟消失殆盡，不復存在。沙利耶和堅戰終於能夠單獨地、面對面地展開決戰。

這時，堅戰拿起長矛，不帶一絲憤怒和怨恨，把那長矛擲向沙利耶的心臟。那把長矛擊中了目標，當場殺死了沙利耶。就這樣，俱盧族軍隊的最後一位偉大將領死了。現在，勝利當然屬於般度族。

眼見敗戰即將到來，沙恭尼想出了一個計劃。他發現怖軍、阿周那和堅戰都在前方領軍，般度族大軍的後方並未派人防守。於是他從犍陀羅國召集士兵，從後方突襲般度族大軍。

聽到軍營後方傳來一陣騷動，貢蒂的兒子們回頭望向軍隊後方，看到了沙恭尼的計謀。不過，要他們班師回頭去救後方軍隊卻又十分困難。瑪德莉的兩個兒子剛好駐守在後方附近，堅戰於是高聲對他們喊道：「我的弟弟們，我知道你們此刻很傷心，因為你們的舅舅剛剛戰死。但是我要你們擦乾眼淚，挺身出來對抗沙恭尼。沙恭尼是

個儒夫，只敢像隻狐狸那樣偷襲我們的後方。你們要站出來奮戰，不然我們獲得的一切即將化爲烏有。」

無種和偕天聽了，立刻拿起劍，攻向沙恭尼。一場激烈的戰鬥於焉展開。最後，般度兄弟當中最年輕、最沉默的偕天擊倒並且殺了沙恭尼。沙恭尼之死，讓偕天覺得很欣慰，因爲他們的舅舅雖然戰死了，但是在同一天，難敵的舅舅也戰死了。只是相比之下，他們的舅舅是無辜的——是因爲被騙才加入難敵的陣營。難敵的舅舅沙恭尼卻一點也不無辜——十三年前，他在賭局中操控骰子，害般度兄弟失去了所有的財產。

＊俱盧族的將領當中，毗濕摩領軍十天，德羅納領軍五天，其天數是毗濕摩的一半。迦爾納領軍兩天，天數是德羅納的一半。沙利耶領軍一天，亦即德羅納的一半天數。就數學而論，這很明顯是個向下遞減的過程。

＊般度族要打敗俱盧族，他們必須對付的角色包括父親（毗濕摩）、師長（德羅納）、兄弟（迦爾納）、舅舅（沙利耶）；換言之，這些都是綑綁著他們的牽絆，他們必須加以掙脫。

＊如果沙利耶遇到好鬥的敵手，他身上住著的妖魔就會成倍數地增長——這則故事來自印尼版的《摩訶婆羅多》。

＊在印度版的史詩故事裡，難敵的妻子明光是羯陵伽國的公主。但是在印尼版的《摩訶婆羅多》裡，明光公主是沙利耶王的女兒。明光公主本來愛的是阿周那，但是阿周那勸她嫁給沙利耶王替她選的男子——難敵。由於沙利耶王是難敵的岳父，所以他有義務替俱盧族出戰。

＊沙利耶王和他的兒子們在俱盧之野戰死之後，摩陀羅國統治者後繼無人。按照沙利耶王的遺願，摩陀羅國的統治權最後移交給他的兩個外甥——無種和偕天。

＊除了在大戰最後階段殺死了沙恭尼，瑪德莉的兩個兒子在大戰中並未扮演重要角色。

十二、九十九個俱盧兄弟的死亡

骰子比賽結束的那一天，怖軍曾發誓要殺光每一個俱盧兄弟。如今在俱盧之野的戰場上，他以極爲殘暴的手法來完成這個誓言。不論天神還是妖魔，凡見過他的兇殘行徑的，全都被他嚇壞了。

怖軍就像一隻躁動的獅子，每天都殺死好幾個俱盧兄弟。每一天，持國百子的人數都會減少一些。隨著人數愈來愈少，他們每天都刻意避開怖軍。不過，無論他們躲在哪裡——不管是躲在戰車後面或大象後面，怖軍就像一個不屈不撓的獵人，總會找到他們。一旦找到，他的大杵就毫不遲疑地往俱盧兄弟頭上擊落，不管他們的求饒，也不管他們叫得有多可憐。

在戰場上，其他般度族人都盡量不動甘陀利的兒子，即便有很好的機會可以殺死他們。他們要把機會留給怖軍，讓怖軍完成他可怕的誓言。隨著戰爭的發展，車夫全勝報告的死亡名單也愈來愈長，持國王和甘陀利每日都在爲他們死去的兒子哭泣。

怖軍遇到奇耳的時候，覺得特別難以下手。雖然奇耳是俱盧族人，但是他從來不曾贊同難敵的行爲，而且在賭博大廳裡，他還曾公開反對他大哥的作法。只是到了開戰的時候，爲了忠誠的理由，他選擇站在自己兄弟那邊。因爲這樣，他非常受到般度族的敬重。奇耳死後，所有般度族人都爲他同聲一哭。不過奎師那沒哭，他說道：「比起家人和朋友，人應該更重視正法。」

在九十九個俱盧兄弟當中，殺死難降帶給怖軍最大的快樂，因爲難降曾在大庭廣衆面前脫掉德羅波蒂的衣服。怖軍把難降壓制在地，赤手空拳把難降的腸子扯出來。他接著把德羅波蒂找過來，用難降的血來替她洗頭，讓她完成很久以前發下的復仇誓言，讓她得以綁起頭髮——她曾發誓要用難降的血洗頭，不然一輩子絕不把頭髮綁起來。

看著一身是血的怖軍用血來替德羅波蒂洗頭，用腸子來替德羅波蒂綁起頭髮，用心臟來給德羅波蒂裝飾頭髮，許多人都有此結論：怖軍保護德羅波蒂，猶如陪臚之於保護大地女神薩蒂——只要有人用充滿色欲的眼光看待大地女神，陪臚就砍下那人的頭。同樣的，俱盧族的頭顱是怖軍的戰利品，他們的血則是他描繪戰爭的顏料。

到了戰爭的第十八天，只剩下一個俱盧兄弟怖軍還沒殺死——他們的長兄難敵。

＊在坦米爾納杜邦的某些地方，例如丁迪古耳縣（Dindigul），人們崇拜德羅波蒂，視之為女神。這裡有個稱為德羅波蒂秋日慶典（Draupadi Amman festival）的節日，連續十八天中，人們列隊遊行，演出《摩訶婆羅多》裡的不同場景。他們據以演出的版本是西元十三世紀的坦米爾版本，作者是伐里普圖爾·阿爾瓦爾（Villiputtur Alwar）。除了遊行，還有說書人負責講述故事。另外還有一場盛大的宗教劇稱為泰魯克庫圖街頭舞劇（Terukkuttu）。這種宗教劇和印度北部的羅摩劇（Ramleela）很相似，只是後者的情節依據是《摩訶婆羅多》。

＊《摩訶婆羅多》確實記下一百個俱盧兄弟的名字。他們的名字分別如下（排列並未依據任何順序）：

1. 難敵（Duryodhana），根據某些文本記載，他還沒變成壞人之前名叫善敵（Suyodhana）
2. 難降（Dusshasana）
3. 難偕（Dussaha）
4. 闍羅甘陀（Jalagandha）
5. 娑摩（Sama）
6. 薩哈（Saha）
7. 文陀（Vindha）
8. 阿奴文陀（Anuvinda）
9. 杜爾達什（Durdharsha）
10. 蘇巴胡（Subahu）
11. 難攻（Dushpradarshan）
12. 杜爾馬尚（Durmarshan）
13. 惡顏（Durmukha）
14. 杜斯坎（Dushkarn）
15. 維維坎（Vivikarn）
16. 奇耳（Vikarna）
35. 妙鎧（Suvarma）
36. 杜爾維瑪尚（Durvimochan）
37. 阿育巴胡（Ayobahu）
38. 瑪巴巴胡（Mababahu）
39. 奇蘭卡（Chitranga）
40. 奇塔坤達羅（Chitrakundala）
41. 毗維卡（Bhimvega）
42. 毗巴（Bhimba）
43. 巴羅奇（Balaki）
44. 巴維達善（Balvardhan）
45. 烏羅優達（Ugrayudha）
46. 蘇瑟納（Sushena）
47. 坤達達羅（Kundhadhara）
48. 瑪歐達羅（Mahodara）
49. 奇羅優陀（Chithrayudha）
50. 尼善吉（Nishangi）
51. 帕西（Pashi）
69. （Duradhara）
70. （Dridhahastha）
71. （Suhastha）
72. （Vatvega）
73. （Suvarcha）
74. （Aadiyaketu）
75. （Bahvasi）
76. （Nagaadat）
77. （Agrayayi）
78. 卡瓦奇（Kavachi）
79. 克拉丹（Kradhan）
80. 坤棣（Kundi）
81. 坤達陀羅（Kundadhara）
82. 達努陀羅（Dhanurdhara）
83. 毗摩羅陀（Bhimaratha）
84. 維羅巴胡（Virabahu）
85. 阿羅盧帕（Alolupa）

17. 薩蘭（Salan）
18. 薩陀瓦（Sathwa）
19. 蘇盧燦（Sulochan）
20. 奇畫（Chithra）
21. 近畫（Upachithra）
22. 畫目（Chitraksha）
23. 美繪（Charuchithra）
24. 箭發（Sarasana）
25. 杜爾瑪陀（Durmada）
26. 杜爾維卡（Durviga）
27. 維維蘇（Vivitsu）
28. 維塔納（Viktana）
29. 烏納納巴（Urnanabha）
30. 蘇納巴（Sunabha）
31. 納達（Nanda）
32. 烏巴納達（Upananda）
33. 奇影（Chitrabana）
34. 畫鎧（Chitravarma）

52. 瑞達羅卡（Vridaraka）
53. 德瑞達瓦瑪（Dridhayarma）
54. 德瑞達善陀（Dridhakshatra）
55. 蘇摩奇提（Somakirti）
56. 阿奴達羅（Anudara）
57. 德瑞桑陀（Dridasandha）
58. 伽羅桑哈（Jarasangha）
59. 薩雅桑陀（Sathyascndha）
60. 薩達斯（Sadas）
61. 蘇瓦克（Suvak）
62. 烏嘎斯羅瓦（Ugrasrava）
63. 烏嘎森（Ugrasen）
64. 瑟納尼（Senani）
65. 杜斯巴羅迦（Dushparajai）
66. 阿帕羅吉特（Aparajit）
67. 坤達賽（Kundasai）
68. 維沙拉克（Vishalaksh）

86. 阿哈雅（Abhaya）
87. 勞達卡瑪（Raudrakarma）
88. 達薩斯拉雅（Dhridarathasraya）
89. 阿納古斯雅（Anaaghrushya）
90. 坤達比棣（Kundhabhedi）
91. 維羅維（Viravi）
92. 奇坤達羅（Chitrakundala）
93. 迪羅善（Dirghlochan）
94. 普拉瑪提（Pramathi）
95. 威爾雅萬（Veeryavan）
96. 狄卡羅瑪（Dirgharoma）
97. 迪爾卡胡（Dirghabhu）
98. 摩訶巴胡（Mahabahu）
99. 坤達西（Kundashi）
100. 維爾迦薩（Virjasa）

十三、腰帶以下的部位

每天上戰場之前，難敵都會到甘陀利房裡，向他的母親請安，並請求甘陀利為自己祝福。甘陀利總是說：「願正義的那一方獲勝。」難敵知道他母親的祝福總是會實現，所以他要求甘陀利說：「願我的兒子獲勝。」但是甘陀利始終拒絕這麼說。

不過，等怖軍殺了她九十九個兒子之後，甘陀利為人母的直覺占了上風。持國王也對她這麼說：「不管正不正義，難敵都是我們的兒子。」

所以根據甘陀利的指示，難敵得在天亮前沐浴淨身，然後全裸走到她面前。她說道：「我會打開我結婚以後就一直蒙著的眼罩，張開眼睛看你。我的雙眼已經閉上這麼多年，裡頭充滿了我的虔誠與忠實的力量。你身體的每個部位一旦接觸到我第一次睜開眼的目光，就會變得刀槍不入。」

因此，難敵就脫掉衣服，沐浴淨身，然後赤裸著身子走向他母親的房間。在半途中，他看到奎師那從暗處冒了出來。奎師那上上下下打量一下他赤裸的身體，然後大笑道：「你羞不羞啊！不管她是不是你母親，你畢竟是個成年男子，私處至少應該遮一下吧！」

難敵覺得很尷尬，於是拿了一片香蕉葉綁在腰際，遮住他的大腿和生殖器。他走到母親面前站定；甘陀利拿掉蒙眼布，張開眼睛，看著她赤裸的兒子。但是她一看到兒子遮住了某部分身體，便開始哭了起來：「悲哉吾兒！你遮起來的部位將會成為你的弱點，這個弱點將會導致你的死亡。」

難敵覺得很害怕，所以就躲到戰場遠處的一個湖裡。這是戰爭發生之後的第十八天，沙利耶死後，怖軍和其他般度族人就一直在戰場上到處尋找難敵。如果難敵沒死，戰爭就不算結束。最後，他們在那個湖裡找到了難敵。「出

來吧，膽小鬼！」怖軍大聲喊道。

「我才不是膽小鬼，」難敵一面說，一面從水裡站了起來。「我只是來放鬆一下我疲憊的四肢，等一會兒殺你時，才不用費太多力氣。」

奎師那和其他般度族人圍在一旁，觀看怖軍和難敵展開決鬥。兩人都殺紅了眼，就像發情的野象。兩人強壯的手臂冒著汗，在夕陽下閃閃發光，彷彿金色的柱子。這兩個戰士都跟奎師那的哥哥大力羅摩學過大杵戰術，兩人的體力也大致相當。想當然耳，不管怖軍如何嘗試，他就是制服不了難敵；他的攻擊雖然淩厲，但是難敵的身手也很靈活，總有辦法巧妙地避開。

即便他的大杵偶爾擊中難敵，但是大杵竟然會鏗鏘作響——這讓怖軍覺得很不解，他絕望地望著奎師那。

奎師那直直地看著怖軍的眼睛，然後雙手重重地拍打著大腿和靠近生殖器的部位。怖軍了解奎師那的意思：攻擊難敵的大腿部位。攻擊別人腰帶以下的部位？這不是違反戰爭的規則嗎？但是怖軍從來不曾質疑奎師那的智慧。他揚起大杵，攻向難敵腰部以下的部位。難敵料想不到怖軍會這麼做，一時措手不及，結果他的大腿就被怖軍被打斷了，生殖器也被擊碎。

「你犯規，」難敵倒在地上，大聲抗議道。但是怖軍和奎師那絲毫沒有要道歉的意思。「你們違反正法！違反正法！」難敵大叫道。接著他召喚他的老師大力羅摩，只聽他大聲喊道：「快來看啊！你這個學生爲了殺我——你最愛的徒弟，竟然聽從你弟弟的教唆，破壞了戰爭的法則！」

難敵說完的那一刻，大力羅摩立即出現在戰場上。他看到難敵那雙被打斷的大腿，不禁勃然大怒。他舉起了犁頭，打算要殺了怖軍。怖軍垂下頭，準備承受老師的教訓。但是奎師那走了過來，擋在兩人中間，冷冷地說道：

「那些依照叢林法則生活的人，理當依照叢林法則而死。」覺察到奎師那這句話中含藏的客觀眞理，大力羅摩放下了犁頭。

難敵躺在地上，既無法站起來，也抬不起頭，只能留在那裡，直到失血過多而死。圍繞在他身邊的都是一群勝利者；他聽著般度族人發出的勝利呼喊，嘲笑自己倒地不起的窘態，忍不住哀嘆這悲苦的結局。無法克制喜悅的怖軍則跳到難敵的頭上，開始跳起舞來。

「別跳了，」奎師那生氣地大叫道：「你怎麼可以這樣汙辱他？他可是你的堂兄弟，也是一位國王和戰士啊！他得到的懲罰難道還不夠嗎？你已經獲得勝利了，難道就不能展現一點仁慈嗎？」

怖軍覺得很丟臉，於是垂下了頭，跟著他的兄弟回軍營去了。在那裡，他們看到無法克制喜悅的德羅波蒂正忙得不可開交，準備慶祝這次偉大的勝利。

看著他們一行人走遠，難敵在他們身後大聲叫道：「我這輩子都住在王宮裡，過著王子的生活。今天我在這戰場上，像個武士堂堂正正地死去。你們呢？你們大半輩子都住在森林裡，過著像乞丐和小偷的生活。現在你們即將繼承的，只不過是個遍布屍體的國度。你們說，有誰的一生過得比我更好？有誰比我死得更體面？」

＊甘陀利本想賜給兒子刀槍不入的身體，但卻失敗了——這個故事和希臘神話裡的一則故事很相似：海中女神緹蒂絲（Thetis）把兒子阿基里斯（Achilles）浸入冥河（Styx）的水裡，使阿基里斯的身體刀槍不入，但是她抓著阿基里斯的腳跟卻沒浸到水，那個部位後來即成為阿基里斯的死穴。

＊俱盧王是般度五子的祖先。他耕種過的那塊地，就是後來名聞遐邇的俱盧之野。據傳當年俱盧王耕地所用的動物，是苦行神濕婆的公牛和死神閻摩的水牛，並且用他自己的血肉為種子來耕作。因為這個舉動，他獲得了諸神的歡心，得到諸神的祝福。俱盧王要諸神賜給他的祝福是：所有死在俱盧之野的人都可以直接進入天界。

＊《斷腿》（*Urubhangam*）是劇作家巴薩寫於西元一百年的劇本。在這部劇本裡，他帶入一個不存在於史詩裡的人物：難敵的幼子難勝（Durjaya）。故事提到難勝看到父親，很想坐在父親的腿上。但是他無法如願，因為難敵的大腿已經斷了。難敵這位被擊倒的惡徒此刻滿心懊惱，規勸他的兒子要好好服侍他的幾個叔伯，亦即獲得勝利的般度五子。

＊在坦米爾納杜邦，俱盧之野十八天的戰事會在一種稱為泰魯克庫圖街頭舞劇的表演中一一再現。在其中的一場表演裡，人們用泥土製作一個巨大的塑像，描繪難敵躺在地上的樣子。在塑像的右大腿附近，人們會放上一瓶紅色液體。在表演的尾聲，扮演怖軍的演員進入催眠的狂亂狀態後，會擊破那個瓶子。經過這一儀式，人們隨即蜂擁上前，帶走一把用來製作難敵塑像的泥土。人們會好好保存那把泥土，據信那把泥土可以保護穀物生長，或者保護穀物在糧倉裡不會腐壞。

＊「屬於我的東西」（what is mine）和「不屬於我的東西」（what is not mine）——這兩者的界線是人為的建構，並非天生自然的現象。這種人為的發明物會被人的想法所摧毀。俱盧族的想法是「動物的想法」（animal mind）——他們無法理解這兩者的區別，因此他們一輩子都頑強地抓住土地，直到最後一刻都生活在憤怒和恐懼之中。奎師那的目標是幫助般度族超越這種存在於人的內心、充滿地域性的動物本能，並且實現人的天賦潛力。然而並不是一件容易的事。奎師那雖然幫忙怖軍打敗了難敵，但他無法讓怖軍對敵人產生同理心。對怖軍而言，難敵始終是「不屬於我的」那一方。除非人具有一顆同情共感的心和

包容的心，否則正法無從建立。怖軍把戰爭的意義簡化成一場復仇之戰，或一個復仇的故事，而不是一場激發人尋求內在轉變的成長之旅。

＊在史詩裡，俱盧族之所以變成反派，主要是因為他們拒絕超越動物屬性的欲望，他們就像大男人那樣，堅持抓住領土和主權。奎師那幫助般度族經歷這一轉變的歷程，但是隨著事件進展，我們也發現意圖和實踐之間畢竟存在著巨大的鴻溝。

＊在印度北阿坎德邦的哈奇杜恩山谷（Har-ki-Doon Valley），難敵這位反派的史詩角色被人們供奉為善神，許多為他而搭建的木頭神廟隨處可見。

十四、會說話的頭顱

這是大戰爆發以來，太陽第十八次落下。贏得勝利的般度族回到軍營，而出來迎接他們的是快樂的德羅波蒂——她爲他們撒了許多香花。

阿周那坐在戰車上，等待奎師那先下車。但是奎師那完全沒有要先下車的意思。奎師那這種行爲讓阿周那覺得很困擾，因爲根據傳統，車夫得先下車，接著弓箭手才下車。最後，阿周那沒辦法，只好氣急敗壞地先下車，讓奎師那繼續坐在車上。不過，等奎師那一下車，那輛戰車馬上就起火爆炸，燃燒了起來。

此時奎師那才告訴阿周那眞相。原來那輛戰車在很久以前就被德羅納摧毀了。阿周那這時才了解：那輛戰車之所以沒馬上起火燃燒，唯一的原因是奎師那坐在上面。奎師那剛才的不敬之舉，其實是爲了保護他，因爲只要奎師那坐在車上，那輛車就不會起火爆炸。爲勝利沖昏頭、沾沾自喜的阿周那終於學得一課：保持謙虛。他終於了解，如果沒有奎師那在他們身邊，般度五子不可能會贏得勝利。

軍營的帳篷裡，很快就充滿了狂歡作樂的聲音。士兵們有的在跳舞，有的在唱歌，食物和酒也源源不絕地送上來。在這場勝利的慶功宴中途，士兵們發生了一場口角。他們爭論的問題是：在所有般度族裡，誰是俱盧之野戰場上最偉大的戰士？是殺了毗濕摩和迦爾納的阿周那？還是殺了俱盧百子的怖軍？

「如果這個問題的答案對你這麼重要，你爲何不去問問那顆會說話的頭顱？」奎師那說道。

那顆會說話的頭顱本來名叫波跋利迦，是那迦公主阿悉羅伐蒂（Ahilawati）的兒子。他宣稱他的父親是怖軍，但是有很多人都認爲他的父親其實是怖軍的兒子，即羅剎青年瓶首。

波跋利迦只帶了三支箭就來俱盧之野參戰。「第一支箭，我可以用來毀掉般度族；第二支箭，我可以用來殺光俱盧族；至於第三支箭，則可以殺死奎師那。」他如此誇耀道。

爲了測試他的功力，奎師那要他用一支箭把榕樹的葉子全射下來。大家都看得目瞪口呆，因爲波跋利迦射出的那支箭竟把那棵樹的每片葉子都串在箭上，最後那箭就懸浮在奎師那的腳邊——原來奎師那偷偷把一片落葉踩在腳下。

這位戰士的技藝超群，奎師那非常敬佩，因而問他道：「你打算爲哪一方出戰？」

「失敗的那一方，」波跋利迦說道：「只有那樣，我才會天下無敵，戰無不勝。」

這個答案讓奎師那感到很不安。如果波跋利迦只替失敗的那一方出戰，才會戰無不勝，那麼他永遠都會去支持那支即將戰敗的軍隊。一旦他的貢獻讓某一方變強，他就會換邊，加入另一方敵對的軍隊。換句話說，當俱盧族快贏的時候，波跋利迦會跟俱盧族對抗；當俱盧族快輸的時候，他就會改變立場，轉而爲俱盧族作戰。如此一來，這場戰爭永遠都沒有完結的一天。

爲了避免發生這種令人不快的可能結果，奎師那想出了一個計劃。「你能幫我一個忙嗎？」奎師那問：「有個戰士威脅到這個世界的存亡，而我覺得很無助，一點辦法都沒有。」

波跋利迦永遠不會對無助者說「不」，他回答道：「那個戰士是誰？告訴我，我來幫你摧毀他！」

奎師那立刻拿出一面鏡子，照著波跋利迦的臉說道：「我求你，給我這位戰士的人頭。」

波跋利迦知道自己被奎師那耍了，但卻沒有辦法說「不」。他只好把自己的頭割下來，交給奎師那。他唯一的遺憾就是在他死前無法親眼看見俱盧之野的戰役。覺察到波跋利迦的這個遺憾，奎師那把生命之氣吹進波跋利迦的頭顱。如此一來，波跋利迦雖然無法參與一切，卻可以看到一切，聽到一切。

起初，波跋利迦的頭被擺在地上。但是每一次他看到戰場上有什麼好笑的事，他都會大笑，而他的笑聲威力強大，足以逼退數百輛奔馳的戰車。所以奎師那把他的頭改放在某座山頂上，波跋利迦因此擁有全面的視野，可以看見戰場上的一切。「他一定比任何人都看得更多、更清楚。要回答你們這個問題，他是最佳的人選了。」奎師那對般度族的士兵們說道。

不過，般度族士兵問他誰是俱盧之野戰場上最偉大的戰士時，那顆會說話的頭顱給了一個很奇怪的回答：「怖軍？阿周那？我誰也沒看見。事實上，我一個戰士都沒看見。我只看見毗濕奴的善見神輪在戰場上飛來飛去，砍下一個又一個邪惡國王的人頭。每個國王流下的血，全都流入大地；只見大地化身爲迦梨女神，只見女神伸出舌頭，吞下所有國王的血。」

般度五子請那顆會說話的頭顱解釋這段話的意思。於是那顆會說話的頭顱說道：「很久以前，毗濕奴化身爲普利度王（Prithu），普利度王跟大地保證說他身爲國王，一定會好好善待她，猶如牧人之善待他的牛一樣。爲了確保人類文化與自然之間維持和諧，他根據紀律、慷慨與犧牲的原則，建立了一套文明的法則，稱爲正法。大地聽了很高興，於是化身爲高莉，亦即大地之母，並以其豐饒物產滋養地上衆生。每個國家都有國王負責在他們各自的國度中執行並維護正法。然而時日一久，國王們開始濫用權力，大肆掠奪大地的資源。極爲痛苦的大地於是化身爲牛，去找毗濕奴哭訴，並提醒毗濕奴答應過她的事。毗濕奴看到國王們過度的榨取已經讓乳牛的乳頭疼痛，而且還壓斷了乳牛的背，他非常生氣，並發誓他一定要給世間這群國王一個教訓。於是他多次轉世下凡，分別化身爲持斧羅摩、羅摩、奎師那，並且消滅所有違反正法的國王。他請溫柔的高莉化身爲可怕的迦梨，並喝下那些因貪婪而過度擠奶的人的血。如此說來，這場戰爭不僅涉及般度族和俱盧族之間的恩怨，也與世人和土地的關係有關。會說話的頭顱因爲置身在戰場的上方，因此擁有比一般人更寬更廣的角度，得以觀察戰場上的暴力行動。」

般度族軍營裡的大家都陷入了沉默。他們意識到這一切——不管是戰爭還是勝利——都不是他們自己創造的，而是命運的產物。雖然他們繼續慶祝戰爭的勝利，但是卻沉默了下來。般度族會贏，不

是因爲他們的武藝比較高強，而是因爲神要他們贏。

＊在喀拉拉邦和安德拉邦（Andhra Pradesh），波跋利迦的故事是地方口傳文學傳統的一部分。在拉賈斯坦邦，波跋利迦被敬奉為卡度桑央吉（Khatu Shyamji），亦即失敗者永遠的守護神。會說話的頭顱邀請每個人從比較寬廣、比較全面的角度來看待那場戰爭，我們因此得以了解那場戰爭不僅是兩個堂兄弟爭奪王位繼承權的鬥爭，同時也是神藉由這場戰爭，創造一個平衡的宇宙。沒有任何事件是獨立發生的；任何事件都是多種歷史、地理事件的累積。同樣的，當前的事件對未來的歷史和地理也會產生巨大的影響。

＊在某些傳統裡，這顆會說話的頭並不屬於波跋利迦，而屬於阿周那與優樓比的兒子伊拉萬。

·卷十六·

戰後的結果

鎮群王，
甘陀利在爲期十八天的戰爭中
失去了所有兒子，
德羅波蒂也是如此。

一、德羅波蒂之子的死

十八天過去了，十八支軍隊打完了仗，十二億兩千多萬人喪失了生命。倖存下來的士兵不到兩萬四千人。在這群人之中，只有三個人屬於難敵的陣營，他們是德羅納之子馬嘶、俱盧族王子的武術教練慈憫和雅度族人成鎧。

天色已暗，三人坐在難敵倒下來的湖邊附近，聽著般度族軍營那頭傳來狂歡作樂的聲音。「我們或許被打敗了，但是他們也還沒贏。」馬嘶說道，他淚流滿面，承受不了般度軍營那頭傳出來的笑聲和歡樂聲。

「馬嘶，你眞有種！你雖然生於祭司之家，」難敵呻吟道：「但你展現的這種精神，遠比武士更偉大。你眞的很適合當將領。」

這位德羅納之子垂首向難敵致意；他眼裡燃燒著怒火，對難敵說道：「那就任命我當指揮官吧，不管你的軍隊還剩下多少人。我一定會摧毀般度族，即使賠上性命也在所不惜。」

「如果你有辦法，就去做吧！」垂死的難敵低聲說道。他覺得實在很驚訝，因爲他明明已經走到鬼門關口了，不知爲何心裡卻依然充滿了怒氣。倒是馬嘶覺得快樂一點了，他當下就把劍插在地上。

「你打算如何摧毀那群勝利者？」慈憫問道：「他們人數那麼多，可是我們只有三個人？」

「我不知道，」馬嘶咬著牙，惡狠狠地說道：「但我會摧毀他們的。我一定會。」

太陽下山了。三個倖存者看到一隻貓頭鷹停在湖邊的一棵樹上，然後那隻貓頭鷹竟慢慢地把睡在樹枝上的一百隻烏鴉給殺死了。「你問我有什麼打算？看，我們就這麼辦！」馬嘶指著那棵樹，高興地跳了起來道。

了解馬嘶打算夜襲般度族，慈憫遲疑道：「趁他們入睡時攻擊他們？這麼做不妥當吧？這麼做有違正法。」

「讓女人進入戰場難道不違反正法嗎？射殺一個已經放下武器的人難道不違反正法嗎？襲擊腰以下的部位難道不

違反正法嗎？既然般度五子從來就不在乎正法，我們幹嘛在乎？」話一說完，馬嘶就悄悄地往般度族的軍營走去。慈憫和成鎧遲疑了一會，隨即也跟了上去。

到了般度族的軍營，慈憫和成鎧守在入口。馬嘶抽出了劍，悄悄走向般遮羅國士兵睡覺的區域。在該區域的門口，他看到了毀滅之神濕婆神，而且濕婆神對他示現的相不是慈悲的商羯羅（Shankara），而是可怕的陪臚：渾身是血，脖子上圍著一串人頭項圈。

馬嘶朝濕婆神彎腰敬禮，接著進入般遮羅國士兵區。他首先看到了德羅波蒂的兩個哥哥，即束髮和猛光；兩人正睡得香甜，但是他二話不說，立即揮劍劈下，把兩人砍死。「這是爲毗濕摩和德羅納報仇，」他說道。接著他看到五個戰士睡在一起，他認爲那就是般度五子，因此就把那五個戰士的頭給斬了下來。「這是爲所有俱盧族報仇。」他說道。接下來他在般度族的軍營內放了一把火。許多想逃出營區的士兵，全部在入口處遭慈憫和成鎧射殺而死。

馬嘶帶著那五顆人頭回到湖邊找難敵，他很高興地叫道：「受到濕婆神的祝福，我殺了般度五子。看，這是他們的人頭。」

難敵覺得有點難以置信。「把怖軍的頭給我。」他說道。拿到人頭後，難敵把那顆頭放在兩隻手掌之間，像壓椰子殼那樣，一下子就把那顆頭壓碎了。「不對，這不是怖軍的頭，太嫩了。馬嘶，你到底殺了誰啊？」難敵問。

慈憫仔細檢查那幾顆頭。「這不是般度五子，這幾個人看來都很年輕。

事實上，他們還是小孩子。天啊，馬嘶！你被憤怒蒙蔽了雙眼，你殺的是德羅波蒂的五個小孩！」慈憫叫道。馬嘶聽了，不知道要說些什麼才好。

難敵哭著喊叫道：「我們現在竟然降格到連小孩都殺了嗎？這一切到底什麼時候才會結束啊？等我們全都死了的時候嗎？這實在太瘋狂了。般度五子即將當王，但是他們統治的是一個遍布屍體的城市。馬嘶，你沒說錯。這場戰爭我也許打輸了，但沒有人真正打贏。」說完這段痛切的話，難敵終於嚥下了最後一口氣。

戰爭規則	規則破壞者	受害者
女人不得進入戰場打仗	般度族／阿周那	毗濕摩
不得多人攻擊一人	俱盧族／德羅納	激昂
日落後不得攻打敵方	般度族／阿周那	勝車
不得干預他人的決鬥	般度族／薩諦奇	廣聲
不得殺害動物	般度族／怖軍	大象馬嘶
不得散播假消息	般度族／堅戰	德羅納
不得殺害放下武器之人	般度族／猛光	德羅納
弓箭手不得射殺放下弓箭之人	般度族／阿周那	迦爾納
不得攻擊腰以下的部位	般度族／怖軍	難敵
不得殺害睡著的人	俱盧族／馬嘶	般度五子的兒子

二、馬嘶的詛咒

第二天太陽升起，照見了一幅最恐怖的畫面：般度軍營裡的士兵全部被燒成焦屍，德羅波蒂的兩個哥哥和五個兒子成了無頭屍體。空中盤旋著數千頭禿鷹，烏鴉的呱呱叫聲從地平線上那頭傳來。般度族只有七個人幸免於難：般度五子和兩個雅度族人，即奎師那和薩諦奇。

「我的兒啊，」德羅波蒂尖聲哭叫道：「天啊，我綁起頭髮的代價為什麼這麼大啊！」

等她停止哭泣，復仇的惡魔立刻浮現在她心裡。「到底是誰幹的？」她問道。猛光的車夫看到了事發經過，於是他就把馬嘶如何攻擊入睡的戰士——就像貓頭鷹在夜晚盡情擊殺烏鴉的情形，一五一十地說給德羅波蒂聽。聽完後，德羅波蒂說道：「我要他的頭！」

「不行，」奎師那阻止道：「讓我們停止這一連串的復仇行動吧。有一次，馬嘶到德瓦拉卡找我，跟我要善見神輪。因為他是婆羅門，我不得不把善見神輪交給他。他試著用左手拿起神輪，接著又用右手試試。結果試了兩次都失敗，然後他就開始哭了起來。我問他為什麼要我的武器，因為從來沒人敢跟我要這件武器，我的朋友阿周那不敢，我的兒子明光也不敢。他說他要這件武器，因為他知道那是世上最厲害的武器。他想用來對付我，然後成為世上最厲害的戰士，把所有人都嚇死。他的個性就是這樣。即使他出生在祭司之家，但是他父親對他的教養卻使他變成一個野心勃勃的妖魔。他渴望獲得權力，卻不知道如何使用權力。他既不是婆羅門，也不是戰士。殺他一點意義都沒有。把他活捉過來吧。」

於是般度五子派人到處尋找馬嘶。當馬嘶知道般度五子正在找他，他便舉起弓箭，射出一支著名的梵天神箭。阿周那看到那神箭朝他們飛來，也射出另一支梵天神箭來抵禦，希望可以化解其力量。

當那兩支神箭相互趨近時，大地頓時陷入了黑暗。四周狂風大作，塵土飄揚，石頭亂飛，禽鳥瘋狂地啾啾亂叫，大地震動——原來兩箭釋出的可怕熱能把大地燒得焦黑。著了火的象群瘋狂地四處亂跑。馬匹崩潰倒地，紛紛死亡。兩支神箭還各自噴出一萬道火舌，意圖摧毀對方。

「快召回你們的箭！」奎師那請求兩位戰士道：「你們的武器會燒毀大地，殺死地上所有生靈。」其他仙人，包括毗耶娑，看見兩支冒火的神箭猛衝向對方，都懇求兩位戰士聽從奎師那的命令。

阿周那發現事態嚴重，急忙把神箭召回，收入箭筒裡。但是馬嘶不知道如何召回神箭，所以他重新導引神箭的方向，使之射向般度族所有懷孕婦女的肚子。他說道：「讓這支神箭殺了般度族所有尚未出生的後代，徹底毀滅那群殺了我父親和朋友的族人。」

奎師那氣壞了。他急忙擋在激昂的寡婦，即至上公主的面前，親自承受那支神箭的力道，以免神箭傷害公主肚子裡的小孩——那是般度族最後的傳人，也是唯一的後代。

奎師那接著轉向馬嘶，對馬嘶下了一個可怕的詛咒——那是奎師那唯一說出口的詛咒，他對馬嘶說道：「馬嘶，你做的事實在太可怕了，即便是死神，也要避開你三千年。在這段期間，你的傷口會潰爛，你的皮膚會布滿瘡瘤，逼迫你好好思考你究竟造成什麼禍害。」

馬嘶的頭上本來生有一顆會給他帶來好運的寶石。奎師那將那寶石取下來，遞給德羅波蒂，德羅波蒂則將之轉送給堅戰。馬嘶從此被趕出文明世界，因為對人類而言，他並非吉祥之人。

＊阿周那和馬嘶發射的武器威力強大，許多學者從而推斷古代仙人似乎已經熟知核子武器的製作，或者至少已經想見過核武爆發的景象。

＊墮胎是印度教傳統裡最糟糕的罪行，因為墮胎不僅殺害尚未出世的無辜生命，同時也會讓祖先失去轉世再生的機會。更糟的是，試圖讓般度族婦女流產的馬嘶，其身分還是一個婆羅門——在理論上，婆羅門是要保護生命，而不是摧毀生命。這就是神明判給馬嘶的懲罰比死還重的緣故。馬嘶被迫活著受苦。據說直到今日，如果我們仔細傾聽海浪或海風的聲音，我們依然還能聽到馬嘶悽慘的哭聲——這位嬰兒殺手實在太慚愧了，無顏面見世人。

＊馬嘶的故事顯示：如果有人不遵守世襲的職業法則，就會造成嚴重的後果。馬嘶生於祭司之家，他理當根據「阿什羅摩正法」，成為祭司，以祭司為其終生職業，但是相反的，他選擇當一個武士。不過，馬嘶成為武士之後，並未負起保護弱小的責任，只知濫用權力，累積權力。這就是奎師那對他一點仁慈都不願意施捨的原因。他代表了文明的沒落，也是人類的憤怒和貪婪的終極象徵。

＊在毗耶娑的《摩訶婆羅多》裡，德羅波蒂是個柔弱的角色，看到自己的兄長和孩子被殺，她也只能哭泣嚎叫和生氣而已。但是在地區性的傳說故事裡，她脫胎換骨，化身成一位截然不同的女英雄，並不像史

詩裡的角色那麼被動。她在印度中古史詩〈阿爾哈〉（Alha）裡的名字是蓓拉（Bela）；她的武士丈夫死於戰爭之後，她即依循「娑提」儀式，自願殉葬。在北印度坦米爾納杜邦的民間故事裡，德羅波蒂重生為毗羅薩蒂（Virashakti），身上帶著五樣聖物（鼓、鈴鐺、鞭子、三叉戟和一盒薑黃），極力打擊妖魔，形象很接近戰爭女神難近母。

三、貢蒂的祕密

孤兒們的哭聲劃破了空氣中的寧靜——他們拚命地四處奔跑，尋找父親的遺體。持國王和甘陀利兩位老夫妻帶著一百個如今已經成爲寡婦的媳婦，走進了戰場。

那群女人到處奔跑，尋找丈夫的遺體，然而她們找到的都是沒有頭的身軀、被砍下來的手、壓碎的腳。戰場上有很多狗正在啃咬偉大戰士的舌頭，還有許多老鼠正在齧咬弓箭手的指頭。戰場上瀰漫著一片屍臭，令人幾乎難以忍受。

般度五子看到她們的母親貢蒂也走在戰場上，在死去的俱盧族之中尋找著什麼。「母親，妳在找誰？」堅戰問。

「迦爾納。」貢蒂說道。

「爲什麼要找那位車夫之子？」阿周那問。

「因爲他是你們的大哥，我的第一個兒子。」貢蒂說道。她終於不再害怕面對這個眞相了。

一開始，般度五子並不了解貢蒂這句話的意思。等到他們終於聽懂之後，阿周那突然膝蓋一軟。他發現自己不僅殺了待他如子的毗濕摩，殺了他的老師德羅納，還殺了自己的大哥。「他知道嗎？」堅戰問。貢蒂點點頭。這個事實讓阿周那更覺得難受。

貢蒂於是把她如何出於孩子般的好奇，如何使用敝衣仙人賜給她的咒語，如何召喚太陽神授子的故事說給般度五子聽。她說迦爾納曾向她保證他不會傷害她的兒子，除了阿周那。她重複迦爾納說過的那句話：「不管有沒有阿周那，妳總是可以告訴世人妳有五個兒子。」

般度五子這時才想起，迦爾納在戰場上明明有很多機會可以殺死他們，但卻都沒對他們下手。現在他們知道原因了。他們覺得很痛苦。勝利來到他們的手中，然而手上卻沾滿自己大哥的血。「天啊，但願世間不要再有女人守著這樣的祕密啊。」堅戰嘆道。

「妳以前爲什麼不告訴我們？」阿周那問。

「如果她告訴你們，你們會跟迦爾納打仗嗎？如果你們不跟他打，俱盧族就不會被打敗，如此一來，人間正法就無法建立起來。」奎師那聽到他們母子的對話，插進來解釋道。奎師那這話固然十分合乎邏輯，但卻無法驅除般度五子心中的痛苦——突然降臨到他們心中的痛苦。

＊自從貢蒂說出迦爾納的身世之後，她和般度五子的關係就跟從前不一樣了。般度五子對她感到很生氣，因為她為了顧及自己的名聲，竟然拋棄了自己的孩子。而且，她竟還讓般度五子討厭迦爾納這麼多年。如果貢蒂沒有保持沉默，迦爾納也會得到世人比較合理的對待。

＊透過迦爾納這個角色，詩人毗耶娑重申我們對世界的理解並不完美，因為我們對世界的理解是建立在我們的觀點和錯誤的資訊上。我們身邊有許多因為恐懼而掩藏真相的「貢蒂」；我們身邊也有很多「迦爾納」——表面上看似壞人，其實卻是我們的兄弟。

四、長輩的憤怒

奎師那建議般度五子去拜見俱盧族的父母，表達他們的敬意。「但是怖軍，你要小心防備持國王壓抑在心的怒氣。當他試圖擁抱你的時候，記得在他面前放一個你的鐵製塑像。」

怖軍依照奎師那所說的，帶著自己的鐵製塑像去見持國王。持國王擁抱著那塑像，以為那是怖軍，而他抱得那麼用力，以至於最後竟壓碎了塑像，彷彿那塑像只是柔軟的陶土做的。這就是盲眼國王的怒氣。對怖軍這個殺了他兒子的人，他的怒氣之強，竟足以把鐵製塑像捏碎。

捏碎了塑像，持國王開始哭泣。他說道：「我做了什麼啊？在憤怒之中，我竟然捏死了我弟弟的兒子？怖軍就像我自己的兒子啊！」

但是甘陀利知道怖軍還活著，她感覺得到對方的呼吸，憤恨地說道：「奎師那又再度出手保護般度五子。」

當般度王的兒子走向她，預備向她請安的時候，維杜羅在她的耳邊輕聲說道：「甘陀利，控制妳的憤怒。如果妳詛咒這幾個人，這世界就沒有國王了。」

就這樣，當般度五子跪在她面前，她強迫自己為他們賜福。在她這麼做的時候，眼裡流著滿滿的淚水。但淚水實在太多了，她的蒙眼布竟因此鬆開了一點點，讓她得以偷偷瞄一眼堅戰的大腳拇指。那一眼是多麼的熾熱，以至於堅戰的腳拇指竟變成了藍色。不過，就看了那麼一眼，甘陀利的怒氣畢竟消散了。

當德羅波蒂上前向甘陀利請安的時候，甘陀利抱著她哭道：「我們兩個都沒有孩子了！身為母親的我們，除了哭泣，還能做些什麼啊？」聽她這麼一說，德羅波蒂也崩潰大哭，緊緊地抱著甘陀利。

甘陀利感覺到奎師那就在她身邊。她問奎師那道：「為什麼我的兒子都得死？你難道不能至少留一個給我嗎？」

「殺死妳兒子的，並不是我，」奎師那的聲音充滿了同情；他進而向甘陀利解釋道：「他們會死，是因為妳的命運，也是他們的命運。很久很久以前，妳在煮飯時，把熱水倒在廚房外的地上，毀掉了一隻昆蟲的一百顆卵。那隻昆蟲對妳下了咒，要妳也像她那樣，親眼目睹所有兒子的死亡。」

「可是那是小孩子的無心之過啊！」甘陀利抗議道。

「這就是業報的法則。每個行動，不管有心無心，都會產生一個果報。人遲早都得經歷這個果報，如果不在這一世，就在下一個他世。」奎師那說道。

奎師那於是跟他們講了一個故事，故事的主角名叫尼格王（Nriga）。故事是這樣的：尼格王送了一隻牛給一位仙人，但是那頭牛不知爲何，竟然自己跑回王室的牛欄裡。國王不察，又把那頭牛送給另一個仙人。雖然國王不是故意的，但是當兩位仙人發現他們得到的竟然是同一隻牛以後都氣壞了，因此他們詛咒國王轉世再生爲一隻蜥蜴。

＊怒氣需要釋放的管道。持國王以壓碎怖軍的塑像為其管道，甘陀利則以目光燒傷堅戰的腳拇指為其管道。一旦獲得釋放，怒氣就會消散，理智就會回來。在印度的許多地方，人們勸生氣的人吃點糖，就像甘陀利那樣，免得按捺不住，說出詛咒般度五子的話。

＊在安德拉邦，人們對女人的規勸是：永遠別像甘陀利那樣把熱水直接往地上倒，熱水一定要放涼，或加入冷水之後才能倒掉。

＊在奧里薩的民間故事裡，據說甘陀利是坐在一塊石頭上，壓碎了石頭下面的烏龜蛋才遭受母龜的詛咒。這就是甘陀利會失去兒子的原因。

＊這部史詩亦嘗試推測人為何會死。有一天，創造萬物的梵天意識到他的孩子不斷繁衍，數目愈來愈多，以至於大地在他們的重壓之下不斷地呻吟。所以他就創造了死亡女神米瑞莉特（Mrityu）。然而這位女神不願意殺害任何生靈——她不想承受這一可怕行為所帶來的重擔。梵天於是向女神保證她無須承受那些重擔：「死亡是生靈在他們一生之中所累積的功德，或者所造下的惡業的直接結果。妳只是負責監督這個過渡的程序，死亡的重擔將會由那些活著的生靈來承擔。」如此說來，所有生靈的死亡並不是外力因素造成，而是他們個人的業報的結果。

五、甘陀利的詛咒

奎師那知道他那些話固然道理精深，但依舊無法趕走甘陀利心中的痛苦，因爲聽完了他的話，甘陀利還是繼續在哭。太陽下山了，悲傷的俱盧族寡婦決定回王宮去，因爲地平線上已經擠滿了禿鷹、烏鴉、狗和各種等著食用死者遺體的幽靈。「母親，我們回去吧，」她們對甘陀利叫道：「我們明天再來給我們的兒子和丈夫舉行火葬儀式。」

「妳們先走吧。我要留在這裡陪我的孩子。他們躺在這片戰場上，沒人愛也沒人疼，讓我留下來安慰他們。」

奎師那也幫忙勸道：「回去吧。等妳遇到更大的歡樂或更大的痛苦時，妳就會忘記這一次的痛苦。」

「不會，」甘陀利怒道：「你怎會了解我的痛苦？你又沒有一百個兒子，你又沒當過母親。」了解這位蒙眼母親要留在戰場上過夜的心意已決，其他人於是不再勉強她，全都回到城裡去了。

夜裡的空氣中充滿了餓狗、禿鷹和烏鴉的叫聲。甘陀利不停地揮著拐杖，不讓那些餓狗、禿鷹和烏鴉靠近她兒子的遺體。面對如此悽慘的狀況，她心裡覺得很痛苦，也覺得很生氣——她氣般度族，氣奎師那，也氣她的人生。

到了半夜，甘陀利突然覺得很餓，一種很痛苦很激烈的飢餓感折磨著她。她是那麼餓，以至於除了食物，什麼也無法多想。突然間，她聞到一陣芒果的香氣，而那香氣就從她的上方傳來。為了吃到芒果，她搬來許多石頭，堆成階梯，然後爬上階梯，伸手去摘那顆芒果。那顆芒果眞的很好吃。等她吃完，飢餓的痛苦就消散了。與此同時，甘陀利的理智回來了。她突然覺得那些石頭——她用來搭梯子摘芒果的石頭，感覺上比較不像石頭，而比較像是人的身體。她的兒子！甘陀利突然明白了：原來她為了克服飢餓的痛苦，竟用兒子的身體搭成的梯子去摘芒果。

「天啊，奎師那，」她哭叫道：「現在我知道摩耶的力量了——那個欺騙你，使你不快樂的假象，會被另一個使你更不快樂的假象壓倒和覆蓋下去。天啊，奎師那，你非得用這麼殘忍的方式來教我這個眞理嗎？可惡的你，我詛咒你。我詛咒你有一天也感受到失去所愛的痛苦。願你有一天也無助地看著你的孩子、你的孫子、你的所有族人彼此殘殺。還有，偉大的神，願你有一天會像野獸那樣死於平凡獵人之手。」

第二天，戰士們的遺體被收集起來，高高地堆在一起。搭建火葬堆的木柴不夠，所以那些壞掉了的戰車的輪子和旗幟全都派上用場，全部擺在火葬柴堆上作為燃料。火焰高高地往上燒，直抵天堂。那場火是如此明亮，許多人都覺得彷彿太陽降臨大地。

＊神轉世化身為人，所以必須像人一樣地生活，像人一樣地造業，最終導致自己的死亡。詩人毗耶娑提醒我們：所有的行動都會產生或正面或負面的果報。奎師那為了建立正法，因此殺了許多人。根據一種衡量標準，這些人可能是惡棍；但是根據另一種衡量標準，這些人有可能是某個母親溺愛的心肝寶貝。奎師那建立了正法，恢復人們對正義的信心，此舉固然受到人們的祝福，但是他也因此傷了一位母親的心，遭受該母親的詛咒。由此說來，有些行為從一個角度看是好的，但是從另一個角度看就未必是好的。由此，詩人毗耶娑思考生命的複雜性——即便是神的好意也會遭受世人的挑戰。

＊就很多層面來看，甘陀利要對《摩訶婆羅多》裡的戰爭負起很大的責任。她決定蒙起雙眼，以至於從來不曾真正看到兒子的真面目。如果她沒蒙起雙眼，也不覺得蒙著眼睛是正確的作法，那麼或許她會成為一個不一樣的母親，一個較不縱容孩子的母親。如果是這樣，那麼這個故事或許會產生另一個結果，一個較不那麼暴力的結果。

＊把俱盧族想像成壞人，把般度族想像成好人（所以奎師那選擇站在般度族那一邊），這樣的二分法顯得有點過於簡單。比較之下，般度族願意改變，願意嘗試戰勝內心的野獸。不過，改變的過程充滿困難。在經歷改變以獲得智慧的過程當中，般度族必須承受許多痛苦——遭受流放、殺死自己所愛之人和失去孩子的痛苦。相反的，俱盧族牢牢抓緊他們的國度，像狗緊抓著骨頭，拒絕改變。因為這樣，他們至死都沒學會任何智慧。奎師那是個老師，但是學習的責任還是落在學生身上。

雅度族和俱盧族的姻親關係表

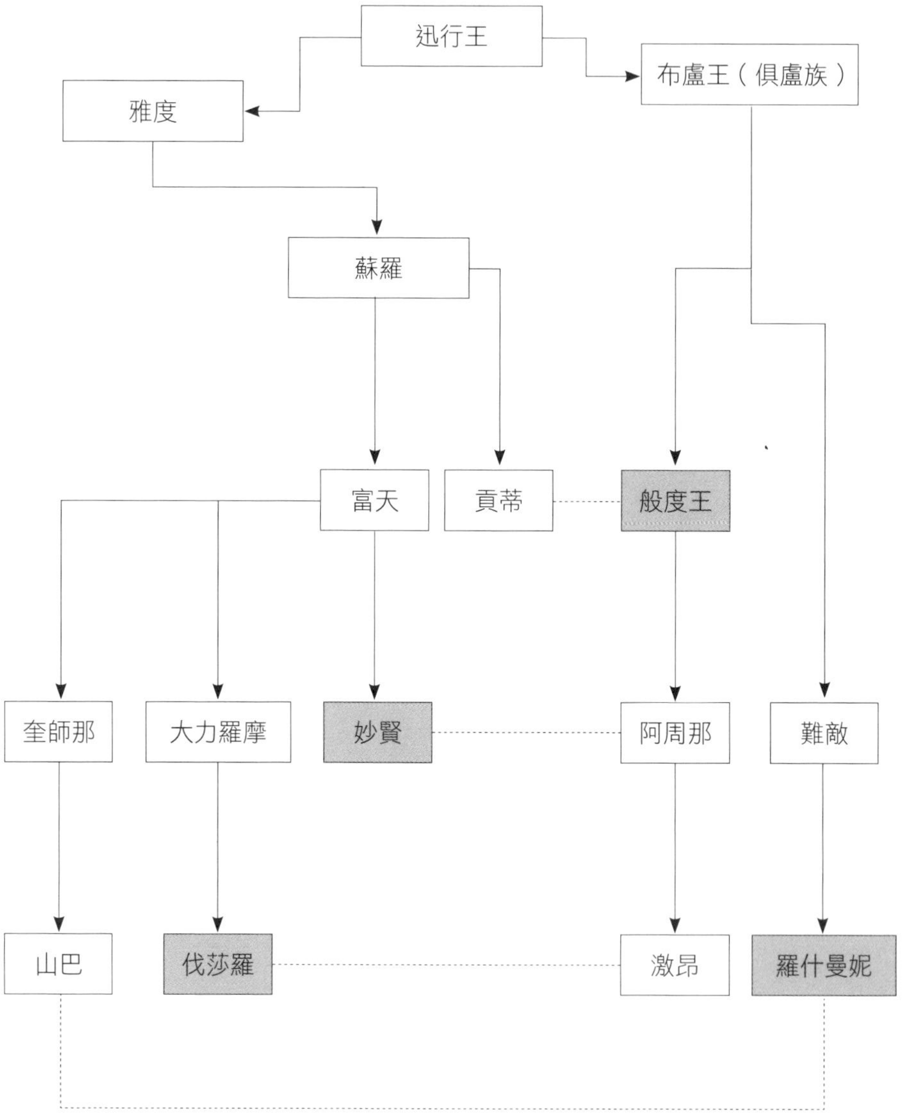

·卷十七·

國家重組

鎮群王，
知識必須活得比死亡更久，
如此下一代才會更有見識。

一、堅戰的加冕典禮

然後，一切都過去了；戰爭、為戰士舉行的火葬儀式、到恆河撒骨灰、漫長的哀悼期——這一切全都過去了。現在是該停止哭泣、停止禁食的時候了；現在是該擺上鮮花、升起旗幟、點起廚房的爐火、重新開始生活的時候了。象城的子民現在是該為他們的新王舉行加冕典禮，迎接他們的新王堅戰——般度王的長子、奇武王的長孫、福身王的曾孫堅戰。

但是般度王的這位長子現在卻失去了登基為王的所有興趣。「我是個兇手，」他哭叫道：「我的雙手沾滿了家人的血。坐在戰死的遺骸當中，這杯勝利的酒，我怎麼喝得下去？生命中的這一切——這一切究竟有什麼意義？」

阿周那說：「生命的意義？不過就是在人生的遊樂場上與他人競賽，超越他人。」

怖軍說：「往事已經過去，別再去想了。把心思放在當下，放在未來，專注於我們所有人即將享用的美食，即將喝下的美酒。這就是生命的所有意義了。」

無種說：「生命的意義是創造財富，把財富分配給窮人、智者和那些應該享有財富的人。」

偕天什麼也沒說，就像平時那樣。德羅波蒂也什麼都沒說——她還在哀悼她的五個孩子。

維杜羅的態度很嚴肅；他對他的侄兒堅戰說道：「每個人都會死——有些人死得突然，有些人死得緩慢，有些人死得很痛苦，有些人死得很平和。但是沒人可以逃得過死亡。重點是我們必須竭盡所能，好好地過這一生——享受人生、慶祝人生、從生活當中習得智慧、了解生命、與他人分享生命的智慧。這樣一來，當死亡降臨的那一天，我們才不會覺得那是一件可怕的事。」

城市廣場上有個不相信任何精神上或形上存在的遮盧婆迦（Charvaka），他對堅戰大聲喊道：「是的，堅戰，生

命毫無意義，所以你就好好享受當下的每一刻，因爲你沒有明天。沒有死後的生命、沒有靈魂、沒有命運、沒有束縛、沒有解脫、沒有神。如果當國王讓你覺得快樂，你就當你的國王；如果當國王讓你覺得不快樂，那就別當。生命的目的就是享樂，就只有享樂而已。」

以上這群人的話，全都無法使堅戰的心平靜下來。他一整天都在王宮的走廊上來回踱步；他一整晚躺在床上，無法成眠——戰場上那群孤兒寡婦的哭聲始終縈繞在他心頭。沒人了解他的痛苦。「或許我該當個隱修士，或許我可以在森林裡找到安寧。」他說道。

就在這時，奎師那說話了：「沒錯，堅戰。你是可以放棄世間俗務，到森林裡當個隱修士，尋找你的安寧。但是你是否曾想過世間的其他人？你要丟下他們不管嗎？」堅戰不知道該怎麼回答。奎師那於是繼續說道：「隱修士只能爲自己尋找生命的意義。國王卻可以創造一個世界，讓每個人都能在那個世界裡找到生命的意義——只有國王辦得到這一點。堅戰，爲了對人心懷同情，不是爲了責任義務，選擇當個國王吧。」

「爲什麼是我？」堅戰問。

「還有誰比你更適合？你曾在賭局中把國家輸掉，所以你對人性的缺點能有所共鳴。你曾默默忍受了十三年的流放生活，所以你懂得懺悔和原諒的力量。你看到難敵拒絕所有和平的協議，所以你了解我執和違反正法的可怕。你曾爲了殺你的老師而不得不說謊，所以你了解正法的複雜面向。只有你，貢蒂之子，只有你有能力建立一個心與腦、財富與智慧、紀律和同情都可以得到平衡的世界。來吧！堅戰，你還有兄弟在旁輔佐你，你就來當世間的毗濕奴吧！」

聽完這席話，堅戰不再需要別人的勸請了，他已經了解當國王的意義，因此他同意戴上王冠，登上王位。

在族中所有長老的見證之下，堅戰坐上那張保留給俱盧族首領的古老王座。祭司在他頭上倒了一些牛奶和水，然後給他一個海螺號角，接著給他一枝蓮花，然後是一把大杵，最後是一把寶弓。

祭司們對他說道：「就像毗濕奴，你要吹響海螺號角，確保世人了解你的律法。守法的人，你要用這枝繁盛的蓮花酬謝他們。不守法的人，你要揮動這把大杵，懲罰他們。執法時，你要永遠立足於中道——不緊不鬆，猶如這把寶弓。」

所有人都向這位新王鞠躬行禮。一個新的時代從此開始了——一個由奎師那引導，由般度五子重新推行正法的新時代。人民心中充滿了希望，他們站在街道兩旁爲他們的新王歡呼。堅戰身穿白色與金色的王袍，坐在一輛由一百頭公牛拉著的座車到街上遊行。城市的八個角落響起了海螺號角的聲音。每條街上的人民都朝他撒花。戰爭彷彿是個遙遠的記憶。這場登基遊行大典極爲壯觀，完全符合偉大的俱盧家族風範。

＊在古代，舉辦新王登基典禮的同時，神廟裡也會舉辦一個儀式，把一尊石頭塑像轉化為神明。舉辦典禮的目的是引起意識的轉變；就像把石頭塑像轉化成神明，替信徒解決問題，這個典禮也同樣會讓一個普通人轉變意識，開始像神明那樣思考，亦即多為人民著想，少為自己著想。

＊我們永遠不要忘記：堅戰舉行登基典禮的時候，每個般度兄弟都清楚知道他們的孩子——激昂、瓶首、伊拉萬、波跋利迦——全都死了，甚至連德羅波蒂的五個小兒子也死了。唯一的倖存者尚未出生，還在激昂的遺孀至上公主的肚子裡。由此看來，這場典禮並不是一個愉快的場合——雖然有些說故事的人喜歡如此詮釋。

＊正法的重點並不在於輸贏，而在於同理心和成長。堅戰了解失去孩子的痛苦，所以他能夠同情敵人，而不是暗自竊喜於他們的失敗。心有同情，智慧存焉。

二、箭床

堅戰的登基典禮快接近尾聲的時候，奎師那勸般度五子道：「去找你們的伯公毗濕摩，請他給你們祝福。請他在死前跟你們分享如何保持和平與繁榮的祕訣。」

毗濕摩躺在箭床上，生命正在一點一滴地消失。但是他很願意跟新王分享他所知道的一切。「先給我一點水喝。」他說道。

阿周那立刻朝地上射一支箭，地上隨即冒出一條水柱，自動把水注入毗濕摩這位瀕死的大族長的嘴裡。

毗濕摩止了渴，就跟堅戰說道：「生命就像一條河。你可以奮鬥，可以掙扎，努力去改變河的流向，但是最終河流還是會走回自己的方向。你可以在河裡沐浴、喝水、恢復活力、跟每個人共享，但是永遠不要跟生命之河對抗，也永遠不要被河水沖走，隨波逐流。你也永遠不要依戀生命之河。相反的，你要觀察河，向河學習。」

毗濕摩跟堅戰談到人類的境況。有一隻鴿子被老鷹追捕，這隻鴿子請一位名叫希維（Sivi）的國王救救他。國王允准了。但是老鷹叫道：「這樣我要吃什麼？」國王就叫老鷹去吃其他鴿子。老鷹問道：「國王啊，你這樣子對其他鴿子不公平吧，不是嗎？」國王於是把自己的肉切一塊給老鷹吃，大小和重量都相當於那隻鴿子。「國王啊，你有多少

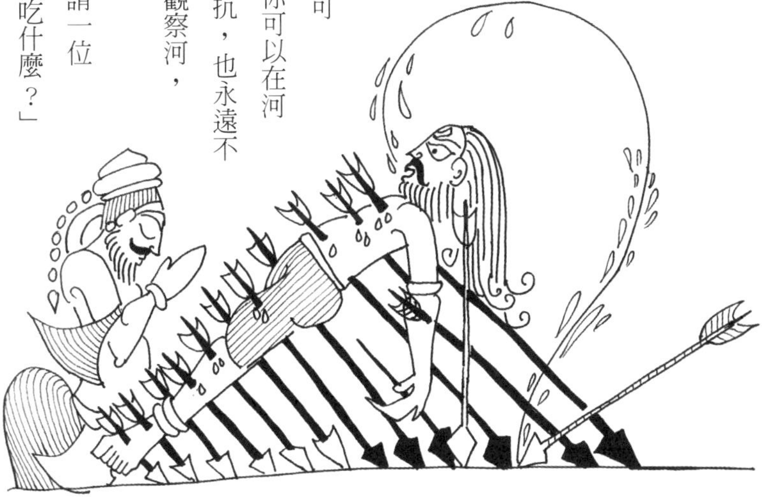

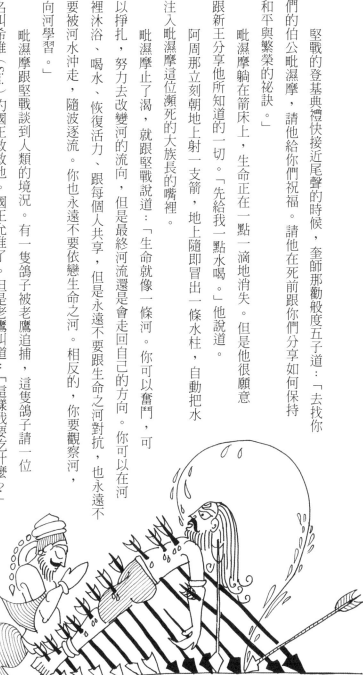

肉可以給我吃？你遲早會死去，到時候那隻鴿子就得照顧自己。除非一種生物死了，否則另外一種生物無法生存——這是生命的自然循環，」老鷹說道。

「我救鴿子錯了嗎？」國王心裡充滿了疑惑。不過他內在的聲音告訴他他沒做錯。如果是這樣，那麼人類該怎麼做呢？國王該怎麼做呢？救鴿子，讓老鷹餓死？還是救老鷹，讓老鷹吃掉鴿子？就在那一刻，國王意識到人類與動物的不同，眞的十分不同。動物終其一生，都在爲生存而忙碌。人類卻可以超越生存的面向——或去尋找生命的意義，或傷害他人來救自己，或犧牲自己來幫助他人。人類受到祝福，擁有一種使他們能與他人同情共感的才能，有了這種才能，人類得以捨棄森林，創建文明的社會。

毗濕摩跟堅戰談到人類社會的情況。人類不像動物，人類受到祝福，因此擁有想像力。人類得以預見未來，並採取種種行動來保障未來。不過通常的情況是：人類往往爲了保障未來而走向囤積之路——貪婪最終取代了需要，貪婪往往帶來了剝削。維納國王（King Vena）大量掠奪大地，以至於大地受不了被他如此濫用，化身爲牛逃走了。聖者們只好派人殺了維納國王。維納國王的兒子普利度王去追大地牛，他大聲哭叫道：「如果你不回來撫育我的人民，他們會餓死的。」大地牛很生氣地反駁道：「你的人民拚命擠我的奶，直到我的乳頭痠痛得不得了。他們的野心太大，還把我的背打斷了。」普利度王於是向大地牛保證他會排除剝削心，並根據同理心來建立一套行爲準則，確保人類的生存。「這套行爲準則將會被命名爲正法。」普利度王說道。根據這套準則，大地化成牛，世間的國王則化成大地上的牧牛人，而他們的責任是確保人類和小牛都有足夠的牛奶可以維生。

就這樣，毗濕摩和堅戰持續談了好幾天。起初，每件事都像是臨死之人的胡言亂語。到了後來，每件事都各自顯現其道理。堅戰學到很多東西：歷史、地理、法律、政治、經濟和哲學——那些隱藏在諸神、妖魔和人類的奇異故事背後的概念。

堅戰有很多疑問。毗濕摩都一一爲他解答。到了某一時間點，堅戰問道：「誰的人生擁有的歡樂比較多？男人還是女人？」

「堅戰，不是所有問題都有答案。你問的問題，沒有人知道答案——不過或許般迦沙瓦納（Bhangashvana）可能知道一二吧。般迦沙瓦納是一位古代國王，他因爲受到因陀羅的詛咒而變成女人。這世間只有他同時知道身爲男人與身爲女人的性愉悅；只有他同時被他的孩子喚作『父親』和『母親』；只有他知道在性愛中，身爲男人比較快樂還是身爲女人比較快樂；只有他知道被喚作『父親』比較甜蜜，還是被喚作『母親』比較甜蜜。我們其他人都只能猜測而已。」

最後，毗濕摩跟堅戰談到了神。「我們的功德創造了財富。我們的惡業製造了災禍。功德帶給我們歡樂，惡業帶給我們悲傷。我們因此受到業報的束縛。業報把我們綑綁在這個物質的世界裡，迫使我們出生，也迫使我們死亡。除了神，無人可以改變這種情況。所以向神祈禱吧！請神指點我們脫離業報的方法。」

說完，毗濕摩就開始吟唱神的一千個名號。當他在誦念神的名號時，般度五子注意到地平線上的太陽此刻已經移向北方。毗濕摩赴死的時間到了。

*描述完戰爭之後，《羅摩衍那》和《摩訶婆羅多》都有一段臨死前的論述。《羅摩衍那》中的羅摩請求他那位學識豐富的對手，即羅剎王羅波那在死前跟他分享智慧。《摩訶婆羅多》裡的般度五子則請求毗濕摩分享他的智慧。這兩段情節背後隱藏的觀念是：智慧不像財富，財富在人死後還會存在，但是智慧卻敵不過死亡。因此，智慧必須在人活著的時候傳給後人，這樣才不會永遠失傳。

*〈和平篇〉的後半段與〈教誡篇〉全篇並無多少差異。兩篇當中的毗濕摩都在跟般度五子分享各種主題的知識，包括死亡與不朽、修行生活與家庭生活、和平與衝突、轉世再生與究竟解脫、空間與時間、健康與疾病、責任與欲望。

*《摩訶婆羅多》是印度經典當中第一部擺脫儀式研究、抽象推斷和宗教敬拜的作品。在此作品裡，神並不是無相的（nirguna），而是有相的（saguna）的存在。《羅摩衍那》和《摩訶婆羅多》兩部作品都把毗濕奴指稱為神，亦即較為入世的神，因為這兩部史詩作品關切的都是俗世的各種議題，例如財產和人的種種衝突。

*唱誦神的名號，以此召喚神的恩典——這個宗教實踐可以追溯到《摩訶婆羅多》。毗濕摩把毗濕奴指稱為神，在死前唱誦毗濕奴的一千個名號，歌頌神明的一千種功績。在他的誦唱裡，他把奎師那指稱為「人間的毗濕奴」（Vishnu Sahasranama），由此把奎師那從平凡的英雄或政治人物轉變成一個具有人身形式的神。

*南印度的許多部落會在西曆一、二月之間，在月亮漸漸變圓的第十一天慶祝「毗濕摩什一節」（Bhishma Ekadashi），以此紀念般度五子首次得見「人間的毗濕奴」的日子。

三、死亡與再生

可怕的戰爭結束了，滿月過後的第八天，毗濕摩終於嚥下了最後一口氣。他已經了無遺憾：雖然他死了，可是他的知識會在他身後繼續活下去，因爲他已經把所知的一切傳授給堅戰。要不要使用這一切知識，就看這位新王如何決定了。

戰後倖存的所有國王和戰士都來參加毗濕摩的火葬儀式。他不僅是俱盧家族的大族長，還是舊世界秩序的最後一位代表，他的死代表一個時代的結束。對般度五子來說，毗濕摩的死更是與他們切身相關的悲劇——毗濕摩是他們唯一認識的父親。

不過，悲傷的時間並不長。火葬儀式過後的幾個星期，激昂的遺孀至上公主的產期就到了。她的羊水一破，整座王宮立即瀰漫著興奮忙亂的氣氛。王宮裡的所有女人——從德羅波蒂到甘陀利——全都衝到至上公主這位年輕女子的身邊，協助她產下般度家族最後一位倖存的成員。

至上公主在用力的過程中，所有女人都屏息以待，大氣都不敢吐一口。終於小孩滑出來了。是個男孩。大家全都露出笑容。然而這時接生婆卻突然大聲叫道：「寶寶沒哭！寶寶沒在動！我看一定是個死胎！」

聽到這段話，所有般度家族的女人全都大聲哭了起來。這個家族被詛咒了嗎？這個家族注定要衰落下去，注定要滅亡嗎？

婦女們的哭聲傳到了奎師那的耳裡。他迅速趕到女眷區，抱起新生兒。「孩子，別害怕，」他對那初生兒說道：「這世界沒那麼可怕！」

在奎師那溫柔的哄勸與擁抱之下，新生的小王子張開眼睛，露出微笑。奎師那見狀也笑了。他笑著把新生兒呈現給世界：「看哪，這是繼絕王，下一個世代的第一人。」

＊毗濕摩是在第五十八天過世的。然而學者不太確定所謂的「第五十八天」是怎麼算的：從戰爭的第一天算起呢？還是從戰爭的最後一天算起？或者從毗濕摩中箭倒下的那一天算起？但是很清楚的是：他是在冬至過後，太陽進入摩羯宮（Makara Sankranti）的時候過世的。過了冬至，白天變得比較長，氣溫也變得愈來愈溫暖。如果是這樣的話，那麼俱盧之野的戰役即發生在冬天，在一年當中最黑暗最寒冷的日子開打的。這個日期同時具有事實與象徵兩層意義，一者代表一個時代的結束，另一個則代表一個偉大家族的沒落。

＊納羅哈利．阿契爾（B. N. Narahari Achar）運用星象儀（Planetarium）軟體算出了俱盧之野戰役發生的日期。他從奎師那動身前往象城的那一日算起，終止於毗濕摩之死。根據他的推算，奎師那是在西元前三〇六七年九月二十六日離開德瓦拉卡城，於九月二十八日抵達象城，並在十月九日離開迦爾納。十月十四日正處於新月階段，此時發生了一場日蝕——這點完全符合史詩的描述，即土星進入畢宿（Rohini），木星進入奎宿（Revati）。大戰始於西元前三〇六七年十一月二十二日。毗濕摩在西元前三〇六六年元月十七日過世，所以那年的冬至是在一月十三日。話雖如此，我們亦得注意：五千年前的冬至日期跟現今的冬至日期完全不同；今日我們看到的夜空，跟我們祖先所看到的夜空也截然不同。

＊許多人相信毗濕摩是在瑪格月（Magh），即西曆一、二月之間，滿月過後的第八天過世的；那時，初

升的太陽日照逐漸偏向北方。他沒留下子嗣，因此他會永遠困在死者的國度裡。由於死者的國度沒有食物，整個印度大陸的祭司在「毗濕摩忌日」（Bhishma-ashtami）這一天會舉辦喪葬儀式，給他獻祭米餅。這習俗到今日依然沒變。

四、馬祭

繼絕王的出生讓笑容重回堅戰的臉上——他的家族終於有傳人延續香火了。

爲了紀念這件令人歡樂的事，煙氏仙人建議般度五子舉辦·場稱爲王家馬祭的典禮。煙氏仙人一直都是般度五子的家族祭司，現在則升任爲王家祭司。要舉辦王家馬祭，他們必須找一匹馬，然後在軍隊的跟隨之下，讓那匹馬在外自由流浪一年。凡馬走過的地方，如果無人抵抗，那麼該地就成爲般度五子的領土。祭馬回來之後，他們必須舉行儀式把祭馬獻給天神，透過獻祭儀式，象徵性地把流浪一年收集到的所有潛力和榮光轉移給國王。

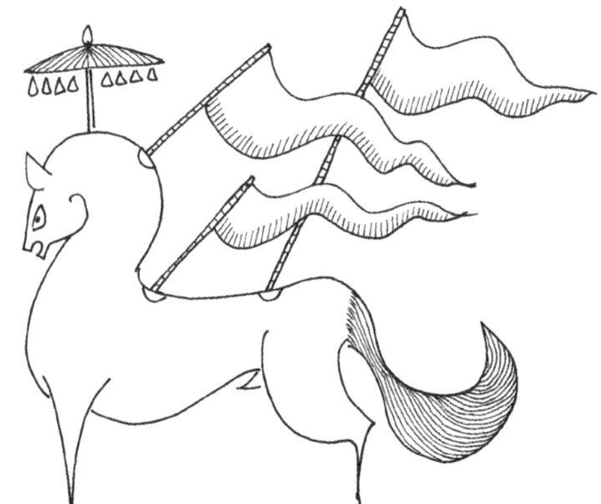

般度兄弟覺得這個建議很好，堅戰同意舉辦這個儀式更讓他們覺得興奮。根據祭司的推算，最適合用來舉行這個儀式的馬只能在巴德拉瓦蒂城（Bhadravati）找到——事實上，那匹馬就在尤凡納沙（Yuvanashva）國王的馬廄裡。怖軍於是帶著兩個武士到巴德拉瓦蒂城找馬；這兩個武士一個是瓶首的兒子，亦即他的孫子摩華（Meghavarna），另一個是他的侄兒，亦即迦爾納的兒子牛旗（Vrishadhvaja）。起初尤凡納沙國王拒絕交出那匹馬，但是怖軍費了一番唇舌加以勸說，再加上迦爾納之子展現的武力，還有瓶首之子展現的魔法，他終於同意讓怖軍帶走那匹馬。

那匹馬被帶回象城之後，火祭即開始舉行。完成所有適當的儀式之後，那匹馬即成爲王家祭馬，接著在誦經聲、鼓聲和海螺號角聲的陪伴下，祭馬被放到城外的荒野裡流浪。祭馬的後面有一支軍隊隨行，領軍人是阿周那，跟他同行的是他的弟弟無種。在他們外出流浪的這一年中，象城的護衛就交由怖軍和偕天負責。

祭馬在香巴卡城（Champaka-puri）遇到了抵抗。該城的國王漢薩維傑（Hamsadhvaj）極不願意接受堅戰當他的大君主，所以他宣布國內如果有人不站出來抵抗阿周那，就要接受下油鍋的懲罰。很不幸的，當阿周那的軍隊來到了城門口，國王最小的兒子蘇漢瓦（Sudhanva）卻不見蹤影——原來他正在房裡忙著跟他的妻子翻雲覆雨。由於他把妻子的愉悅列爲首要任務，國王命人把他丟下油鍋。蘇漢瓦的妻子到處求情，不過沒人理她。最後她轉而向奎師那禱告，就像當年德羅波蒂向奎師那呼救一樣。奎師那回應她的禱告：他施展奇蹟，使熱油無法傷害她的丈夫。

國王的大兒子名叫蘇羅陀（Suratha）；他率領著父親的軍隊，努力對抗阿周那。他打得十分激烈，就連頭被砍下來之後，身體也還在繼續戰鬥。觀戰的天人對他感到很敬佩，於是收下他的頭，送去給濕婆神。濕婆神的脖子上掛著一串頭骨項鍊——那都是死在戰場上、勇敢奮戰的戰士的人頭。

失去了大兒子，傷心的國王只好向阿周那投降，並允許堅戰的祭馬穿過香巴卡城。

接著祭馬來到一座屬於女神的神聖林子高瑞萬（Gaurivan）。這是一座魔法森林，所有進入森林的生靈都會變成雌性。那匹祭馬一走入森林，立刻就變成了母馬。跟在後面的軍隊在森林外停了下來。聽得懂鳥類語言的無種向林內的生物請教解決之道。林中生物給他的勸告是繞到魔法森林的另一頭，並在那裡等候祭馬走出來。祭馬一旦走出林子，就會再次變回雄馬。

魔法森林的中央有一座名叫娜瑞城（Nari-pur）的女兒國，女兒國裡的住民都是女人。這群女人受到了詛咒，一輩子都不能離開女兒國，除非找到對象結婚。但是她們無法結婚，因爲任何想娶她們的男人一走入魔法林，馬上就會變成女人。對這種受困的狀況，女兒國的王后普蜜拉（Pramila）感到很挫折。一看到堅戰的祭馬走近女兒國的城門，她馬上就把祭馬扣留下來。她說道：「祭馬可以從我的國家走過，堅戰可以成爲我的大君主，只要阿周那願意娶我爲妻。」普蜜拉王后的這番話透過林內的動物跟無種的對話，傳到阿周那耳裡。阿周那一聽到普蜜拉王后的要求，起初很生氣。但是後來他冷靜下來，決定以大局爲重，因此同意了普蜜拉王后的要求。普蜜拉王后帶著堅戰的祭馬，笑容滿面地從林內走出來。祭馬一出林子就變回公馬，普蜜拉王后則變成阿周那的妻子。阿周那對他的新任妻子說：「妳先到象城等我回家。」普蜜拉同意了。阿周那於是帶著軍隊繼續上路，保護堅戰的祭馬到處去流浪。

堅戰的祭馬接著穿過了信度國。在那裡，阿周那得到杜沙羅和她的兒子的歡迎。杜沙羅是俱盧族唯一的妹妹，也是勝車王的妻子。勝車王曾經幫忙俱盧族殺死阿周那的兒子激昂。但是現在一切全都煙消雲散了。阿周那帶著滿滿的愛，擁抱了他的堂妹，並且爲她的兒子祝福。

接著阿周那來到犍陀羅國。沙恭尼的幾個兒子出來歡迎他。同樣的，他們對般度五子已經沒有恨意。過去的事已經過去了。

最後，阿周那來到了海邊。讓阿周那感到驚異的是：祭馬竟然能走在水面上。但是讓他更感到驚異的是：即便是他自己也能走在水面上！阿周那了解，他們之所以能走在水上，那是因爲仙人的法力使然——原來這附近的環礁湖住著一個波迦陀贊仙人（Rishi Bakadalbhya）。波迦陀贊仙人爲阿周那講了一個故事：「有一次我辦了一個苦行火祭，召喚天人首領因陀羅前來見我。因陀羅出現在我面前，我跟他說我覺得自己的道行比他高，問他是否能接受這件事？他說可以接受，但又說還有一個道行比他更高的存在。我請他帶我去見這位道行更高的存在。他便帶我去見了世間萬物之父、生有四個頭的梵天。我問這位梵天是不是世間道行最高的存在？梵天說他不是，因爲還有一個存在的道行比他高。我請他帶我去見這位道行更高的存在。於是他帶我去見一位生有八個頭的梵天。我問那位八首梵天是不是世間道行最高的存在？八首梵天說他不是，因爲還有一個道行比他高的梵天。我請八首梵天帶我去見這位道行比他高的梵天，他帶我去見一位生有十六個頭的梵天。這位十六首梵天帶我去見生有三十二個頭的梵天。

三十二首梵天帶我去見六十四首梵天。就這樣，我們見到了許多位梵天，每一位都比前一位更偉大。最後，我們見到了生有一千個頭的梵天，而這位千首梵天說比他更偉大的存在是毗濕奴——那位住在牛奶海，倚靠在海中巨蛇身上的神。毗濕奴的人間化身就是奎師那。聽到這裡，我終於了解我在天地間是多麼微不足道，多麼愚蠢。在那一天，我獲得了至福，我的自我散逸、消失無蹤。從那天起，只要人們靠近我的隱居處，他們就可以在水面上行走。」

聽完仙人的故事，阿周那跟著祭馬回到了岸邊，再次展開旅程。有一次，祭馬被一個名叫摩修德瓦傑（Mayurdhvaj）的人抓住了。摩修德瓦傑抓住祭馬的唯一理由是阿周那會跟著那匹祭馬，如果他抓住阿周那，那麼奎師那就會追過來救阿周那。摩修德瓦傑知道奎師那是毗濕奴在世間的化身，由於他是毗濕奴的虔誠信徒，所以想見見奎師那本人，因此才想出這麼一個複雜的計劃。他的計劃成功了。奎師那真的趕來他的城市尋找阿周那。見到了奎師那，摩修德瓦傑上前跪倒，然後釋放了阿周那和祭馬。

＊賈伊米尼講說的《摩訶婆羅多》，其版本和他老師毗耶娑的版本略有不同。賈伊米尼比較強調戰爭之後的祭馬活動，還有堅戰兄弟與敵人兒子的和解（迦爾納、勝車、沙恭尼的兒子）。另外，他也很著重描述崇拜奎師那為神的價值。他的版本以《賈伊米尼的祭馬傳奇故事集》(*Jaiminiya-ashwamedha*）知名於世，而且從中衍生了許多民間故事。這裡提到的幾個故事即出自這些民間版本。

＊波迦陀贊仙人與水上行走或跨越水域有關。他曾教導羅摩水上行走的儀式，幫助後者跨海到楞伽島救出妻子——羅摩的妻子悉多當時被羅剎王羅波那劫走並囚禁在楞伽島上。時至今日，每年的二、三月間，在滿月之後的第十一天，祭司仍然會舉行這個稱為「勝利什一節」（Vijaya-Ekadashi）的儀式。

五、阿周那之子褐乘

征服了許多國土之後，般度之子的祭馬來到了摩尼城；在這裡，阿周那的軍隊被摩尼城的國王攔了下來。兩軍敵對的情勢最後出現了大逆轉：原來這位名叫褐乘的年輕國王，竟是摩尼城花釧公主與阿周那所生的兒子。

褐乘從未見過阿周那，但是他張臂歡迎父親，並且同意讓祭馬通過摩尼城。不過阿周那說：「這樣太不像武士的兒子了。你得先挑戰我，跟我比試比試再說。別那麼輕易就認輸！」遵從他父親的意思，褐乘朝他父親祭出弓箭。結果讓所有人都感到驚訝的是：他的箭術竟然非常好，而且可能比父親更好。他總是輕而易舉地擊落父親發出的箭，而阿周那卻得花費極大力氣才能化解年輕兒子的箭招。

經過好幾小時的比試，一件不可思議的事發生了：褐乘射出的一支箭竟然擊中了阿周那的心臟，當場把阿周那打死了。花釧公主失聲大哭，褐乘也當場嚇呆了，因為他從來沒想過要傷害父親。他抱著阿周那失去生命的身體，大聲哭了起來。

就在這時，現場突然出現了一位那迦女。這位那迦女名叫優樓比，也就是戰爭第九天犧牲的戰士伊拉萬的母親。優樓比安慰褐乘道：「褐乘，你沒做錯任何事。這件事是你父親自找的，你只不過是命運的工具而已。你父親殺了他的伯公毗濕摩，一個從小把他養大、幾乎就像是他父親一樣的長輩。毗濕摩的母親是恆河女

神，女神對你父親下了咒，詛咒你父親死於自己兒子之手。剛剛是命運透過你的箭，實現了恆河女神的詛咒。但是你不要擔心，我帶來了那迦摩尼寶（Naga-mani），這顆寶石來自那迦國度，具有起死回生的效用。」說完，優樓比就把那顆寶石放在阿周那致命的傷口處。結果讓褐乘感到極度驚異：傷口竟然自動復原了。

接著阿周那開始呼吸。他張開雙眼，彷彿從一個很深沉的睡眠中醒來。他看著優樓比，卻沒能認出她是誰，因爲自從他們共度的那一夜之後，中間已經過了許多年。傷心的優樓比悄悄地離開了，回到屬於她的地底世界。阿周那跟花釧公主、褐乘一起共度好幾天的親子時光。不久，他就必須啓程，帶著祭馬與軍隊回象城了。母子兩人帶著沉重的心情給他送行，看著他走了。

一進入象城，祭馬就開始快樂地嘶叫。仙人看到這番景象，都覺得很是詫異。「祭馬爲什麼笑得這麼開心？難道他不知道自己會在祭壇上被殺嗎？」無種聽得懂動物的話，於是向仙人解釋祭馬何以如此快樂的原因。原來歷來的祭馬一旦完成任務，經過祭祀之後都會到天界享福，過去所有參加馬祭的馬兒都是如此。堅戰的祭馬之所以如此高興，原來是因爲他知道自己死後不僅會到天界，而且會到比天界更高的天堂。

「這個比天界更高的天堂到底是什麼？」堅戰問。

仙人們回答道：「這是一個很少人知道的祕密。我們不知道那是什麼地方。國王啊！也許有一天，諸神覺得你的福德完備，他們或許就會告訴你這個祕密。」

＊孟加拉的《摩訶婆羅多》民間故事裡，阿周那之所以會被褐乘射死，是因為有一個被他拋棄的妻子心生怨懟，於是化身為箭，藏在褐乘的箭筒裡。後來妻子後悔了，因此請求諸神讓阿周那復生。

＊賈伊米尼敘述的故事中，褐乘必須根據優樓比的指示，親自到那迦國去找那顆神奇寶石。最後他會成功取得寶石，但是他得先在那迦國經歷許多冒險。

*那迦公主優樓比對阿周那的愛始終不曾得到回報，阿周那竟然也完全不記得她。不過她還是原諒阿周那，甚至還救了阿周那一命。

*阿周那死於兒子之手——這件事抵銷了他殺死待他如父的毗濕摩所累積的惡業。

六、「爭鬥時」的開始

堅戰的王家馬祭是人類記憶之中最盛大輝煌的儀式。他出手大方，毫不吝惜，所有前來執行儀式、誦念經文的仙人都獲得食物、衣物與牛隻作爲酬禮。

舉行典禮的半途中，有兩個農夫來到象城，請堅戰爲他們解決一項紛爭。原來其中一個農夫跟另一個農夫買了一塊地，這位農夫第二天犁地翻土時，竟在土裡意外發現一罐黃金。他帶著那罐黃金去找舊地主，想歸還那罐黃金。他說道：「我買了地。不過，地底下的東西依然是你的。」舊地主拒收那罐黃金，他認爲那罐黃金屬於新地主。

兩個農夫拾金不昧，樂善好施的性情讓堅戰深感敬佩，一時竟不知該如何裁奪。他請奎師那給他一點建議。奎師那建議兩個農夫先把那罐黃金暫時留給國王保管，三個月後再來聽取國王的裁奪。那兩個農夫同意了。

他們走後，堅戰一臉詫異地看著奎師那。他有點疑惑，不曉得三個月後會發生什麼事。奎師那回答道：「這兩個農夫現在雖然很樂意把那罐金子送出去，但是三個月後，這兩個同樣的農夫會回來這裡跟你吵鬧，硬說他們是那罐黃金的唯一擁有者。到了那一天，你就會發現你比較容易裁奪這個案子了，因爲你在他們的眼裡只會看到貪婪，而不是慷慨；你只會看到憤慨，而不是同情。還有，三個月後，你的王家火祭就會結束，「爭鬥時」（Kali yuga）即將開始。那是一個新的時代，一切都將與過去不同。普利度王在文明初始所建立的各種價值，到那時只剩下四分之一會繼續存在。到那時，人活著將只爲了享樂；孩子會拋棄他們的責任；女人會變得像男人，男人會變得像女人。人類雜交，就像野獸那樣；人們將會聽從權力、捨棄正義、遺忘犧牲、嘲弄愛情。智者會爲叢林法則辯護。如果有機會，每個受害者都會變成加害者。」

三個月後，那兩個農夫回來了；就像奎師那說過的，他們這回是來爭奪那罐黃金。堅戰現在很輕易就可以處理他們的紛爭：他把那罐黃金均分成三份，兩個農夫各得一份，第三份留給國王，作爲裁奪的費用。

王室祭馬的犧牲獻祭結束，所有儀式都執行完畢後，前來執行儀式的仙人正準備離開。這時，他們看見一隻貓鼬跑進舉行犧牲火祭的大廳，跳進祭火盆裡。這隻貓鼬的身體有一半是金色的，閃亮宛如黃金；在祭火盆裡，只見牠以另外半邊的身體磨蹭儀式留下來的焦黑灰燼，接著帶著一臉失望的表情離開。

仙人問那隻貓鼬爲何如此不開心。貓鼬說道：「我的身體之前滾過一個儀式留下的灰燼，結果我那半邊身體變成了金色。我希望這個儀式剩下的灰燼也能讓我另一邊的身體變成金色。但是這並未發生。」大家都很好奇，想知道貓鼬的身體上一次是在哪一個儀式之後變成金色的，因爲那個儀式顯然比堅戰的王家儀式更偉大。「大概在三個多月前，有個貧窮家庭把他們極少的食物給了臨時上門的客人，結果他們自己後來卻餓死了。我磨蹭了他們用來盛裝食物給客人的葉子，結果讓我驚訝的是，我的毛竟然變成金色的。不過，堅戰的馬祭儀式並沒有相似的效果。」

這時仙人們才發現，堅戰的祭祀雖然盛大，但是這個祭祀彰顯的比較是王家的權力，較少慈善的成分。由此說來，這是一個較爲次級的儀式。

根據般度家族上師煙氏仙人的推測，俱盧之野發生大戰之前，天下所有的正法都集中在般度五子身上：堅戰占四份之一、阿周那占四份之一、怖軍占四份之一、無種和偕天共占四份之一。德羅波蒂是女神的化身，奎師那是神的化身，因此他們兩人總是有辦法保護般度五子，維護正法的完整。但是現在「爭鬥時」即將展開，他們再也無法繼續維護正法於不墜。阿周那將會變得自負，怖軍將會變得貪吃，無種將會耽溺於享樂，偕天將會變得傲慢，只有堅戰還緊緊維持著那四分之一的正法。這份正法將會繼續維持這個世界，直到過完最後一個四分之一時，即「爭鬥時」。等到「爭鬥時」結束，世界末日「普拉耶」（Pralaya）就會到來。屆時，末日的浪潮將會淹沒文明，世界將不復存在。

＊「爭鬥時」是指人們缺乏慷慨精神的一段時期，這時人們生活的全部意義只剩下執取和囤積，而執取和囤積似乎被視為發生衝突和糾紛的主要原因。

＊在《薄伽梵歌》中，神提到世界一旦缺乏正法，祂就會轉世下凡來加以修復。我們因此會假設神留在世間的期限結束之時，世間必然會充滿正法，成為一個完美的世界。然而事實並非如此。缺乏正法的狀態或許可以看成疾病，充滿正法的狀態或許可以看成健康。神會不時修復正法，讓世界恢復健康，但是神無法阻止身體老化。奎師那協助般度五子打敗俱盧族，協助般度五子恢復這世界的秩序。然而這樣並未能阻止「爭鬥時」，亦即世界結束前的最後一段四分之一時之到來。最終我們都會死亡，但是這個事實並不能阻止我們追求健康的人生。同樣的，任何團體最終都會走向解體，但這個事實不應阻止該團體的領袖努力維持秩序。

·卷十八·

避居山林

鎮群王，
世間有許多種勝利，
但是能讓每個人都贏的勝利卻只有一種。

一、長者棄國退隱

堅戰的統治時期充滿了和平與繁榮。隨著時間過去，關於戰爭的種種記憶漸漸淡化。大家看到繼絕王慢慢長大成為優秀的年輕人，心裡都覺得很高興。

持國王和甘陀利繼續住在象城的王宮裡。堅戰盡其所能，讓他們住得舒服，過得快樂。很不幸的，怖軍卻沒那麼寬容。

每一次全家人坐下來吃飯的時候，怖軍就會板著指關節，拍著雙臂，詳細討論他是如何殺死持國王的每一個兒子。每一次持國王吃肉咬到骨頭時，怖軍就會說：「我打斷難敵的大腿時，聽到的就是這個聲音。」每一次持國王吸食多汁的骨髓時，怖軍就會說：「難降嚥下最後一口氣的時候，發出的就是這個聲音。」

維杜羅不忍心看到哥哥遭受如此無禮的對待，屢次勸持國王道：「這太丟臉了！他們這麼不尊重你，那就離開這裡吧！」

持國王每次都這麼答道：「我能去哪裡呢？」然後繼續過著日子，默默忍受恥辱。

維杜羅非常苦惱。一日，他說了一個故事：「很久很久以前，有個人在森林裡迷了路，而且跌入一個山洞。在滾落山洞的過程中，他的兩腳被某種藤蔓纏住，所以他就頭下腳上地倒掛在山洞裡。山洞上面的天色漸漸暗了下來。他聽到風在呼嘯的聲音。從山洞的邊緣，他瞥到一群大象正瘋狂地朝他的方向，轟隆隆地奔馳而來。山洞下面有數百條嘶嘶作響的毒蛇。一群老鼠正在啃咬那棵藤蔓植物的樹根，而他攀附著的那棵藤蔓植物，猶如熟透的、等著採收

的波羅蜜果那般沉重。突然間，他的眼角餘光看到許多蜜蜂正圍著一個蜂巢嗡嗡作響，而且有一滴蜂蜜從蜂巢滴落下來。那位祭司忘了他所處的可怕險境，竟伸手去接那滴蜂蜜。在那一刻，他忘了所有恐懼：即將到來的暴風雨、狂奔的象群、老鼠和毒蛇、迫近的死亡——這一切全被他拋在腦後。在那一刻，唯一重要的只有那滴蜂蜜的甜味。」

聽完這則故事，持國王明白了一個事實：讓他看不到自身處境的，其實不是他的盲眼，而是他對舒服王宮生活的貪戀。最後，他終於鼓起勇氣，宣布放棄所有世俗財物，走出了王宮。他對甘陀利說道：「來吧，甘陀利，我們走吧！」

甘陀利順從地跟了過去。維杜羅接著跟了過去。最後貢蒂也跟了過去，因為她意識到她這一代該退隱山林了。

堅戰試圖阻止母親離開，但是他失敗了。貢蒂對他說道：「兒子，我累了。我離開的時間到了。」

之後許多年的時間裡，這幾位長輩在森林裡四處流浪。他們遇見許多仙人，傾聽仙人講說生命的意義。然後有一天，維杜羅死了——在他打坐冥想的時候，生命氣息離開了他的肉身。另一天，甘陀利看到一個異象——所有在戰爭中死去的人全都身穿白衣，戴著珠寶；他們朝她微笑著，臉上沒有一絲悲傷和憤恨的表情。這個異象讓甘陀利覺得很快樂。

過了不久，森林突然發生大火。「快逃啊！」持國王聞到煙味，大聲叫道。

「為什麼要逃？」甘陀利問。

是啊，為什麼要逃？所以這幾位俱盧家族的長輩就靜靜地坐下來，任由大火延燒過來，最後讓大火將他們吞沒。

＊世間法（dharma-shastras）把人的一生分成四個階段，稱為四住期。第一階段稱為「梵行期」（brahmacharya）——這是預備階段，人們在此階段學習如何面對世界；第二階段稱為「居家期」（grihastha），人們在此階段享受家庭生活與世間權力之樂趣；第三階段稱為「修行期」（vanaprastha），此時人們該退出俗務，把所有財產留給孩子，把所有知識傳給孫子；第四階段稱為「苦行期」（sanyasa），此時人們該捨棄所有俗世之物，棄世退隱。《摩訶婆羅多》裡的所有角色，包括波羅底波到持國王，在他們完成世俗的各種責任之後，最後全都退出社會，宣布棄世退隱。如此一來，年輕的一代得以享受人生的果實，年老的一代則退而思考人生的意義。

＊詩人毗耶娑很了解年老一代的處境：如果老一輩沒有兒女，如果他們失去了權力，那麼他們在許多家庭裡得到的待遇究竟會如何。堅戰和怖軍分別是兩種年輕人的代表，堅戰代表那些對年長者沒有積怨的年輕人——該怎麼對待年長者，他們就如實地對待年長者；怖軍代表那些對老一輩有所積怨的年輕人——這些年輕人的生命曾因年長者過去的行為，而留下一輩子的創傷。

＊車夫全勝跟著持國王等人退隱森林，陪著他們一起死於森林大火——這是全勝對他的老主人盲眼老國王的一片忠心。

＊即便曾跟奎師那學習如何擺脫人類內心的野獸，般度五子在戰爭過後卻依然緊緊地抓取各種憤恨，猶如狗之緊咬著骨頭。習得的教訓不會永遠保持不變，智慧之取得因此是一個必須與時俱進的過程。

二、雅度人的末日

在德瓦拉卡島，雅度人決定聚在普拉巴薩（Prabhasa）海邊舉行一個儀式，祭祀所有死於俱盧之野的戰士。在儀式執行的過程中，兩群人馬發生了爭執，其中一群人認為般度族是正直的，另一群人則覺得俱盧族受到不公平的對待。

「俱盧族人一起撲向激昂，就像一群狗撲向一隻離群的小羊！」薩諦奇說道。他帶領的那群人是般度五子的擁護者。

「堅戰說謊，所以德羅納才會死！阿周那射殺已經放下武器的迦爾納！怖軍攻擊難敵腰部以下的部位！」成鎧說道。成鎧帶領的那群人是俱盧族人的擁護者。說完，成鎧也順便提醒薩諦奇，要後者記得他是如何以不正當的手法攻擊並殺死廣聲。

不久，爭論演變成鬥毆，鬥毆演變成戰爭，戰爭演變成全民參與的內戰。奎師那和大力羅摩又驚恐又無助地看著他們的弟兄、朋友、堂表兄弟、兒子和孫子彼此衝向對方，互相廝殺。

兩兄弟為了拯救他們的族人，偷偷把雅度戰士的武器全部藏了起來。但是雅度族人十分憤慨，既然沒有了武器，他們就拔起那些長在海邊的蘆葦葉當武器，彼此砍殺。

海邊的那些蘆葦可不是普通的蘆葦。那裡的蘆葦葉尖長著利刺，兩側的葉

沿長成鋸齒狀，十分銳利 —— 那些蘆葦是鐵杵敲成粉末之後，再從鐵杵粉末長出來的植物。

原來在很多年以前，奎師那的兒子山巴爲了測試聖者的神力，於是僞裝成懷孕的女人，去向聖者們請示，請聖者告訴他肚裡的孩子是男是女。聖者們很不高興被他如此愚弄，氣沖沖地說道：「不是男孩，也不是女孩，只不過是藏在你身上的一根鐵棒 —— 以後這根鐵棒將會毀滅整支雅度部族。」

聖者說完，果然有一根鐵杵從山巴的大腿褲管掉了下來。山巴嚇壞了，他把那根鐵杵打成粉末，然後丟入海裡。大海拒絕接受那些粉末，將之沖上普拉巴薩的海灘。不久，那些鐵杵粉末就在普拉巴薩海灘上長成致命的蘆葦 —— 雅度族人拔起來當武器，互相砍殺的蘆葦。

只不過幾個小時，被那些致命蘆葦葉片砍死的雅度族人，屍體就堆滿了普拉巴薩海灘。那群雅度死者有老也有少，已經不可能分得清誰是般度五子的支持者，誰是俱盧族的支持者。薩諦奇死了，成鎧也死了。整個場景看來就像另一個俱盧之野。奎師那和大力羅摩完全無法拯救他們的族人。

就這樣，甘陀利的詛咒化成了現實。

＊在經典裡，奎師那的兒子山巴通常被寫成一個不負責任、舉止粗野不羈的年輕人。也許這是一個訊息：偉人的孩子未必會成為偉人；偉大這種特質不會在世世代代之間遺傳，每個人最終都得創造或毀壞自己的遺澤。

＊一場賭博遊戲導致俱盧之野的大屠殺，一場爭吵導致普拉巴薩海邊的大屠殺。說到底，所有的戰爭都可

以追溯到最單純的爭吵，在這些爭吵裡頭，人們往往急於壓倒別人，而不是寬容別人。

＊奎師那的族人並未能逃過甘陀利的詛咒。如此說來，即便是神也得屈服於業報的法則。神使人類成為自己命運的主人，神使人類成為自己欲望的創造者，神最終也使人類對自己所過的生活和所做的選擇負責。神不干預命運的走向，只是幫助人類面對自己的命運。

三、奎師那之死

看到族人的毀滅，心情煩亂的大力羅摩對生活失去了興趣；他讓自己的生命氣息化成一條蛇，離開了他的凡人之軀。

大力羅摩走了之後，奎師那意識到他也該結束他的凡間生命了。他坐在一棵榕樹下，將左腳丫跨在右腿上，開始搖晃他的左腳丫；與此同時，他開始回顧他在世間的這一趟旅程：從沃林達文村到馬圖拉城，然後再從德瓦拉卡島到象城，最後再到俱盧之野參加大戰。

就在奎師那一邊搖著腳丫子，一面回憶往事的過程中，一支毒箭射中了他左腳的腳丫子。原來獵人從遠處的樹叢中看到他的腳丫子，誤以為那是鹿耳。

射中奎師那的箭頭，其實是那把鐵杵的一部分，唯一沒被磨成粉末的一塊鐵片——當年山巴無論如何也無法把這塊鐵片搗成粉末，只得隨意丟入海裡。那位獵人是在魚的肚子裡找到那塊鐵片。箭頭上的毒很快就發作了，奎師那的生命就這樣慢慢地消失了——即便他是奎師那。

雅度族人死後都跨過了吠坦剌尼河，進入死者的國度，並在那裡等待轉世重生。但是奎師那不一樣，他回到一處稱爲毗恭吒的天堂，一個遠比天界更高的所在，並在那裡恢復他原本的身分：毗濕奴——維持宇宙運作的神。大力羅摩早已回到那裡了；在毗恭吒，大力羅摩化爲千頭巨蛇賽舍，而且賽舍早已經捲起身體，準備好等待毗濕奴的倚躺。

＊抱持循環觀念的印度世界裡，有生必有死；即便是奎師那也要經歷死亡，因為他經歷了出生的過程。但是奎師那的死跟一般人不同：一擺脫出生時所得到的肉身，他就回到了毗恭吒——他在天堂的家。一般生靈的生死之旅並非如此。一般生靈死後，他們會遺忘前世，再次重生。這是因為在世間的這一趟旅程中，他們的言行舉止涉及各種活動，而這些活動產生了相應的果報。他們必須經歷這些相應的果報，如果不在這一世，就會在另一世。奎師那是神明轉世，他的言行舉止不會產生業報；他的行為既不是惡行，也不是善行，既不會導致惡業，也不會累積福德。他的行止充滿了覺察和捨離，僅僅只是一場戲，僅僅只是神聖表演的一部分而已。

＊根據一則出自印度北部的民間故事，毗濕奴上一次下世化身為羅摩的時候，他曾忙於決鬥，不小心射中了一隻名叫婆黎的猴子的背。婆黎猴提出抗議，認為這對他極不公平。為了這個緣故，毗濕奴再次下世，轉生為奎師那的時候，特別允許婆黎猴轉世為獵人迦辣（Jara），並允許迦辣射死自己。

＊古吉拉特邦的海邊有一座小城名叫巴丹鎮（Prabhas Patan）；這裡有一棵榕樹，根據傳說，這棵榕樹的祖

先就是當年奎師那坐在下面，然後遭受毒箭射死的那棵榕樹。

＊對印度人來説，榕樹是神聖的樹，因為榕樹的生命很長，因此成為永生的符號。

四、德瓦拉卡城的覆亡

聽到普拉巴薩發生慘劇，奎師那的父親富天因爲過於傷心，不久就死了。很快地，普拉巴薩沿海的沙灘堆起了一個個火葬柴堆。雅度族婦女一個個嚎啕大哭，哀悼她們家人的死亡。她們的哭聲傳到了天界，連天人都忍不住爲她們掉下眼淚。

有的婦女跳進了火葬堆，因爲她們無法想像沒有丈夫的生活。有的婦女則失去了對俗世生活的興趣，因此退隱到森林裡，過著行乞的生活。至於那些仍然依戀生活的婦女則轉向阿周那求助——阿周那一聽到德瓦拉卡發生內戰，立即從象城趕過來救援，但是他來得太遲了，當時大部分雅度族人已經戰死，他幾乎沒能幫上什麼忙。

那時大海的水位上升，海浪沖擊著德瓦拉卡城的城牆。不久，傾盆大雨從天而降，淹沒了島城的所有街道，並且毀壞了那座城市的地基。很快地，城牆開始崩落倒塌，寡婦和孤兒從屋裡匆匆忙忙地逃了出來。他們有的乘著木筏，有的搭船，全部逃到主要大陸避難。

阿周那決定把少數倖存者帶回象城。

然而苦難並未就此停止。在前往象城的路上，他們一行人遭到野蠻人的攻擊，許多雅度婦女和小孩遭野蠻人擄走。阿周那舉起甘狄拔神弓，試圖保護他們，但是他畢竟寡不敵眾，保護不了所有人。在過去，偉大的甘狄拔神弓一箭就可摧毀數百個戰士的生命，但此時似乎沒有什麼用處。阿周那突然明白他已經不是當年那位神射手了。他活在這世間的目的，甘狄拔神弓存在於這世間的目的早已完成。

想到自己在命運捲起的浪潮之前毫無還手之力，想到自己在形勢洶湧的風暴之下僅能保持謙卑，阿周那不禁跪倒在地，嚎啕大哭起來。

當他停止哭泣，擦乾了眼淚之後，突然明白這是甘陀利的詛咒所產生的結果。然而甘陀利之所以會詛咒德瓦拉卡城及雅度人，根本的原因是俱盧之野的戰爭。如果他們兄弟克制一點，沒在賭博中賭上他們的國家，俱盧之野的戰爭就不會發生。阿周那此時了解他對德瓦拉卡城的滅亡多少也有一些責任。業報的大網以一根線，把所有生靈連結在一起。他爲他所造成的人間悲苦，祈求神明的原諒。

回應他的祈求，天上的雲開始轟隆轟隆作響。一道閃電從天上落下來，在閃電的亮光中，阿周那看到一個異象：一個咯咯笑的嬰兒，正躺在一片榕樹葉上，快樂地吸著他那塗滿奶油的腳拇指。輕輕托著那片榕樹葉的，正是摧毀德瓦拉卡城的致命海浪。在毀滅之

中，這是一個新生與希望的象徵。

最後，阿周那終於明白神明傳遞給他的訊息：生命會持續下去，生命裡的許多歡樂和悲傷，許多勝利與悲劇，猶如海裡的波浪，起起落落，循環不息。要不要以智慧面對這一切，享受每一種單純的快樂，不被世間無止境的混亂和無可避免的動盪所影響——這一切全操控在他手裡，這一切全由他來決定。

他帶著倖存的雅度族人回到主要大陸，並在馬圖拉城給他們找到安身之處。在馬圖拉城，終有一天，阿尼律陀的兒子，明光的孫子，或奎師那的曾孫伐闍羅納比將會再度崛起，成爲一個偉大的國王。

＊在靠近今日德瓦拉卡的海岸附近，考古學家發現一個古老港口城市的遺址，其年代可追溯到西元前一五〇〇年。當時，這塊區域沿著印度河兩岸，興起一個以城市為中心的文明社會，十分繁榮，其覆蓋面積大約包含今日的旁遮普省、信德省（Sindh）、拉賈斯坦邦和古吉拉特邦這幾個省。當然，如果要說《摩訶婆羅多》的角色曾住在這片廣大的磚造城市裡，那也只是一種推測而已。

＊奎師那的曾孫伐闍羅納比曾要求工匠根據激昂之妻至上公主的描述，刻畫奎師那的形象。但是至上公主提供的描述十分壯麗，每位工匠都僅能表現其中的一部分美而已。這些圖像在世間遺失了好幾百年之久，後來才被聖者找到，並珍藏在廟宇裡。據說今日納特杜瓦拉（Nathdvara）斯里納西廟（Srinathji）的藏品，就是當年那批圖像的一部分。

五、般度五子棄世退隱

般度五子退隱的時間終於到了。在俱盧之野大戰之後出生的繼絕王已經長大，足以擔任君主職責，統治象城。森林在向堅戰招手；他對他的兄弟們說：「讓年輕的一代好好享受生命，我們退隱到山林裡去吧。讓我們到那裡好好思考與了解生命的意義。」

堅戰把王位傳給繼絕王；般度兄弟把他們所擁有的牛、馬、船、珠寶和衣服分送給人民之後，他們就穿著樹皮製成的衣服，離開了象城。

他們朝北方走去，走向那座終年覆雪、山頂直抵天界的喜馬拉雅山。「讓我們爬上這座曼陀羅（Mandara）吧，」堅戰說道：「如果我們這一生眞誠護法，那麼我們的肉身就不會死。我們就會帶著這個肉身，直接進入神居住的天界。」他的兄弟同意了，連德羅波蒂也跟了上去。就這樣，五個年長的男人和一個年長的女人展開他們漫長艱苦的路程，爬上那條又窄又陡的山路，朝向高聳入雲的山頂前進。

在半途中，德羅波蒂突然腳下一滑，從山坡上掉了下去。她大聲呼叫，但是沒人回頭去救她。接著偕天滑倒，跌落山坡，沒人回頭去幫他。接著無種滑倒跌落，接著阿周那，最後是怖軍滑倒跌落山坡。堅戰始終站穩腳步，沒有回頭，繼續往山上走去。

這一路上，堅戰不曾回頭去幫任何人。他告訴自己：「我已經放棄了一切，包括親情。」他推測他的兄弟和妻子會死，是因爲閻摩王發現他們的福德不夠，不足以帶著肉身進入天界。他們每一個都有一個缺點：德羅波蒂本來應該平等對待她的五個丈夫，但是她卻偏愛阿周那、渴望迦爾納、操控怖軍；偕天的學問使他自命不凡；無種自恃長得俊美，往往無視他人的感受；阿周那一輩子都在覬覦其他弓箭手的技藝；怖軍一輩子都是個貪吃鬼，從沒想過要與他人分享食物。

最後，堅戰抵達曼陀羅的頂峰。他發現自己就站在天城的門口——那座以無限福樂知名的天城。

「進來吧，」天人張開手臂歡迎他。「不過，請把那隻狗留在外面，」他們說道。

「狗？」堅戰問道，心裡覺得非常驚訝。他轉過身，這才發現他身後跟著一隻狗，正對著他猛搖尾巴。堅戰認得那隻狗；他在象城的街上見過牠。原來那狗竟一路跟著他，跟他一起走過那段又寒冷又危險的旅程。

「狗是不吉祥的動物，牠們在火葬場裡流浪，靠吃垃圾維生，所以狗在天界不受歡迎。」

那狗抬頭看著堅戰，眼裡充滿愛慕，一面舔著堅戰的手。堅戰的心軟了下來。「我已經放棄了一切，但是這條狗並未放棄我。牠跟我一起撐過這段旅程。牠當然應該在天界擁有一席之地，就跟我一樣。你一定要讓牠進去。」堅戰說道。

「不行。」天人們答道。

「這不公平。為什麼我可以進去，牠就不行？我們擁有同樣的福德。如果不讓我跟牠一起進入天界，那我就不要進去了。」

「你竟爲了一隻狗，拒絕進入天界！」天人驚呼道。

「我是爲了正義才拒絕進入天界。」堅戰語氣堅定地說道。

天人們露出微笑。「堅戰，你再一次展現了你的正直。這條跟在你身後的狗不是別人，就是正法之神本身。他從一開始就跟著你，而你始終不曾拋棄過他。因爲如此，只有你贏得以肉身進入天界的權利。」

在海螺號角的聲音中，堅戰被迎入天界。天女們爲他撒花，乾闥婆們爲他高歌，讚頌他的榮光。

＊繼絕王的祖母妙賢是雅度人，因此他的血管裡流著雅度族人的血。由於這樣，鎮群王因此和那迦族有親緣關係。

＊繼絕王是妙賢的孫子，因此他擁有雅度的血統。如此說來，在這部史詩的結尾，象城的統治者其實並不是布盧王的後代，而是雅度的後代。諷刺的是，雅度在很久以前卻被迅行王逐出家門，詛咒他永遠不得登基為王。

＊詩人毗耶娑提到所有生靈之所以會死，那是因為他們失去福德，招致惡業。按照這個邏輯，人如果不招致惡業，那就不會死。這樣的人有可能在活著的時候即可直接上天堂，成為不死之人。這是所有精神修練者的終極目標；這是堅戰的目標。

＊印度教認為狗是不吉祥的動物，因為狗和兩位神明有關：一是死神閻摩王，另一個是陪臚——濕婆神可怕的殺手相。狗代表執著和束縛，因為狗有領域行為，而且很黏牠們的主人。牠們無時無刻都在尋求關注和認可，因此牠們象徵貧困、沒有安全感、執著和自我。狗的這一形象，剛好與象徵靈魂之安祥的牛形成對比。

六、天界裡的俱盧族

堅戰一踏入天界，馬上就看到一百個俱盧族——包括難敵和難降，他們就站在天人旁邊，面帶微笑，看起來容光煥發，幸福滿滿。他們也朝堅戰伸出手臂，表示歡迎。但是堅戰帶著滿心的嫌惡，向後退了好幾步。

「這群戰爭販子，他們到底是怎麼來到天城？」他生氣地問。

天人們答道：「他們戰死在俱盧之野那塊神聖的土地上，這件事淨化了他們過去所犯下的所有錯誤，使他們獲得進入天城的權利。如果你的狗有資格進入天城，那麼你的堂兄弟當然也有資格進入天城。」

天人的解釋堅戰並不滿意。「那我弟弟他們呢？還有我的妻子呢？他們有沒有資格進入天城？他們現在在哪裡？他們也在這裡嗎？」他問道。

「他們不在這裡。」天人平靜地說道，盡量不理會堅戰憤怒的語氣。

「那麼他們在哪裡？」堅戰追問。

「在另一個地方。」天人答道，盡量不理會堅戰急切的口氣。

「帶我去見他們！」堅戰說道，他決定要把這件事弄清楚。

「沒問題。」那位天人說完，就領著堅戰走出天界，降下天空，沿著喜馬拉雅山的山坡降落人間。接著他們穿過地底一道很深的裂縫，進入一個黑暗、陰沉且恐怖的空間。到了那裡，堅戰聽到一陣陣痛苦的哭喊聲。那裡與天城截然不同——極爲不同。他突然意識到那裡就是那羅迦——苦難之境域。

「我的弟弟們都在這裡？」堅戰不可置信地叫了起來。

就在這時，他聽到他的兄弟——包括迦爾納——的呻吟聲。他們齊聲應道：

「是的，我們在這裡。」

堅戰知道他的兄弟落入如此境地是有理由的：怖軍是因爲貪吃、阿周那是因爲羨妒他人、無種是因爲冷漠、偕天是因爲自命不凡、德羅波蒂是因爲她的偏心。但是迦爾納呢？爲什麼迦爾納也在這裡？難道他這位大哥在生前受的苦還不夠多嗎？「迦爾納向貢蒂保證他只殺阿周那，不動其他四人。可是他心裡明明知道難敵指望他除掉般度五子。他這麼做違反了朋友對他的信任——他現在在爲這件事付出代價。」天人平靜地說道，澄清堅戰的疑惑。堅戰感受到了每個人的痛苦，開始哭了起來。「要回去天城了嗎？」天人問。

「別走，別走，請你別走，」堅戰聽到他兄弟的叫聲：「你在這裡，我們覺得很安慰。」

「怎樣？要走了嗎？」天人有點急切地問道。

「求求你留下來。」堅戰聽到德羅波蒂的哀求。她的聲音聽起來顯得困惑、疲憊、焦慮和害怕。

堅戰無法移動腳步離開。淚水湧上他的雙眼。他怎麼能夠獨自一人去天界，留下他的家人在這裡？他當下做了一個決定。「不了，我不會離開這裡。我要留在這裡陪我的妻子和我的兄弟。我要跟他們一起受苦。沒有他們，我拒絕進入天城。」

天人聽了，全都笑了起來。他們向上飛升，像螢火蟲那樣閃閃發亮。他們說道：「噢，我們以爲你早已放棄了俗世的一切？」

「你這話是什麼意思？」堅戰問。他心裡突然覺得有點緊張。

「進入天界時，你不是早已放棄俗世的一切牽絆嗎？那麼你現在這份執著是打從哪兒來的？你執著於憤恨，就像狗執著於他的主人一樣。」

堅戰爭辯道：「天城怎麼可以爲俱盧族那群謀殺犯打開大門？天城怎麼可以拒絕我的家人？我的家人可是一向都依據正法行事。即便奎師那也站在我們這邊，幫忙我們打擊俱盧族！」

「堅戰，那你覺得我們在選邊站嗎？」天人們問道。

「是的。」堅戰厲聲答道。他轉過頭，看著他周遭陰暗悲慘的一切。他的家人曾在世間建立了正法，他們不應得到這樣的待遇。這樣並不公平。

「正法之子，你已經放棄了你的國家、你的衣物，但是你並未放棄你的憤恨。你在俱盧之野殺了持國百子，統治他們的國家三十六年！即便這樣，你還是無法原諒他們。在你來天城的路上，你沒回頭幫助你的兄弟。但你在天城一看到俱盧族，你馬上就想起了你的兄弟。如此展現的兄弟之情，一點也不是愛，而是報復。你執著於你的憤恨，堅戰。你仍在區分友與敵。你拒絕放手，拒絕向前走。你這個樣子，如何眞正抵達天堂？」

突然之間，有一異象展現在堅戰面前。那是奎師那的宇宙實相（Virat-Swarup）。「看啊！神的裡面存在著一切，」有個隆隆作響的聲音對他說道：「所有的存在都在神的裡面，每樣東西，每個人，包括德羅波蒂和甘陀利，般度族和俱盧族；所有的可能性，包括殺人者和被殺者。」

在那一刻，堅戰意識到他並沒有自己所想的那麼偉大，他並未眞的放棄他的各種偏見。只有對每一個人——即便是我們最恨的敵人——都付出百分百的同情，我們才有可能克服我執。理解這一道理，堅戰因而變得謙虛。他跪倒在地，開始哭了起來。

天人帶著堅戰來到恆河，讓堅戰在恆河裡沐浴淨身。獲得淨化之後，堅戰就跟著天人升入天界。這次他已經得到啓悟，獲得淨化，重新得到力量，並且眞正得到解脫。這次他眞的誠心誠意願意原諒俱盧族，接納俱盧族。這次他心中再也沒有怨恨，再也沒有「他們」與「我們」的區分，再也沒有「更好」與「更壞」的差別。他心裡只有愛；每一個人都在他心中合而爲一。

「闍耶！」因陀羅叫道。「闍耶！」天人們高聲喊道。「闍耶！」仙人們叫道。因爲堅戰已經贏得最終的勝利——戰勝他自己。現在他升上了比天界更高的天堂，那就是神的居所毗恭吒。

＊本部史詩並未終結於般度族之打敗俱盧族，而是終結於堅戰之戰勝自己的偏見——這是一種精神上的「闍耶」，亦即勝利。這是這部偉大史詩的終極目標。

＊片語「願勝利屬於你」(Jaya ho)是一個問候語，而「願勝利永遠屬於你」(Jaya he)則是印度國歌的一部分。

＊有很多方式可以獲得福德：布施、執行宗教儀式、在神聖的河流中沐浴、死於聖地都是獲得福德的方式。說到聖地，其中一個可以淨化所有惡業，獲得福報的方式是死於俱盧之野。另一個聖地是恆河岸邊的迦什(Kashi)——這就是為什麼人們至今仍然會到迦什赴死。

＊印度的傳統和聖經的傳統不同。印度的天堂不只一個；印度有天界和毗恭吒兩個天堂。天界是因陀羅的天堂，所有的願望在這裡都會實現；毗恭吒則是神的天堂，在這裡人們擺脫了所有欲求。

・後記・

終止執行蛇祭

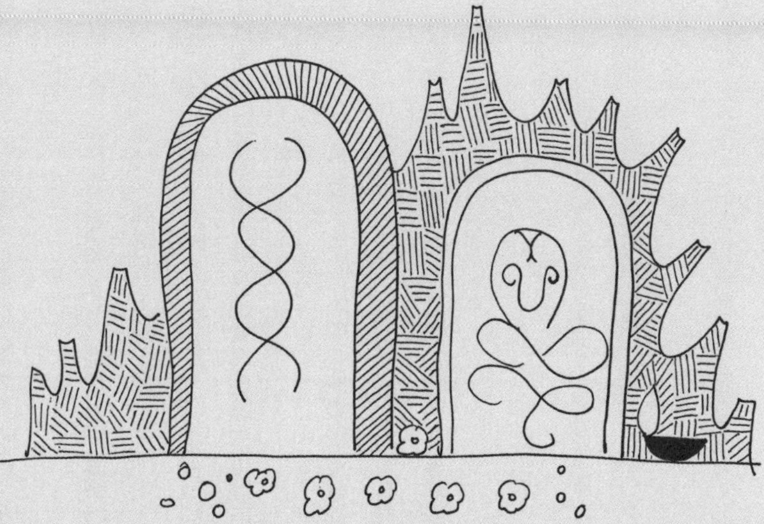

護民仙人的故事講完了。本來要被獻祭的蛇族仍然懸浮在祭火上方，祭司們仍然圍著祭壇而坐，迫不及待地準備將儀式執行完畢。原本熊熊燃燒的祭火，此時已經變成一縷微弱的火舌。所有人的眼睛此時都落在國王的身上。

「我覺得有點困惑，」鎮群王問道：「誰是這個故事裡的英雄？誰是壞人？」

「我的國王，我們要指派誰來當故事裡的壞人？難敵嗎？因爲他連一塊比針尖還小的土地都不願意跟般度五子分享。堅戰嗎？因爲他在賭局中把國家和妻子都輸掉了。毗濕摩嗎？因爲他禁止身爲長子的持國登基爲王，只因持國天生盲眼。福身王嗎？因爲他爲了滿足自己的情欲，竟犧牲了親生兒子的前途。或者甘陀利嗎？她把眼睛蒙起來，因爲她不願看到兒子們的種種缺點。或者是奎師那？因爲他很久以前就已經答應大地女神要爲她除去世間所有不義的國王。所以國王啊，誰是好人？誰是壞人？這個你可能要自己決定了，」護民仙人說道。

鎮群王沒有答案。他回想起影響故事進展的許多因素：恩賜、詛咒、各種人爲的法則。他發現史詩裡沒有壞人也沒有英雄，只有一群掙扎著過生活的人；在努力把生活過得有意義、有價值的同時，他們同時面對了各種危機；他們或是因爲無知，或是因爲自負，因而犯下各種錯誤，或者一再重複犯下各種錯誤。「既然如此，那你爲何把這個故事稱爲『闍耶』？故事裡頭並沒有眞正的勝利。」國王問道。

「世上有兩種勝利，」這位說故事的聖者道：「一種叫『維闍耶』，一種是『闍耶』。維闍耶是物質上的勝利，裡頭會出現輸家；闍耶是精神上的勝利，裡頭不會出現輸家。俱盧之野的戰役裡頭沒有闍耶，只有維闍耶。不過，當堅戰克服了他的怨憤，願意無條件地原諒俱盧族，這裡頭就有闍耶。這是這個故事的眞正結局，所以我給這部作品取了這個名字。」

「俱盧族在俱盧之野被打敗了，但是這群不公不義的人最後都到了天界。正直的般度五子最後卻去了苦難之域那羅迦——這樣的結局實在讓人難以理解。」

阿斯諦迦說話了：「人累積福德就上天界，人招致惡業就下那羅迦。在生命的終點，會有一部功德簿記錄我們一生的福德與惡業，計算的結果，俱盧族因爲戰死在俱盧之野這塊聖地上，他們一生的惡業因此得到淨化。至於般度五子呢，因爲他們累積的福德不夠，他們的偏見並未因戰爭而消除。所以，他們去了那羅迦，俱盧族升上了天界。」

「這樣還是令人感覺不太對勁。」國王說道。

「我的國王，你看到的只有一世，」阿斯諦迦說道：「升上天界並不代表你會永遠留在那裡，下去那羅迦也是如此。一旦福德用完，俱盧族就會落入那羅迦；一旦般度族的惡業散盡，就會升上天界。他們接著都會重新開始轉世再生的循環。他們會再次出生，再次死亡，會再次累積福德或招致惡業。他們會再次升上天界，或者落入那羅迦。這個循環會一再發生，往復循環，直到他們學會了爲止。」

「學會了什麼？」

「學會堅戰所學到的——存在的重點並不在於累積福德，而在於獲得智慧。我們必須問自己——我們爲什麼要做我們所做的？等我們找到答案，眞心接受那個答案，我們就會擺脫了生死的循環，我們就會發現那個超越天界和毗恭吒的天堂。那時我們就會得到永遠的安寧。」

「我以爲般度五子所做的一切都是爲了正法。」鎮群王說道。他突然對一切不那麼確定了。

「如果眞的是那樣，那麼他們擊敗俱盧族之後，意即他們得到維闍耶之後，他們應該就會獲得克服我執的闍耶。根據奎師那的指導，他們確實打敗了俱盧族，他們確實推翻了那群追求叢林法則的人。這對世人是件好事。但這件事對般度五子本身卻沒造成什麼衝擊。他們心中只有懊悔，沒有智慧。外在的勝利並未帶給他們內在的智慧。

由於缺乏心靈上的洞見，他們才會因爲打敗了俱盧族而感到沾沾自喜。這是他們死後去了那羅迦的原因。」

「我的祖先沒能獲得的洞見究竟是什麼？」鎮群王問。

「衝突來自憤怒，憤怒來自恐懼，恐懼來自缺乏信心。由於缺乏信心，俱盧族走向腐敗之路。這種由於缺乏信心而漸漸走向腐敗的因素也潛藏在般度五子的心裡，而這些因素是必須加以肅清和淨化的。」

奎師那的形影，還有奎師那擔任阿周那車夫的形影閃現在鎮群王的腦海裡——鎮群王想起了奎師那在戰前對阿周那所唱的那支智慧之歌。他「聽到」奎師那是這麼說的：「如果你對我有信心，如果你相信福德與惡業的業報會維持平衡，那麼你的心裡就不會覺得不安。」

智慧的蓮花盛放在鎮群王的心裡。「我也是如此，我也沒有信心，」他承認道：「這就是我對那迦族又氣又怕的緣故。這就是爲什麼我用正義和復仇這些理由來欺騙我自己。你是對的，阿斯諦迦，我辦的這場蛇祭確實有違正法。」

阿斯諦迦露出了微笑，護民仙人滿意地垂首向國王敬禮：國王此時終於繼承了他的祖先的智慧。

鎮群王——繼絕王之子、激昂之孫、阿周那之曾孫——此時臉色漸趨平和安詳；他終於做了一個決定。「和平。」他說道。「和平。」他再次說道。「和平。」他又再次重複道。

和平。這是國王的呼聲，要求終止蛇祭之執行。

阿斯諦迦掉下了眼淚。鎮群王已經克服了他的恐懼，捨棄了他的憤怒，再也沒有蛇族會被送上祭壇犧牲了。「和平，和平，和平。」他說道。這並非外在的和平。只要人覺得沒有安全感，和平就不會出現——這是呼求內在和平的一聲呼喚。

讓我們所有人都擁有信心。讓我們所有人都與我們自己、與我們的世界、與存在於世間的眾生和平共處。

和平。和平。和平。

＊那迦族可能會因為恐懼與憤怒而盲目行動，但是鎮群王並沒有藉口盲目行動。身為人類，他擁有較大的腦袋，因此有能力去想像克服動物本能之後的種種可能。那是走向神聖的旅程。那是正法。

＊《摩訶婆羅多》雖然描述戰爭，但是更關注發生衝突的根本原因。衝突之所以發生，源自於貪婪和憤怒——前者表現在難敵身上，後者表現在堅戰身上。貪婪和憤怒兩者皆源自於缺乏安全感；人之所以缺乏安全感，那是因為人對人的真正性情沒有足夠的了解，也對周遭世界的真正特質沒有了解或缺乏信心。吠陀經典提到我們如果不接受生命的本來面目，如果我們試圖控制或改變事物，衝突就會發生。一旦我們意識到在可觸可感的物質現實之外，還有一個不可觸知的精神現實，那時衝突就會消解。

＊阿斯諦迦誇口說國王之所以會停止屠殺蛇族，那是因為他提出抗議的緣故。為了讓他懂得謙虛，他的叔叔，即蛇王婆蘇吉就介紹眾犬之母薩羅瑪（Sarama）給他認識。根據薩羅瑪所言，當火祭開始時，鎮群王和他的兄弟對她的孩子丟石頭，指責她的孩子舔了祭拜的物品——這其實是個子虛烏有的罪名。因為這樣，薩羅瑪對他們下咒，詛咒他們的火祭儀式會中途停止。如此說來，蛇祭的停止並不是因為阿斯諦迦的抗議，而可能是因為薩羅瑪的詛咒。在這世間，沒有任何一個單一的個體可以獨得讚譽。

＊有個孟加拉民間故事提到，鎮群王曾問詩人毗耶娑為何不能勸阻他的祖先，不要上戰場打仗。毗耶娑說情緒激動的人聽不進任何理性的勸導。為了證明這一點，毗耶娑勸鎮群王不要跟他最近愛上的女子結婚。鎮群王畢竟還是跟那位女子結婚，並且因此染上了性病。這時鎮群王才了解：在聽取他人的勸告這方面，他與他的祖先並沒有什麼不同。

＊印度的所有儀式都會以誦念「和平，和平，和平」作為結束。因為追求和平是所有眾生的終極目標。這種和平並非外在的和平，而是內在的和平。這並不是關於把世界變成一個和平之地，而是關於我們如何與世界和平共處。

＊在印度的文學世界裡，《摩訶婆羅多》被歸類為「過去如是說的史事」，不過要注意的是，「過去如是說的史事」並不是指一般人心目中的歷史，而是指「過去、現在和未來生命之如實描述」。換言之，「過去如是說的史事」是一種沒有時間性的歷史敘事。因為這樣，聖者把《摩訶婆羅多》視為第五部吠陀，亦即神的最後一聲低語。

稱之爲正法的概念

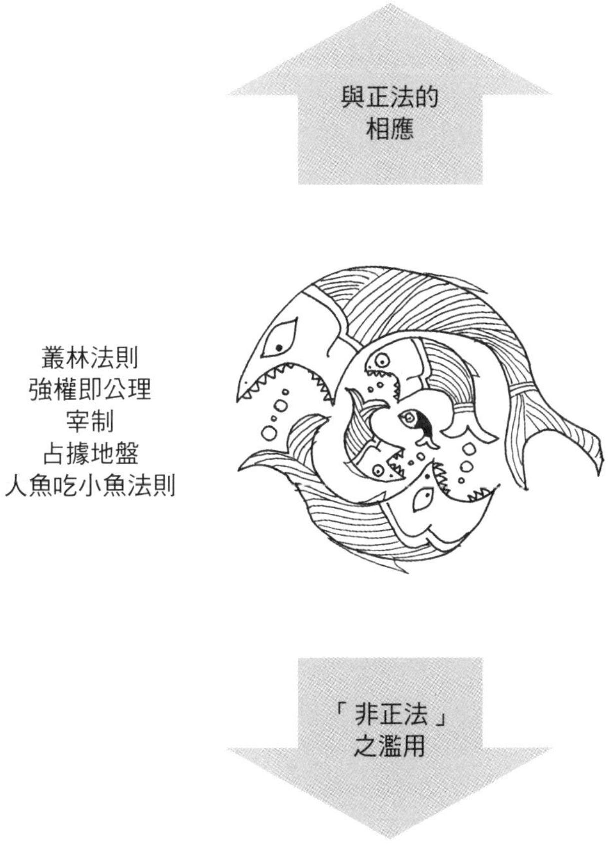

對死亡的恐懼導致動物們爲了生存而爭鬥。在只有適者得以生存的情況下，強權成爲公理。靠著力氣和狡猾的手段，地盤得以劃定，權力等級得以建立。就這樣，叢林法則因此建立起來。動物們沒有選擇，只得遵循這個法則。然而人類不同，人類可以選擇是否接受、使用或棄絕這個法則。

由於我們有較大的腦袋，我們可以想像並創造一個超越我們自己，包容他人，並且使每個人都覺得自己有所貢獻和覺得安全的世界。如果我們願意，我們可以建立一個強者關心弱者，所有人皆可共享資源的社會——在這個社會裡，即便是最脆弱的人都擁有生存的機會。這是一個有正法的社會。

不幸的是，想像力也會強化恐懼。這種恐懼會讓我們爲了擁有資源，從而占據地盤、剝削弱者、過量飲食——這是一個沒有正法的社會。如果正法可以幫助我們制服我們內心的野獸，那麼「非正法」則會讓我們變得比動物更加不如。如果正法帶領我們走向神性，那麼「非正法」則喚醒我們心中的妖魔。

在戰爭之前，俱盧族非常執著於堅守他們的地盤。在戰爭之後，般度五子非常致力於保持對他人的慷慨。「非正法」是一種永恆的誘惑，正法是一項永無止境的工作，持續不斷地驗證我們的人性。

致謝

- 謝謝我的司機 Deepak Sutar，他也是一名藝術家，並為我的許多插圖上色。
- 謝謝 Rupa，在讀了許多我的草稿以後，給予我建議，並讓我知道什麼可行，什麼不可行。
- 謝謝 Ravi 和 Avanija，對我總是能夠慷慨地給予耐心。

atma 靈魂、意識、眞我
Avanti 阿凡提國
Avatar 阿凡達
aviyal 阿維雅燉菜
Ayli 艾莉
Ayodhya 阿逾陀
Ayur-veda 保健／阿育吠陀
Ayu 長壽

B

B. N. Narahari Achar 納羅哈利・阿契爾
Babruvahana 褐乘
Badari 巴德里山洞
Bagpat 巴格帕特
Bahlika 波利伽
Bahuka 巴胡卡
Bairat 拜拉特
Baka 跋迦
Baladeva 巴羅天
Balahaka 巴拉哈卡
Balarama 大力羅摩
Bali 缽利王
Ballava 牛牧
Bandi 萬底
Bangalore 班加羅爾
Barbareek 波跋利迦
Barnawa 巴爾納瓦
Bela 蓓拉
Bhadravati 巴德拉瓦蒂城
Bhagadatta 福授
Bhagavad Gita 《薄伽梵歌》
Bhagavan 薄伽梵
Bhagavata cult 薄伽梵信仰
Bhagavata Purana 《薄伽梵往世書》
Bhagwandas Patel 布曼達斯・帕特爾
Bhairava 陪臚
bhakti yoga 奉愛瑜珈
Bhakti（movement） 奉愛運動、奉愛
Bhangashvana 般迦沙瓦納
Bhanumati 明光公主
Bharadvaja 跋羅婆闍
Bharadvaj 巴拉瓦伽族
Bharadvaj 持力
Bharata 《婆羅多》
Bharatam Pattu 婆羅頓帕度版
Bharata-varsha 婆羅多國
Bharata 婆羅多／婆羅多（豆扇陀之子）／（羅摩的異母弟弟）
Bharat 婆羅多之地
Bhasa 巴薩
Bhil Bharata 《比爾婆羅多》
Bhil Mahabharata 《比爾摩訶婆羅多》
Bhima 怖軍
Bhishma Ekadashi 毗濕摩什一節
Bhishma-ashtami 毗濕摩忌日
Bhishma 毗濕摩、毗濕摩篇
Bhogavati 波迦陀地
Bhojaka 波迦卡族
Bhoo-devi 大地女神布德葳
Bhurishrava 廣聲
Bilalsen 毗羅森
Boon 恩賜
Brahma-astra 梵天神箭
Brahmacharya 梵行期／守貞／學生
Brahman 婆羅門

譯名對照表

A

Abhimanyu 激昂
Achilles 阿基里斯
Adharma 非正法、非法性、不符合佛法
Adi-Ananta-Sesha 蛇神賽舍
Adiratha 升車
Adi 初始篇／阿砥
Agni-astra 阿耆尼神箭
Agni 火神阿耆尼／外在之火
ahamkara/ ego 我執
Ahilawati 阿悉羅伐蒂
Ahuka 阿胡迦
Aihole inscription 艾霍萊銘文
Ailas 阿伊羅族
Airavat 天界白象
Akbar 阿克巴
Akshay Patra 無竭缽
Akshouhini 阿克沙希尼戰陣
Akupara 阿古城
Alakapuri 阿拉卡城
Alamvusha 阿蘭伏薩
Alexander 亞歷山大大帝
Alha 〈阿爾哈〉
Ali 阿里
Amavasu 阿摩婆蘇
Ambalika 安波利迦
Amba 安芭
Ambika 安必迦
Amravati 天城
Ananta-vijaya 永勝螺號
Ananta 阿難達
Andhaka 安陀迦族
Andhra Pradesh 安德拉邦
Angaraparna 盎迦羅帕爾納
Anga 盎迦國
Aniruddha 阿尼律陀
Anushasan 教誡篇
Anuvinda 阿奴文陀
Apsara 阿普莎羅／天女、飛天女神、仙女
Apsa 阿普莎
Ara-nath 阿摩那羅
Aravanis 阿拉瓦尼斯
Aravan 阿拉萬
Aravasu 近財
Ardha-nareshwara 雌雄同體神
Arshtisena 阿斯提瑟納
Artha-shastra 《政事論》
Artha-shastra 政治
Artha 利、欲樂
Aryaka 阿里雅卡
Aryavarta 雅利安婆多
ashrama-dharma 阿什羅摩正法
Ashrama 林居篇／人生階段
Ashtavakra 八曲
Ashwamedha 馬祭、馬祭篇
Ashwatthama 馬嘶
Astika 阿斯諦迦
Asura 阿修羅
Atharva 阿闥婆

Draupadi 德羅波蒂、黑公主
Drona 德羅納篇
Drupada 木柱王
Dungri Bhil 比爾丹格理
Durga 難近母
Durjaya 難勝
Durvasa 敝衣仙人
Duryodhana 難敵
Dushyanta 豆扇陀
Dusshala 杜沙羅
Dusshasana 難降
Duta Vakya 《神使》
Dvapara yuga 青銅時代、銅器時代
Dwaita-vana 雙木林
Dwaraka 德瓦拉卡
Dwaravati 德瓦拉瓦蒂
Dyutimat 狄優提瑪

E

Ekachakra 獨輪城
Ekalavya 伊卡拉雅

F

five gyan indriyas 五知根
five karma indriyas 五作根
Freud 佛洛伊德

G

Galava 葛羅瓦
Gandhara 犍陀羅
Gandhari 甘陀利
Gandharva-veda 戲劇
Gandharva 乾闥婆、歌仙
Gandiva 甘狄拔神弓
Ganesha 象頭神葛內舍
Ganga 恆河女神
Garhwal 加爾瓦地區
Garhwal 迦瓦爾
Garuda 迦樓羅
Gaurivan 高瑞萬
Gauri 高莉
Gautama 喬達摩族
Gaya 迦耶
Ghatotkacha 瓶首
Ghoshayatra 數牛巡禮
Ghrutachi 訶達姬
Girika 吉瑞卡
Gita Govinda 《戈文達之歌》
Gokul 戈庫爾村
Govardhan hill 牛增山
Govasana 果伐參納王
Govinda 牧人戈文達
grihastha 居家期／在家居士
Gudakesha 黑夜神射手
Gujarat 古吉拉特邦
Gunakeshi 谷娜迦什
guru-dakshina 上師的供養
gyan yoga 智者瑜珈

Brahmavaivarta Purana《梵轉世往世書》
Brahma 梵天
Brihadbala 偉力
Brihanalla 巨葦
Brihaspati 祭主仙人
buddhi/ intellect 智力
Budh 菩德

C

Carnatic music 卡納蒂克音樂
Chakra-vartis 國王（建議改輪王，轉輪聖王）
Chakravyuha 輪陣、《輪陣》
Chalukya king 沙魯克雅國王
Champaka-puri 香巴卡城
chandal chaukdi 邪惡四人組
Chandragupta Maurya 旃陀羅笈多孔雀王、月護王
Chandra 旃陀羅
Charles Wilkins 查爾斯．威爾金斯
Charvaka 遮盧婆迦
Chausar 飛行棋遊戲
Chedi 車底國
Chintamani 欽塔摩尼寶
Chitrakathi 繪圖說故事
Chitrangada 花釧公主、《花釧公主》
Chyavana 行落仙人
cornucopia 豐饒角

D

Dala 達拉
Damagranthi 法結
Damayanti 達摩衍蒂
Dantavakra 丹塔瓦卡
Dasharatha 十車王
Dasharna 陀沙納國
Dasshera 難近母節
Delhi 德里
Devaki 提婆姬
Devapi 天友
Devavrata 天誓
Devayani 天乘
Deva 天人
Devdutt 天授螺號
Devika 德葳卡
Dhanur-veda 戰術
Dharma-kshetra 正法之野、法性之地
dharma-shastras 世間法
dharma 法、法性
Dhaumya 煙氏仙人
Dhrishtadyumna 猛光
Dhristaketu 勇旗
Dhritarashtra 持國王
Dhumravarna 杜羅瓦納
Dindigul 丁迪古耳縣
Dirghatamas 狄卡陀瑪
Diwali 排燈節
Dnyaneshwar 奈安涅希瓦
Doongri Bhil 鄧格理比爾族群
Draupadi Amman festival 德羅波蒂秋日慶典
Draupadi's vessel 德羅波蒂的餐盤

Kalakeyas 迦羅奇耶族
Kalayavan 卡拉雅凡人
Kali yuga 爭鬥時、鐵器時代
Kalia Lohar 卡利耶・洛哈爾
Kalidasa 伽力陀薩
Kalinga 羯陵伽
Kaliya 迦梨耶
Kali 迦力（不幸的信使）／迦梨（森林女神）
Kalmashpada 卡爾瑪斯
Kalpasutra 《劫經》
Kalpataru 劫波樹
Kamadhenu 滿願牛、如意神牛
Kama 伽摩（命兼欲望之神）／欲
Kamboja 甘菩遮國
Kamyaka 喜樂林
Kanka 剛迦
Kannada 康納達語
Kansa 剛沙王
Kanva 甘婆仙人
Karaga 卡拉加慶典
Karavir Mahatmya 《卡羅毗》
Karenumati 凱倫烏瑪蒂
Karkotaka 迦寇達卡
Karma yoga 因果瑜珈
karma 業報、業、行動、業力
Karnataka 卡納塔克邦
Karna 迦爾納、迦爾納篇
Kartik 卡爾蒂月
Kashi 迦什
Kathakali 卡薩卡利舞蹈劇
Kaumodaki 月明光杵、考穆達奇／金剛杵
Kauravas 俱盧族
Kaushika 憍什迦
Kazi Nazrul Islam 卡齊・納茲魯・伊斯拉姆
Kedarnath 凱達爾納特
Kekaya 竭迦夜
Kerala 喀拉拉邦
Khandava-prastha 甘味林
Khatu Shyamji 卡圖沙央吉村／卡度桑央吉（失敗者永遠的守護神）
Kichaka-vadha 《空竹紀事》
Kichaka 空竹
Kindama 緊陀摩仙人
King Ashwapati 阿什瓦帕提國王
King Sala 薩拉國王
King Somaka 索摩迦國王
King Vena 維納國王
Kirmira 奇爾米拉
Kolhapur 科拉浦
Konds 貢德族人
Koshala 拘薩羅
Kraal 克勞爾建築群
Krauncha vyuha/ Heron formation 鷹陣
Kripa 慈憫
Kripi 慈憐
Krishna Dwaipayana 島生黑
Krishnaji Khadilkar 克立斯納吉・卡迪爾卡
Krishna 奎師那、黑天
Kritavarma 成鎧
Kshatriya 剎帝利
Kubera 俱毗羅
Kumbhakarna 昆巴卡爾納／康巴哈納
Kumbhinasi 昆碧納西
Kuntha-nath 貢突那羅

H

Haihaya 海哈耶
Halemakki Rama 哈列瑪其・羅摩
Hamsadhvaj 漢薩維傑
Hanuman 猴神哈奴曼
Harishchandra 哈利詹佗羅
Harivamsa《訶利世系》、《訶利世系》
Hari 訶利
Har-Ki-Doon Valley 哈奇杜恩山谷
Haryana 哈里亞納邦
Hastina-puri 象城
Hastin 罕斯丁
Heracles 海克力斯
Hidimba 希丁波
Hidimbi 希丁芭
Himachal Pradesh 喜馬偕爾邦
Hiranayaksha 希陀納亞克薩
Hiranyakashipu 希陀納亞克西布
Hiranyavarna 希蘭耶瓦爾納

I

Ikshavaku 甘蔗王
Ila 伊羅
Iliad《伊里亞德》
Indra-astra 因陀羅神箭
Indradyumna 帝光
Indra-prastha 天帝城
Indrasena 帝軍
Indra 因陀羅
Iravan 伊拉萬
Iravati Karve 伊拉瓦第・卡爾孚
Iravat 伊拉瓦特
Itihasa 過去如是說的史事

J

Jaiminiya-ashwamedha 賈伊米尼的祭馬傳奇故事集
Jaimini 賈伊米尼
Jaipur 齋浦爾
Jambudvipa 閻浮提
Jambul-akhyan《閻浮樹的傳說》
Janamejaya 鎮群王
Janpadi 簡帕蒂
Jantu 簡杜
Jarasandha 妖連
Jara 迦辣（獵人）／迦羅（女妖）
Jatasura 迦塔蘇羅
Jata 迦塔
Jaya he 願勝利永遠屬於你
Jaya ho 願勝利屬於你
Jayadeva 賈雅德瓦
Jayadhrata 勝車
Jaya 闍耶
Jyotish-shastra 時間

K

Kabi Sanjay 迦比・桑傑
Kahoda 迦果羅
Kaikeyi 吉迦伊

Mohini 莫希妮
Mokshada Ekadashi 伽始羅月
moksha 解脫
Mrityu 米瑞莉特
Muthuswami Dikshitar 狄施塔爾
Muttal Ravuttan 陀穆坦

N

Nabagunjara 九音神獸
Naga Ashwasena 那迦馬軍
Naga Takshaka 蛇王多刹迦
Naga-mani 那迦摩尼寶
Nagarjuna 迦爾周那
Nagas 那迦王
Naga 那迦族／森林住民蛇族
Nahusha 友鄰王
Naimisha 納米夏森林
Nakshatra 納沙特拉
Nakula 無種
Nalayani Charitram 納拉雅尼查利敦版
Nalayani 娜羅雅妮
Nala 那羅王
Nandaka 悅音寶劍、難陀伽
Nandi 公牛難丁
Narada 那羅陀仙人
Naraka 那羅迦、地獄
Narayana-astra 那羅延神箭
Narayana 那羅延
Narayani 那羅延營
Nara 那羅
Nari-pur 娜瑞城
Natak Mandali 納塔曼達利劇場
Nathdvara 納特杜瓦拉
Newar 紐瓦族
Nila 尼羅
Niramitra 尼羅米陀
nirguna 無相
Nishadha 尼沙陀
Nivatakavachas 尼瓦達迦瓦夏族
niyoga 尼由迦法則
Nriga 尼格王

O

Odyssey 《奧德賽》
Oedipus complex 伊底帕斯情結
Orissa 奧里薩邦
Oriya Mahabharato 《奧里亞語版摩訶婆羅多》

P

Paap 惡行
Padma vyula/ Lotus formation 蓮花陣
Panchajanya 五生法螺
Panchala 般遮羅國
Pancharatra 《五夜》
Pandava kingdom 般度王國
Pandava Leela 般度劇
Pandu 般度王
Panipat 帕尼帕特
Paniprastha 帕尼城

Kuntibhoja 貢蒂博迦
Kunti 貢蒂
Kurma vyuha/ Turtle formation 龜陣
Kuru-kshetra 俱盧之野／古魯格舍德拉城
kuru-panchala 俱盧 - 般遮羅國
Kuthandavar 賈坦武爾

L

Lakshmani 羅什曼妮
Lakshman 羅什曼
Lakshmi 吉祥天女
Lanka 楞伽島、蘭卡
Linga 林伽
Lompada 隆巴達國王
Lopamudra 殘印公主

M

Madana 瑪達娜
Madhavi 瑪達薇
Madhuvan 馬爾萬
Madhya Pradesh 中央邦
Madra 摩陀羅國
Madri 瑪德莉
Madyamavyayogam 《相逢》
Magadha 摩竭陀國
Magh 瑪格月
Mahabharata 《摩訶婆羅多》
Mahabhisha 摩訶毗沙
Mahapras-thanika 遠行篇
Maharashtra 馬哈拉什特拉邦
Maharathi 摩訶羅提
Maitreya 慈氏仙人
Makara Sankranti 摩羯宮
Makara vyuha/ Dolphin formation 海豚陣
Malayalam literature 馬拉雅拉姆文獻
Mamata 瑪瑪塔
manas/ mind 意根、想像力
Mandara 曼陀羅
Mandavya 曼陀仙人
Manipur 摩尼城
Mani-pushpak 珠花螺號
Manoranjan Bhattacharya 莫奴拉揚．巴塔查里亞
Manu 摩奴
Marathi Dnyaneshwari 奈安涅希瓦版
Markandeya 摩根德耶
Matali 摩多梨
Mathura 馬圖拉
matsya nyaya 大魚吞小魚法則
Matsya-gandha 眞腥
Matsya 摩差國
Maudgalya 莫德伽耶
Mausala 杵戰篇
Maya 摩耶（妖魔）
maya 摩耶（過任何衡量標準觀察到的世界）／妄相
Mayurdhvaj 摩修德瓦傑
Meerut 密拉特
Megasthenes 麥加斯梯尼
Meghapuspa 梅哈普斯帕
Meghavarna 摩華
Menaka 美娜珈

Rituparna 里圖帕爾納
Rohini 畢宿／盧醯妮（富天的妻子）
Romaharshana 盧摩哈沙納
Rukmini 艷光公主
Rukmi 寶光

S

S. L. Bhyrappa 畢剌帕
Sabha 大會篇
Sabyasachi 左右開弓者
Sachi 舍脂
saguna 有相
Sahadeva 偕天
Saibya 賽碧雅
Sairandhri 持犁（德羅波蒂的化名）／（達摩衍蒂的化名）
Saivya 賽維耶族
Samanta Panchaka 薩曼達湖
Sama 娑摩
Samba 山巴
Samsaptakas 誓死戰士
samsara 輪迴
Sanat Kumar 光明聖者
Sanat 薩納特
Sandipani 薩迪班尼
Sanjay 全勝
Sanyasa 苦行期／棄絕者
Sarala Das 薩羅拉·達斯
Sarama 薩羅瑪
Saranga 薩瑯迦
Saranga 薩蘭伽神弓
Saraswati 薩拉斯瓦蒂河／辯才天女
Sarmishtha 多福公主
Sarpa Sattra 賽特羅蛇祭
Sarvaga 薩爾瓦迦
Satasringa 千峰林
sati 娑提
Satsoma 薩娑
sattva/ harmony 和諧、有情
Satyabhama 眞光
Satyaki 薩諦奇
Satyavan 沙特耶曼
Satyavati 貞信
Sauptika 夜襲篇
Savitri 莎維德麗
Shakti 薩蒂
Shaktri 夏克底利
Shakuni 沙恭尼
Shakuntala 沙恭達羅
Shakun 沙恭鳥
Shalva 沙魯瓦
Shalya 沙利耶王、沙利耶篇
Shankara 商羯羅
Shantanu 福身王
Shanta 姍塔公主
Shanti-nath 商底那羅
Shanti 和平篇、平靜篇
Sharadwana 有年仙人
sharira 肉身
Shasirekha 賽希里卡
Shatanika 百足
Shikhandi 束髮
Shishupala 童護
Shiva 濕婆
Shonak 索納克

Parasara 波羅奢羅／破滅仙人
Parashurama 持斧羅摩
Paravasu 遠財
Parikshit 繼絕王
Parnada 帕爾南達
Partha 普爾塔
Parva 《變革的時代》
Parvata 帕爾瓦達仙人
Pashupat 獸主寶
Pisacha 皮剎迦
Planetarium 星象儀
Pole Star 北極星
Poundrya 崩多羅大螺號
Prabhas Patan 巴丹鎮
Prabhasa 普拉巴薩
Prabhas 帕波薩斯
Prachetas 波羅奇塔家族
Pradweshi 普德葳思
Pradyumna 明光
Pragjyotisha 東光國
Prajapati 萬物創造者生主、造物主
Pralaya 普拉耶、消亡、末日
Pramila 普蜜拉
Prasenajit 缽羅悉納吉特
Pratikami 普提卡米
Pratipa 波羅底波
Prativasudeva 菩羅地蘇天
Prativindhya 百軍
Pritha 普莉塔
Prithu 普利度王
puja 普迦儀式、敬拜神靈
Pulakesin II 普拉凱二世
Pulastya 普羅斯提耶
Punjab 旁遮普省
Punya 善行、功德
Puri 普里
Pururava 洪呼王
Puru 布盧王
Pushkara 普什卡拉
Putana 普塔娜

R

Rabindranath Tagore 泰戈爾
Radha 羅陀（升車的妻子）／拉達（黑天的牧女情人）
Raibhya 吟贊仙人
rajas/ agitation 躁動、動性
Rajasthan 拉賈斯坦邦
raj-guru 國師
Rajput 拉吉普特人
Rakshasa 羅剎
Ramayana 《羅摩衍那》
Ramleela 羅摩劇
Ram 羅摩
Ravana 羅波那
Renuka 蕾奴卡
Revata 雷瓦塔
Revati 奎宿／雷瓦蒂
Rig 梨俱
Rishi Agastya 投山仙人
Rishi Bakadalbhya 波迦陀贊仙人
Rishi Jaratkaru 闍羅迦盧仙人
Rishi Lomasha 披髮仙人
Rishi 仙人、聖哲
Rishyashringa 鹿角仙人

Tirthankara 底里坦迦羅、隱修士
Todas 托達斯
Trigarta 三穴國
Trinavarta 崔納瓦塔
Trishula vyuha/ Trident formation 三叉戟陣
Tulsi 圖爾希

U

Uddalaka 烏達拉卡
Udyoga 斡旋篇
Ugrasena 猛軍
Ugrashrava 烏葛斯拉瓦
Uluka 烏魯卡
Ulupi 優樓比
Upanishad《奧義書》
Uparichara 空行
Upasunda 烏葩巽達
Upayaja 烏帕雅伽
Urubhangam《斷腿》
Urvashi 廣延天女
Utathya 烏塔提亞
Uttanaka 烏塔納卡
Uttaranchal 北阿坎德邦
Uttara 優多羅
Uttari 至上公主

V

Vaikuntha 毗恭吒
Vaishnav-astra 毗濕奴神箭
Vaishnava 毗濕奴精神
Vaishrava 毗夏羅瓦
Vaishya 吠舍
Vaitarni 吠坦剌尼河
Vajranabhi 伐闍羅納比
Valaka 伐拉迦
Valandhara 伐蘭陀羅
Vali 瓦里王／婆黎（因陀羅的兒子）
Valliputtur Alwar 伐里普圖爾．阿爾瓦爾
Valmiki 蟻蛭
Vamadeva 瓦瑪德瓦仙人
vanaprastha 修行期／雲遊者
Vana 森林篇
Vanga 范迦
Varanavata 多象城
varna-dharma 瓦爾納正法
Varuna 伐樓納
Vasishtha 婆斯 ／極裕仙人
Vastu-shastra 空間
Vasudeva 婆蘇天（奎師那的轉世）／富天、婆蘇提婆
Vasuki 婆蘇吉
Vasu 婆蘇
Vatsala 伐莎羅
Vayu-astra 伐由神箭
Vayu 風神伐由
Veda Vyasa 吠陀毗耶娑
Veda 吠陀
Veerakumara 威羅庫瑪拉
Venus 金星
Vibhandaka 無瓶仙人
Vibhishana 維毗沙那（楞伽島國王）

Shrutasena 聞軍
Shrutayudha 聞杵
Shudra 首陀羅
Shukra 太白仙人
Shurtakirti 軍望
Shvetaketu 史維塔克圖
Simhika 辛悉迦
Sindhu 信度國
Sindh 信德省
Sini 悉尼
Sita 悉多
Sivi 希維
snakes and ladders 蛇梯棋
Somadatta 月授
Sonaprastha 索尼城
Sonipat 索尼帕特
Srinathji 斯里納西廟
Srutayudha 聞杵
Sthuna 司徒納（夜叉）
Stree 婦女篇
Styx 冥河
Subhadra 妙賢
Sudakshina 善巧
Sudama 蘇達瑪
Sudarshan Chakra 善見神輪
Sudeshna 妙施王后
Sudev 蘇底夫
Sudhanva 蘇漢瓦
Sudheshna 蘇德絲娜
Sudyumna 蘇圖納
Sughosh 妙聲螺號
Sugriva 猴王須羯里婆／蘇格利瓦（火神的馬）
Suhotra 蘇赫特羅
Suka 蘇迦
Sumukha 大蛇蘇穆卡
Sunanda 殊難陀
Sunda 巽達
Surajit 蘇陀吉特
Surasena 蘇羅娑
Suratha 蘇羅陀
Sura 蘇辣
Surpanakha 蘇波娜伽
Surya 蘇利耶
Susarma 善佑
Suvala 妙力王
Swarga-rohanika 升天篇
Swarga 天界
Syamantaka 雅曼塔卡

T

tamas/ inertia 惰性
Tamil Nadu 泰米爾納德邦
Tanjore 坦賈武爾
Tantipala 索護
tapasvin 攬火苦行者
tapasya 塔巴希亞、苦行
tapa 塔巴、靈性之火、內在之火
Tara 塔拉
Terukkuttu 泰魯克庫圖街頭舞劇
Thetis 緹蒂絲
Theyyam 帖雅姆
Tilotamma 蒂洛塔瑪
Tilpat 提爾帕特
Tilprastha 提爾帕城

Vibhishan 維毗沙納
Vichitravirya 奇武王
Vidarbha 毗陀婆國
Vidula 薇杜羅
Vidura 維杜羅
Vijaya-Ekadashi 勝利什一節
Vijaya 毗闍耶、成功／薇迦雅公主
Vikadru 維卡阿杜
Vikarna 奇耳
Vikramorvasiyam 《洪呼王的熱戀》
Vinda 文陀
Virapanchali 毗羅般遮莉女神
Virashakti 毗羅薩蒂
Virata 毗羅吒／毗羅吒篇
Viratnagar 毗拉特納加爾
Virat-swarup 宇宙實相
Vishaparva 牛節／阿修羅王
Vishnu Purana 《毗濕奴往世書》
Vishnu Sahasranama 人間的毗濕奴
Vishnu 毗濕奴
Vishwakarma 毗首傑摩
Vishwamitra 眾友仙人
Vishwavasu 毗斯華婆蘇
Vitatha 維塔陀
Vrata 奉誓
Vriddhakshatra 增武
Vrihadashwa 巨馬仙人
Vrihatkshatra 弗利哈沙特羅
Vrikshprastha 維利克斯城
Vrindavan 沃林達文村
Vrishadhvaja 牛旗
Vrishasena 牛軍
Vrishnis 毗娑尼族

W

Warren Hastings 沃倫・黑斯廷斯

Y

Yadava 雅度族
Yadu 雅度
Yagnavalkya 耶若婆佉
Yagna 火祭
Yaja 雅伽
Yajur 夜柔
Yakshagana 雅克莎迦娜戲劇
Yaksha 夜叉
Yali 神獸亞立
Yama 閻摩
Yamuna 亞穆納河
Yashoda 雅修達
Yaudheya 曜迪耶
Yavakri 穀購
Yayati complex 迅行王情結
Yayati 迅行王
Yogamaya 尤伽瑪雅天女
Yudhishtira 堅戰
Yuganta 《終結》
Yuvanashva 尤凡納沙
Yuyutsu 樂戰

Z

Zulu 祖魯

摩訶婆羅多的故事【完整圖文故事版】
印度神話學家帶你讀懂經典史詩
Jaya: An Illustrated Retelling of The Mahabharata

作　　者　德杜特·帕塔納克（Devdutt Pattanaik）
插　　畫　德杜特·帕塔納克
譯　　者　余淑慧
特約編輯　呂佳真
封面設計　白日設計
內頁排版　高巧怡
行銷企劃　陳慧敏、蕭浩仰
行銷統籌　駱漢琦
業務發行　邱紹溢
責任編輯　何韋毅
總　編　輯　周本驥
出　　版　地平線文化／漫遊者文化事業股份有限公司
地　　址　台北市松山區復興北路331號4樓
電　　話　(02) 2715-2022
傳　　真　(02) 2715-2021
服務信箱　service@azothbooks.com
網路書店　www.azothbooks.com
臉　　書　www.facebook.com/azothbooks.read
營運統籌　大雁文化事業股份有限公司
地　　址　台北市松山區復興北路333號11樓之4
劃撥帳號　50022001
戶　　名　漫遊者文化事業股份有限公司
初版一刷　2021年10月
初版二刷　2023年2月
定　　價　台幣599元
I S B N　978-986-98393-9-6

國家圖書館出版品預行編目 (CIP) 資料

摩訶婆羅多的故事【完整圖文故事版】：印度神話學家帶你讀懂經典史詩／德杜特·帕塔納克（Devdutt Pattanaik）著；余淑慧譯. -- 初版.-- 臺北市：地平線文化，漫遊者文化事業股份有限公司出版：大雁文化事業股份有限公司發行，2021.10
432 面；17×23 公分
譯自：Jaya : an illustrated retelling of the Mahabharata
ISBN 978-986-98393-9-6（平裝）
867.51　　110014468